三部曲

時間之魅

黃勇 著

目
次

第一部

鳥嘴和萬金油

1

「你好好說話嘛。」萬金油認為自己來做烏嘴的政治思想工作，義不容辭。同班同學嘛，要關心，要幫助提高革命認識。當然，批評要注意方法。因此，她說話和顏悅色，不「打官腔」。烏嘴最聽不得「官腔」，說是最煩人說教。

「我從來都是好好說話，就是沒人好好聽。」烏嘴似乎樂意聽她說教，就是做不到老老實實洗耳恭聽。

「我勸過你多少回了，你好歹聽一回嘛。別人說話，你能不能不圖嘴巴痛快，一來就對著嗆？」

「別人說話叫說話，我說話就叫嗆？」

「你那不叫嗆？人家爭取評個學雷鋒積極分子，你一開口就把他氣得要和你拼命。要不然，也不會弄得星期天開班會，惹出後頭那麼多禍事來。」

「他還配當學雷鋒積極分子，動不動就擺出一副不得了的革命派頭，天底下就他革命。我才不肯信。我就是要嗆他，紅毛鬼子。再說啦，什麼禍事不禍事，我不在乎。」

他們班很革命的。同學們都爭先恐後地爭取革命。

最革命的是紅毛，他卻最招同學們恨。他自認為班上只有他最最革命，這個那個都是反革命。「反革命」這個詞，從他嘴裏咬牙切齒地喊出來帶了一股殺氣，成了他的口頭禪，緊箍咒。他動不動就罵人「反革命」，有時候更是氣勢洶洶地叱人「現行反革命」。

他吼人反革命，當然自認天生革命。不過，他越是自命天生革命，同學們越是不服氣。烏嘴就最不買他的帳，說有什麼了不起的，不就是出身好。現在誰不是生在紅旗下，長在陽光裏，什麼出身好不好。紅毛一聽就翻著白眼喝問：

「你出身好？」

「城市貧民。」

「你爹是右派分子。」

「是又怎麼樣？」

「你反革命！」

「反革命就反革命。我看你也不會是什麼革命的好東西。你得意什麼，你不就是個紅毛鬼子？！革命上天，不過是條革命的蛆。」

烏嘴就是嘴巴衝。他和青蛙一個樣，呱呱呱，又叫又吵。他就是話多，特別好扯皮，扯皮有癮。他哇哩哇啦一張嘴，卻比得上滿滿一池塘的青蛙叫。烏嘴沒事老扯皮，令人很傷腦筋，腦殼大。他自己並不腦殼大，樣子看起來也很正常。當然，他嘴巴生得大，嘴唇常常發烏，烏青烏青的，同學們就叫他烏嘴。但是，他真是怪物得很，令人嘖嘖稱奇，側目而視。紅毛最為敵視他，開口閉口叫他反革命。花腸子說他的腦袋瓜在脖子上生反了，別人從前面看，他從後面看；別人看正面，他偏偏看反面。烏嘴看東西就是要和別人相牴觸，看法又特別離奇極端，離經叛道。別人看不到的，他看得到。別人不願意看的，他偏要去看。不管看到什麼，一進他的腦殼，他就要想精想怪，一陣亂攪，攪得翻天覆地。別人想都想不到的，他就想得到。別人想都不敢想的，他就敢想。偏偏他又特別好胡言亂語，整天整天的瞎扯皮，一張發烏的大嘴巴真不是白長的。革命，同學們都怕當反革命。他革命，是不怕當反革命的。因此，紅毛吼他反革命，他毫無畏懼。

烏嘴和紅毛對吼，是常有的事。這次起因於班上搞評選活動。

這段時候，學校在學生中評選「學習雷鋒積極分子」，班上評選活動十分激烈。苗老師劃了個小圈子，提了幾個學生的名，其中當然有紅毛的名字。

學習雷鋒的活動，是個大運動，從上而下，自下而上，一陣一陣，轟轟烈烈。這兩年，這項活動在他們學校、班上也一直是搞得蓬蓬勃勃的。這一次，學校宣傳也是大張旗鼓，苗老師在班上的鼓動更是令同學們心情

激動，人人爭做活雷鋒。那首著名的長詩〈雷鋒之歌〉，苗老師曾多次組織在班上朗誦。詩句激昂嘹亮，真是盪氣迴腸。「呵，雷鋒／就是我們！／我們／就是雷鋒……」

班上這次活動搞得很有成效，每個同學都很積極，爭著做好人好事，蔚然成風，其中，湧現出不少新人新事，令人感動。苗老師更是喜上眉梢，天天把「我們班上面目一新」掛在嘴巴上。因此，在評選中，許多同學都認為自己夠得上「積極分子」的條件，可是，名額有限，不可能人人被評上「積極分子」。同學們就嘁嘁咕咕的，你比我，我比你，比來比去，想把不夠條件的比下去。這種私下裏的小議論有點討厭，常常掀起風波來。同學們比著比著，矛頭所向，居然集中到了紅毛的大名之下。這全怪花腸子挑的頭。花腸子有時候和紅毛很熱乎，有時候又搞不來，暗地裏是對頭。

苗老師圈的名單裏也有花腸子的名字，但是，他生怕被別人把自己給比下來。對同學們私下裏的攀比，他很敏感。他對老芭蕉說：

「有些人就是爭名爭利。明明苗老師沒有提他們的名，還要爭。這不成了自己選自己當積極分子？」

老芭蕉一貫是三好學生，自然也是苗老師提名的「積極分子」。他人規規矩矩，踏踏實實，老師就喜歡這種學生。同學們叫他老芭蕉。老芭蕉是老巴交的諧音，是藉「老實巴交」取的外號，反倒把「實」字挑了出去。其實，這正是強調他太本分實在了，不多言語，也不介入是非爭端，實在得成了老芭蕉，發蔫。當然，老芭蕉叫起來順口，又好玩。別看老芭蕉蔫性子，卻很有主見。他說：

「苗老師說了同學們還可以另外提名。再說，誰都可以有自己的看法。」

花腸子碰了個釘子，又找去青果。他知道青果心裏不服氣，苗老師沒有提他的名。青果在班上混得有名有影的，就是成不了苗老師班幹部們眼裏的優秀學生。他一直在爭取入團，爭取了幾年也沒有個影子。他倒是一直在努力爭取，心裏憋著一股子氣，天天發狠讀馬列著作。不知道他怎

麼回事，最愛問同學做夢是不是彩色的？這回評積極分子，他這個「老爭取」肯定還是沒戲，不過，要是把他爭取到為自己說好話，還是要得。他的影響大，身邊又很有幾個混成一夥的，搞成了一個「茶話會」，卻自稱是學雷鋒小組。他和烏嘴是死黨，他肯說好話，說不定烏嘴也就不會發噪音了。烏嘴那張大黑嘴沒什麼好鳥。瞅個沒人在旁的機會，總算找到了青果，花腸子趕快說：

「苗老師說，名單是供班上討論的。你說，裏面誰不夠條件？」

青果翻了他一眼，沒有做聲。他想你花腸子夠什麼條件，假兮兮的。做點好人好事生怕別人不知道。牽了個盲人過馬路，就馬上跟同學們吹，「那個瞎子多虧了我老康，不然就被車撞倒了。一個勁地感謝，還要寫感謝信。我老康謝絕了。」誰不知道花腸子最愛繃老練老辣，喜歡標榜自己，姓康，常常自稱老康。叫老假還差不多，最假模假式。這個「老假」會「謝絕感謝信」？！他在日記裏寫自己做了一樁又一樁好人好事，拿給這個看，那個看，還拿去請苗老師批閱。他的日記又不是雷鋒日記，誰想看，況且，他寫的自己那些好人好事，真真假假，誰也搞不清。

花腸子見青果半天不吭聲，知道吃了閉門羹，就訕訕地走了。他心裏恨恨地說，哼，諒你讀一百本馬列著作也評不上積極分子，還嚷嚷做彩色夢，發你的神經！他只好找二馬虎。他本來不願意跟這個沒腦子的二馬虎說這種事，又覺得不妨試一試。他直截了當地說：

「紅毛鬼子沒做什麼好人好事。」他分析過的，認為苗老師提名的同學裏紅毛做的好人好事最少。

「當然啦，他做了什麼了不起的好事，只會亂教訓人。」二馬虎向來看不慣紅毛。

「又不是評勞動積極分子。評學習雷鋒的積極分子，要看好人好事做得多不多。」

「我不管這些，反正紅毛鬼子不行。」二馬虎大聲嚷。

花腸子一聽他嚷起來了，就趕緊走開了。他心想二馬虎果然是個直筒子，動不動就嚷，嚷得全班都知道才好。

很快，二馬虎真的就嚷得全班同學們都知道了，紅毛一聽就火不打一處冒。他本來就生成一副怒目金剛相，一冒火更是眼球暴凸，板牙齜出，黑紅的臉發青。他指著二馬虎吼：

「二馬虎，我不怕你鬼喊鬼叫。你有本事當著我本人說，我怎麼不行？」

二馬虎粗心大意，毛里毛糙。有次課堂發考卷，苗老師說，我猜這份卷子可能是你的。馬馬虎虎，考卷上自己的名字也丟三落四。我猜了好半天，恐怕是只寫了姓，沒落名。鬼畫桃符，太馬虎了。想唸「馮」吧，看看，這是兩點水還是兩橫，隔開好遠才想起寫後半截。這字，按書寫的樣子讀，只能讀成二馬。這二馬同學是誰呀？同學們哄堂大笑，此後就叫他「二馬虎」。二馬虎遇事喜歡大喊大叫，是一個好爭閒氣的，叫嚷起來不依不饒：

「你才鬼喊鬼叫。你鬼喊鬼叫，我就評你？！」

「我希罕你評？我做的好人好事還少了，我評不上才怪。」

「他做的好人好事，只怕又是去年那『一小碗』吧。」烏嘴在旁冷笑道。

二馬虎有打幫幫腔的，更是喊得有勁：「就是，吹上天，還不是『一小碗』！」

同學們一聽就哄笑起來，「一小碗」是紅毛的典故。去年農忙假到農村搶收，吃飯的時候，同學們一哄而上。好大的飯桶，半人多高，兩三個人才抱得攏。都是又累又餓的，爭著舀飯，好多同學的碗裏都堆得冒了尖。飛快地，飯桶就底朝天。紅毛來晚了，只吃到一碗飯。他本來飯量就大，當然沒吃飽，生氣得很。他怪自己勞動太積極不早點來，又怪同學們都是吃飯打衝鋒。班上開搶收總結會的時候，他說，「自己勞動打衝鋒，吃飯落後，讓同學們先吃，真正做到了向雷鋒同志學習，做好人好事。自己忍著饑餓，只吃了一小碗。」同學們一聽就忍不住想笑。苗老師聽了，認為是事實，表揚了他，還不點名地批評了吃飯打衝鋒的同學。他批評道，農忙搶收吃飯爭先恐後的，像個什麼樣。紅毛為此很得意，多次炫耀他這樁好人好事，挨批評的同學卻頗為不屑，老是拿「一小碗」來取笑他。

　　紅毛本來就念念不忘自己的這樁好人好事，這是老師表揚過的，哪個敢不認帳。一聽奚落他，火爆脾氣越發不得了。他本意是衝著烏嘴，卻拿二馬虎開刀：

　　「你個鬼喊鬼叫的二馬虎！哼，你勞動偷懶逃跑，剩下的挑肥澆水，全是我幹的，你還不承認我做好人好事。」

　　二馬虎一聽，鼻子都氣歪了，這樁事，他覺得特別頂心頂肺。上週勞動課在班上菜地澆肥，二馬虎想著晚飯前要去幫一個五保戶挑水，那家離水井遠，上次去晚了點，忙手忙腳，還是耽誤了上晚自習。這事他不想聲張，怕別人說他像花腸子一樣，做了點點事就自家敲鑼打鼓。他想這次去早點，挑肥澆菜急匆匆地，浮皮潦草，認為自己的任務完成了，就跟小組長花腸子說有事先走。花腸子說勞動的事紅毛管，二馬虎只好對遠處挑肥的紅毛大聲說：「我做完了，有事先走」。他不想往紅毛跟前湊。紅毛頭也不抬，說：「做完個鬼，就想偷懶。」二馬虎也沒聽清，以為他開口同意了，一轉眼就跑得不見人影。他一走，紅毛才過來問花腸子：「你同意他走的？」花腸子說：「沒有。我叫他問你。他不是問過你才走的？」紅毛說自己沒有同意，怪花腸子把人放跑了，花腸子卻怪紅毛自己剛才不說大聲點，兩人爭吵起來。過後，苗老師聽到了，一追問，兩人都告狀說二馬虎勞動偷懶逃跑。苗老師修理二馬虎，他分辯說自己是任務完成了才走的，還和勞動委員小組長兩人打過招呼了，兩個班幹部卻異口同聲地都說自己並沒有同意，紅毛還說二馬虎剩下了活，是他幹完的。苗老師就說，集體勞動個人先走不對，到底是勞動委員，做得對，主動幫助同學。苗老師並沒有問二馬虎為什麼要先走，他自己又不好意思說，一肚子的委屈，只好吃啞吧虧。

　　二馬虎當然生氣紅毛提這樁窩心事，又恨他罵自己勞動偷懶，叫罵起來：

　　「紅毛鬼子，你個老鬼子、老毛子，你會做好事？！你只會整人！我評誰都不評你。」

　　紅毛鬼子氣瘋了，口角起了白沫，大叫：「我評不上，誰都沒資格評。」

　　真是一語駭人。同學們聽了都楞了，一下子四座無言。

班長萬金油早就想勸他們，一直插不上話，乾著急，此時就站起來：

「評積極分子，不能搞成吵嘴。都歇歇火氣。」

紅毛才不願意有人說自己，反而擺出得理不讓人的架式：

「評積極分子，要講資格。學習雷鋒的積極分子，我最有資格。雷鋒出身苦大仇深，我也是出身苦大仇深，我們天生革命。」

花腸子不知道什麼時候遛出了教室，跑去找到苗老師。

「同學們都說他不應該評上學雷鋒積極分子。」他急匆匆地說。

「說誰不應該？」

花腸子說了紅毛的名字，有點幸災樂禍的樣子。

苗老師笑了一下，望著他，彷彿看穿了他。花腸子立刻低下頭，說：

「大家在教室裏為這個吵架，吵得很凶。」

「會這樣？你們不是在上晚自習課嗎？」苗老師著急起來，起身往教室去。花腸子跟在後面，抿著嘴，興沖沖地。

師生二人匆匆到了教室，紅毛和烏嘴還在唇槍舌劍的（一個吼對方「反革命」，一個回敬對手「革命的蛆」），二馬虎幫腔起哄，萬金油正在這頭那頭勸架，同學們一片嗡嗡的。

到底是班主任到了，班上的鬧亂子一下子就被鎮住了。紅毛向苗老師告狀，說反革命破壞評選活動，還沒說完，看見苗老師正嚴厲地盯著自己，就氣沖沖地坐了下來。

苗老師雖然很生氣，卻只是平平靜靜地說了幾句大道理。他說這次評比活動，是為了進一步開展向雷鋒同志學習，同學們要像雷鋒一樣，樹立起革命的遠大理想，為人民服務，投入到偉大的無產階級革命事業中去。在評比活動中，同學們要學習雷鋒，見榮譽就讓，對同志要像春天般溫暖。這次學雷鋒，班上面貌一新，同學們要愛護和保持這個集體榮譽。說完，他又加了一句要同學們上好自習課，就離開了教室。臨走時，他叫了萬金油一起去辦公室。

同學們心想，這件事苗老師肯定不會這樣就算了，紅毛卻在想，雷鋒說的對敵人要像冬天般寒冷。

花腸子坐在座位上搖頭晃腦的，裝腔作勢地在看書，青果看見，就對同桌烏嘴說，剛才的吵鬧肯定是這傢伙挑唆起來的。

過了不多久，萬金油回到教室，通知全班明天星期天下午三點鐘到班上開班會，同學們一聽就一片叫喚聲，好不容易有個星期天又泡湯了。萬金油又大聲說，苗老師叫大家不要遲到。這時，下課鈴響了，同學們一哄而起，呼啦啦就往外面跑掉了。

苗老師提前時間到了教室。

昨天，他覺得必須認認真真開個班會。事關學雷鋒大事，不能等閒視之。

他是班主任，又是這個班的政治課教師。苗老師是學中文的，早就入了黨，沒教語文，教了政治。他大學畢業沒幾年，工作熱情高，自信。他不愧是政治老師，好黨員，政治覺悟高，對政治動向、政治活動和政治運動尤其敏感。他漸漸懂得，如今大大小小的事差不多都以政治運動的形式契入到了全國人民的全部社會生活和日常生活。他哪能不觸及靈魂呢？他雖然學的是中文，但憑他的政治覺悟和政治素養，以及政治學習，他的政治課教學是很有水平的。他把政治歸結為革命（不過，烏嘴說聽他講革命就是講政治），歸結為幹革命樹立毛澤東思想。身為黨員政治教師，他一心一意要把他的學生培養成無產階級革命事業的接班人。到底是學中文的，聽他說話，滿舌生花，妙語如珠，一口能說出二十四朵蓮花不少一個瓣，因此，學生們都愛聽他的課。但是，學生們又很怵他。別看他從早到晚掛著笑臉，拉下臉來，黑雲秋風，真瘆人。他剋學生有個習慣，旁徵博引，好用詩啦、詞啦、典故啦、成語啦、諺語啦，還有歇後語什麼的。常常是挨剋的不自在，旁邊聽的哄堂大笑（學生們追隨師風，弄得一個個說嘴舞文，辭藻堆砌）。他常說自己是甜瓜嘴，苦瓜心。學生們，尤其是那些調皮蛋卻總覺得他是個抓住鼓槌不放手的，老敲打人。

　　苗老師有個外號，叫「瞎貓」。苗老師當然不瞎，眼睛一點毛病也沒有，相反的，他目光如炬，顧盼生輝。這位班主任老師身材挺拔，玉樹臨風，人也有眼光，有見識，談笑風生，風流倜儻。亂叫他「瞎」，是二馬虎搗蛋引起的。一次，苗老師上課講到為革命而學習，一定要打好基礎，他舉例說掌握好說語文基礎知識很重要，基礎不牢就會出笑話。他說，有些辭彙、詞語可以相顛倒，比如喜歡、歡喜，要緊、緊要，意思差不多。有些辭彙一顛倒，意思就不一樣了，比如中國、國中，好看、看好。回文詩也可以倒過來讀，比如，「春梅雜落雪，發樹幾花開。真須盡興飲，仁里願同來。」倒讀就成了，「來同願里仁，飲興盡須真。開花幾樹發，雪落雜梅春。」但是，許多辭彙、詞語，特別是成語等等，是不能夠顛倒的。他給同學們說了個笑話，說是一個城裏秀才和一個鄉下秀才爭論不休，都說自己識字多。因此同到大街上去，一比高低。走到一家大門口，門首匾上有「大中丞」三個字，城裏秀才指著倒唸：「城中大」。他把「丞」字認錯了，還說這匾證明城裏人有見識。又走到一處宅子，匾額是「大理卿」。鄉下秀才急忙指著念道：「鄉里大」。他不但也唸倒了，還把「卿」字「理」字都認錯了。又來到一個大門口，門首上題「大士閣」。兩人一見都念成了：「各（閣）自（士）大。」還自認兩人不見高下，本事都大。這兩個讀書人都把匾額唸倒了，字也讀錯，鬧笑話了。接下來，苗老師說有個同學說了幾次「喜歡大皆」，我聽不明白。問他，他說是文言文，還說見過一塊匾上這四個字寫得大大的，清清楚楚。可悲呀，可悲。「皆大歡喜」讀倒了，沒讀通，還自作聰明說是什麼文言文。這個成語是不能夠倒過來讀的。「皆」是「都」的意思，這個成語是說大家都滿意，都高興。按這個同學的讀法，意思卻成了喜歡大都，這不成了亂彈琴。一個常用成語弄出這樣的笑話，對不住自己一個高中生，是不是？況且，以前的匾是不能按現在橫著從左唸到右，應該從右唸到左。古人書寫習慣是從右到左，不是從左到右。不是公雞、雞公，隨便顛倒。學生們笑聲四起，也不知道苗老師講的這個學生是誰，殊不知，二馬虎聽了老師的教導，卻咕嚕咕嚕倒著念苗老師的姓名。他小聲小氣地，教室裏

笑聲大，偏偏旁邊的豬拱嘴聽到了，他立馬站起來報告：「苗老師，有人叫你瞎貓」，苗老師拖長聲音問：「誰呀？這麼叫我。」二馬虎嚇了一跳，趕緊裝出死魚不張嘴的樣子，心裏恨死了豬拱嘴。苗老師並不認真追究，反而笑瞇瞇地說：「真會鑽空子啊，想不到有人這會兒倒成了豬八戒喝磨刀水──心裏鏽。學得真快，學會了把我的姓名倒著唸。拼音也不知道學到哪裡去了，苗貓不分，俠瞎不分」。不少學生也傻笑起來，苗老師姓苗名俠，倒著唸，很不恭敬的，卻有些好笑。這堂革命道理課真是其樂融融，師生們笑語聯翩。這以後，調皮學生就背後亂叫苗老師「瞎貓」，以訛傳訛，這個外號又衍生出「老貓」、「貓頭鷹」。當然，老實規矩學生從來不亂叫苗老師「瞎貓」、「老貓」、「貓頭鷹」。調皮學生，調皮了生氣了才叫。有一回，花腸子說，我們班同學差不多都屬鼠，一大群耗子一隻老貓罩著，懸啊，傷心啊，不吉利不吉利。同學們聽了只是覺得好笑，沒有哪個當真。本來嘛，在同學們看來，屬相生肖就是迷信，況且，苗老師姓苗又不姓貓。堂堂正正的班主任老師，就是姓貓也不當真就是只貓。天地君親師，敢亂叫尊師「貓」已是膽大妄為。苗貓不苗貓，較不得真的。

　　他們班上，同學們好互取外號。外號，也稱綽號、渾名，是本人姓名以外的名字。同學們戲謔、取笑、打鬧時，特別喜歡相互取外號叫著玩。他們又誰都不情願被叫外號，百般抵脫。不曾料想，外號好像現在時尚的口香糖（那時沒見過口香糖，同學們嘴裏也沒什麼可嚼的，實際上也沒有吃零食的習慣），從別人嘴巴裏吐出來，一黏上就不容易扒掉，羞惱之下，也回敬對方以外號，加倍地叫。外號就越發氾濫，全班三十六個同學幾無倖免，好比三十六尊天罡星下凡，個個混了個新名頭。有些同學一人還頂著幾個外號作頭銜，煞是了得。當然，比不得水泊梁山的好漢們渾名蓋世，不過，同學們的外號都還有趣。尤其是同學們叫一叫的，叫慣了，把別人本人姓名倒搞忘了，以至隔久了，乍猛地相見，腦筋一時轉不過彎來，老同學姓甚名誰叫不出來，外號卻脫口而出。可見，外號有生命力。烏嘴和花腸子都好給人取外號，不同之處，烏嘴此舉是公開的，花腸子多

是背後的。如果還要深究，烏嘴取外號是逗趣、開玩笑，花腸子多半是憎惡、捉弄人，令人特別反感。同學們甚至於斗膽給幾個任課老師也取了外號，當然不敢當面叫，結果，外號還安給了苗老師，真是放肆。

針對同學們好叫外號，苗老師作了多次批評，說是不尊重人，不利於團結，是一種不良行為。他還指出，如果從階級鬥爭的觀點來提高認識，取外號是破壞班上學校新風，打擊進步，反對革命。他說得這麼嚴重，不知道是不是因為花腸子向他告狀說烏嘴罵他「癲狗」，破壞憶苦思甜。苗老師倒是把後果說得很可怕，同學們也覺得挺懸乎的。不過，這種批評教育的作用並不大，收效甚微。班上的外號風卻一如既往，還刮出了教室，刮出了校園。後來，甚至一刮數十年，從少年到白頭，這才是始料末及。

下午陽光好，教室很明亮。

教室四壁是苗老師精心佈置過的。黑板上方高掛著毛主席的畫像，右側靠門貼著課程表，左側貼著一幅字幅：「世界是你們的，也是我們的。但是歸根結底是你們的。你們青年人朝氣蓬勃，正在興旺時期，好像早晨八九點鐘的太陽，希望寄託在你們身上。——毛澤東」黑板對面牆壁上，並排掛著馬克思、恩格斯、列寧和史達林的畫像，下面是學習園地。學習園地抬頭通欄寫著一行：繼承革命傳統，做共產主義接班人。左右兩壁四扇大玻璃窗，窗戶旁張貼著四幅名人名言：「理直氣壯，永遠不怕真理，勇敢地擁護真理，把真理告訴別人，為真理而戰鬥。——劉少奇」，「為中華之崛起而讀書。——周恩來」，「理想和行動要結合起來，只說不行，要緊的是做。——魯迅」，「不經風雨，長不成大樹；不受百煉，難以成鋼。迎著困難前進，這也是我們革命青年成長的必經之路。有理想、有出息的青年人必定是樂於吃苦的人。——雷鋒」所有的字幅，都是苗老師恭恭敬敬抄錄的。字好，顏體風格，端正、尊嚴、剛勁、有磅礡之氣。當然，主要是這一段段話語感動人心，體現出了革命領袖和革命戰士的宏大胸懷，話裏含蘊的情感力度強烈地震撼了師生們的心靈。正如苗老師所形容的，字裏行間真是「乾裂秋風，潤含春雨」。

　　教室裏，每天在革命導師的注視下，每個人心裏都迴盪著毛主席的偉大教導和偉人們語重心長的勉勵，真是感到滿懷希望，滿懷豪情。苗老師認為，學生們在這樣良好的環境裏學習成長，是十分幸福的。學生們這時候覺得，天有多高，心就有多高。只要張開雙臂，整個世界就是他們的。

　　時間快到了，一直在高高興興欣賞教室的苗老師收斂心思，看見學生們陸陸續續快要到齊了，偏偏烏嘴、二馬虎還沒到。另外，還有他倆要好的幾個同學也遲遲不見人，他只好耐心等待。等啊等，就是不見他們的人影子，看看到點了，他問學生們知道不知道他們去什麼地方了，都說不知道。兩頭鰍本來想回答，猶猶豫豫沒開口。坐他後面的花腸子見狀慫恿他，說：「兩頭鰍，怕什麼，講嘛。」兩頭鰍一聽更不情願，烏嘴他們叫一起去爬山的，自己躲懶沒去，再把他們告了，肯定不落好。苗老師聽見了，他很熟學生們的外號，就點著兩頭鰍的名字說：「你知道你說。」花腸子趕緊催他：「苗老師叫你說，還不快點。」兩頭鰍只好如實相告，說烏嘴他們去山裏了。苗老師大為吃驚：「他們到山裏去幹什麼？」「說是鍛煉身體，說有革命意義。」苗老師和同學們聽了都很驚愕，來回跑幾十里路去山裏就為鍛煉身體，還打著革命的旗號。苗老師追問：「還有別的什麼事沒有？」兩頭鰍搖搖頭：「沒有。他們說過要趕回來開會。」

　　苗老師漸漸神態凝重，同學們嘰嘰喳喳的。花腸子話多：「才不相信呢，這叫革命？肯定還有什麼歪歪事，保證他們回不來了」。紅毛氣哼哼地說：「他們那些人，一夥反革命。」苗老師當即呵責他不要隨隨便便說這些話，又擰著眉頭頻頻朝教室外看，一個人影也沒有，學校今天不上學，校園裏靜悄悄的。

　　花腸子忽然想起了一件事。前兩天，二馬虎挨苗老師批評不服，氣沖沖地寫了一張紙條。問寫的什麼，二馬虎一橫眼，惱怒地說：「關你屁事」。花腸子覺得「屁事」肯定不是什麼見得人的事，萬一關己「屁事」就晦氣了，越發想看到底寫的是什麼。二馬虎不讓看，趕快把紙條藏進了課桌抽屜裏。抽屜朝座位一面原來是敞口的，同學們抱怨：「叫是叫抽

屜，既不能抽，又不是屜。」實際上是課桌面下加了塊擱板，中間隔了一下，同桌兩人一人一個槅子，這樣的槅子，放東西不保密。同學們都喜歡自己動手把敞口的抽屜加塊面板，並釘上活頁、板扣，這樣，能夠向下翻的面板開關自如，加把鎖一鎖，放東西就放心了。二馬虎的抽屜也是如此加了鎖的，花腸子一直無法看到這張紙條，心裏犯嘀咕，很惦記此事。

　　這件事起因前兩天下午。和往常一樣，最後一堂課下課鈴一響，同學們爭先恐後，一擁奪門而去。苗老師急急忙忙趕到教室，學生們已經放學跑得不剩幾個了。教育局第二天要來人檢查教學，還要到各班教室看看。苗老師想對全班學生作思想動員，準備好迎接檢查，並安排學生們突擊打掃教室清潔衛生。一看眼前情形，他心裏直打鼓，連忙叫還沒有走的學生去追人。他口裏還唸唸有詞：「千萬不要十八個嗩吶齊奏──全吹了。」哪裡全都能追得回來。幸好追回來的學生還不算太少，苗老師作了交代，並帶領著打掃了教室。晚自習課，苗老師又到了班上。和他想到的一樣，學生還是沒到齊。本來，晚自習不要求學生們都來，住得太遠的學生可以不來，還有些學生常常藉故不來上晚自習，因此，有好幾個學生始終沒有通知到，當然也沒有參加搞衛生。苗老師對來了的學生們重複說了一遍要求，又安排把教室衛生補做了一次。檢查組一大早上課就到各班轉了一圈，都還滿意。苗老師卻心裏很不順，班上沒有得到檢查組的點名表揚。事後，苗老師批評了一些學生，其中特別點了二馬虎和呆虎頭的名，告誡他們不能「瘸腿驢子跟馬跑──一輩子落後。」呆虎頭下了課就對花腸子說：「你小心點。」花腸子很忧他。這個有名的呆霸王呆斧頭，剛上中學時有一次上晚自習把學校總閘拉下，弄得全校一片黢黑。挨老師批評後，他使小刀把告發他的豬拱嘴的手掌心扎穿了，還說：「我要有把斧頭，一定剁下你的豬拱嘴」。為這個，學校差點開除他，結果只是記大過，留校察看。他真是太恐怖了，從此，都叫他「呆斧頭」，又叫他「呆虎頭」，他的小名叫老虎，虎子。

　　二馬虎也覺得很冤，老師批評太重了，全怪花腸子。那天下午放了學，二馬虎在學校操場練習自行車。車是呆虎頭的，全校近千學生中只有

他有得起這種闊氣大洋馬。他爸爸不准他騎到學校裏來，但是，他時不時偷偷地騎了來。呆虎頭的車技高超，膽大妄為，田埂、小橋、高高的窄窄的河堤，還有細細彎彎的人來人往的小巷子都敢騎車直衝。他騎得一溜煙似的，幾個同學跟著他車後面跑，追也追不上。一次，有人歇擔子，兩隻桶油滿滿的放在路上，他騎車對準了兩桶中間就衝，挑擔子的和後面的同學嚇得叫起來。他衝過去了，還笑：「車技怎麼樣，油桶毛都沒擦著吧」。許多同學學會騎自行車都歸功於呆虎頭，他又當教練，又提供車子，樂此不疲。二馬虎剛學會不久，還騎不太穩。花腸子來時，二馬虎剛騎了兩圈，呆虎頭在旁邊點撥叫喊。花腸子叫著兩位同學的名字，說：「快去打掃衛生。」二馬虎說：「今天你值日，你自己幹。」花腸子說：「是苗老師叫的。」呆虎頭不願理睬花腸子，對二馬虎說：「別理他，我們走。」說著，他跳上了車後座。二馬虎不相信花腸子說的，本來沒想騎多久，還要忙著回去幫五保戶挑水，就使勁蹬車離去。他騎車還不太會，又第一次載人，車搖搖晃晃，差點兒撞倒花腸子。花腸子嚇得半死，回過神來，兩個不怕闖禍的黑瞎子已經不見影子，只留下了一串哈哈大笑。花腸子回來報告苗老師，說呆虎頭、二馬虎根本不聽老師的，清清楚楚告訴他們是苗老師叫，他們不但不聽，居然說不理老師說的，還騎車撞我。他說得自己委屈極了。

這兩天，兩個挨了老師批評的同學一見著花腸子就鼻子不是鼻子，臉不是臉，令花腸子心裏七上八下。花腸子此時想起了二馬虎的紙條子，就問兩頭鰍：

「二馬虎寫了張條子放在抽屜裏，一看就曉得幹什麼了。那張條子，你知道吧」。

兩頭鰍挺納悶，有點甕聲甕氣：「什麼條子，我哪裡知道。」

花腸子一口咬定了他：「你們同桌，你不知道？我坐在你們後面都看見了。」

苗老師聽見了，說：「知道什麼說什麼。」

兩頭鰍滿臉無辜：「我不知道什麼條子。」

花腸子一點也不鬆口：「就在他抽屜裏。」

花腸子瞥了一眼：「抽屜上了鎖。」

苗老師一聽就不高興。他早就批評過學生們擅自安抽屜板加鎖這件事，說是損壞公物，又不整齊美觀，並且強調指出做學生的不應該有什麼可藏藏掖掖的。他批評過後並沒有採取強制措施制止，學生們此風依然如故。這會兒，他心裏挺窩火，生氣了：

「把抽屜打開。」

兩頭鰍遲遲疑疑，不情願。花腸子又是給老師幫腔，又是逼同學：「苗老師叫打開抽屜，你還不動手？」

「又不關我的事。」兩頭鰍嘟嘟囔囔。抬頭看見苗老師嚴厲地盯著他，他只得用手扯了兩下鎖。其實鎖並不牢，或許本來是把壞鎖，一扯就開，掉了，抽屜板砰的一聲也跟著翻倒下來。教室裏空氣緊張，同學們應聲一驚。兩頭鰍不敢動手去翻二馬虎的抽屜，眼睛看著別處，像做了什麼虧心事。

苗老師走過來，低頭往抽屜裏看，一看就看到一張大大的字紙擺在書本上。他扯出來一看：

爸媽：

　　不要找我了，找瞎老貓要人。

這寫的不是遺書嗎？苗老師頓時大驚失色，倒吸了一口涼氣，急得冒冷汗。這時，老芭蕉和青果在教室門口大聲喊：

「報告。」

喊聲把教室震得嗡嗡的。苗老師聞聲望去，不見二馬虎，提著嗓子高聲喊他的名字。

門外幾個一時不知何故，還沒有回答。花腸子眼尖，看見他們頭髮濕漉漉的，衣服也有幾處帶水痕，猜出他們游泳去了：

「他們下河了！」

他說話聲音不太大，另外幾個同學也看出來了，紛紛同聲附和。其中，紅毛更是拿腔拿調：

「哼，敢遲到，到河裏玩命。」

苗老師心裏猛地撲通一下狂跳，那樣子真是小廟著火──慌了神，以為二馬虎故意落水了，沒能回來。他三腳併作兩步，大步跨向門口，把擠在門邊的老芭蕉和青果撞得站不住腳，這才看見二馬虎沒精打采地隔著幾步遠。旁邊，烏嘴和呆虎頭昂著頭。他們身後，小蘿蔔頭和水龍頭躲躲閃閃的。

苗老師看到了二馬虎的人，噓了一口氣，剛才一顆心提到了嗓子眼，總算落下來了。他氣沒有消，隨口喝叫出這個寫遺書學生的名字。

二馬虎嚇了一跳，捱進門來。苗老師氣極了，右手一抬不知想做什麼。二馬虎卻以為要揪耳朵，他爸爸生氣就揪他的大耳朵，趕緊捂住耳朵將頭一偏。同學們一看都忍俊不禁，有的還笑出了聲。同學平常笑話二馬虎，說他自詡的「招風耳」是他爸爸揪大的。苗老師忽然覺得不能有失教師身份，抬起來僵著的手臂只好放了下來，壓低嗓子問：

「你還回來呀？」

二馬虎摸不著頭腦，不知如何回答。苗老師又問：

「你們幹什麼去了？」

「沒幹什麼。」烏嘴從後面挺身而出，擺出滿不在乎的樣子。

「我們到山裏去了一趟，還在河裏游泳了。」老芭蕉如實說。

「是鍛練身體。」青果加了一句。

老師的臉色是學生的晴雨錶，苗老師剛才神色陡變，學生們不由自主緊張起來。苗老師好像緩過氣來了，學生們繃緊了的神經也鬆馳下來。花腸子剛才悄悄地抬起身子在苗老師背後偷看了那張紙條，此時在低聲繪聲繪色地告訴旁邊幾個同學，說二馬虎寫遺書叫爹媽問苗老師要人，還叫苗老師瞎老貓。這幾個同學又風快地傳了開來，頓時全班一片嘈雜刺耳。二馬虎這時也隱隱約約聽到了同學們的議論，又看到苗老師手裏捏著一張紙，昏頭昏腦地想是哪個鬼寫過什麼遺書。

　　苗老師真的風平浪靜了，穩坐釣魚船。他已經認識到事情雖然比較嚴重，必須認真處理，但不能浮躁，更不能發火，小心火上加油。發火失態，學生們也不小了，看了嚼嘴找岔，反而不好收拾。寫字不在行裏──出了格，是不行的，教育要講究方式方法。他神情嚴峻，口氣卻儘量平靜地說：

　　「都回座位去吧。」

　　幾個學生急急巴巴各回座位坐下。除了烏嘴和呆虎頭，一個個都小心翼翼，一副做賊心虛的樣子。二馬虎一落座，看到抽屜板翻倒了，鎖也掉在地上，才恍然大悟似的想起苗老師手裏拿的是自己的傑作。他那天挨了剋不想回家，想找個地方散心去，氣一洩又算了。他早就把這件事忘記了。抽屜被搜查了，他想發火又不敢，憋悶不已。

　　苗老師站在講臺上，定了定神，整理了一下思路，然後有嚴肅的目光向全體學生掃視了一番。教室裏頓時鴉雀無聲。

　　他熱愛三尺講臺，苗圃滿目青蔥，欣欣向榮。其間當然也有稗子雜草，這就要看園丁了！把教師形象地比作是園丁，太恰當了，這個職業太高尚了！苗老師很榮耀，也深感責任重大，重任在肩。

　　苗老師進入了狀態。政治覺悟高，有著渾厚中文根柢的青年才俊娓娓道來，他要妙手回春。他首先表揚了班上出現了積極學習雷鋒的新氣象，好人好事層出不窮。同學們樹立起共產主義新觀念、新思想、新風尚、新風格，助人為樂，比學趕幫超，團結進步，還組織起來走出班上、走出校園，尊老愛幼，積極參加各種義務活動。他表揚了一些優秀同學，如數家珍道出了一串姓名。

　　苗老師話鋒一轉，批評說有幾個同學名為學雷鋒小組，卻放了學不回家，帶著別的同學三五成群，四處遊蕩，夸夸其談，發展到遊山玩水。在學習雷鋒的活動中，有的同學不關心集體榮譽，躲避集體勞動和集體活動，事後還不接受老師和同學的批評教育。更為嚴重的是，評選學雷鋒積極分子不認真，自己消極落後，反而打擊進步。苗老師說到這裏，雖然沒

指名道姓，手心裏的蝨子——明擺在面前，同學們也能猜出個大概，於是引起一陣小小的騷動，交頭接耳，竊竊私語。紅毛、花腸子都挺得意，表揚裏有名有姓。紅毛一得意，眼睛就長到了頭頂上，兩隻眼珠子放出光來，在同學們腦殼上面掃來掃去。腦殼上面空空如也，不知道有什麼他看來看去。花腸子得意了就話多，下了一個蛋，不知要叫多少聲。這會兒，他止不住壓低嗓門對左右前後說三道四。呆虎頭一臉燦爛，還笑。火燒烏龜——肚內痛，挨了批評，他哭還來不及，有什麼好笑。這時，二馬虎和兩頭鰍正在低聲扯皮。二馬虎氣呼呼地嘟嘟囔囔：「鎖得好好的，鎖也扯掉了。」兩頭鰍聲明：「是苗老師叫扯的。」不聲明還好，一聲明，二馬虎就聰明了：「是你扯的鎖吧。」兩頭鰍強著推脫：「真的是苗老師叫的。」二馬虎嘴撅得能拴住毛驢：「什麼同桌好朋友，不仗義，牆頭草——風吹兩邊倒。」兩頭鰍不敢多理他，心裏生氣叫屈。反貼門神——不對臉，兩位同桌都賭氣，氣都出在了桌子椅子上。苗老師聽到了響動，轉過臉來看，兩個同學都低下頭不做聲了。

苗老師順著思路往下說，希望這幾位同學認認真真、真真正正學習雷鋒，不要走岔了，把學雷鋒小組搞成小組織、小幫派，這是很危險的。青果聽了心直往下沉，剛才苗老師說到「夸夸其談」、「遊山玩水」，就覺得自己一個跟頭從雲端裏跌下來。他瞥了幾眼同桌的烏嘴，真是撐歪牆的木柱——死頂，居然沒事人一樣，正支起脖子，高高地昂著頭，好像很認真地在聽講。

苗老師突然做了個很有氣勢的手勢，聲音也拔高了，很響亮。他激動昂揚地指出：學習雷鋒，首先要做到像這位偉大的共產主義革命戰士一樣，滿腔熱情地學習毛主席著作。他說學習毛主席著作，是時代賦予革命青年的偉大使命。他強調學習毛主席著作，比以往號召讀革命書籍更重要，要有高度的政治覺悟、飽滿的階級感情，不允許摻雜半點私心雜念，不允許跑樣。苗老師又重複了一遍：「不允許跑樣」，加重了語氣。這是有針對性的，同學們聽得出來。

先前，苗老師曾熱情洋溢地在全班學生中鼓勵讀革命書籍，主要是《紅岩》、《把一切獻給黨》、《我的一家》、《青春之歌》、《革命烈士詩抄》等文學書籍。更以前，老師們介紹給學生們讀的是蘇聯的這類書籍，有《卓婭和舒拉的故事》、《古麗婭的道路》、《偉大的普通一兵──亞歷山大・馬特洛索夫》、《母親》、《在人間》和《鋼鐵是是怎樣煉成的》……學生們都積極回應，讀書之餘，紛紛按老師要求寫心得體會。其間，青果寫了一首詩〈讀《革命烈士詩抄》〉，苗老師給推薦貼在班上的學習園地：

> 長夜難明穹似漆，風雨如盤民如蟻。
> 百年天死萬馬喑，神州陸沉恨血碧。
> 喚起工農萬萬千，國際悲歌干雲顛。
> 生死等閒求真理，犧牲壯麗開新篇。
> 帶鐐長街血成河，飲彈荒丘魄唱歌。
> 刑場婚禮禮最壯，鐵窗童年年勝多。
> 烈士永生俱含笑，笑聲痛我淚滂沱。
> 紅旗今日換赤宇，萬里彤雲且為忠魂舞。
> 忠魂舞：長征路上，太行山間，
> 歌樂山頭，雨花臺前……
> 桃花如炬青春在，彩虹橫天慰壯懷。
> 長江後浪追前浪，薪火爭傳耀東方。
> 風雲展書字字讀，誦聲如潮蕩河山。

看起來，讀革命書籍就是有作用。只是到了後來，弄巧成拙，有些學生不管上課下課都抱了小說看，語政外數理化一一置諸腦後，教師班幹部干涉還往往碰壁。有一次青果上課看小說又被苗老師當堂逮住，書要沒收。青果被沒收的課外書太多了，又有一大摞了，書要期末才能歸還本

人。這本小說無論如何不能被沒收去，是馬上要歸還市圖書館的，不能等到期末才還。青果很不情願把書交給苗老師，烏嘴知情，就橫插一槓子，振振有詞：「這書不能沒收，又不是課外閒書，都是你鼓勵的，全部是革命鬥爭，革命傳統，是培養革命接班人的。」真會瞎起哄，苗老師盯著這個憑空打悶棍的：「你是打抱不平呢，還是攪混水？站在高枝上說風涼話，賣瓦盆啊，一套一套的。」語音末落，紅毛從他座位上衝過來，一把奪走了青果手裏的小說，還衝烏嘴吼：「培養革命接班人，你配？！」烏嘴毫不示弱，要把小說奪回來，兩人扭成一團。這件事一直讓苗老師記憶猶新，所以先打個預防針，不要在學習毛主席著作當中弄出什麼不好的事來。

　　苗老師接著開始講解毛主席的光輝篇章〈為人民服務〉。他滿懷崇敬地闡述了文章的豐富內容和偉大意義，深情地列舉了為人民服務的光輝典範張思德、白求恩和雷鋒，熱情地讚美了他們樸實而偉大的人生和平凡而動人的事蹟。

　　苗老師這番班會講話，是作了精心準備的。雖然，還沒開始時就被幾個遲到學生和「遺書」的事打了岔，有點挫傷了他的積極性，但是，這並沒有打亂他的通盤計畫。他排除干擾，力求講話春風化雨，滴滴入微，「潤物細無聲」。苗老師邊說邊注意課堂。好一片青青禾苗，修植精心，齊齊刷刷，拔節爭長，真是雨露滋潤禾苗壯，彷彿能聽得到美妙的吮吸雨露的合奏。他覺得自己的啟發和努力有成績，也自信「沒有吹不響的喇叭。」

　　苗老師的嘴，他自己形容是「半簍子喜鵲——非常好說道」。學生們平常都說苗老師是蜜糖嘴，甜是甜，就是怕他水庫開閘——滔滔不絕。青果平時上課不專心，聽多幾句就不耐煩，不是看課外書，就是畫畫、寫詩，甚至胡思亂想。好在他理解力強，跟得上老師講課。講課沒聽到的，或者他自以為聽懂了卻不對勁的，可喜他課後自己看書也能無師自通。不過，這時他一直在聚精會神地聽講。一則他很有些為遲到而惴惴不安，二則他一聽到學習毛主席著作就興奮，認為苗老師會表揚他學習馬列、毛著積極，甚至於想當然地以為苗老師目睹了他這個學生自覺樹立起了學習的

好榜樣，受了啟發，於是號召全班同學都來學習毛主席著作。聽了這麼久，苗老師卻並沒有點名表揚他，他雖然心裏不是滋味，卻還是不出聲氣。他瞄了瞄四周，同學們側耳傾聽，都很入神的模樣。紅毛鬼子更是口瞪目呆的，青果心想看他平時呆得木瓜一樣，只知道凶，現在怕是石頭要發芽了。

苗老師沉浸於自己語言力量的魅力中，號召學生們努力學習，強調為人民服務就要像偉大榜樣一樣，「做一個高尚的人，一個純粹的人，一個脫離了低級趣味的人」，堅決做到「毫不利己，專門利人」。此語話音剛落，正是四座無言，突然間，烏嘴把一隻手高高舉起，還抬身帶出了砰的一聲響。越過全班同學們的一片頭頂，他豎掌帶著整條胳膊直往上使勁伸，無倚無傍，像一隻落單的孤鶴伸直了長長的脖子仰天欲唳。

苗老師原欲稍作停頓，繼續壯語，還要對學生們佈置學習任務並作具體要求，以便解決評選學習雷鋒積極分子中出現的問題。不知不覺班會拖長了，時間顯得有些緊。教師講課提問，學生舉手回答。他並沒有提問，只打算讓學生們按要求去做，卻見這只頑固不化的手不依不饒地越舉越高，雖然有點生氣，又詫異，只得示意允許。由他歪嘴吹喇叭，能出多少斜氣。烏嘴半個身子早已迫不急待抬起來了，呼地猛然挺立。他不是回答什麼問題，而是顛倒發問，鯁在喉管裏的叫喊衝口而出，又衝又刺耳：

「苗老師，說一千道一萬，你能不能簡單些，用一句話直截了當地告訴我們，為人民服務對每一個人有沒有實際的好處和便宜？有，還是沒有？一兩個字就行。」

見苗老師瞪目結舌，烏嘴又疾忙補充道：「要不，請你像作數學推導那樣，證明為人民服務是一條正確的定理。」

真是匪夷所思，聞所未聞，膽大包天，竟然把為人民服務和占好處便宜胡扯在一起，還要作什麼「數學推導」。

不過，青果是早已經領教過烏嘴如此狂悖的思想大爆炸。烏嘴常常說現在的人是「政治動物」，並曾指著自己、青果和全班同學說：「我是，

你是，他們也是」，又用手在空中劃了一個大大的圈，表示全國上上下下好幾億人，說，「全部都是」。末了，他又加了一句：「我和你們不同，我還是思想動物」。他意欲末盡，還做了一個羅丹雕塑《思想者》的姿勢，令青果覺得滑稽可笑。烏嘴這個思想動物太能「思想」了，他的思想常常是常人無法理解，無法接受的。

好幾次，烏嘴曾對青果說，以前提倡「我為人人，人人為我」，這還好理解。我為別人做好事，幫助別人。別人為我做好事，幫助我。這是互相幫助，誰也不吃虧，雙方都能得到實際利益。這樣，你好我好大家好，人人都發揚共產主義，人人都享受共產主義。所以，這個口號我能理解，可以接受。現在，提倡「毫不利己，專門利人」，還說這就是為人民服務，我覺得講不通。「毫不利己」，誰能做得到？且不說人不利己，天誅地滅。不利己，專門去利別人，自己節衣縮食去幫助別人，好是好，到頭來不就成了不吃不穿，自己只有去餓死凍死。可是，這樣一來自己都沒有了，不存在了，又有誰去利別人？別人又來利誰？可見，「專門利人」行不通。我做不到，你做不到，誰都做不到，神仙也做不到。「毫不利己」，按這個意思，「己」要抹去的，最好消滅。「己」統統沒有了，實際上人也不存在了，人類也不存在了。現在，我們國家不就是六億「己」的國家，世界不就是二十幾億「己」的世界嗎？要是全國、全世界一個「己」也沒有，共產主義到哪裡去實現？這麼簡簡單單的道理，你都不理解，好意思自稱天天學馬列著作。革命者自己都成了子虛烏有，面對一個「己」也沒有的子虛烏有的世界，還怎麼高唱解放全人類？

青果才不在乎烏嘴的搶白，奮起反擊，痛斥他鑽牛角尖，「簡單」、「極端」、「曲解」。為人民服務是無產階級革命者的偉大胸懷，解放全人類是無產階級革命的宏偉目標。「毫不利己，專門利人」是要改造思想，用毛澤東思想武裝自己的頭腦，樹立起無產階級世界觀，掃除私有觀念，消滅資產階級和一切私有制，為廣大人民謀福利，全心全意為共產主義事業貢獻力量。一句話，不要私字當頭，要助人為樂。不是自己不吃飯、不穿衣、不活了。

但是，烏嘴並不是磨房裏的驢，聽吆喝。他口口聲聲稱，青果是「鸚鵡學舌，都是報紙、廣播裏的話，和尚敲木魚——老一套，空空洞洞，不通不通又不通」。

本來，兩人私下爭論，任他怎樣天馬行空，信口開河，亂想亂說，吵得翻天覆地也不惹禍。反正，他們兩個天天爭長論短，互不相讓，卻要好得如同穿一條褲子。可是，烏嘴的腦袋真是反得不可救藥，把反革命自以為是革命，當反革命有癮，公然在課堂上公共場合冒靶子，不是自找挨槍子。況且，他哪裡是提問題向老師請教，簡直是大逆不道，一字字、一句句機關槍掃射，火舌亂噴。

苗老師轉瞬鎮靜下來：

「你的提問到此為止吧。班會後我們個別交談，我會清清楚楚正告你，什麼是『利人』，什麼是『利己』。」

烏嘴明明護癤子成膿，還自以為有頭腦，又正在興頭上，只圖嘴巴快活，才不會忍耐性子等著「個別交談」。見苗老師不理睬他，他就嘩啦嘩啦大開閘門柵欄，把滿腦子的洪水猛獸放出來。苗老師一時制止不住，又插不上嘴，渾身抽搐，像落在熱灰裏的蚯蚓。全班同學先是一片死寂，緊張得要窒息。一刹那，嘈雜四起，慌亂、疑惑、譴責、憤怒……一片刺耳。萬金油反覆勸說：「聽苗老師說。」紅毛一疊聲聲討：「反革命太反動了。」花腸子頭搖得像撥浪鼓，直咕噥：「我早就說他是個反腦殼。」青果在旁邊連聲說：「太過分了，太過分了。」

苗老師眼見得無法收拾，只好停下精心準備的班會，從講臺走下來，虎起臉對烏嘴說：「走，我們去辦公室。」

烏嘴過足了反革命癮，就跟著一起去辦公室。

苗老師把烏嘴帶到了教師辦公室。這裏是教師們集體辦公的地方，這天是星期天，空蕩蕩的。

苗老師拖了兩張椅子，卻不坐下，也不叫學生坐，拉開了訓話架式。好話說了一籮筐，如同對牛彈琴。烏嘴桀驁不馴，強著和苗老師唱對臺

戲。一個是費盡心思，說好說歹；一個是充耳不聞，一派胡言。師生兩人你一句，我一句，漸漸地又辣又沖。偌大一個辦公室脣槍舌劍震得嗡嗡響，只有一張張辦公桌椅趴著不出聲氣在聆聽。

　　忽然，一個女教師不知為了什麼到辦公室來。她見了這副情形，聽了幾句，大吃一驚。現在的學生真是了不得，心又野膽又大，牙尖舌利，不成體統，不諳世事，不怕犯政治錯誤，會有苦頭吃的。驚駭之餘，她出去很快把唐教導主任叫來了。

　　唐教導很嚴肅，一來張口就嚴肅批評烏嘴。烏嘴認得唐教導是小喜子的父親，這位愛繃臉的嚴父經常在家裏學校裏訓斥兒子。同學們叫小喜子「老陰天」，他小名小喜子，常挨訓，戰戰兢兢，總是一臉苦相，樣子一點也不喜氣。烏嘴才不買帳，硬梆梆地回嘴：「動不動就教訓人，我又不是你兒子。」花白頭髮的唐教導氣得把手猛地揚起來：「你就是我兒子，你。」天地君親師，唐教導是有資格視學生如子女的。平常全校集合講話，他就講過：「老師像愛護子女一樣愛護學生，學生要像尊敬父母一樣尊敬老師。」理所當然，他把兒子班上的學生也當作自己的兒子。此刻，話剛剛衝口而出，「你」字尾聲忽然底氣不足，手也無力地垂了下來。他領教過他兒子這個班的學生。前兩天，上課鈴響了，呆虎頭和二馬虎還在操場比投籃，他看見就清問：「你們是哪個班的。」二馬虎笑嘻嘻的：「你兒子班的。」他臉一沉：「為什麼還不去上課。」突然間，不知道是不是故意的，呆虎頭把球扔過來。他還沒來得及躲避，球從他頭皮上擦過，把他的臉都氣青了。呆虎頭二馬虎兩個卻轉身飛快地跑了，呆虎頭還回頭做了個怪臉。眼見得又是一個兒子班上的學生如此無法無天，頂撞搗亂，唐教導倒嘸了一口氣。你學生娃娃說得對，不是兒子，是學生，是了不得的中學生。滿天風暴雷電硬是生生地化成了和風細雨。烏嘴卻硬的不怕，軟的不吃。看起來，說服教育也還不是萬能的。老師也有束手無策的時候，真是太氣惱，太尷尬了。

　　差不多過了大半節課的時間，苗老師想起學生們還在教室裏，跟唐教導說了兩句，撇下烏嘴，自己匆匆離去。這時，陸續來了幾位教師，本來

都有點事情要到辦公室做，卻遇上了萬里無雲下大雨的事，走開又不是，插嘴又不是，在一旁交頭接耳小聲議論。唐教導見狀，尋思片刻，把烏嘴帶去校長辦公室。

周校長也是學校黨總支書記，星期天也在辦公室。他參加革命早，是個老黨員、老革命。他老成持重，當校長資歷老，都叫他老校長。他戴副瓶底厚的高度數近視眼鏡，顯得老氣，其實年紀四十多歲吧。唐教導叫烏嘴在門外等，自己先進辦公室和校長說明情況。周校長聽了後即親自開門叫烏嘴快點進去，讓他坐下，並給學生倒了杯開水。

周校長沒有問烏嘴和班主任之間發生了什麼事情，也沒有談論其中的原委對錯，只是圍繞毛澤東時代青年學生的責任和使命講了許多革命道理。在春風和熙的校長辦公室裏，烏嘴倒是悶口了，瞪著雙眼，作洗耳恭聽狀。

不知不覺早就過了吃飯時間，周校長說完，想聽聽學生的想法，烏嘴卻一言不發，只得說以後再談，叫他回去。送到門邊，周校長關切地問：「道理清楚了沒有。」烏嘴答：「你說得很清楚了，我還是想不清楚。」周校長啞口無言，只得揮揮手示意這個思想脫韁、冥頑不化的學生離去。

2

「能不能多動腦筋，別朝歪處想？苗老師、周校長說了幾大車了，苦口婆心，你怎麼就不相信他們？」萬金油很有耐心地說。

「說得多，我就該信？樹上的知了叫個不停，說得夠多的，你信不信？」

「他們都是黨員。」

「黨員怎麼了？」

「黨員政治覺悟高。」

「那也要看他們說什麼。」

「他們說的都是革命道理呀。」

「革命道理我聽得多了，好多都是空的。說是說的，實際上還不是好多不對勁。」

「主要是你不願意相信老師，更不相信同學。」

「我從來就不相信什麼。」

「什麼都不相信，是不對的。」

「不過，該相信的，我當然相信。」

「什麼是該相信的？」

「比方說，你老頭說實話，我就相信。」

萬金油聽他說這個，眉頭就皺起來了。

「萬金油」是外號。有一次上體育課，短跑測驗，老師點名一個一個地叫學生跑。輪到叫她，這位老師有口音，把她的姓名叫成了「萬金」。老師叫名餘音未盡，她急沖沖地應聲響亮回答，「有」。花腸子一聽就壞笑，「萬金油，有什麼可神氣的。」旁邊幾個同學也聽出味了，一聯想都哄笑起來。這時，不少同學在為她喊，「加油！」花腸子卻夥著幾個同學亂嚷「萬金油」。她從跑道跑完下來，紅撲撲的臉迎著同學們說，「亂哄哄的，你們喊什麼呢？」鍋鏟指著花腸子說，「他給你亂取外號，叫你『萬金油』。」花腸子趕緊賴賬，指著體育老師說，「是他剛才叫的。」她微微皺了一下眉頭，自己反倒有點好笑，「萬金油就萬金油，反正我是個到處抹的。」她還挺能自我解嘲，也不理會是誰取的外號。的確，不管是感冒驅風清涼，蚊蟲螞蟻叮咬，都用萬金油來隨手塗抹應付。哪裡用得著哪裡抹。她這種人，就像萬金油一樣，誰都需要。叫她「萬金油」，很妥當。

說起來，她取名還有點故事。她老爸原來給她取名叫「行軍」。媽媽臨產的時候，叫給孩子取個名字。她老爸小時沒進過學堂，參軍後識字學文化能應付寫信讀講稿，不講究咬文嚼字。他說：「現在成天打仗行軍，生個兒子叫『打仗』，生個女兒叫『行軍』。」所以，她生下來就叫行軍。後來，她上幼稚園，一位小阿姨老師認為女孩子叫行軍不像話，去

了「行」字，把「軍」改成「君」。萬金油說：「幸虧是女孩子，生個男孩子叫『打仗』，難聽死了，改又不好改。」同學們一聽笑得前仰後翻，苗老師卻說：「『行軍』這個名字有革命意義。」他還還諄諄告誡學生們：「老紅軍給自己女兒取這個名字，是為了紀念無產階級紅色江山來之不易，是歷經炮火硝煙、流血犧牲換來的。同學們千萬不要忘記！」同學們聽老師說得如此嚴肅認真，只好拼命忍住笑，洗耳恭聽。呆虎頭二馬虎幾個還應聲嘻嘻哈哈喊：「同學們千萬不要忘記。」不過，文革中萬金油把名字又改回去了。但是，只改回一半，不叫行軍，單名一個字「軍」。這個名字又只用了一段時間，文革結束後又改回去了。這名字改得翻來覆去，它的「革命意義」，同學們卻始終記得牢牢地。

　　苗老師一說起萬金油的父親，很是肅然起敬。這位老紅軍於百忙之中一次又一次地被請到學校和班上來作革命傳統教育報告。報告會很隆重，師生們滿堂端坐，恭恭敬敬，不少人滿懷激動。老紅軍親身經歷的革命故事，真是可歌可泣，很打動人，師生們掌聲陣陣。但是，班上同學們一提起他來卻個個忍俊不禁。首先，同學們有點沒想到，這位老紅軍、大領導矮矮的，胖胖的，慈眉善目，挺平常的一個老頭兒，一點也不像想像中的革命英雄那樣高大威武。還有，同學們也有些意外，他每次唸的發言稿好厚一疊，以為要唸好幾個小時也唸不完。沒想到，稿子唸完了，時間卻並不長。有次風吹了幾頁下講臺，幾個同學幫著撿起來，偷眼一看字比核桃大，一頁紙沒寫幾行。萬金油說她爸爸不讓秘書動筆，非要自己寫講稿。這位大領導戴著老花眼，用一根食指很認真很慢地蘸口水黏起稿紙翻頁，那模樣又惹眼又逗趣。同學們直想笑又不敢，有人凳子也坐不安生，忍不住裝咳嗽。呆虎頭二馬虎幾個更是擠眉弄眼，抓耳撓腮，扭來扭去，彷彿身上有小蟲子爬。萬金油也為此有點羞赧，又不好生同學們的氣。

　　老紅軍照發言稿唸，同學們聽著很順當，覺得革命故事就是革命故事，革命得很。流血犧牲，前仆後繼，同甘共苦，勇往直前，英勇奮鬥，為勞苦大眾求解放，敢叫日月換新天。可是，他又不太喜歡照著稿子唸。所以，有時聽他的講話，同學們很詫異，不敢相信自己的耳朵，這聽到的

話是出自一位老紅軍之口。最驚駭的是，有次他說，在長征路上發的乾糧不多，有經驗的戰士不隨隨便便拿出來吃。沒經驗的一餓就吃，吃得快，還拿給戰友吃，當然很快就吃完了。後來，乾糧久久無法及時補充，結果，乾糧吃完了的好多都餓死了。那時，紅軍隊伍裏戰士死了，就叫做「革命到底了」。餓死的戰友越來越多，還有點吃的戰士把自己的乾糧袋子捏得更緊了，更不敢輕易拿出來。個別戰士，叫也不拿出來，還說：「你革命到底了，我還要繼續革命。」這些話真不像革命傳統教育報告中該講的，同學們聽了，大吃一驚，不知道是聽錯了，還是說糊塗了，好一陣竊竊私語。萬金油也很不自在，暗暗生氣。不知道她是生同學的氣，生爸爸的氣，還是生自己的氣。

只有烏嘴聽了這段話，覺得合情合理，很對自己的口味。他說，萬金油的爸爸才是真正的老紅軍，不做官樣文章。他還幾次對同學們嘖嘖地說，都說小孩嘴裏無假話，紅軍老大爺嘴巴裏也一樣出大實話。

萬金油，你不要不高興。我是很佩服你爸爸的，他作報告，我真的喜歡聽。

說真的，我是不耐煩聽報告的。經常是校長婆婆媽媽，老師喋喋不休，不是大道理，就是教馴人。他們說的，從小就聽得耳朵生繭子了。從小，大人都愛對小孩子說，乖孩子有糖吃。這些甜言蜜語，往往都是哄人的話。校長老師總認為他們是大人，我們都是三歲小孩長不大。反正他們說他們的，我是聽在耳邊，看在眼裏，我才不信他們說的那麼多。我還不是長了眼睛，長了腦殼，難道就只長了耳朵？

你不要一開口就說我什麼都不相信。相信了，又會怎麼樣？就說革命大道理，長篇大論，課本、報紙，還有廣播，天天高音大喇叭，聽起來真是革命得很，娓娓動聽，言之鑿鑿。現在什麼都是革命，上課讀書，就是堅起耳朵聽講革命大道理。革命大道理還不是說歸說，比天氣預報還不準。還有，你對別人講大道理，別人又不和你講大道理。告訴你，我老頭原來就是太信以為真，把革命大道理奉若神明。到頭來，還不是自己碰得

頭破血流。別人還笑他老實得像傻瓜。他說自己嘴拙，是個悶葫蘆性子，從來不習慣會上發言講話。說了歸齊，他還是會下沒說會上說，當了右派。還不是單位領導叫他發言就發言，叫他說老實話就說老實話。他說什麼啦，就是說了句「恩格斯有篇經典大作〈社會主義從空想到科學〉，如今要注意別把社會主義從科學搞成空想」。我才不會東說向東，西說向西。說上天，就登雲，不是現成的我老頭跌了大大的斤頭嗎？你聽不聽，我寫了一首打油詩：

> 大人說的是個屁，
> 領導說的是個屁。
> 屁、屁、屁，
> 皇天老子都是屁。

> 課堂說的是個屁，
> 學校說的是個屁。
> 屁、屁、屁，
> 滿世界裏都是屁。

> 報紙說的是個屁，
> 廣播說的是個屁。
> 屁、屁、屁，
> 革命道理是個屁。

你不要塞上耳朵不聽嘛，不要生氣。你心裏是不是在罵我盡說粗話，罵我反動？你等一等，聽我把話說完。記得不，苗老師那些討論題？人生啦、青春啦、未來啦、社會啦、理想啦、真理啦，他的討論題就是多，革命得很。討論來討論去，肯定要扯到時事學習，他的時事學習就是讀報，好像什麼都在報紙裏。一叫討論，苗老師就說讀報，還說是學習革命道理。大

家同學討論也是這個調調，煩得很，還說什麼大人說的，領導說的，課堂說的，學校說的，報紙廣播裏都有，都是革命道理。我反正覺得現在的革命道理空空洞洞，只會說大話。我知道班上都說我腦殼生反了，我就是喜歡反其道而行之。

　　不曉得你是什麼看法，我認為大家都是神經過敏一樣。一說到「反」，就不得了。無論是什麼，只要是粘「反」，就是壞蛋、壞東西、壞人壞事，就恨得不得了，咬牙切齒。其實，「反」是很正常的，有什麼大逆不道的。反對、反抗、相反、造反，都粘「反」，未見得就一定是反革命。比如說，反對落後，反抗壓迫，相反相成，造反起義，都是很革命的。紅毛鬼子動不動就罵人「反動」，不知道「反動」並不一定就是反革命，他不懂革命就是對反革命的反動。上哲學課講相反相成，我最欣賞這個認識。白麵崇拜辯證法，但是，他不懂相反相成裏的這個「反」。你不要說我也不懂，「反」得鑽牛角尖。

　　算了，反正我說話別人就頭痛，你也不喜歡聽我的。說了一大堆，我也覺得像唸經一樣。你猜，有次我在山裏一個洞穴看見了什麼？蝙蝠！就是飛老鼠。你猜不出來吧？你當然不喜歡蝙蝠啦。樣子又老又惡，奸裏奸氣，詭譎得很，像個鬼。都說它是吸血鬼，是無惡不作的巫婆。剛進洞，我還嚇了一跳。洞黑黢黢的，陰森森的，一股股冷氣撲出來。我還沒有看清楚，頭上就劈劈啪啪，不知道是什麼東西在竄來竄去。頭皮發麻，好一陣子才看清是蝙蝠。真是飛老鼠，帶爪子的翅膀沒有羽毛，鼠頭鼠目，嘴短短的像圓錐。洞裏黑古龍冬，到處都是吸血鬼尖著錐子嘴盯死了。你不要毛骨聳然，不會錐你，吸你的血。洞壁旮旯，蝙蝠一串一串的，爬的爬，吊的吊。還有好幾隻在亂哄哄地飛，有一兩隻就在眼皮面前，我看得清清楚楚，它們臉上飛快地一陣哭一陣笑，一陣凶一陣惡，不知道什麼意思。最奇怪了，它們反飛，飛著往後倒退。真是出乎意料，鳥都往前飛，飛老鼠還能夠往後飛。這才是真正的反其道而行之。這蝙蝠也真不容易捉摸，說它是鳥卻是獸，說它是獸卻能在空中飛行。有人認為它在黑暗中視力驚人，又說它認識世界跟眼睛無關，難道它是睜眼瞎？我也懶得去

理這些。我只是覺得蝙蝠夠倒楣的，挺遭非議。其實，以前蝙蝠形象很不錯，也很受老百姓歡迎的。蝠的諧音就是福氣的福。你肯定也看到過，街上舊房子牆磚上，還有雕花木窗上那些蝙蝠圖形好多。家家戶戶都求蝙蝠保佑。苗老師叫看不怕鬼的故事那些書，我看了講鍾馗打鬼的。你知道不知道，打鬼，鍾馗這個打鬼英雄還要靠蝙蝠。因為，蝙蝠能在黑暗中飛行自如，神通廣大，凡是鬼所在的地方，只有它才知道。有了蝙蝠同行、幫助，鍾馗打鬼無往不勝，大功告成。你沒想到吧？一個反著飛的怪物也是打鬼好漢，很革命的。可惜，鍾馗有蝙蝠幫大忙，也沒把鬼打完。不然，就真的革命到底了……喂，你不要惱我。我說的革命到底，不是你老頭那個意思。是指反革命都消滅了，徹底解放了。

　　算了算了，真的不說了。我不是轉彎抹角為自己狡辯，也不是故意要把黑說成紅。你不想聽就不聽。你也不要抱歉，我沒有聽你的話。不過，我還是很謝謝你。沒想到，你耐煩聽我胡說八道。你說你不是以團員、班幹部、團幹部的身份和我談話，真是最瞭解我。好了，你也不要覺得沒完成任務。你要願意，隨時可以找我談。反正喜歡找我談話修理我的人多得很，我覺得這很有趣。孔乙己說，多乎哉，不多也。哈哈！

　　萬金油做烏嘴的思想工作，次次無功而返。和這個好反其道而行，為蝙蝠抱屈的同學談心，真是往鳥籠子裏鑽似的。她總是被頂到南牆上，弄得沒咒唸。好在她很有耐心，那怕是信口開河，離經叛道，她總是平心靜氣，姑妄聽之。她當然也規勸，也反駁，甚至驚駭、焦急、生氣。畢竟，她是團員、班幹部、團幹部，有責任堅持原則、堅持真理，不能眼睜睜地看著同學往思想危險的泥坑裏滑。不過，她從小學起就當班幹部，很會處理同學關係。談話當中，她並不開口訓人，不揪小辮子，生氣也不惡語傷人。別看她姑娘家，快人快語，卻還有些婆婆媽媽。爭論起來，也不像白麵那樣死不服氣、咄咄逼人，動不動還勃然大怒，拂袖而去。加上她是女同學，少年男女同學之間很有點微妙，也願意接近。每次她又特別強調自己的同學身份，烏嘴不但不拒她於千里之外，反而很歡迎。

他們的談話次數漸漸有些多。

這種談話，對萬金油而言，真是又費力又不討好。苗老師說她是羝羊觸藩，還一再告誡她要站穩立場，千萬不能妥協，要敢批評、敢鬥爭。她覺得苗老師對烏嘴太嚴厲了，沒敢把烏嘴說的一字不漏都告訴老師。她並不認為烏嘴說的正確有道理，更不想存心包庇他的錯誤荒謬言論。「革命道理是個屁」這種話太反動了，烏嘴信口胡說搞慣了，難怪班上都叫他烏嘴。但願他有口無心，給他留個反省改過的機會。但是，萬金油這種良好心願，旁人並不知道，也不能領會。紅毛在團小組會上指責她和反革命打得火熱，一個共青團團員向反革命投降，就是共產黨向國民黨投降。花腸子說她幫助同學找錯了對象，對牛彈琴，只怕是鮮花插到牛屎上。他還反話正說，人家萬金油不是共產黨向國民黨投降，是國共談判，國共合作。紅毛的話，同學們都不肯信。花腸子的話，好像對，又好像哪裡不對頭，怪怪的。同學們不得要領，無可無不可，漸漸有點妄聽妄言，側目而視。白麵說，烏嘴老扯皮終於找到個由他胡言亂語的聽話簍子了。他說烏嘴，這下好了，隨你天花亂墜，滔滔不絕，只是不要樂極生悲，禍從口出喲。萬金油更是千叮嚀萬囑咐，烏嘴呀烏嘴請你管好你的嘴，謝謝啦。

兩個同學談話的結果頗為意外，烏嘴和萬金油背後有了「國共合作」的雅話流傳。在少男少女學生來看，這個「國共合作」變了另一種意味，指的是一種道似無情卻有情，朦朦朧朧，妙處不傳，令人心跳的情愫。

不管怎麼說，烏嘴還是很非凡的，是班上的風雲人物。紅毛更是，還可以算上青果。這三個同學，一夜之間班上號稱「三套車」。

他們班上革命故事多，有了「三套車」，更是風起雲湧，波瀾壯闊。當然，「三套車」很快變成了「一套車」。再後來，「一套」瘋跑，車也翻了。不過，這都是後話。

「三套車」名號叫響起來的時候，班上正是熊熊火起。這把火是由烏嘴放的，他有青果相幫襯，紅毛更是跳到半天空了。

萬金油白「謝謝啦」。烏嘴不但堅決不管好嘴，還放火。

放火之前那幾天，烏嘴的壓力很大。

他每天一到學校，苗老師、唐教導，還有周校長一個個輪流找他去談話。都說人攔不住千言，樹攔不住千斧，烏嘴偏偏是個石滾子腦袋——不開竅。任是師長們說一千道一萬，唇焦舌敝，苦口婆心，他一頭撞到南牆上——彎都不拐，反正就是一句話作答：「大道理誰不會說，大道理不能解決我的思想問題。」

這天，學校開會討論了烏嘴的問題。參加會議的有校長、正副教導主任、團委書記、班主任等，教育工作者們都認為這個學生不僅僅是思想問題，關鍵是階級立場問題，是政治上大是大非的問題。大家分析了他的立場問題的根源，都把矛頭集中到了他父親身上。這個父親是個右派分子，他的嚴重影響顯然已經給中學生兒子造成了惡劣後果。為了從根本上做好教育工作，都認為必須嚴厲處分這個學生。究竟怎樣處分，是否先送到學校農場去勞動教養一個時候，通過勞動改造轉變立場，樹立為人民服務的無產階級世界觀。對此，會上一時還不好確定。周校長的意見是盡最大努力挽救學生，能不推倒就不要推倒。況且，這樣嚴厲的處分要報上級，如果通報，對學校聲譽影響也不好。會議末了，決定有關給這個學生的處分如何定，再研究研究，對他本人再觀察幾天。

學校有關處分他的研究情況，烏嘴本人一點也不知道。萬金油得知一點風聲，很為他捏著一把汗。

烏嘴就是這樣，大禍臨頭，依然故我。他倒沒有聽到老師議論他父親。可是，紅毛這天忽然喝斥他：「和你右派分子的爹一樣反動。」他頓時勃然大怒：「我爹反動不反動，不是你說了算。你爹生你這樣的現世寶兒子，也革命不到哪裡去。」

萬金油沒見過烏嘴的父親。青果見到過，有兩三次，其中一次只打了個照面，正遇上他匆匆離家出門。烏嘴家離學校不遠，青果常常放了學

去。他家不大，三間小屋，又窄又暗，家徒四壁。其中一間屋子上有個小閣樓，鴿子籠一樣。這是烏嘴的小天地，經常搬把梯子爬上去。青果一到他家，就被帶著往上爬，一起分享快樂。閣樓上沒有一樣家俱，樓板上堆滿了書，一摞摞堆到灰瓦屋頂。屋頂安了幾片明瓦，幾束斜陽射進來，光霧騰騰。兩個同學席地而坐，隨手翻書，好不自在。書是烏嘴父親的，他是城市貧民出身，卻如此學富五車。烏嘴悄悄告訴過青果，他爸爸曾考取官費留美，正好要解放了，想留下來建設新中國，就沒有去美國留學。青果聽了，後來又悄悄告訴過萬金油。萬金油也覺得有點奇怪，難道右派分子也愛國，就說也許吧。萬金油從來沒去過烏嘴家，後來去過一次，是跟著到他家抄家去的。

　　烏嘴的父親常年不在家，不知是做什麼工作的。青果沒有問過，也沒想過要問。聽烏嘴說，他「老頭」（他如此稱呼他父親）偶爾回家，也不出門，多半待在閣樓上。青果碰見，覺得比自己老爸年輕，不怎麼老頭，卻同樣和藹可親。只是他很不喜歡說話似的，少言寡語，似乎這位做父親一輩子的話全都留給兒子去傾吐了。他見有兒子的同學來家裏玩，點頭笑笑瞇瞇，居然還帶上閣樓，不分長幼，席地而坐，不叫看書，卻叫喝米酒。米酒是他家自釀的，很甜，喝起來沒老沒少，各自端碗大口小口，隨意而盡。他和兩個小兒輩也不說什麼話，只管高興，真是無拘無束。青果一直疑心自己是不是搞錯了，烏嘴的父親怎麼看也不像右派分子。不過，他那個年紀，小小少年也並不知道右派分子究竟應該是個什麼樣子？

　　其實，烏嘴早就領教過父親當右派分子給他帶來的沉重打擊。那次，空軍某航校到學校來招學員，是培養飛行員的。全校學生一片歡呼，男同學個個熱血沸騰，女同學也都激動得不得了。學校推薦了一些學生去參加體檢，他們班有紅毛、花腸子、土豆等三個同學，沒有烏嘴和青果。青果嘴巴上不服氣，沒讓去就算了。烏嘴偏偏不甘心，一而再，再而三地找學校，找部隊。當時，萬金油等一些女同學也是一副誓不甘休的勁頭，紛紛表決心非要參軍不可，吵著鬧著問為什麼參加解放軍只要男生，不要女生。吵嚷了好一陣子，當然是去不了部隊的還是去不了。不過事情過去

了，去不成部隊的，男同學也過好女同學也好，情緒都漸漸地平息了下去。學校老師和部隊同志對想參軍的學生們都是笑臉相迎，好言相勸。可是，烏嘴按他自己所說，「碰得頭破血流」。烏嘴沒有找苗老師，徑直去找學校負責管推薦學生名單的老師。他覺得這位老師比較熟悉，不料卻是一臉冰霜。去找解放軍軍官，他也不太熱情，一再說不瞭解情況，要先由學校推薦。學校又偏偏不推薦。追問急了，那位「熟悉」的老師大庭廣眾之下反問烏嘴：「難道你不曉得自己的父親是右派分子？」這一下，全校都知道有個「右派分子的兒子妄想參軍」。

紅毛、花腸子都是因為體檢不合格，被淘汰的。挑來選去，全校只有土豆獨佔鰲頭。土豆入伍去部隊時，全校上千師生敲鑼打鼓，熱烈歡送。同學們眼睜睜看著土豆身穿軍裝，戴著大紅花走了，去當空軍，開戰機，在萬里藍天威武飛翔，保衛祖國。土豆鼻子長得有點大，同學們叫他大鼻子。後來，烏嘴說法國俚語大鼻子叫土豆，同學們覺得有趣，改叫他土豆。叫他土豆，同學們還會聯想到電影裏國民黨兵氣急敗壞地呼叫「土豆，土豆，我是地瓜」，很好笑。沒想到，他竟然一下子紅得這麼耀眼。以前，他在班上一點也不顯露，這回可真是露面。花腸子說，土豆的姐夫是部隊的，這次沒少幫小舅子的忙，跑前跑後，肯定給航校軍官說了不少好話。要不然，為什麼只選中土豆，他大鼻子就是最好的？同學們都不太相信，花腸子的話靠不住。當然，同學們都知道參軍，當一名解放軍戰士，很革命，政治覺悟高，又光榮，又自豪。這個土豆，除了打球露臉，在班上不出聲不出氣，平常不出眾，這回真要刮目相看，轉眼就是解放軍，革命形象好光輝。

同學們沒能去當解放軍，都有些埋怨，埋怨學校不推薦，埋怨自己體檢不合格。埋怨也沒有用，好一陣，同學們都遺憾不已。紅毛和花腸子卻有點沾沾自喜。花腸子好幾次津津樂道：「我好歹被學校推薦了，不像有的人『癩蛤蟆想吃天鵝肉』」。紅毛公然說：「右派分子的孝子賢孫想挖解放軍牆角，真反動。沒門！」烏嘴反唇相譏：「狗屁不通。去當解放軍，叫『挖牆角』？我是去築鋼鐵長城。你個紅毛鬼子、老鬼子，莫搞忘了八國聯軍，日本倭寇，挖牆角，挖長城，挖中國，作惡多端。」

　　烏嘴舌戰紅毛很理直氣壯，一股子豪氣。但是，參軍（學校裏也間常有學生去參軍，還有許多學生考入部隊院校）、入團、評先進之類，他是再也不往前靠了。

　　為了幫同學放下包袱，萬金油也多次開導烏嘴，父親的問題是父親的事，只要從思想上劃清界限就行，沒人會老揪住你。

　　烏嘴一撇嘴說，隨便揪好了，早就給揪慣了。劃清界限，好笑的是，該劃的不去劃，倒跟不相干的人劃清界限。給你說件陳年八輩子的事，讀小學時，有個胡老師老是很彆扭，總是批評我這也不對那也不對。她多次批評我上課遲到，說我是故意的。

　　萬金油淡然一笑，就這種事啊。

　　烏嘴憤憤地說，關鍵是她常常無中生有，找我的岔子。

　　烏嘴弟妹多，家務也多。每天挑水，劈柴，下菜地是少不了他的，間常還要幫家裏買米，找柴。他閑下來看書時，甚至於還要抱著小妹妹。弟妹那個病了，他要陪媽媽去醫院，掛號、拿藥都是他的事。因為這些事耽擱，他不免上學遲到。

　　一連幾次，他一遲到就碰到胡老師上課。胡老師責問他：

　　「為什麼我上課，你就遲到？」

　　真是有鬼一樣，烏嘴也想不出為什麼這麼倒楣：「我又不是故意的。」

　　「你就是故意的。」

　　「是就是。」

　　「小小年紀這麼強，不認錯。」胡老師更生氣了，「明天怎麼得了。」

　　「明天怎麼得了」，後來成了胡老師批評烏嘴時的口頭禪。

　　萬金油聽了這段故事，就說：「你自己總是遲到，還好意思怪胡老師。」

　　「關鍵是她老是看我不順眼，借題發揮，故意收拾我。」

　　萬金油不信，烏嘴就說，有一回同學們打打鬧鬧，正在擦黑板的值日生順手把黑板擦子扔過來。黑板擦剛好掉在我課桌上，本來也不是要打我。這時上課鈴響了，我撿起黑板擦送回講臺。剛放下它，胡老師就進教室。她看了我一眼，又看了黑板，問：「你為什麼不擦黑板？」我一聽她好惡，不想搭理她，頭也不回，順口說：「擦過了。」不料她更加發火：「擦過了，你按的什麼心？你睜大眼睛好好看黑板。」同學們哄堂大笑，我一看黑板，上面有「地主婆」三個字。值日生剛才擦黑板沒擦乾淨，也不知道是不是故意留的。她又吼起來；「擦乾淨！」我心想又不是我值日，憑什麼叫我擦：「我不擦！」她又吼了幾遍，我就是不幹。她叫我在教室罰站，我轉身就走出教室。

　　萬金油笑了：「你也夠倔的了，剛開始你就該說清楚不是你值日。」

　　「說得清楚個鬼，黃泥巴掉在褲襠裏，不是屎也是屎。」

　　「後來呢？」

　　「她告到班主任，又告到學校，說是要處分我，開除我。都白搭。還有幾件嘔人的事，我也懶得說，記不清了。」

　　「她為什麼盯上你？」

　　「我原來也摸不著頭腦。後來，才聽說她家男的是個右派分子。她知道我老頭的事，就恨我。你說是不是莫明其妙。這麼一個鬼地主婆，一看見我就跳得八丈高，到現在我還記得她一口一個『明天怎麼得了』。她不去跟她家男的劃清界限，倒把氣出在我身上。真讓人哭笑不得，劃清什麼鬼界限。我才不相信這種哄鬼的事。你還叫我劃清界限，我反正是揹運得很，總會碰到這種鬼人鬼事。這個胡老師，你猜是哪一個？就是教我們地理的胡老師，她從小學跳到我們學校裏來了。你說，我怎麼總是會碰得到？」

　　「我怎麼沒看出來你們倆還有這種事，她現在沒怎麼你嘛，好端端的。她對學生有點多言多語，也沒什麼過不去的呀？」

　　「那是現在。恐怕她學會夾起尾巴做人了吧？反正我一看到她，就會想起她的那句口頭禪。『怎麼得了，怎麼得了』。哼，我才不管。」

事情總是這樣，不是明天「怎麼得了」，就是今天「怎麼得了」。況且烏嘴這種不管不顧的，最能遇上事。那幾天，他在班上也說不上話。

青果也是。兩人都各有煩心事纏身，好些日子相互間話也少了。

不約而同，他們只好加油跑圖書館。

烏嘴和青果跑圖書館，居然在那裏放了「一把小火」。那陣子正逢姚文元的文章得勢了，全國呈燎原之勢。這把小火，班上沒看見，自然沒有同學喝彩。

後來，萬金油在所風聞，問過烏嘴。烏嘴倒是很不以為然，青果在旁面有得色。

萬金油再三追問，烏嘴很不耐煩，說沒有什麼意思。青果卻說，怎麼沒意思，好賴也算得上是星星之火嘛。總算也革命了一小把。

萬金油說，又說上革命了。上次你們又是進山又是下河，也說是革命，結果搞得苗老師星期天開班會，後頭儘是不消停。說到這裏，萬金油很是擔心，皺著眉頭問，你們革命到底搞了些什麼？

這一問，青果垂頭喪氣，不高興了。沒想到自己好不容易攛掇幾個同學進趟山，弄巧成拙，生出那麼多頭痛事，自己的萬丈革命熱情，倒澆了一大桶涼水。真是哪壺不開提哪壺，萬金油，你夠煩的。

烏嘴見狀說，算了算了，都是沒意思的事了。

萬金油做夢也想不到，烏嘴嘴巴說沒意思，卻一而再，再而三地放火，火居然放到班上來了。沒頭沒腦的，革命上天了（紅毛語，他原話是「一個老反革命，他能革命上天？」）。烏嘴青果在圖書館放火，萬金油沒瞧見。他們在班上放火，又是擅自開班會批鬥雪花膏，又是上數學課鬧罷課，萬金油卻有幸目睹親歷。紅毛還和他一貫敵視的「反革命」攪在一起，鞍前馬後的，卻又標榜只有他才革命，真正革命，最最革命。當時，萬金油又是震驚，又是懼怕，又是憂慮，又是困惑。

烏嘴在班上一貫頂著反革命名號。信不信由你，一時同學們卻紛紛都說，沒想到一個反革命卻點燃了我們學校裏文化大革命的熊熊大火。那時，真是什麼事都開始顛倒黑白。

　　萬金油目瞪口呆，眼睜睜看著烏嘴「革命上天」。開班會批鬥雪花膏，烏嘴他們還只是在班上鬧。他挑起罷課，的確把火燒到校園裏了。開雪花膏的批鬥會，萬金油是堅決抵制過的。班上罷課，她也勸阻過。開班會，紅毛居然也和在裏面瞎攪。鬧罷課，紅毛不在班上，烏嘴更是大鬧天宮，再加上青果，真是驚心動魄。

　　晚自習班上開批鬥會鬥雪花膏，苗老師不在學校。他參加學校周校長帶隊的教學觀摩小組去了外地。第二天，苗老師從外地趕回來了。隨後，周校長帶著所有外出教師都回到了學校。苗老師肯定是回學校前就風聞班上出了漏子，一大早，早早地守候在教室裏，鐵青著臉，一言不發。同學們陸續到齊後，他叫萬金油和雪花膏跟自己去他宿舍辦公室。自從上次帶烏嘴去過教師集體辦公室，他找學生談話的地點改在了自己在學校的單身宿舍（也是教師單獨辦公的地方）。他不願意班上的事再出意外，搞得滿城風雨。

　　走到教室門口，苗老師回頭沈著臉對全班學生們說：「你們上早自習！」

　　望著苗老師離去，烏嘴一臉滿不在乎的樣子。紅毛居然還有點得意洋洋的，那模樣彷彿在說：老師又能怎麼樣？！沒想到這傢伙牛氣起來，竟然肆無忌憚，老師也不放在眼裏了。不像往日，老師面前畢恭畢敬。

　　青果對烏嘴說，苗老師肯定很生氣。他最喜歡的好學生被班上同學背地裏批得體無完膚，還不叫他這個當班主任的臉上無光，痛心疾首。說著說著，烏嘴見他忐忑不安的，就說：

　　「你不是成天階級鬥爭，革命行動？拿出好漢樣子來！」

　　青果轉過臉來怔怔地望著烏嘴，你這傢伙怎麼一下子革命起來了？平常，你總是出言無狀，糟心「階級鬥爭」。沒想到真的遇到了階級鬥爭，你還真是敢衝敢幹，天不怕地不怕，真是不可思議。還有，一說「馬列」、「革命」，你就愛抬槓，從來談不攏。我們兩個平日裏總是唇槍舌

劍的，這風口浪尖的時候，居然會不約而同的走到一起來，甚至於還和死對頭紅毛鬼子並肩戰鬥。你說覺得奇怪不奇怪？烏嘴說，什麼奇怪不奇怪，我才不會想你些革命空話！

青果又自言自語，前段時間，我都被搞得對階級成份、階級立場有些忌諱。老是受打擊無處可訴，感覺很難過。沒想到，階級鬥爭轉過來又成了我們自己的鬥爭武器和革命法寶。這是怎麼回事？還有，苗老師也是越操心越出亂，雪花膏更是一心上進，到如今卻禍從天降。階級鬥爭，真是樹欲靜而風不止。烏嘴說，你嘀嘀咕咕，唸什麼經？

苗老師大學中文專業畢業，教了幾年政治課，當了幾年班主任，自認為教育學生真是如運諸掌。他平日裏談笑自若，引經據典，頭頭是道。他偶爾生氣，也是怒而不慍，很有儒雅風度。

這一次，他是徹底被激怒了，氣得話也說不出來。不像平時生個氣，他還能講個笑話，王顧左右而言他，很能調侃。被批評的學生也被他說得笑起來，點頭認錯。

苗老師好不容易按壓下心頭的怒氣，盤問著萬金油和雪花膏。平日伶牙俐齒的萬金油這回竟然接不上氣似的，斷斷續續地把前晚上班會的過程說了個大概。雪花膏說不上兩句話，很是委屈、生氣，淚水在眼眶裏轉。

苗老師有點埋怨萬金油：「你是班長，一直很起作用。怎麼不及時制止他們的胡鬧？有什麼事，可以等我回來處理嘛。」

「他們根本不和我商量，凶得很，什麼話也聽不進去。」萬金油喘了口氣，喃喃又說，「勞動委員，一個班幹部，從來都不待見他們，沒想到也會湊在一起去。他們都是一口一個『階級鬥爭』，還說要開展什麼革命大批判。」

萬金油對班會上烏嘴青果，還有紅毛的言行又氣惱又納悶。別說她想不通，苗老師也覺得是亂成了一鍋粥。不過，他一貫和班上打成一片，瞭解每個學生的各自習性和交好。他還是想從正面引導，從積極意義理解學生。他說紅毛：

「他就是那稟性，說話態度生硬，一直還是比較聽老師的。」

說到青果，他說：

「這個同學學馬列著作比較積極，這很好，是個很大的進步。至於……」

說到這裏，他停了一下，轉過來說烏嘴了：

「他願意……（苗老師說到這裏，思索了一下，想找個合適的詞）轉變（『轉變』這個詞也不准，這個學生很不好下結論）當然歡迎。但是，階級鬥爭，革命大批判，不是他們想的那麼簡單，不能片面理解。」

苗老師說著說著，像是自言自語。見兩個學生都一聲不吭，苗老師自忖片刻，轉而問雪花膏：「你爺爺成份的事，你已經和我，也向團委說了幾次了，說清楚了，劃清界限就對了。你怎麼在小組會上又說起這個事？」

「是她叫我說的。」

萬金油說：「她入團批下來後，就等宣誓，一直沒有正式告訴班上同學。小組會上，我叫她對入團表個態，我好把團委的批示作個介紹。她當時深挖思想根源，表示堅決站穩革命立場，劃清界限，決不辜負團組織的信任。說到家庭出身時，她對爺爺的歷史情況作了幾句說明，和以往幾次接受團裏考察時說的一樣。」

苗老師點點頭，對雪花膏說：「你也不要委屈，更不要氣餒。入團了，很不容易，值得高興。」

情況大體摸清了，苗老師舒了口氣，讓兩個學生回班上。又叫萬金油通知紅毛來。

苗老師把萬金油和雪花膏叫去後，班上學生們也沒有心上早自習。同學們交頭接耳的，紛紛猜測議論苗老師對前天晚上班會的態度和反應。

大家一陣陣七嘴八舌，有人坐得住，有人坐不住。紅毛覺得開班會批鬥雪花膏自己當了一回革命英雄，一副攻佔敵人陣地揮舞勝利紅旗的模樣。烏嘴天生的敢批判、敢造反，雄赳赳、氣昂昂。青果想得多一些，有

點坐不住。一大早教室裏氣氛沉悶窒息，苗老師怒形於色，同學們一進教室門就倒吸一口涼氣。但是，連日來報紙連篇累牘，從首都北京到各地大城市好多大學早已是遍地革命大批判，真是如火如荼。想到這裏，他又給自己打氣，心裏高喊：誓做無產階級革命接班人，發揚四敢精神，批判封資修，砸碎舊世界。

萬金油拉雪花膏回到教室，叫紅毛去見苗老師。紅毛挨了挨，還是氣呼呼地去了。好幾個好事的同學趕快問萬金油雪花膏怎麼樣。這兩個女同學平平靜靜的，不動聲色。烏嘴愛理不理的，手裏一本書，也不看，只是亂翻。青果心裏又打起鼓來，不太自在。二馬虎在座位上說：

「紅毛鬼子這回肯定去挨剋。」

「那當然。他那能加回回吃糖。」花腸子附和道，有點幸災樂禍。

「等著吧，一個一個叫去過堂。」呆虎頭叫嚷。

烏嘴很氣憤：「又不是砧板上的肉！」

青果鼓起勇氣說：「班會是開展革命大批判，苗老師應該支持。」

萬金油叫了幾聲：「大家安靜點！」

沒有誰理睬她，她孤零零的聲音被滿堂喧鬧淹沒了。

早自習下課鈴響過了，同學們沒有聽見。少數幾個同學覺得是下課了，剛起身要走出教室。上課鈴又響了，數學課任課李老師走進了教室。

面對喧嘩的學生，李老師呆了片刻。萬金油急忙喊「起立」。同學們慌忙剎住了哄鬧，起立，坐下，卻仍然一個個心神不定。李老師沒有指責，也沒有留意，以為像往常一樣，上課前的小小鬧騰嘛，過一會兒班上就風平浪靜。青少年學生嘛，精力過剩。

李老師自顧自的上課，強調近期內要舉行測驗，提出了幾點要求，對前階段章節內容作了簡要總結。然後，他轉身在黑板上不停地唰唰直寫，又快又急，粉筆灰揚揚灑灑，全是複習題。看來，又要寫滿一黑板，字又小，頂著一塊大大的黑板的四周邊框。

　　教室裏響起了一片沙沙聲，同學們抄寫沉重的複習題。有的認真，有的暗暗歎氣，情願也好，不情願也好，複習題不能不抄。青果抄得十分惱火，不斷地甩鋼筆，老是不出墨水。烏嘴捏著筆一個字也沒有寫，盯著李老師的背影出神。

　　李老師教數學一是一，二是二，認真得很古板。教師大合唱時，他在臺子上很認真地唱歌。在「革命人永遠是年輕」的歌聲中，他瞪著雙眼，一臉嚴肅，使勁揚著下巴，伸長脖子，一句一昂，讓烏嘴笑得很開心。別看老闆著臉，老氣橫秋的，李老師不到三十歲，也還是年輕人。他熱愛數學，對數學成績好的學生青眼有加，特別喜歡雪花膏。別看他上課嚴肅，不苟言笑，有次表揚雪花膏，高興之餘還講了個文謅謅的對子。對子裏的詞用的都是數學術語，上聯是「三角三角，」下聯是「幾何幾何。」說了對子，他振振有詞的說，「青年同學們哪，人生幾何，一寸光陰一寸金。同學們要好好學習她，別到頭來感歎『幾何幾何』。」他說的「她」就是雪花膏，同學們剛才聽了對子還覺得有趣，要說學習雪花膏，有點頭的，也有不以為然的。烏嘴聽了只是笑，管他幾何幾何。「青年同學們」，這麼一本正經地掛在嘴巴上。好笑！記得上政治課，苗老師還讓討論《青春》。班上同學一個個大而又空，青春如火啦，革命啦，全是官樣文章。青春，青春，不說，同學們誰也不會想到。一說，還是個事一樣。有些東西就是這樣，一個葫蘆掛在牆上，不是事，背在背上就會成為負擔。「革命人，永遠年輕，不怕風吹雨打。」一唱，心裏就打鼓。「革命人永遠是年輕」，這歌班上人人唱。烏嘴一唱，青果就嚷，你唱左了，跑調。烏嘴才不理，我怎麼左了？青果皺起眉頭，你當然不覺得。烏嘴高一聲低一聲重唱了幾遍，自己聽了聽。又說，真奇怪，為什麼說我唱左了，我是按曲譜唱的。青果又好氣又好笑，你按譜也岔十萬八千里，哪兒跟哪兒。你這個人，會按譜？一百個譜都框不住你！烏嘴想到這裏，有點不甘心，「革命人」，「年輕」，不知不覺輕輕哼了出聲。青果正拿鋼筆出氣，一聽就低聲說：

「你瘋了，正抄題呢，有閒心瞎唱？」

「你才瘋了，你的鋼筆有鬼了？甩什麼甩？別把墨水甩到人家身上！」

正好，李老師抄好整整一大黑板的複習題，轉過身來，一手粉筆灰，用另一隻手隨隨便便揩了揩，朝他們望過來，很嚴肅，沒說話。

兩個學生不做聲了。青果心裏卻嘀咕起來，烏嘴這傢伙有鬼了，居然上課唱起「革命」來。那次，借東東那本《抒情歌曲》來唱，沒拿給花腸子，他挑刺說，什麼抒情歌曲，一點也不革命。烏嘴一個釘子一個眼說，抒情歌曲也沒什麼不好。還說，我才不會把「革命」當歌唱在嘴巴上。這陣子，他革命犯癮了？美的他，東南西北也搞不清。看他捏桿鋼筆，一個字也沒有。

「你還不抄啊？」

烏嘴乾脆把筆一扔，對青果說：「抄他個鬼！」

青果盯住早已坐不住的同桌：

「你要幹什麼？」

烏嘴義無反顧：

「我們罷課！」

正是教室裏鴉雀無聲，好多同學都沒有抄完題。

烏嘴一聲喊太震耳，全班師生都聽到了。

青果雖然沒有想到，卻感到真是不謀而合：「罷課！」

烏嘴已經從座位上站起來：「我們不上課！」

李老師站在教室後面一角看學生們抄題，如夢中醒來，一看學生不像鬧著玩，很著急：「不上課？馬上要舉行測驗了。」

烏嘴推開課桌，大步走上講臺：「我們要罷課，搞大批判！」

青果也站起來了：「現在革命形勢發展迅猛，好多學校已經罷課鬧革命了。報上號召，要堅決進行一場文化戰線上的社會主義大革命，徹底清算修正主義黑線。」

　　烏嘴指著黑板，一串大吼大叫：「同學們，教室坐得住啊？你們安心啊？安安穩穩啊？一字一句地抄啊？這一大黑板，什麼鬼題，抄啊？抄啊？」

　　李老師不知道如何干預學生「鬧革命」。他耐著性子，走到烏嘴跟前：「你快回到座位上去。」

　　烏嘴偏不回座位，青果卻往講臺上走。呆虎頭、二馬虎，還有母叫雞等幾個好事的同學惟恐天下不亂，趁機起哄，扯著嗓子直喊：「罷課！罷課！」他們還把課桌當戰鼓擂，砰砰亂敲。

　　烏嘴備受鼓舞，忽然轉身把黑板上的題三下兩下擦得乾乾淨淨。青果走過去，拿起一枝粉筆在黑板上大大地寫了兩個張牙舞爪的字：罷課。烏嘴覺得不過癮，他又在青果的字後面加了好幾個驚嘆號，如同一串重磅炸彈從天上砸下來。

　　萬金油嚇了一大跳，心裏咚咚咚直敲，趕緊去叫苗老師。

　　苗老師氣急敗壞趕到班上，教室裏只剩下雪花膏等少數學生。其他學生幾乎都跑了，李老師也走了，不知是回辦公室，還是去找苗老師。

　　苗老師剛要發問，才發覺原來還跟在身後的紅毛不見了，萬金油還在，她說：

　　「苗老師，操場那邊好鬧，班上他們那些恐怕在那裏。」

　　苗老師只得去校園找學生他們。

　　烏嘴他們衝出教室，卻一時茫然，漫無目的。他們一群同學吵吵嚷嚷，不覺來到操場。跟在後面的同學本來就是湊熱鬧的，有幾個趁機去校園其他地方遛達。老芭蕉小蘿蔔頭都不想衝動，給班上添亂，想勸烏嘴青果，不是插不上嘴，就是沒哪個聽。有幾個同學去了其他班通風報信，探聽消息。

　　罷課旗開得勝，烏嘴和青果一直沉浸在興奮之中，話多，亂糟糟地爭議如何擴大戰果。紅毛突然冒出來，一聽說罷課如何革命，就激動莫明，熱血沸騰。烏嘴很想撇開他，說：

「不要又來吼我們反革命。」

紅毛本來是極力想表示出自己要罷課大顯身手，一下子又倒毛了：「反革命，你不要得意昏頭。」

「你才得意昏頭，吼上癮了？老子反革命不怕你！」

青果攔住烏嘴，搶著說：「我們罷課鬧革命……」

青果話沒完，二馬虎吼紅毛：「你搗亂，你才反革命！」

呆虎頭也發呆氣了：「紅毛鬼子，小心點！」

幾個同學七嘴八舌，紅毛拳頭攥得緊緊的，憋氣得很，火冒八丈。正是亂哄哄的，花腸子低聲驚叫：

「糟糕，苗老師來了。」

他本來就不想趟渾水，又忍不住想看風頭。身子往後縮。

烏嘴很藐視，一撇嘴說：「又不是老虎來了，會吃人啊，怕什麼！」

苗老師過來，劈頭就是：「你們越鬧越不像話，還想不想讀書？上課去！」

烏嘴回敬道：「罷課了。」

青果生怕班主任不瞭解革命形勢：「苗老師，報紙上早就在開展革命大批判，號召全國徹底搞掉反黨反社會主義的黑線。北京，還有好多地方早就罷課鬧革命了。」

報紙是報紙，苗老師自有他的革命道理：「學校是上課的地方，革命也要上課。你們不上課，就是衝擊教學秩序，衝擊學校。」

烏嘴才不在乎：「衝擊就衝擊，學校學校，『閻王殿』！」

「毛主席提倡孫悟空大鬧天宮，號召造反，還號召向中央進攻。」青果出口革命大爆炸。

苗老師死死盯住兩個布鼓擂門的毛頭小子，不相信他們是自己的學生。毛主席的號召，都在傳，他們從哪裡傳來的？他們能領會？這些學生政治幼稚，畸形早熟，太不知道天高地厚。苗老師，一個共產黨員，教了

好幾年政治課。報紙是他每天必讀的功課，是他的精神食糧。他也看過去年11月份發表的〈評新編歷史劇《海瑞罷官》〉，還專門去瞭解過作者，一個小有名氣的「左」派文壇評論家，以「棍子」著稱於文藝界，時任上海解放日報社編委。是的，這篇文章的確不同尋常，發表以來，文化大批判勢頭越來越猛，一場風暴愈演愈烈。但是，苗老師認為那是文化戰線、學術戰線的事，是形而上的，與他所在的學校，特別是與他一個中學教師相去甚遠。為此，苗老師還或公開或私下找領導和同事交換過彼此看法，大家認識差不多一樣。況且，從省、市到教育局、學校都沒有佈置搞什麼「革命大批判運動」。當然，政治大事，國家大事是要關心。可是，怎麼能像眼面前這兩三個中學生聽見風，就是雨，不管三七二十一，膽大妄為，「革命大批判」搞得鬥爭同學，課也不上了。

身為教師，上課是天經地義的事。學生不上課，要教師做什麼？苗老師不能聽任學生們罷課，他只得忍耐性子反覆勸阻，幾近哀求。烏嘴、青果反而態度強硬起來，毫不退讓，覺得苗老師迂腐，不支持革命造反。

這時，早就下課了，有不少學生過來圍觀。苗老師覺得雙方僵持下去，不是辦法。正好唐教導匆匆忙忙趕到，叫師生們都去校長辦公室。

烏嘴說：「去就去。」

他拔腳就走，頭昂昂的。學生們一窩蜂跟著。

唐教導見狀說：「其他同學就不要去了。」

其他班的學生本來想去看熱鬧，只好四散離開。花腸子剛才一直一言不發，聽了唐教導的話就開遛了。老芭蕉和小蘿蔔頭也不想跟去，又不太放心烏嘴和青果，猶豫不決的。二馬虎、呆虎頭和水龍頭卻緊緊跟著烏嘴、青果，興沖沖的。真奇怪，他們有什麼可樂的。母叫雞拉著兩頭鰍鬼鬼祟祟說：「走，有好戲看。」紅毛倒是大步往前沖，愣頭愣腦，甩手甩腳。

還沒到辦公室，周校長已迎候在門外。

周校長趕緊招呼：「大家來了。好，好，有話慢慢商量。」

唐教導說：「就是嘛。班主任也好，同學們也好，有意見好好說。」

大家一時語塞，不知道從何說起。

有意先避開罷課，周校長問：「同學們自發開了個班會，什麼事啊？」

苗老師已是舌敝耳聾的，紅毛迫不急待搶過話頭，他很不服氣苗老師對待雪花膏的看法，說了她的名字：

「她入團，我有意見。」

二馬虎噓了一聲，說：「這有什麼，人家是大紅人。」

呆虎頭也不滿：「什麼大紅人，白專！」

母叫雞故作姿態：「哇，白專也入團！」

紅毛很生氣，較勁了：「她出身地主。」

周校長脫口而出：「出身地主怎麼樣？出身地主，她就不能入團？我就出身地主，我還入了黨。」

僅僅為一個優秀學生出身地主鬧到罷課，周校長覺得自己要有原則性，是非分明，不能遷就學生犯左傾幼稚錯誤。周校長也是有性格，有脾氣的。

周校長話一出口，學生們一時被鎮住了。

沒想到校長如此嚴厲，毫無隱諱，紅毛鬼子碰了個大釘子，又不認輸：「她白專！」

周校長不接這個話茬：「不上課，哪你們就又紅又專？」

紅毛說不清罷課和又紅又專，落荒而逃：「我又沒有不上課。他們罷課還怕我參加，我——」

烏嘴很厭煩紅毛，真是根攪屎棍，為了出風頭瞎攪，殺偏風。他毫不留情打斷他的話：「我們罷課，幹你什麼事？你只會吼我們反革命！」

青果覺得這兩個又咬上了，雪花膏的事還沒扯清楚，把話轉向校長：「白專學生還為地主辯護，這是階級鬥爭，學校不能包庇她。」

苗老師看見紅毛跟來，以為他會像往日一樣為班主任排憂解難，沒想到他居然火上加油，推波助瀾。不過，看起來鬧事主要還是烏嘴帶頭，真是害群之馬。青果也是，往常不說是唯唯諾諾，但總還是接受幫助教育。

哪裡會像現在這樣不分青紅皂白，連校長也敢頂撞。他想開口，有校長在場，只能忍氣吞聲。

周校長義正詞嚴：「據我瞭解，她一貫是優秀學生。這次，她有沒有為地主辯護，學校一定認真調查。如果她有錯誤，學校也一定不會包庇她。但是，請同學們認真反省，一定要為此鬧到罷課嗎？」

烏嘴擰著眉頭，把矛頭指向學校：「我們罷課是造反！造學校的反！白專學生的事另外再說。」

青果也恍然心領神會，同仇敵愾：「我們就是要罷課鬧革命！」

周校長一聽烏嘴那句，立即明白了事態的嚴重性。其實，他一回到學校就風聞學生罷課。他不敢怠慢，放下手頭其他的事，趕快叫唐教導去找苗老師到辦公室來，叫鬧事學生也來。他等不及進辦公室，轉身迎候要找的人。現在看來，烏嘴是個關鍵人物。他不理會學生蠻不講理，很客氣地說：

「倆位同學，我鄭重地希望你們保持理智，保持冷靜。」

烏嘴造反勁頭勢不可當：「我們罷課造反，學校必須答覆支持！」

已經四散的學生，又漸漸地過來圍觀。周校長就說：

「我們去辦公室坐下來談。」

烏嘴不肯挪窩，連聲要求學校支持罷課。青果也是張口閉口「革命大批判」，一聲比一聲高。周校長當機立斷：

「同學們不要擴大事態，先回教室去。你們靜下心來多想一想，究竟有什麼合理要求。如果同學們有革命要求，這很好。但是，事情來得突然，學校要認真地研究。我負責地告訴你們，會儘快地給同學們一個正確的答覆。」

萬金油在一旁，認認真真地聽了周校長和同學們的對話，比上課，開會聽報告還認真。臉上卻蒙著一層又一層烏雲。

剛剛罷課那兩天，烏嘴青果又興奮又忙碌。他們班的課是上不了啦，教室、校園由他們進進出出，真是無拘無束。這就是快樂嗎？

那時，青果寫了一首小詩：

媽媽，我好快樂，
我找到了糖罐子。
找到了你藏糖罐子的地方，
我真快樂！
媽媽，你看我快樂吧，
我是一隻飛來飛去的小蜜蜂吧？

媽媽，我好快樂，
我找到了糖罐子。
糖罐子空空的，聞起來好香甜，
我真快樂！
媽媽，你看我快樂吧，
我是一隻高高興興的小蜜蜂吧？

　　多年後，烏嘴看了說，是啊，小孩子總會找到糖罐子，在空糖罐裏也聞得到香甜。小孩子隨便什麼都高高興興，真容易。我們那時都是小孩子，什麼都不懂，要說不快樂，好像有那麼一會片刻。要說快樂，現在來看，真的是很沉重。快樂不快樂，我是不做這種詩的。

　　烏嘴戒心重，什麼都不相信。不管是什麼，他一上來就對著嗆，反其道而行之。他常常出言無狀，嘴巴過了癮，卻並不見得就輕鬆愉快。青果說他何苦。先前不走運的那些天，為了逗他，實際上也是安慰自己，青果還寫了首詩〈快樂像猴子〉：

快樂像一隻猴子，
正在惟妙惟肖地摹仿你，
摹仿你的愁眉苦臉，
摹仿你的懶心無腸，

　　　　摹仿你的手足無措，
　　　　摹仿你的勃然大怒。
　　　　哦，凡此種種不開心，
　　　　多麼滑稽，多麼可笑。
　　　　哦，
　　　　快樂的猴子，
　　　　快樂的猴戲，
　　　　你不能不開心一笑。

覺得不盡意，他又寫了《快樂列車》：

　　　　快樂是沒有時刻表的列車，
　　　　它就是要惹人焦急、無奈。

　　　　快樂是沒有時刻表的列車，可是
　　　　它會正點到達我們的心情和歲月。

拿給烏嘴看，他卻沒笑，不置可否，也沒說三道四。青果又把墨水沒乾的
〈笑的樣子〉塞給他：

　　　　在我們的心靈深處，
　　　　一定亮著三彎新月。
　　　　兩隻笑瞇瞇的眼睛，
　　　　一張笑呵呵的嘴巴。
　　　　你笑的樣子很好看，
　　　　就在你一不經意時。

烏嘴推開了，不耐煩地說，你沒完沒了啊？

　　烏嘴和青果平常總是爭吵，互不服氣，碰頭就唇槍舌劍，一對棒打不散的的冤家對頭。在這場罷課風潮中，卻你唱我和，相得宜彰。烏嘴引領風騷，總能出人意料地爆出標新立異的時聞和見解。青果則連忙用時髦的革命詞語加以旁注、補充和糾正。跟著跑的同學對他倆入迷了，感覺又新奇，又震驚，又佩服。一個個聽得頭腦發熱，心神搖曳。罷課呀，造反呀，大呼小叫，一傳十，十傳百。滿校園裏，他倆一出現，學生們指指點點，老師們拭目以待。萬金油當然是乾著急，她倒不是認為烏嘴青果革命可疑，說是覺得他們太那個。究竟「太那個」是怎麼回事，她也不知道。

　　校園裏有棵老槐樹。老槐樹老得說不出年歲，待在操場邊的一角，一年年一天天平心靜氣地聽著校園的鈴聲、讀書聲。課間休息，微風輕輕吹過，不時送來陣陣嘻笑聲。夏季到來，老槐樹綠葉新濃，生機勃勃。任高天流雲，老槐樹鬱鬱蔥蔥，撐起校園一片綠色。烏嘴和青果都喜歡和要好同學到樹下散心、聊天兒。青果為這棵老槐樹寫過一首詩：

> 一樹老槐蔭百畝，青青撐空氣長吐。
> 多少風雨已不記，難忘綠夢萌初初。

　　罷課那幾天，老槐樹下是烏嘴、青果和同學們常聚的地方。初夏到來，綠蔭下涼爽極了。槐葉漸漸長齊，尖尖的綠葉支楞著老鼠耳朵，密密麻麻擠滿枝頭，凝神靜聽。

　　烏嘴又數落老芭蕉：「你不要總說我們罷課衝動，別人班上也罷課了。」

　　「知道，他們班就方方幾個在鬧。」

　　「管他幾個人鬧，反正是罷課。」

　　「方方，那個小跟屁蟲，他那也叫罷課？他跟在你們後面聽了一兩節課熱鬧，還有他們班上幾個一起的，早就回去上課了。只有你們，來一個老師上課，就轟一個。」

「跟你說，他們都是紙老虎。」

「瞎扯八道，你不要總是紙老虎，紙老虎的。誰啊，是哪個，是苗老師還是周校長？」

「管他的，誰反對造反誰就是。」

「你自己一個反腦殼，就不許別人反你？」

「你想站到他們一邊，當紙老虎啊？」

青果聽著烏嘴嘲諷老芭蕉「紙老虎」，想起好久前的事。

那天，正是午睡時間，青果剛到學校經過大操場，看見烏嘴、老芭蕉，還有呆虎頭、二馬虎、兩頭鰍和小蘿蔔頭都在老槐樹下。他走過去，聽見烏嘴在說老芭蕉：

「你不要嚇他們，什麼不得了的。老師有什麼好怕，都是紙老虎。」

「瞎扯八道，偷老師東西吃還不怕挨批評？」

青果一頭霧水，一問，小蘿蔔頭告訴他：呆虎頭、二馬虎和兩頭鰍不想在教室午睡，到校園閒逛。看見背靜地方曬了一片乾辣椒，幾個人淘氣，順手抓了好幾把。乾辣椒是用鹽漬過的，曬乾了很好吃。他們三個躲在老槐樹下吃乾辣椒，正好烏嘴、老芭蕉和小蘿蔔頭路過，呆虎頭招呼來「分享戰利品」。老芭蕉說，乾辣椒是哪個老師曬的吧？二馬虎嘻嘻哈哈說，學生吃老師名正言順。老芭蕉說，不行，要挨剋。小蘿蔔頭一邊說給青果聽，一邊怕得不得了。

青果也覺得這個玩笑有點過分，卻見呆虎頭從書包裏掏出一把幹辣椒叫他吃，還直說，好吃很。青果一看他們的書包，大驚：

「老天，你們出手太狠了，把先生偷光了！」

二馬虎涎皮厚臉的，拍著書包說：「不多不多，多乎哉，不多也。」

兩頭鰍突然捂著肚子叫痛，一聲比一聲高，慘叫不停。烏嘴直樂：

「先生的東西當得飯吃？！叫你嘴饞。」

青果和老芭蕉都問：「你吃了幾多？」

兩頭鰍直管叫痛，呆虎頭在一旁笑：「多也不多，只怕吃了一書包。」

小蘿蔔頭很擔心：「真的啊，這麼多，腸子要辣斷的。」

兩頭鰍站不住，剛蹲下來，又說不行，猛地站起來就衝。大家問他要幹什麼，他說上廁所。沒走幾步，隨著噗地一聲，他急忙煞住了步子，兩隻腳被釘住了。

小蘿蔔頭趕快跑過去，剛要張口問，忽然捂住鼻子叫：「你拉褲子了？」

可不是，兩頭鰍拉了一褲襠屎。同學們笑得前仰後倒。

事後，兩頭鰍埋怨烏嘴：「你還說不怕，他們都是紙老虎。你又不挨批評，盡說風涼話。」

「我又沒有偷吃。有本事嘴饞就不要怕，好漢做事好漢當。」

「我是沒本事，這個好漢你當。懶得同你說，跟你纏不清。」

青果又想起，兩頭鰍總好怪別人，他自己也是一個纏不清的，一個活寶。

小學六年級冬天，他倆就同班。青果是班上的新同學，老師叫和兩頭鰍同桌。兩頭鰍不大情願讓出小半截板凳，青果皺著眉頭坐下去。他才坐穩，忽然聽見課桌下啵啵響，腳不由自主地伸了伸，差點踢倒一個什麼對象。兩頭鰍趕緊低吼：「你討打啊，小心點！」青果低頭往桌下看，一個手提的竹制小火爐，幾塊木炭紅紅的，上面一個小小的口盅，不知道是什麼好吃的東西煮沸了。青果心想真是不可思議，上面上課，下面煮東西吃。忽然，兩頭鰍摸出一小截粉筆頭，在桌面劃了一道線，說不准過線。青果說，劃什麼三八線，又不是和女同學坐。兩頭鰍只管要蠻橫，你才是女的。下了課，兩頭鰍趕快端起口盅，原來煮的是稀飯，邊吹邊喝。稀飯滾熱，他又猴急，燙得他呵呵呵的。青果憋住笑，掏出一本小說。還沒翻開，兩頭鰍問，你看字書做什麼？青果心想這傢伙真呆，管小說叫字書，什麼書沒字，就回答，好看。兩頭鰍不信，有連環畫好看？青果不想理他，說，連環畫是小鬼們看的。兩頭鰍才不認這個理，你多大一個鬼，什麼了不起。見青果不搭理他，他稀飯也喝完了，又問，什麼字書？青果很

不耐煩，嘟嘟嘟地說，《亞力山大・馬特洛索夫》。兩頭鰍傻傻的，說，什麼馬夫？這時，上課鈴響了。

　　後來，兩個同桌熟悉了。青果才知道兩頭鰍就喜歡看連環畫，凡是沒畫的書都叫字書。可不是唄，一本書沒有圖畫、插圖，就全是字。他看連環畫，只看畫，不管字。看畫也只看他喜歡的畫面，舞大刀，耍長槍，掃機關槍，甩手榴彈這些。他尤其喜歡得勝還朝，最見不得走麥城。他雖然不喜歡字書，卻總纏住青果講小說裏的故事。青果不勝其煩，只好勉為其難。聽了青果講的故事，兩頭鰍一得意就和其他同學大吹大擂自己才看了新小說。有一回，青果聽到他對幾個同學吹「說時遲，那時快，只見蘇聯英雄老保撲上去，堵住了槍眼。」青果搞不明白「老保」是誰，問他，他說是你自己告訴我的，你不知道是誰。又問了幾遍，青果才弄清楚，老保是保爾・柯察金。不過，堵槍眼的蘇聯英雄是亞力山大・馬特洛索夫，不是保爾，兩頭鰍弄擰了。後來一次，兩頭鰍又瞎扯什麼「老馬營救老朱」，把保爾救朱赫萊，張冠李戴，說成是馬特洛索夫救朱赫萊，真是叫人噴飯，又哭笑不得。後來烏嘴聽說了，還嘰笑青果，這是你的高徒，這麼會講革命故事？真能牛頭不對馬嘴瞎編排，還老馬、老朱、老保，那是人家的名字？兩頭鰍苦著臉說，外國人那麼長的名字，又咣咣當當的，鬼才記得住，按我們中國人的幾好，就該叫老馬、老朱。

　　「這裏有個亞瑟・伯頓，」青果揚起手中的書，嘲弄他，「牛虻，你肯定叫他老牛。」

　　兩頭鰍又發呆了：「流氓？流氓就是流氓，怎麼能叫老牛？」

　　「青果，你又發什麼呆？晴天白日的，又做你的彩色夢啊？你莫再跟烏嘴瞎胡鬧了，你也勸勸烏嘴嘛。真拿他沒辦法，橫豎不聽勸。別人都成了紙老虎，你們也用不著造反了。」老芭蕉不想和烏嘴瞎纏，就說青果。看見有人過來，他又說，「紅毛來了，你們講點禮貌。」

　　大家都不吭聲。

　　老芭蕉揉了青果一把：「聽到沒有，對人家客氣點。」

青果回過神，說：「我夠客氣的。」

「就你這語氣，人家聽不出。」老芭蕉笑了。

烏嘴冷冰冰的：「他這種人，用不著禮貌。」

說話間，紅毛到了跟前。同學們都不聲不響了，老芭蕉覺得這樣不好，客客氣氣地說：

「你來了？」

紅毛還沒答話，烏嘴一字一頓說：「有——何——高——見——啊？」

紅毛心裏火騰地點著了，剛才擠出來的笑臉頓時烏黑，轉身就走，身後還甩下一句話：

「老子比你們革命多了！」

紅毛一反常態，這兩天時不時出現在烏嘴和青果的身前身後。他從來都是這倆位同班同學的死對頭，「天敵」。他自認為貧農的兒子，根紅苗正，本質革命，罷課英雄非己莫屬，豈能讓階級異己分子子女爭了去。他總是在烏嘴青果高談闊論時打岔，試圖轉移同學聽眾的注意力，無奈插話不得要領，反應冷淡。更為氣憤的是，他總是遭到烏嘴毫不留情的搶白。青果說話好像有些溫和，革命道理一套一套的，卻分明是在奚落人。紅毛當然不知道，同學們特別不服氣他總是自我標榜「天下獨左」，也不願恭維他已初初表露出來的造反領袖慾。所以，他一開口，同學們不是故意一言不發，就是報以陣陣哄笑。這大大地挫傷了他極其強烈的自認為的「革命榮譽感」，他在心裏發狠，一定要撇開烏嘴青果這兩個反革命（他認定了他們早就是反革命，往後也跑不脫反革命的命）。只是，紅毛一時還拿不准，是否眼下就和兩個攤牌對著幹。這次，烏嘴拿腔捏調捉弄他，把他徹底惹惱了。騎驢看唱本——走著瞧。

「你們還要鬧啊？」不知道什麼時候，萬金油來了，一邊問，一邊用手搐臉。

　　她走路急，臉紅撲撲的，感覺有點熱。和她一起來的雪花膏站在幾步遠，手裏拿著本課本。

　　「當然啦，就是要鬧。不鬧，怎麼叫鬧革命？」烏嘴故意咬文嚼字。

　　「不要耍弄嘴皮子了。鬧兩天就算了，我們都想上課了。」萬金油還是極力勸說。

　　「哪個『我們』，你那個『我們』沒說對。我們就想罷課。這才開始呢。」烏嘴才不聽勸，就是要耍嘴皮子。

　　「就是，我們才不想上課。」二馬虎說。

　　「我們知道想上課的是哪個，還想挨批判哪。」呆虎頭說，眼睛往雪花膏看。

　　青果心想萬金油也真愛管事，都什麼時候了，萬金油還到處抹。抹了老師，抹同學。幫老師著急，還要幫同學操心。她是個班上讀報的，都讀到牛屁股裏去了（這是二馬虎老爸罵兒子讀書不成器的話，二馬虎學嘴，用來譏諷好學習的同學。一來二去，同學們都愛學說），報紙上的形勢一點都不知道一樣，無動於衷。不過，要是老師、學校說是黨的號召，她一點也不含糊，行動最積極。記得同學們以前見她就喊「大蒼蠅拍」。除四害時，她拿個大蒼蠅拍到處追蒼蠅蚊子，不管走到哪裡大蒼蠅拍都啪啪響。那個蒼蠅拍是竹製的，大得出奇。她很驕傲，蒼蠅拍舉得高高的，說是她爸爸親手做的。還說她爸爸當年就用過這樣的拍子打蒼蠅，打死不少，像消滅敵人一樣。萬金油消滅老鼠，撢麻雀也是好樣的。那時，打死老鼠，要把老鼠尾巴交給老師。女同學們都不敢把老鼠尾巴截來，萬金油就敢，還交了不少到班上，受好多表揚。一次，她只顧仰面撢天上亂竄的麻雀，追跑中一個斤斗摔倒在地，嘴磕在田埂上，門牙都磕掉了，至今還是「稀板牙」（同學們稱謂「西班牙」）。她也不在乎別人笑話，還高高興興說，麻雀都撢得飛不動了，一隻一隻自己從天上掉下來。所以，苗老師、學校一說黨號召學雷鋒、學毛著，她就被班上、學校評上積極分子。連雪花膏也被評上了。青果卻沒有被評上。

青果想到這裏，有點不舒服。抬眼一看，萬金油已經走了，雪花膏也走了。陽光下，一副眼鏡反光，一晃一晃的，很耀眼。青果趕快說：

「看，周校長，去問問他。」

烏嘴卻很不在乎：「問他做什麼，別的地方大學校長都不管事了啦。」

周校長還是看見了這群學生，關切地走過來，和顏悅色：「同學們，平靜多了吧？」

烏嘴才不聽這個，咄咄逼人：「周校長，你到底支持不支持罷課？」

「同學們認真想一想嘛，一定要採取罷課手段來解決問題？」

青果說：「罷課搞革命大批判，是革命行動。五四運動，學生罷課，還上街遊行請願。」

周校長慢條斯理的回答：「五四運動革命學生罷課是罷反動政府的課，現在是共產黨領導，是人民的政府，這是罷誰的課？」

烏嘴頂上去，疾呼：「罷資產階級的課！」

青果也站上前：「毛主席說：『教育要革命，資產階級知識份子統治我們學校的現象，再也不能統治下去了。』」

周校長也風聞毛主席有個指示，把建國後十七年以來共產黨所領導的各類學校，統統斥為資產階級知識份子統治的領地。這就是後來所稱的「五七指示」，它的內容是8月1日在《人民日報》刊登的社論中正式公佈的。周校長此前聽到吹風傳聞時，根本不敢相信自己的耳朵，萬分困惑。他從來沒有懷疑過教育戰線共產黨的領導，自己是一名基層黨員領導，一貫忠實執行黨的教育方針政策，難道必須加以全盤否定？現在，學生們說得理直氣壯，還打出了毛主席的旗號。他深感不安，無言以對，內心卻並不認為罷課有多麼大的革命意義，當然不好直接向學生表白。他想起這陣子老戰友、老領導們常說的一句話，「老革命遇到了新問題」，自己深有同感。

烏嘴見周校長沉吟不語，就說：「南京大學的匡亞明鎮壓學生運動，已經被打倒了。」

周校長聽出了此話的弦外之音，說：「我一定虛心聽取同學們的意見。」

說罷，周校長轉身離去，拖著沉重的影子。

周校長一走，烏嘴頓時輕鬆了。二馬虎還「嗚啦」歡呼起來，呆虎頭說烏嘴青果：

「你們兩張嘴敢放炮，就像苗老師說的，老虎吃爆豆——咯崩脆。老帥周校長都敗陣了。我有膽，就是想不到罷課啊，造反啊，能把天拱翻了。」

青果咧嘴笑：「怪你不看報。看報，保你比誰都能拱。」

烏嘴也樂了，嗔怪道：「拱什麼拱，豬拱食還是豬拱泥啊。還一口一個苗老師，看他不把你們的豬拱嘴剁下來醃了。」

老芭蕉插嘴說：「別亂說苗老師，其實他就是很擔心的。」

烏嘴不管這個：「他擔心，擔心我們啊？」

老芭蕉說：「就是。他說他班上的學生，他捏著一把汗。」

苗老師是個很敬業的青年教師。個人志願服從國家需要，他畢業時可以留省城，去大學、機關或是報社這些單位。但他滿懷熱情來到急需人才的新興工業重鎮，當了一名普通的中學教師。一名黨員，組織上叫幹啥就幹啥。他學的是中文專業，叫改行教政治，他毫不猶豫地當了政治教師。當班主任做娃娃頭，也是一腔熱忱。學生罷課出在自己班上，事起蒼黃。作為教師，他的本能是想維護正常教學秩序。同時，他特別關心愛護他的學生，為他們擔心，為鬧事的學生捏著一把汗。他甚至於提心吊膽，生怕自己的學生誤入歧途，到頭來犯政治錯誤，鑄下終身大錯。連日來，苗老師白天黑夜翻看查閱報紙黨刊，認真細心地收聽廣播電臺。毫無思想感情準備的普通青年老師，頓感光風霽月早已是風雨滿樓，平地起波瀾，千里

雷聲萬里閃，風頭火勢都是革命大批判。字裏行間，濁浪排空，要把資產階級的專家、學者、權威和祖師爺打得落花流水，要堅決、徹底、乾淨、全部地消滅一切牛鬼蛇神和一切赫魯雪夫式的反革命修正主義分子。這樣的革命口號的政治運動真是驚心動魄，他當然不能毫無思想觸動。但是，苗老師還是認為自己只是一個參加工作不久的普普通通的中學教師，是一個入黨不久的年年輕青的黨員，學校、全市教育系統乃至市委、市政府，從上到下並開展政治運動的文件、要求和具體佈署。在這種情況下，他只能按照自己的粗淺理解和真誠願望，小心翼翼地面對突如其來的一往無前的政治風暴。學生罷課，他很惱怒。他氣惱中甚至於覺得自己真是前功盡棄，很失敗。他一貫教育學生走革命道路，沒想到偏偏他的學生們把革命道路走邪了。轉念他又想，面對罷課鬧事也要平心靜氣，學會用辯證法看問題。畢竟，報紙雜誌「革命大批判」風生水起，不能等閒視之。因此，他告誡自己無論如何都不要發火動怒，一定要深入、細緻、耐心，多找學生們交談。他分別找了烏嘴、青果，還找了紅毛，都是不厭其倦。他特別找了萬金油、老芭蕉等幾個班幹部，把自己的認識、想法、擔憂一股腦兒開誠佈公，談了一遍又一遍。其中，他很有些倚重老芭蕉，覺得他是三好學生，平常和烏嘴、青果比較接近，希望他能把脫韁之馬的同學帶回正常秩序。苗老師苦口婆心，憂心如焚，老芭蕉陪著他，心裏也壓著一個大秤砣，沉甸甸的。苗老師對學生簡直是委曲求全，他的良苦用心，老芭蕉是很受感動的。尤其是苗老師說：「我很放心你。你和你的名字一樣，和平，真是和和平平。同學們都和你一樣，班上也和和平平就好了。」老芭蕉聽了，誠惶誠恐。他有心給烏嘴、青果潑潑涼水，火反而越燒越旺。烏嘴青果都說老芭蕉拖尾巴、呆虎頭、二馬虎、母叫雞、兩頭鰍、水龍頭還跟著瞎起哄，夾七夾八，倒把老芭蕉弄得啞口無言。好在小蘿蔔頭同情他，卻也是不能說動哪個回心轉意。老芭蕉覺得對不起老師，沒有把老師的關心說明白，忍不住又說：

　　「苗老師說，可以考慮課後搞大批判。你們就是不理解苗老師。」

　　烏嘴立刻反對說：「大批判刻不容緩，決不允許放到什麼課後、課外、課餘。」

青果駁斥道：「課後搞革命，這不是本末倒置嗎？」

母叫雞說：「你當然理解苗老師，你是他的好學生。和雪花膏一樣，都是老師的寶貝疙瘩。」

老芭蕉說：「瞎扯什麼，你就沒個好話。」

「我的好話多。」母叫雞東一榔頭西一棒子，「雪花膏還是周校長的寶貝疙瘩，他就喜歡包庇地富子女。」

老芭蕉不信：「造謠！」

青果、小蘿蔔頭也不相信：「你看見了？」

母叫雞趕快抖出來：「花腸子說的，他叫我不要和別人說。」

烏嘴說：「他的鬼話就是多。」

兩頭鰍半信半疑：「難得說，他就是消息靈通。」

呆虎頭也起了疑心：「難怪那天周校長說什麼出身地主怎麼樣，真是鬼話。」

二馬虎叫起來：「說曹操，曹操到。」

同學們扭頭一看，花腸子鬼頭鬼腦的踅過來。

青果說：「他又有什麼好事？」

「管他的。」烏嘴白了花腸子人影子一眼，「這兩天，他不是一直不肯沾邊？」

花腸子走攏了，乾笑了兩聲算是打招呼。沒人問，他自己就神神秘秘說：「學校來工作組了。」

青果很奇怪：「什麼工作組？」

「學校文化大革命的工作組。」花腸子晃悠身子回答。

烏嘴不屑意：「小道消息多嘛。」

「不是小道消息，千真萬確。人都進學校了。」

青果不假思索地說：「那好嘛，學校要開展文化大革命啦。」

老芭蕉說：「工作組，恐怕是來領導學校文化大革命的。」

「那當然。」花腸子說，好像他就是工作組的。

「我們罷課早就搞文化大革命了，要誰領導？」烏嘴雄赳赳的，一付當仁不讓的樣子。

花腸子本來想恭維烏嘴兩句，話說出來卻是：「工作組的都是老革命。」

烏嘴是個一貫不買帳的：「老革命怎麼樣？」

「好啦，好啦。管他是不是老革命。」青果還是滿心歡喜，「這下，學校肯定要同意罷課搞大批判。」

「你這個人真是彆扭。造反就造反，要誰同意？不同意，我們不是也早就幹了。」烏嘴生氣了，「走吧，還要待在這裏等別人來同意，來領導？」

同學們離開老槐樹，去看工作組在學校哪裡。

邊走，花腸子湊在烏嘴耳邊小聲說：「聽說工作組組長是教育局的副局長，姓姜，是個真資格的老革命。」

烏嘴聽了並不放在心上，說：「行了，行了。」

學生們走了，老槐樹也耳根清靜了，濃濃的樹蔭灑了一地。

一群同學在校園裏轉了一圈，沒有看到工作組。好像也沒有誰知道來了工作組，同學們對此也並不在意，到放學時間了，就四散回家去了。

3

「黑材料總算取回來了。」萬金油在烏嘴面前長長虛了口氣。「看看，看見就害怕。三個大公章，學校的，教育局的，還有公安局的。」

「幾個紅巴巴，什麼了不起。」

「你別不看在眼裏。蓋了章，白紙黑字，一輩子背個『黑幫學生』的皮皮。」

「我就八輩子翻不了身了？」

「給你平反真不容易，你不要好了傷疤忘了痛。」

「痛倒無所謂，傷疤是好不了的。」

「這個帳你要記在資產階級路線上，不要恨這個，恨那個。」

「我恨哪個？」

「你恨不恨工作組？」

「我到現在都沒有搞清楚工作組是怎麼回事，也不知道怎麼恨。」

「那你還記恨同學們啦？」

「同學，我更搞不明白。」

　　同學和同學，有合得來的，玩得來的，也有雞犬之聲相聞，老死不相往來的。很有好些同學和烏嘴不是一路人，平常在班上互相都是視而不見，一個學期也說不上一兩句話。同班幾年，相互之間彷彿也沒有什麼印象。

　　當然，都在一個班，同學幾年，也不會沒有一點往來瓜葛。說起來，他們當中有的外號還是烏嘴給取的。青果著迷學外語，什麼外語都想學。他不知怎麼搞到一本法語俚語小冊子，翻得正有勁。烏嘴說有什麼好笑的，一把抓過去。其中蔬菜的俚語，他一看就好笑。蘆筍，指又高又瘦的人。土豆，指大鼻子。甜菜，指紅鼻子。西葫蘆，指大腦瓜，大笨蛋。他連聲叫，簡直太絕了，班上就有幾個硬是能一一對號入座。因此，烏嘴就把這些絕妙好辭一一奉送給他們做了外號。更妙不可言的是，小冊子裏還說「不關你的事」叫洋蔥，他們中間就有一個開口閉口喜歡說「不關你的事」。因此，洋蔥這個外號非他莫屬。烏嘴立馬張嘴就喊，正好他們都在。這幾個同學突然間頭上飛來一頂頂蔬菜帽子，如墜五里雲霧。本來彼此之間不相干的，這一下你看我，我看你，盯上了。當然，這些蔬菜們的外號在班上也就一陣風叫開了。不過，洋蔥搶過這本小冊子，也從裏面給烏嘴找了個外號：生菜──胡說八道。同學們一聽就哄笑，都說這個外號他合適。洋蔥假意怕烏嘴生氣，相互開玩笑，你不喜歡就算了。烏嘴打著哈哈，彼此彼此，反正我就是喜歡胡說八道。

這些蔬菜帽子，烏嘴倒是批發出去了，可別盼望皆大歡喜。蘆筍，土豆，甜菜，西葫蘆，洋蔥，可不是盤中美味菜肴。這些蔬菜都長牙齒了，一個個同仇敵愾，能把同一個菜籃子裏的生菜生吃了。

所以，萬金油說烏嘴，就你拗，結果還是糊裏糊塗的。你太不瞭解班上同學了，誰都爭取革命。

常言道，雁過留聲。在班上，蔬菜們（烏嘴這棵生菜除外）平常不聲不響的，卻也不是無聲無臭。

班上原來個子最高的是呆虎頭，他生就一副魁梧身材，營養又好，當然鶴立雞群。班上籃球隊長是花腸子，很為選球員發愁。呆虎頭是倒是當然人選，可是他玩心重，一心只顧自己三大步上籃痛快，不聽招呼，更不把隊長放在眼裏。花腸子幾次生氣想開除他，一上場又只好把他叫上。好在叫他，他也來，也不在乎花腸子恨得牙癢癢的。土豆球技高超，是球隊的核心，花腸子離不了他，別看是隊長，不過是嘴巴上的功夫，場上組織還要靠這個大鼻子土豆。但是，土豆就是個子不高，中不溜的，又總是對方重點盯防對象，常常被蓋帽。再後來，他又參軍了。這個空檔，人走了以後立馬讓花腸子叫得慘。忽然，花腸子喜出望外，蘆筍突然間冒尖了。當初，蘆筍自告奮勇報名參加球隊，花腸子堅決不要，說是堂堂班球隊不收小個子。土豆幫忙說，人家打球肯賣力，又肯學。文體委員花枕頭也堅持說，又喊找不到人，有人自己找上門又拼命推，你想做光桿司令啊？蘆葦原來個子就是小，又瘦，瘦得一根筋。大家早就叫他小個子，電影裏有個國民黨俘虜兵也叫小個子，看了電影就叫得更歡了。可是，沒叫幾聲，轉眼之間，他衝得細長細長的，居然抽條了。花腸子驚怪得不得了，見風長啊，澆大糞了，什麼菜？真的成蘆筍了。

後來居上的蘆筍，個子好像比呆虎頭還高了。呆虎頭不信，比了好幾次，兩人的身子你長我也長，打赤腳比，剃光頭比，比來比去，還是蘆筍高點點。他又瘦，越發顯得高。呆虎頭歎氣說，你不往寬處長，沒法和你比。我要是像你，不長得衝破天才怪。

　　蘆筍不僅長個子，球藝也大大長進。他本來就是個喜歡滿場跑的，賣力氣，球藝長了，又肯協助隊友，更是頂了土豆的缺。花腸子喜得比做叫花子拾了金元寶還高興。特別是打贏了球，光榮都是花腸子的，口口聲聲老康指揮得好，還說什麼要不是苗老師不肯多設班幹部，我當個體育委員，班上肯定還要多掙好多優勝。偏偏花枕頭當文體委員，只會文娛活動，不會體育。他又是說個不停，又是笑個不停，好像就是他勞苦功高。蘆筍是不說什麼的，也不笑。為了長個子，他暗地裏吊單槓（不過是體育老師隨口說了句「吊單槓長個子」，他就頂真了）。為了長球藝，他有空就泡球場（校球隊老師說「打球就得多泡球場」）。終於，蘆筍熬成了班球隊主力，還是不說什麼，也不笑，更不爭露臉。

　　甜菜，也是一個不大愛吭聲的。平常，班上也沒誰注意到他。集體活動，大事小事，當時不覺得有他在。過後議論評比，肯定有他。只是，他自己不爭強好勝，又不老王賣瓜——自賣自誇。先進啊，積極啊，也不和他沾邊。突然間，有一次掏糞坑，他露臉了。那個糞坑又大又深，就是掏不乾淨，往常就沒掏乾淨過。偏偏這次他們班碰上了，上地糞不夠用。花腸子說，要有人下底下去才行。說了幾聲，沒人聽到一樣。卻見甜菜在一旁脫鞋，挽褲腳。花腸子說，你下去啊？他側了一下頭，紅著個鼻子，也不吭氣，由另外兩個同學拉著他的手，很快就下了大糞坑。他站在齊大腿肚子深的糞便中，使著長柄大糞瓢，一瓢又一瓢，那神情比老農民還老農民。同學們看在眼裏，卻都不說話。雖說挑糞是常事，糞坑邊也常來。那臭那髒，沒有哪個好受。光著腳丫子，泡在臭氣薰天的糞便裏，真叫人直想吐，渾身上下不自在。下大糞坑，不是隨隨便便哪個就做得到的。過後說起這件事，鍋鏟說，甜菜在地裏上肥還用手捏乾牛糞，捏得碎碎的。問他也不答應，看起來這樣好像施肥均勻，不會這裏一大塊，那裏又沒有。向陽花稱讚說，真是一點也不怕髒。花腸子說，勞動嘛，哪能怕髒。萬金油說，你說得輕巧。花枕頭說，人家不聲不響的，行動做事叫旁人看了出毛毛汗。讓人出汗的紅鼻子甜菜在女生中間有了點叫好聲，男生卻沒有，

不知道是不是男生不好意思（班上都說只有女生才怕髒，男生怕髒是沒面子的），還是視而不見。當然，甜菜這件露臉的事很快就雲消霧散，當時同學們說起來也是輕描淡寫的。甜菜也沒有因為這件露臉的事得到老師表揚，沒人反映，他自己自然也沒說。

　　西葫蘆，同學們不知道是什麼瓜菜，當地沒有，沒見過。也不知道為什麼要把西葫蘆和大腦瓜，大笨蛋扯在一起，外國人就是奇怪，非要把毫不相干的扯在一起來。問好學外語的青果，也是筍裏不知卯裏，只能糊塗曲兒糊塗唱。不過，西葫蘆同學，看起來就是一個大腦瓜，就是笨。自習課，西葫蘆做練習題。兩頭鰍說別傻做了，老師叫不交。西葫蘆說，不交就不做了？兩頭鰍說，那當然，做了不交，老師也不改，瞎子點燈白費蠟，發傻氣啊？西葫蘆不聽，繼續做。兩頭鰍無可奈何說，笨蛋。二馬虎說，西葫蘆，莫做笨蛋了，和我去外面溜達溜達。西葫蘆說，自習課，溜達個屁。二馬虎勸他，自習課才是個屁，老師又不來，哪個敢管？西葫蘆說，自己管。二馬虎嘰笑說，一個普通群眾，也只好自己管自己。西葫蘆說，群眾就群眾。二馬虎歎氣說，真是笨蛋！呆虎頭過來說，明明知道他是一個大腦殼，大笨蛋，叫他去玩都費勁。二馬虎，我們走。花腸子卻接過話茬兒說，西葫蘆，群眾不好當嘍，別讓人叫你落後群眾哦。西葫蘆一臉想不通的模樣問，為什麼？花腸子賣弄起來，邊笑邊說，人家都說西葫蘆是什麼外國俚語，是大腦瓜、大笨蛋。你想想，聰明人都當積極分子，當先進，那落後的是誰啊？西葫蘆才不領會，只說管他是誰。母叫雞說西葫蘆，你笨死了，花腸子拐彎抹角損你，你還不開竅？西葫蘆說，他又沒有指名道姓說我落後。母叫雞叫起來了，你聾了，還是笨蛋昏頭了，西葫蘆，還不是指名道姓？西葫蘆說，西葫蘆不是我。同學們真是給弄顛倒了，哪裡有這麼笨蛋的人？母叫雞怔怔地說，那你不怕叫你落後群眾？西葫蘆淡然一笑說，落後不落後，隨便你們說，我反正是個群眾。這個西葫蘆群眾，聰明同學不大招呼他，好玩的同學叫不動他，也不和他玩。他這個群眾不群也不眾，有點孤零零的。

　　花腸子問洋蔥，你怎麼就喜歡說不關你的事？洋蔥白他一眼，不關你的事。花腸子吱吱笑，你怎麼就生到這句話？洋蔥還是硬梆梆的一句，不關你的事。花腸子碰了一鼻子灰，洋蔥，你怎麼盡拿這個堵人家的嘴？洋蔥也沒好氣，本來就不關你的事，你還怎麼怎麼，你就沒有說過不關你的事？哪個不說？你亂叫哪個，你才是洋蔥？花腸子訕訕走開了，心想本來你不一開口就是不關你的事，怎麼會叫你洋蔥？正想叫你以後改口莫說了，也好不叫你洋蔥，好心當了驢肝肺。他轉念想，真是的，不關你的事，自己真的也說過，還常說。再往下想，這句口頭禪，好像哪個嘴巴上是都有過。有鬼了，人人說得，洋蔥一說就招人惹人。這時，胡吹吹說，洋蔥，有話同你說，把耳朵伸過來。洋蔥不想理他。母叫雞又說，這話只能悄悄同你說，你聽了不要又說不關你的事哦。見洋蔥無動於衷，母叫雞湊過去說，你的大前門洞開哦。他說只能悄悄說，卻四下裏都聽得一清二楚。所謂大前門洞開，是褲子前開縫沒扣上。洋蔥一邊慢條斯理地扣褲扣子，一邊昂著頭說，就是不關你的事。他也不乎母叫雞幾個哄笑，還有幾個女同學在一旁。洋蔥就這樣，不講究，間常不是衣服扣子上下扣錯位，就是一隻褲腿高一隻褲腿低（花腸子笑他歪戴帽子斜穿衣）。同學提醒他，他反而滿不在乎地說，不關你的事。

　　洋蔥就好這句話打發人，花腸子為此說他不識好歹。勞動挖操場挑土，紅毛瘋狂勁上來了，別人一擔挑兩隻竹箕，他一擔挑四隻竹箕。洋蔥不服氣，也一根扁擔穿上四隻竹箕。一鼓氣，他挑了兩趟。花腸子看他吃力就說，洋蔥，你和他比，他從來就是不管三七二十一，就是衝勁大，裝模作樣。你傻啊？洋蔥一點也不領情，甩了一句，不關你的事！一邊喘氣，一邊還叫把四隻竹箕裝滿。又挑了兩趟，挑斷了扁擔才不和紅毛比了，也不比成了。找不到扁擔，別的同學怕出事也不把扁擔讓給他。花腸子氣呼呼地說，他大糞箕一個，給他扁擔，他挑得吐血才好，反正是不關你的事，關鬼的個事！狗咬呂洞賓，不識好歹，洋蔥就洋蔥！

　　說洋蔥不識好歹，其實他並不招惹人。本來一貫好端端的，他也不煩同學，同學也不注意他。偏偏他還是惹上心煩。那天第一節自習課下課鈴

響，洋蔥合上本子就出教室了。本子上壓了枝鋼筆丟在課桌上，母叫雞過來順手就翻開來看。他低頭看著看著，忽然臉一揚，眼睛掃了一圈教室裏三三兩兩的同學，一手抓起本子高高舉著，大聲唸道：

週記

本周，好人好事和我不沾邊。本來想去打掃廁所，天天都有人搶先。想擦黑板，打掃教室，剛動手，值日生卻怪我，還說不關你的事。想幫同學做作業，自己學習也不怎麼樣。放學回家，也沒找到助人為樂的事情做。在家裏做了不少家務，不知道算不算做好人好事？我想，要不就搞好自己的事，下周起把衣服穿整齊點。有的同學譏笑我「歪戴帽子斜穿衣」。我知道這話還有後半截，長大不是好東西。我聽了開始並不在意，覺得不關別人的事。現在，我覺得要引起重視。但是，做好自己的事，算不算做好人好事？

母叫雞怪聲怪調地唸到這裏，洋蔥進了教室。這時，在場同學有的哈哈笑，有的說有什麼好笑。洋蔥衝向母叫雞，一把從他手裏奪過本子。母叫雞涎皮厚臉地問，做自己的事，算不算做好人好事？洋蔥大怒，漲紅臉吼，不關你的事！盛怒之餘，他把本子裏的那篇週記給撕了。此舉頗令同學們詫異，更令同學們遺憾的是，洋蔥此後也並沒有「下週起把衣服穿整齊點」。同學們都怪母叫雞，就會出同學的洋相，不幫助同學做好人好事。母叫雞還尖聲尖氣地喊，不關你的事！洋蔥本來就有點落落寡合，這事以後更加不喜歡和班上哪個往來。

沒想到，這幾棵不聲不響的蔬菜居然會跟蹤盯梢。

事後好長時間，烏嘴才影影綽綽得知幾棵蔬菜跟蹤過自己。他和萬金油說起過這件事，他氣呼呼地說，都說革命光明正大，磊磊落落，絕對不可能和鬼鬼祟祟沾邊。跟蹤、盯梢，算是什麼？萬金油不贊同這種指責，革命就是革命，你莫又信口開河。她想了想又說，現在反正顛三倒四，不

知所以的事情多得很，都是理所當然的。不過，她暗自還是慶幸這種差事沒有落在自己身上。她也知道，她班幹部也好，團幹部也好，不吃香了。現在吃香的同學，原來不怎麼樣，革命起來革命得很。就是烏嘴，不是也革命了一回。可惜，他成不了正果。

其實，蘆筍，甜菜，西葫蘆，洋蔥他們幾個心甘情願跟蹤烏嘴（還有青果），並不是不分皂白，為鬼為蜮，也不是因為被得罪了。

監視跟蹤同學，這是革命重任。

不怎麼樣的蔬菜也上得桌面子，能派上這麼大的用場。當時，他們自是渾然不覺。剛一開始，甜菜心裏還覺得有點尷尬，難為情。當然，他沒吱聲。不過，這幾個蔬菜同學，得到任務時，也沒有舉拳高呼「保證完成任務」之類的口號。換了是花腸子母叫雞，就會激動得學電影裏英雄人物的樣，昂首宣誓。

得到任務時，他們不免很意外。他們並不知道為什麼會被選中，是平時不聲不響，還是不惹事生非？想來想去，肯定是班上一連串事風雲突起，幾個同學就是不睬起哄。花腸子說他們自來是算盤珠子，都是別人撥一下，動一下。不過，也只有大人們老師們才撥得動這些算盤珠子。這難聽的話，他們也認了。母叫雞對蔬菜們說，人家烏嘴青果屁股底下上彈簧——蹦起來了！洋蔥還是他那句話，不關你的事。另外幾個沒吭聲。

蔬菜們和烏嘴青果一夥向來是大路朝天，各走半邊。所謂班會，罷課，他們都不沾邊，一言不發，甚至於不作壁上觀，不看熱鬧，離得遠遠的。烏嘴青果鬧翻天，那是他們吃錯了耗子藥。讀書上學，不讀書上學校做什麼？雖說每天的日子被上課鈴下課鈴分割成一小塊一小塊的，說不上鹹也說不上淡。周而復始，早已習以為常了。教室裏，老師們按部就班，同學們循規蹈矩。苗老師說過，春誦夏弦，尋行數墨，讀書郎從來如此。所以說，日出日落，颱風下雨那是窗戶外的事。況且，時光如水，轉眼高中也不剩多少時間了。不老老實實唸書，在學校裏還想瞎胡鬧？

　　當然，他們也不把上課讀書看得特別上緊。學生任務的其他方面，也是如此。在學校，在班上也用功，也努力。但是，並不顯得特別用功，特別努力。不緊不慢，平平常常，偶爾也鼓足幹勁爭上游。正好像這幾個同學走路，都是不東張西望，一步一步只管走。再一個，他們幾個心裏都是不過事的。大事小事，睡一覺起來就沒有了。況且，好多事情就在眼皮子底下發生，他們卻好像沒看見一樣，更不會往心裏去。前程遠大，道路光明，他們是知道的，天天接受革命教育嘛。只是從來沒有幻想過，革命重任突然間從天而降，落在自己肩膀上。

　　這年頭，學校、班上天天上學唸的是革命，人人嘴上喊的是革命。誰不嚮往革命，誰不爭取革命？！但是，他們習慣於把革命和革命前輩想在一起，覺得自己還夠不上。有意無意，他們總是把革命和翻天覆地的大事業等同起來，學生娃娃的事能有多革命？徒然間，班上、學校的事和革命劃等號，他們還轉不過彎。蔬菜們好像不長腦筋，革命彷彿是以後的事（他們雖然沒有明明白白就這認定如此，也沒有說過這種話。反正模模糊糊有這樣一種潛意識）。從小進學校，老師們都教育說，學生嘛，現在就是好好讀書，將來接革命的班。可是，革命不僅是革命理想，更是革命行動。轉眼間，普通普通，平平凡凡，不起眼的中學生就成了革命小將！說變就變，真是沒有思想準備。

　　得到了革命任務，這充分說明他們得到了革命信任，他們感到很光榮。蔬菜們都是群眾，也一貫甘當群眾，正如西葫蘆所說，「群眾就群眾」。沒想到，有朝一日，群眾們擔當革命大任。這真是充分相信群眾。想到這點，甜菜也多少有點心安理得了。總之，群眾到底給發動起來了！當然，蔬菜們也沒有沾沾自喜，飄飄然。

　　監視跟蹤，很刺激的。電影裏，都是搞革命的地下工作者被特務監視跟蹤。現在不同了，監視跟蹤具有革命重要意義。

　　蘆筍、甜菜，還有一個低年級班的同學跟蹤烏嘴。往常，兩個蔬菜同學對烏嘴倒不特別反感，不過紅毛張口閉口喊他「反革命」，耳朵聽起了繭，心裏難免不生嘀咕。

這個烏嘴，同學幾年相安無事。他就是一張嘴巴煩，越來越煩。小學時，蘆筍和他同桌過，開初覺得他不討厭，好像話也不太多。後來，他領教過同桌的嘴巴臭。因為同桌，本來關係還好（烏嘴還叫過一回蘆筍「好朋友」）。後來，蘆筍無意間得罪了他。有次，烏嘴放學和蘆筍同路。走到半路，路邊有幾個擺地攤的。烏嘴徑直走向一個擺攤子的，叫「外公，回去了。」外公說，你先回去。蘆筍跟在後面，一看攤子，一些瓷碗瓷盤，模樣好看。他問「哪裡弄來的？」「自己家裏的。」蘆筍不知怎麼又順口說了句「搞投機倒把啊？」，說得很輕聲。烏嘴卻火了，「你跟著我幹什麼？走你的，滾！」蘆筍很窩火，本來就沒有跟你，我回家從來就是走這邊，你回家走相反的路，是你說和我同路。我跟你？我才不稀罕跟你！過後，蘆筍沒跟誰說過這件事。不知道怎麼搞的，班上也有同學說烏嘴外公搞投機倒把。烏嘴分辯說，就賣幾件家裏的舊碗舊盤，換錢買糧食。這年月，誰家不是沒米沒油？但是，烏嘴的辨白詞並沒有得到同學們的認同，反而挨了老師批評。那時，還是國家困難時期。蘆筍家也短米缺油，但是，他沒有在班上公開說，因此，沒挨批評。烏嘴的事常常壞在臭嘴上，再說又不是他自己搞投機倒把，那是他外公的事。這事算不算烏嘴從小反革命，蘆筍沒想過。當時倒是幾次想和烏嘴說說，自己沒有把看見他外公擺攤子的事告訴過別人。但是，烏嘴就是自行車下坡——不踩（睬），誰也不理。後來，兩人不同桌了，更加沒了話說。當然，後來蘆筍再沒有和烏嘴放學同路了。再後來，雖說低頭不見抬頭見，卻像是雲南的老虎，蒙古的駱駝，誰也不認識誰一樣。

甜菜只記得和烏嘴打過一次交道。一次學校禮堂散會，同學們蜂擁而出。甜菜落後，沒那麼擁擠了。無意間，他看到地上有枝鋼筆，問了幾聲是誰的，沒人答應，他就撿起來，順手插在上衣口袋裏。口袋小，鋼筆半截露在外面。才走了幾步路，劈頭碰到烏嘴匆匆忙忙撞上來。這傢伙一眼就看見了鋼筆，抬手就拔在手裏。甜菜還沒來得急解釋，只聽到烏嘴氣沖沖地說「我的鋼筆。」他話才出口，轉身就走了。那時，他們兩個同學剛同班。甜菜暗暗生了一天氣，太晦氣了，本來想撿了東西交老師，反而弄

得不明不白的，叫人生疑，以為自己想貪小便宜據為己，說不定還以為不是撿的是偷的。不過，甜菜也只是自己生氣，過後也沒找烏嘴說清楚。他覺得這種事本來不大，越說越麻煩，到頭來黃泥巴落到褲襠裏——不是屎也是屎，才慪人。幾年過了，烏嘴也沒有提過這檔子事，不知道是不是忘記了。不過，甜菜是不會忘記的，也記下了烏嘴。雖說烏嘴還有個外號叫生菜，他這蔬菜就是各色，跟哪種蔬菜都搭不到一塊兒。甜菜對他從來也就敬而遠之。當然，甜菜不會由這件事就認為烏嘴是反革命，完全扯不上。

　　總之，蘆筍也好，甜菜也好，都覺得雖然和烏嘴是相交泛泛，對他卻還是印象深刻。但是，這個同班同學他怎麼就真的成了反革命？如今，還要跟蹤監視他。這個革命任務，真是有些考驗人。

　　跟蹤盯梢，從來沒有幹過。低年級同學身材瘦溜，嘴尖尖的，像小耗子，機警是機警，就是不太沉得住氣，一會兒問是不是跟得太近了，一會兒問是不是跟得太遠了，一會兒又問是不是被發現了。他問多了，兩個蔬菜也有點緊張兮兮。蘆筍本來就覺得自己不適合這個事，個子高（實際上班上同學都是中不遛的個子，他也就是高那麼一點噠。校隊球員個子才高，他還夠不上。）目標大，容易暴露。甜菜想是想通了，就是有點不自在。一緊張，蘆筍一下勾頭，一下貓腰，比打全場球累得多。甜菜躲躲閃閃的，額頭手心都是細毛毛汗。倒是小耗子同學興致勃勃的，就是有點多話，叫不要問了忍不住又問。真煩！

　　其實，烏嘴只顧走自己的路，一點也沒有留神身背後。下午，他早早地就遛出了學校，不去市圖書館，也不回家。小耗子一臉興奮：

　　「看他急火燎毛的，準沒好事。」

　　「真奇怪，不是告訴我們說他喜歡去街上圖書館，怎麼又不去了？」甜菜有些納悶。

　　「嘟嘟囔囔的，不要讓他聽到。」蘆筍生怕敗露。

　　小耗子滿不在乎，聲音卻放低了：「聽到個鬼，隔這麼老遠。」

　　「莫囉唪，盯緊點！」蘆筍覺得任務艱巨。

　　三個肩負重任的分散了點，貼近了目標一些。烏嘴三拐兩拐，大步朝前，出了大街穿小巷，馬不停蹄出了城，卻仍不住腳。蔬菜摒聲息氣，不敢跟丟了，心裏都有點煩烏嘴真讓人不省心，暈頭轉向，到底要往哪裡去？小耗子的額角也出了毛毛汗，盯人卻不忘頻頻招呼同伴，又是打啞語又是比劃手勢，真夠嗆。

　　烏嘴卻精神抖擻，越走越快，出了城，踏上了鐵路。他一步一根枕木，步子勻稱而急促。走著走著，他嫌兩隻腳箍住了一樣，邁不開步，就跳下軌道，沿著旁邊留下的窄窄的道基走。

　　一上鐵路，三個盯梢的就為難了。這會兒，鐵路上倒沒有火車來往，可是也沒有了行人，前面就是烏嘴一個人。只要他一回頭，跟在後面的百分之百露餡。三個畏首畏尾，這下著實犯難。還是小耗子靈醒，恍然大悟似的說，他又不認得我，我跟他。兩個蔬菜卻得只好如此，便宜行事。當然，他們不能撤退，不能把任務甩半道當逃兵，那站到什麼立場去了？況且，小耗子一個人跟也讓他們不放心。於是，小耗子遠遠地跟著烏嘴，蘆筍、甜菜又遠遠地跟著小耗子。幸虧有這麼個好法子，一列火車開過，讓車時烏嘴側著身子歪了下頭，卻並沒有發覺人跟著。法子是好法子，就是懸著一顆心，蘆筍、甜菜生怕跟不見了背影模糊不清的烏嘴，緊趕慢趕，氣都透不過來。

　　幾里路熬過去了，終於，老遠看見烏嘴下了鐵路。小耗子卻停止了腳步，蘆筍、甜菜不約而同猶豫了片刻，又彎腰弓背趕上去。離小耗子不遠幾步，蘆筍問：

　　「人呢？」

　　「那不是。」小耗子用下巴示意往鐵路右邊下面看，「你們蹲下，快點！」

　　兩個蔬菜趕快齊刷刷蹲下。鐵路道基高，蹲下了卻看不見道基下面。蘆筍把頭伸起來，一看，鐵路道基下面是個廢鋼渣場，好大一片。渣場裏有一些人在撿拾鋼鐵，有的蹲著敲擊，有的在挑運。都是婦女，就一個男的，就是烏嘴。甜菜也半抬起身子看到了，悻悻地說：

「他跑來撿拾鋼鐵？害得我們跟著瞎跑，早知道，我們就到這裏守株待兔。有條小路，到這裏又近又不怕他看見。」

「他搞什麼鬼？一個廢鋼渣場，撿什麼撿？」蘆筍有點不大相信。他住在城裏，鋼鐵廠也間常來過，學校班上也組織來參觀過。這片廢鋼渣場，是傾倒廢鋼水的地方。好像每天都有火車頭拉著一大罐一大罐廢鋼水來倒，夜裏火紅的廢鋼水把天空都映紅了，滿城都看見。這塊廢鋼渣場真大，記得原來看起來沒有這麼大，才沒隔多久，變大多了！那邊一個大村子，本來離得很遠的，現在近在咫尺。沒想到，廢鋼渣場還有鋼鐵撿。倒都倒了，還有什麼好撿？

「撿鋼鐵嘛，撿回去還可以回爐吧，有用。」甜菜知道一點，他家是鋼鐵公司的，他媽媽是家屬工，也撿鋼鐵，說不定正在裏面。仔細看，果真在那裏。不過，這廢鋼渣場是只有家屬工才能來做工的。甜菜一頭霧水，問道：「真是有鬼了，烏嘴怎麼會到這裏來撿鋼鐵？」

小耗子不客氣打斷了他們：「還說我話多，你們一來就嘰嘰喳喳沒個完。探頭探腦，小心點，莫叫他瞟見！」

甜菜橫了他一眼，閉上了嘴。蘆筍也不吭聲了，把頭埋下。兩個蔬菜蹲著蹲著，過了好一陣，有些蹲不住了。甜菜忍不住，問小耗子：

「有情況不？」

小耗子活動著肢體，不耐煩地說：「有個鬼！我眼睛都酸了，脖子都硬了。」

「我的雙腳都麻了。」甜菜也抱怨道。

「我也是。要不這樣，我們下這邊去活動活動，有情況再上來。」蘆筍說，用手指了下道基左邊。路基很高，兩面都是幾米高的徒坡。

小耗子瞥了一眼，說：「隨你們。」

「那你盯死了哦！」蘆筍說話就溜下了道基，下到斜坡下面。甜菜也跟著溜了下去。兩個蔬菜伸背轉腰，長長地舒氣，比出籠的鳥兒還自在。

看看天色漸黑，總算熬到傍晚了。其間，兩個蔬菜兩次爬上道基蹲下。一來在上面畢竟有點盯梢的樣子，管它看不看得見目標；二來給小耗

子增添點精神力量，三個人的任務就他一個人頂著。小耗子倒也不計較，直擺頭，說算了算了，蹲也是白蹲，瞎子點燈白費燭。他站久了，腰腿發麻，發木，就在鐵路上來回晃蕩，也不敢走遠了。忽然，他叫起來：

「你們快點下去找地方躲開，他往這邊來了！」

說著，小耗子慌忙快步沿著鐵軌往前走。兩個蔬菜猝不及防，拔腿往道基下衝，剎不住腳，衝到坡下差點摔跟頭。正不知道往哪裡藏匿，謝天謝地，不遠有塊巨石，兩個直奔而去。到了巨石背後，甜菜抱頭蹲下，蘆筍撲倒臥地，都大氣不出。過了一陣子，彷彿小耗子在低聲著急吼叫，蘆筍探頭一看，正是小耗子一副猴急樣。蘆筍也壓低嗓門兒問：

「怎麼樣？」

小耗子不吱聲，翻著手掌勾一勾地示意他們上來。蘆筍拉起甜菜上了鐵路道基，小耗子有點不滿意：

「還盯人呢？看你們兩個躲起就不出來了，人家前頭早就走遠了。」

果然，鐵路前面遠遠有烏嘴的背影，旁邊還有一個婦女。

「那是哪個？」甜菜問。

「我還想問你們呢，一直相跟著。」小耗子說，又想入非非：「是不是搞反革命串連的？」

蔬菜們心裏大為一震，他們的任務就是要監視烏嘴是不是在搞反革命串連，跟蹤一下午，昏天黑地，兩眼一摸黑，正在心上心下。這下好了，都不由得眼睛一亮。瞄了又瞄，蘆筍狐疑說：

「好像是他媽。」

太掃興了，小耗子不甘心地說：「不會吧，你沒有看錯？」

甜菜也將信將疑地說：「你認得他媽媽？」

蘆筍以前見過烏嘴的媽媽，隔得遠，怕看走眼，就不耐煩地回答：「問什麼問，跟緊點，到時候就知道。」

三個都不吱聲了，悶著頭盯死前面。小耗子加快了腳步，和蔬菜拉開距離，稍稍往前近些，想聽聽前面烏嘴他們一路說什麼。但是，什麼也聽不見，他不免步子更快些。後面蘆筍甜菜著急死了，生怕小耗子弄巧成

拙，被發覺。兩人低聲下氣喊叫，小耗子腳下慢了點，忽然又快了起來。弄得兩個蔬菜都緊張得不得了，又不敢追上去拖他一把。

　　就這麼一路活折磨，下了鐵路，進了城，直到眼睜睜看見烏嘴和那婦女進了門，三個盯梢的才透了一口氣。蘆筍呆呆地說：

　　「那就是他媽媽。」

　　甜菜有氣無力地說：「管他是不是，好歹任務完成了。」

　　晚上，甜菜回到家，抽空問媽媽，下午是不是有個學生到過廢鋼渣場。媽媽說，是有個學生來，來過好幾次了。甜菜說，他來做什麼？媽媽誇獎開了，他幫他媽媽撿拾鋼鐵。真懂事，真勤快！真是好孩子！甜菜不樂意聽這個，他沒做別的事？媽媽有點不解，那裏還會有什麼別的事做？甜菜刨根問底，那他說了什麼？媽媽不在意地說，沒聽他說什麼話，好像這孩子不愛說話。甜菜根本不相信，他怎麼不愛說話？媽媽覺得很正常，笑嘻嘻地說，一大群大老娘們，一個半大孩子有什麼話好說？看甜菜仍然不信的樣子，媽媽說，你怎麼盯著他問？咦，你認識他？甜菜皺著眉頭說，他是我們班上的。媽媽又誇讚起來，看看，你同學多懂事！知道幫媽媽的忙。哪家當媽的都誇他。甜菜不想聽這個，他懂事什麼？他是個黑幫學生，還害我和同學跟蹤他。媽媽一聽就愣了，怔怔地說，我說他怎麼經常不上學。接著媽媽又問怎麼回事，甜菜含含糊糊說了幾句烏嘴最近在學校裏的事。媽媽聽了，也不多問了，只是鄭重其事地說，你不要跟蹤同學。甜菜說，又不是我想跟蹤。媽媽卻斬釘截鐵地說，不要做這種事！甜菜沒想到沒什麼文化的媽媽潑了盆冷水，一點也不支持革命行動。

　　蔬菜們跟蹤同學，是有分工的。西葫蘆和洋蔥跟蹤青果。

　　本來是不准相互打聽的，甜菜忍不住還是私下問了西葫蘆，怎麼樣？西葫蘆反問，什麼怎麼樣？甜菜把聲音壓得幾乎聽不到，你們跟青果？西葫蘆卻大聲回答，沒意思！甜菜心想，吼什麼吼，真是個大腦瓜，大笨蛋。

他又悄悄地問洋蔥：「你們跟青果沒發現他什麼？」

洋蔥搖搖頭說：「奇怪，他一路上東張西望，就是沒有和那個串連上。在一條小溝邊菜地，他站了一陣好像是等人，又沒有哪個來。」

「白跑了？」

「也不白跑。這個傢伙，一路走，一路撕紙，一路丟。怕他銷毀證據，害我們一路撿拾。這傢伙撕得真碎，丟得一路到處是，把我們害慘了。」

甜菜腦殼裏想像著洋蔥、西葫蘆費盡心機的樣子，又要撿碎紙屑，又要盯梢，顧了頭又顧不了腚。真窩囊，難怪西葫氣呼呼的。他著急了，問：「都撿回來了？」

「算是吧。不可能都撿到，太碎了，草裏，水裏，沒有辦法。撿回來，又是拼湊，又是粘貼，真是費勁。好歹還拼湊出兩張完整的，我是弄投降了。」

「喲，你們好厲害！弄到證據了。」

「不曉得是不是？好像是兩首詩，什麼『快樂是沒有時刻表的列車』，什麼『快樂是猴子』。交回去，他們收下了，說恐怕是什麼暗語。」

還有幾句話，洋蔥沒說出來，心裏對自己說，詩也好，暗語也好，弄不懂。管他的，不關你的事。他怕心裏這話隨口說出來，肯定要扣上革命不堅定的大帽子。他還很後悔剛才叫苦失口說「投降」，如此一想，他越發不自在了。

青果也被跟蹤過，烏嘴後來也知道。都是黑幫學生，一根繩上的螞蚱，都跑不了。其實，蔬菜們跟蹤盯梢，比起隨之而來的同學們的革命行動來，真是小巫見大巫。

晚自習課，烏嘴坐在座位上，東一下，西一下，瞎忙，也不知道自己在做什麼。工作組姜組長到他身邊來，他也沒有察覺。姜組長喊了他一聲，說：

「你跟我出去一下。」

烏嘴正無頭無緒的，抬起頭來，姜組長端端正正望著他，一臉和善，很平淡。烏嘴起身和姜組長走出教室。

自從工作組進校，他們兩個之間還沒有發生過什麼衝突。烏嘴知道姜組長是誰，只是沒當一回事。

教室外面很暗，校園裏只有幾處燈光昏黃，夜色黑沉沉的。

姜組長在前面慢吞吞走了幾步，回過頭來讓烏嘴走近身邊，輕聲漫氣地說：

「等一下，同學們有些問題問你，你好好回答。」

烏嘴漫不經心地答應了一聲。他以為姜組長帶他去開會。忽然，他心裏有點詫異，開什麼會呢？不過，他並沒有往下多想，只是默默地跟著走。

這兩天，他偶爾碰到過姜組長兩三次，打過招呼，也隨隨便便交談了幾句。姜組長並不干涉烏嘴，當然也不干涉其他同學們，只是淡淡地問同學們在做些什麼，也不深究，也不說好說壞，更不指手畫腳。烏嘴對姜組長本來就沒有戒備心，漸漸地連好奇心也淡了。少年人和成年人之間有距離是自然的，也不習慣和成年人打交道。雙方各行其是，沒想到姜組長會主動來找烏嘴。

走著走著，姜組長突然間停住腳步。四周圍黑黢黢的，烏嘴正要問去什麼地方，姜組長說：

「你進去吧。」

面前是初中教學樓，教室門打開了，燈火通明。不知道為什麼剛才還一絲光亮都沒有，還是才打開燈，此刻亮得刺眼。

姜組長沒有進教室。烏嘴怎麼進的教室，他自己也搞不清楚，事後更是回憶不起來。他只覺得忽然間頭腦一片空白。

「打倒黑幫學生！」

「黑幫分子低頭認罪！」

吼聲劈頭蓋腦，一陣比一陣高，一陣比一陣大，一陣比一陣憤怒。

教室裏擠滿了學生，恍惚都不認識。只見一張張陌生的臉朝他湧，一片洶湧的浪濤。說時遲，那時快，幾個學生一擁而上，七手八腳把烏嘴又按又壓又拖。「低頭！跪下！」厲聲叱呵，此起彼伏。烏嘴使勁掙扎，倔強地昂起頭，兩隻胳膊已經被扭到身背。在痛苦的反抗中，他睜大眼睛，卻什麼也看不清，天旋地轉，倒是一眼看見了黑板上寫著一行大字：

「打倒黑幫學生×××！」

黑板上，那幾個大叉打在了自己的姓名上，感嘆號真粗。他第一次看見自己的姓名寫得這樣大，還打了叉，只有電影裏被鬥爭的土豪劣紳才會弄成這樣。他忽然想起了自己罷課那天在黑板上的傑作：「！！！！！！」那幾個感嘆號，記得是一連串六個，六顆炮彈。現在，炮彈終於落下來了。這念頭一閃即過，當時也容不得他「感歎」。他不禁出了口粗氣，不知道是為那六個感嘆號，還是為自己姓名上那幾個叉。

烏嘴終於被按在地上，雙膝跪曲，臉貼著地面。他在喘息中忽然聽到叱呵中有熟人的聲音，這是誰？又分辨不出。他想看清是哪個，卻沒辦法做到，他的頭被用力死死按住，只能看到幾隻腳。他以前從來沒有注意過同學們的腳，更不知道誰平常穿什麼樣的鞋。記得蘇聯一本小說裏說，年輕人只看別人的臉，從不看別人的腳。他當時好笑，腳有什麼看的？正在有點懊喪，隨著一聲大喝：「反革命，老實點！」他頭上挨了一腳，踢得兩眼冒金花。他倒抽了一口冷氣，那粗大筋暴的赤腳穿著敗色的布鞋，還繫著絆扣，難道是紅毛鬼子？烏嘴心裏咯噔一跳，太奇怪了，怎麼會是這個紅毛鬼子？紅毛鬼子就總是大赤腳大布鞋。鞋土裏土氣，倒不是落伍，實在是土得太不可理喻，太齜牙咧嘴，班上只有紅毛鬼子這個恃「土」傲物的角色才穿。剛才那一聲大喝，兇神惡煞，歇斯底里，也極像紅毛鬼子的一慣口氣腔調。不過，烏嘴無法作出準確無誤的判斷。太亂太鬧，大轟大叫，口號聲，叫罵聲震耳欲聾。

根本不容烏嘴喘息，叫罵中，厲聲詰問一個接一個：

「你搞了哪些黑幫活動？」

「你搞了哪些黑串連？」

「你組織了什麼黑幫組織？」

「誰是你們黑幫學生的頭頭？是不是你自己？」

「你們黑幫學生還有什麼反革命目的？」

如此等等，呼晝作夜，白日見鬼，烏嘴百口莫辯，只是不斷地喊叫：「我沒有！」

烏嘴的頭貼在地面，不斷地被往下按，甚至被腳踩。他的胳膊更是被反剪在背後，被死力地扭。同時，吼聲大作：

「黑幫學生不老實，我們革命學生答應不答應？」

「堅決不答應！」

「黑幫學生不投降，我們革命學生堅決不收兵！」

排山倒海的口號聲中，烏嘴聽得一陣異樣聲響。嘩啦嘩啦，是槍拴聲！烏嘴側面貼地看在眼裏，一桿步槍的槍嘴戳來戳去，還在他臉頰上戳了兩下，生痛。那痛使他生了錯覺，他彷彿看見自己演街頭劇的樣子，雙手端著一枝俄式步槍，挺胸邁步。那槍長長的，威風凜凜，自己也是神氣活現的。可惜，那槍沒有配刺刀。插上刺刀，寒光閃閃，才叫令人喪膽。演出當中，他一遍遍拉動槍栓，嘩啦嘩啦，八面威風。又是一陣槍栓響，這回卻不是他自己在拉槍栓。他忽然很想看清楚這枝步槍是不是一枝俄式步槍，說不定就是自己演出時用過的那枝，記得自己在槍把上刻了個十字作記號。他奮力掙扎了幾次，都徒勞無益，頭貼地，只是看到槍嘴晃動，還惹來一聲大喝：「老實點！」隨即，又是一陣怒火沖天的喝問。烏嘴心想，媽的沒有配刺刀也好，不然身上不知道要戳幾多窟窿。

翻來覆去，拷問，按頭，扭胳膊，呼口號，拉槍栓。

烏嘴覺得自己落到獸籠子裏，瘋狂發怒了，拼命掙扎了，也筋疲力盡了，頭腦一片混亂。不過，不管誰喝問什麼，他都是發怒乾叫「我就是黑幫學生，我就是反革命！」當然，這惹得一陣又一陣憤怒，那槍嘴狠命戳他的頭，戳他的臉。他把雙眼閉得緊緊的，生怕戳壞哪隻眼睛。

口號如疾風暴雨。

一片「打倒」聲中，烏嘴木呆呆的，漸漸失去記憶。

烏嘴睜開眼睛，亮晃晃的，又把兩隻眼睛閉了一下，復又睜開。天亮了？這是哪裡？恍惚中，他想想清楚出了什麼事？腦子就是木木的，想不起事來。肯定不是自己瞎跑來的，偏偏感覺就是自己歪歪倒倒，東拐西拐，昏昏迷迷摔進了一個黑咕隆咚的洞裏。怎麼會到了這裏？自己一個人蜷縮著，一張空蕩蕩的小木床，一間空蕩蕩的小樓梯間。一盞大電燈，雪亮如晝，烏嘴還以為天亮了。他伸直自己酸痛的身子，下了床，活動四肢。他拉了拉門，門反鎖了，紋絲不動。他正要使大力氣，門砰地猛然朝他打開，把他撞了一個大趔趄。隨即，一聲大喝：「老實點！」紅毛怒目金剛樣，堵住窄窄的門口。

烏嘴更加迷迷糊糊了，紅毛為什麼在這裏？一個瘟神，一個鬼魂，一個夢魘，怎麼成天兵天將了！烏嘴復又覺得理所當然。他真的犯癡呆了。他退到床邊，不知道是待在房裏還是出去。紅毛又是一聲吼叫：「不准亂動！」一轉身，他走開了幾步。

門開著，外面真的天亮了。

紅毛拖了把椅子坐在門外，手裏還提了桿槍。他盯了烏嘴幾眼，把槍栓拉得嘩啦嘩啦響。烏嘴眼睛發直，一桿俄式步槍！他死死盯住槍把，看有沒有「十」字，就是看不出來。

忽然，風秀球來了，老遠聽見她笑嘻嘻地討好紅毛：好威風哦，這桿槍到你手裏就是不一樣！

大姑娘家家的，一件薄薄的小襯衫，一條小褲衩，晃著兩條大白腿。

風秀球正眼也不看烏嘴，只顧和紅毛嘻嘻哈哈。

原來，風秀球很看不起紅毛的。沒想到轉眼又看得起他了，風秀球就是瘋。她瘋得就跟摸不著頭腦的風一樣，一陣一陣的，東南西北亂刮。風，為什麼一夜之間就變了？

　　為什麼紅毛倒成了革命的天兵天將？他想挨一起搞罷課，烏嘴那時還看不上。他一個罷課沒挨上邊的為什麼就這麼革命了，真正搞罷課鬧革命的反倒成了反革命？紅毛鬼子為什麼能夠逢凶化吉？難道是紅毛鬼子發動了批鬥會？

　　烏嘴勾頭發呆。不知過了多久，突然聽得一聲喝叫：「出來！」烏嘴以為是紅毛叫他，卻不是，是五個不認識的大高個男生。紅毛、風秀球都不見了，不知道什麼時候走的。沒容烏嘴多張望，五個大高個一擁而上，把他來了個五花大綁。

　　出了小樓梯間，烏嘴才發覺自己是被關在學校圖書館大樓樓下。奇怪的是，進來時只覺得面前黑沉沉一個踞伏的龐然大獸，一口就吞了自己。

　　烏嘴被押著走，也不知道是去什麼地方。五個大高個兇暴暴的，烏嘴心想老子隨你們，叫往前就往前，叫拐彎就拐彎。他一路上只是在想，怎麼這幾個男生沒見過，那幾天鬧罷課，自己在學校裏到哪裡都是認識的同學，就是不是同一個班的也都認得一樣。才沒幾天，轉過背就不認得了。那間教室裏，對著自己吼「打倒黑幫學生」的面孔居然全都那麼陌生，一張熟悉的也不見。

　　烏嘴正在昏頭昏腦地亂想，猝然聽得一聲喝斥：「還往哪裡走？」烏嘴昂著頭，叉著腿，站住了。大高個們站崗似的，圍著他。前面鬧哄哄的，響起了一陣憤怒口號，「打倒黑幫學生！」又是晴天霹靂，黑雲壓城！

　　烏嘴暗暗對自己說，又來了！他橫了橫眼，從眼角裏看見人群密密麻麻好大一片。黑壓壓的人群前面，搭了一個大臺子，上面扯著橫幅，他也不在意看寫的什麼字。

　　雖然隔得有些遠，卻還是一眼看見了萬金油，也看見了青果。

　　烏嘴在臺子上挨批鬥，萬金油和青果都在臺子下面。

　　萬金油是被通知來接受教育的，還被喝斥必須和烏嘴劃清界限。因為，她一貫和烏嘴搞「國共合作」。青果這個難兄難弟也是在劫難逃，是

被勒令來作陪鬥的。他臉色慘白，這幾天也天天在挨批鬥，眼下身旁有尿桶和西葫蘆反剪著他的兩隻胳膊。

批鬥由晚上改白天了。光天化日之下，烏嘴的頭被狠狠摁下，他一甩頭，又抬起來。頭又被摁下，又是一甩，又抬起來了。烏嘴旁邊多了人手，七手八腳，又是摁又是踢，頭被摁下了，一個膝蓋著地，被踢跪下了。烏嘴就是倔強，就是有力，那麼幾個五大三粗的男生都按不住他。禽困覆車，烏嘴甩脫眾人，又站起來，昂首挺胸，怒氣沖沖。萬金油心裏一陣陣發緊，她不知道烏嘴為什麼這麼死不悔改，又生怕這麼下去要出人命的。

青果擺出無動於衷的的樣子，卻不免同病相憐。知道自己被帶來，不過是以儆效尤，殺雞給猴看。他心裏冷笑，卻忽然想起罷課那天烏嘴說的一句話，「砧板上的肉」。他看著臺上亂哄哄的，想起母叫雞和呆虎頭合說的一個相聲，說的是武松打虎，卻叫老虎擺佈得筋疲力盡，狼狽不堪。呆虎頭表演老虎，張牙舞爪。母叫雞扮那個倒楣的武松，醜態百出，同學們都哈哈大笑。什麼武松，大膿包！青果又想起自己這兩天挨批鬥也是被按著，怎麼拼命掙扎也站不起來，臉頰貼地，喘氣不贏，真狼狽。他有點恨自己，怎麼沒有烏嘴有力有勁。想到這裏，一眼看見紅毛不知幾時上了台，端著一枝俄式步槍，槍嘴朝烏嘴身上亂戳，忙亂中還不斷地拉槍栓。青果心想，又沒子彈，老拉槍栓有個屁用。

萬金油和青果不想看臺上，眼睛有些潤濕，目光轉向四周。

學校大操場，看日影子快正午了，一幢幢教學樓悶沉沉的，樓上樓下都看不見人影。老師們不知道到哪裡去了，學生都到操場裏了吧，不上課了，全校和罷課一個樣。

大操場那棵老槐樹還是一聲不響地站在一邊角落，很是悶倦難耐。忽然，樹下有個人，好像是老陰天小喜子。青果心想，真是說不清楚，才覺得臺上那幾個張牙舞爪的厲害角色都不認識，紅毛就冒了出來。才覺得大操場人堆裏看不見班上同學，老陰天卻一晃一晃的。這陣子一直看不見

他，老早把他給搞忘記了。其實，他家房子就在學校裏，挨著大操場。兒子班上鬧罷課，鬧到學校開批鬥大會，肯定是他老爸唐教導不准兒子跟著瞎胡鬧，不准出家門。沒想到，批鬥會就設在他家門口，他同學就在臺子上挨批鬥。估計老陰天不敢挨批鬥會的邊，可是家跟前沸反盈天，不免身不由己，探頭探腦。老陰天早就說他過老奶奶總是抱怨，守著大操場，一個倒楣地頭，成天學生鬧，一天到晚不得清靜。這下鬧到家門口開批鬥大會，學生鬥學生，更是鬧得不可開交。

老陰天還告訴過同學們，學校大操場自來就是多事的地兒。這裏原來好大一片，七高八低，荒草茫茫，荊棘叢叢，老樹蕭蕭，整日整月亂颳風，鬼叫一樣。老輩人都說，早先就是個鬼地方，大活人都不往這邊走，屙屎都不朝這方，晦氣得很。殺人、槍斃人都是這裏，早先殺人，個個砍腦殼，怕死人。這裏還發生過土匪撕票，把人殺了一丟，陰魂不散，收屍的哭喊連天。剛解放時，這裏還鎮壓過土匪、惡霸和反革命。沒有幾年，物換星移，日新月異，城區也大了，也熱鬧了。學校原來只占了一小片，突然間地盤擴大好多，新建了兩棟教學樓，把操場就勢拓寬拓平了。學校大操場一直叫大操場，原來百來號人都擺不開，現在上千學生集合也顯空闊，真是名副其實了。現在教學樓前面的一溜樹都是後來栽植的，還不成材。以前大操場大樹多，又高大又茂盛。大煉鋼鐵的時候，砍乾淨了，就留了一棵，就是最靠邊最老的那棵老槐樹，不知道為什麼躲過了一劫。老陰天說，那時學校裏也砌了「小土群」小高爐，老師學生熱火朝天，爐火沖天，熊熊燃燒。學校不光砍樹，家家戶戶還砸鍋獻鐵，為全國勝利完成1070萬噸鋼作貢獻。老陰天家有台老座鐘，老是走不準。老修也修不好，就隨它停著。一天，老陰天看見方桌上丟著一隻鐘擺，以為是一塊廢鐵，趕快拿去扔到廢鐵堆裏了。回來，他老爸正在找鐘擺，他吞吞吐吐地說拿去煉鋼了。他老爸不但沒有誇他，還抬手給了他一個大巴掌。他老爸直吼，那是煉鋼的東西？你以為那是鐵啊？那時，老陰天還小，也搞不明白，為什麼那只鐘擺不能煉鋼。只要不是木頭石塊，他看什麼都是鐵。一坨硬坨坨，怎麼不是鐵？他雖然很委屈，還是趕

緊回去找。哪裡找得回來，不管是鐵不是鐵的，那只鐘擺怕是早就進了小高爐煉鋼了。可惜，同學們那時都是小學生，沒趕上這所堂堂中學大煉鋼鐵的熱鬧場面。不過，同學們都曾經積極參加了撿廢鐵，也為大煉鋼鐵各盡綿薄。

青果胡思亂想，由馬脫韁，忽然聽到西葫蘆吼他，「快走快走！」他才發覺批鬥會台下亂哄哄的，喊打聲、叫罵聲震耳欲聾，人群亂拱亂湧。尿桶去前面察看情況回來，邊罵：「他媽的，一個壞蛋摸女生屁股！批鬥會開不下去了，我們走。」說著把青果揉了一把，邊吼「走，便宜你！」

青果心想，便宜我什麼？便宜沒把我也弄到臺子去，還是便宜我白看了半天？

不知道批鬥會是不是在散會，有人往外擠，有人往裏擠，像是熱鍋上的螞蟻。萬金油卻呆呆地木木地站在原地，邁不開步。

被押回樓梯間，還沒等喘口氣，烏嘴又被押出來了。這回押他的換了人，秋風黑臉七八個。剛出樓梯間，烏嘴沒留神，一側臉居然看見了背後有尿桶和兩頭鰍，還有向陽花。真是沒想到，押他的有幾個班上同學。烏嘴心裏一陣酸酸的，不知道為誰。

沒有走大操場過，也不知道批鬥會散場沒散場。七拐彎八拐彎，出了學校，烏嘴也不知道是往什麼地方去。押他的人不說，他當然也不問。反正有人在前面走，他只管跟著邁腿，挺機械的。一路上，烏嘴也不看別人，別人也不看他。走著走著，烏嘴忽然疑心是往他家去。看路，越走越覺得是，烏嘴的兩隻腳自己就停了，走不動了。七八個押他的，面面相覷。忽然，尿桶吼他：「走不走？不走，叫紅毛來，叫你知道厲害！」兩頭鰍也幫腔說：「就是！」

烏嘴一聽，反而大步就走。紅毛有什麼了不起！才不怕你們去我家！真是有鬼了！尿桶和兩頭鰍從來就很反感紅毛，這會子紅毛倒成了他們的革命英雄了！

尿桶這個外號這麼難聽，就是沾了紅毛的尿臊氣才頂到頭上的。勞動課，大家都不樂意紅毛指派。尿桶卻服從紅毛安排，東一下西一下，老是受支使做這做那。支使慣了，紅毛經常吆喝尿桶，大呼小叫，一點也不客氣。有次，尿桶倒毛了，膩煩透了，說我又不是一隻尿桶，隨你拎來拎去。花腸子對旁邊同學說，他還說他不是，明明就是紅毛的御用尿桶，隨他一個人屙。人家的尿臊氣香啊！同學們呵呵哄笑，連聲說就是就是。花腸子還說，可惜尿桶小，要是個大尿缸就好了，大半截埋在地裏，天皇老子也不能隨隨便便拎來拎去。尿桶得了這麼一個惹臊名頭，自然萬分氣惱。他不怪花腸子可惡，倒恨上了紅毛。從此以後，紅毛叫他理都不理，免得他支使，免得他「御用」。沒想到紅毛真是「厲害」，轉眼就把尿桶又降服了。

兩頭鰍就是滑，一滑又滑到紅毛一邊去了。他先前就是被紅毛吼怕了，轉頭拱過來粘上烏嘴，說烏嘴最有種，敢滅紅毛鬼子的威風，解氣。兩頭鰍不敢當面頂撞紅毛，他出身不黑，但也不紅。他想討好紅毛，紅毛鼻孔朝天，照樣吼他反革命。上次賣了二馬虎以後，二馬虎呆虎頭都罵他只配拱臭泥巴。他挨了罵，索性連烏嘴青果幾個都不理了。那次他就是不願意去爬山，他心裏早就打了退堂鼓，要和烏嘴幾個劃清革命界限了。這個兩頭鰍一向底氣不足，怎麼一粘上紅毛也變得惡裏惡氣？

向陽花在女生裏面有點不一樣。班上女生大多是城裏人（有幾個是父親在城裏工作，媽媽在農村，也自稱是城裏的），只有向陽花家在農村，父母親都社員。向陽花很自豪家在農村，她寫過一篇作文，苗老師在班上評講過，讚不絕口。那篇作文說人民公社如何如何偉大，公社社員如何如何光榮。花腸子一見她就唱，「社員都是向陽花」。向陽花轉身就走，褲子屁股上面有兩塊大補丁，黃不黃烏不烏的。花腸子呆呆地盯著人家女生，母叫雞看見就壞笑，「你往那裏看，向陽花長人家屁股上了？」因此，班上就叫她向陽花。更不一般的是，班上女生都不大待見紅毛，嫌他土裏土氣，又橫行霸道。向陽花卻容得下紅毛。有次班上到鄉下割稻子，向陽花割得夠快的，紅毛在她背後吼，家是農村的，不要丟人！向陽花一

點也不上火，還笑著說，你說得對，你好好說嘛。同學們背後議論紅毛都沒什麼好話，向陽花卻說紅毛還是有許多優點。評選學雷鋒積極分子，她就極力投紅毛的贊成票。向陽花當然是紅毛的鐵杆革命同學。奇怪，向陽花卻一聲不吭，不曉得是不是跟在後面。

烏嘴有意無意回過頭來，沒想到看見了萬金油。她怎麼也跟來了？

烏嘴一路上想著別人的事，跟自己糾纏不清，沒想到自己成了帶路的，把押解他的一干人帶到了自己家門口了。門大打開，他不知道進去，還是不進去。背後尿桶惡恨恨地問：

「是你家？」

「是，怎麼了？」他沒了好氣。

尿桶推了他一掌，後面的一擁而入。家裏只有五六歲的弟弟一個人，闖進一大群人氣勢洶洶，嚇得說不話來，驚恐地瞪著眼睛，縮在床角落。

尿桶喝問：「你的東西在哪裡？」

烏嘴不想搭腔。

「你的本子呢，書呢？」

「幹什麼？」他怒氣沖沖地反問。

「革命行動！」尿桶威風八面，又對兩頭鰍吼：「你是來看熱鬧的，拿出革命行動來！」

兩頭鰍邊答應，邊四腳四手爬梯子。他來過烏嘴家，知道小擱樓上是烏嘴的地兒。尿桶帶著幾個黑著臉的男生也爬了上去，口裏還一個勁地罵：

「黑幫分子，不給你來革命行動，不知道厲害！」

小擱樓上砰砰亂響。烏嘴緊緊抿著大嘴巴，烏紫烏紫，隨你們翻！

尿桶和兩個黑臉一陣亂翻，書堆塌的塌，倒的倒。兩頭鰍用腳一撥，踢了兩下，把一個紙箱子踢出來。這是烏嘴的百寶箱，其實也沒什麼好了不起的東西，儘是書。書也就是連環畫小人書多，都是打小時候攢下的，烏嘴喜歡畫畫，仍然敝帚自珍。

　　兩頭鰍臉一亮，說：看，蘇修黑郵票！他手裏捧著一本薄薄的冊子，那是烏嘴自製的郵冊，夾了二三十張紀念郵票。隔壁有個高年級大朋友愛集郵，烏嘴也有點著迷。他搞了個大本子來集郵，扉頁上白麵還自作主張地龍飛鳳舞寫了一行大字：集郵革命。其實，他也是瞎繃，弄不起多大架勢。他買不起紀念郵票，就到處找信封上用過的，問別人要。他一個大學生表哥原來和一個蘇聯女生娃娃通過一段時候的信（那是中蘇友好時期搞的學生活動），有蘇聯郵票，送了烏嘴兩張。烏嘴在幾個同學中間吹過牛皮，我有蘇聯郵票，米丘林，巴甫洛夫，很好看。沒想到兩頭鰍惦記上了。

　　一個黑臉拿起了一本古希臘羅馬藝術畫冊，皺著眉頭翻，裏面有大衛、維納斯的裸體雕塑像。兩頭鰍把臉湊過去，哼了一聲說：黃色書籍，流氓！另一個黑臉抄起一冊線裝書，尿桶眼睛瞪得像牛鈴鐺，問是什麼。黑臉說，曾國藩，劊子手，鎮壓太平天國農民起義。尿桶吼起來，黑幫分子，黑幫透頂！敢把這個偷放在家裏，這是變天帳！

　　烏嘴媽媽回來了。見兒子回來了，家裏還有兩個女生。媽媽待在門框邊，很是驚駭，卻急促追問烏嘴：「你怎麼一晚上不回家？你有什麼事？你帶了同學來，怎麼不叫大家坐？」烏嘴也不和媽媽答話，卻聽到萬金油對媽媽說：「王媽媽，你不要著急，沒什麼事。」向陽花也跟著小聲說：「就是，就是，過兩天就好了。」烏嘴心裏暗暗想，她幾時知道媽媽姓王，又沒有告訴過她。聽她的話，別是又做思想政治工作吧。平常有點煩她說教，這時節，倒很寬慰人。奇怪，怎麼向陽花不是紅毛鬼子一路的？她不來點革命行動？這才是滿眼看花，看得眼花。

　　這時，擱樓上幾個咚咚咚地下了樓。烏嘴看見他們手裏的書，大聲說：「你們幹嘛？」他指著線裝書《曾文正公集》說：「這是我老頭的書。」尿桶很不屑：「你好意思提他，一個大右派。」一個黑臉揚了揚手裏的書冊：「這也是他的？」這本畫冊很精美，烏嘴買不起，是呆虎頭送的。呆虎頭送過好多書給烏嘴。有次在新華書店，烏嘴看上了一本連環畫，又沒有錢。呆虎頭笑眯眯地在他耳朵邊說，你真的喜歡？我送給你。

烏嘴趕快點頭，心想大闊佬就是捨得掏錢。卻見呆虎頭一彎腰，勾手就把玻璃櫃檯裏的連環畫拿到手裏，轉身就走出書店。身邊女售貨員這時正扭頭看別處，一點也沒發覺。烏嘴很不好意思，紅著臉趕快溜走。不過，這本畫冊是呆虎頭掏腰包買的，不然，烏嘴不要。這當下，烏嘴硬梆梆地說：「是我的，怎麼了？」尿桶呲牙咧嘴的：「你老實點！革命行動！小心砸爛你的狗頭！」兩頭鰍怯生生地說：「我們走吧。」

尿桶面無表情，也不看烏嘴媽媽，大聲說：「你兒子是黑幫學生，我們要帶他走！」說著，他自顧自走出屋去了。黑臉們也一湧而出，倒把烏嘴落在後頭。

臨出門，萬金油趁尿桶他們不留神，又對烏嘴媽媽說：「王媽媽，你放心。」其實，她也知道當媽媽的怎麼能放心呢。她自己就是不放心才跟來的。再說，勒令她來的革命同學也不放心她，就是要叫她來看看黑幫分子的「好下場」。

押回樓梯間，革命同學搞車輪戰術，不容烏嘴喘息，反覆叫他交代自己黑幫分子的反革命罪行。

烏嘴上午押去大操場見過世面了。他暗暗打定主意，三個不開口，神仙難下手。尿桶束手無策，兩頭鰍早就悄悄走了。紅毛帶了幾個牛高馬大的別班男生來，大呼小叫，百般恐嚇，拳腳相加，槍栓搬得響出血來。烏嘴就是抱住喉嚨不開口，紅不說，白不說。氣得紅毛氣喘如牛，口起白沫，瞪著那幾個牛高馬大。一個牛高馬大說，他吃啞藥了？一個牛高馬大說，算了，井底下的癩蛤蟆，扔一磚頭，他就悶腔了。

紅毛沒招數了，氣急敗壞，走了。尿桶沒有走，守在外頭，如臨大敵。烏嘴看他那樣子心裏倒想起一句俗語，慌慌張張，打破尿缸。

花腸子和母叫雞來看了看。兩個鬼頭鬼腦的，陰陰的，影子晃晃蕩蕩。烏嘴心裏很生氣，呸，有什麼好看的，又不是動物園！

快天黑時，萬金油來過。她在門口站住腳，緊鎖眉頭，一言不語，看著烏嘴。烏嘴也無話可說，別說腦子裏一片空白，就是有話也實在不願意

張嘴。萬金油站了片刻，走開了。她一走，烏嘴反到疑心自己是不是看花了眼，也許萬金油壓根沒來過。她來幹什麼？來抹萬金油？

後來就「算了」。

過兩天就好了，向陽花的話應驗了。真難為她！

抄家第三天的下午，尿桶在門檻外頭喝道：「滾！」烏嘴以為又要押到哪裡去，慢吞吞地出了樓梯間。他拖拖逕逕走了一大截，覺得似乎沒有人跟著，又不知道往哪裡走。他回過頭一看，尿桶和兩個男生叉著腰原地紋絲不動，竟然沒有押解他的意思。他也不知道他們葫蘆裏賣的是什麼藥，一時茫茫然。尿桶哈哈大笑：「滾！快滾！黑幫狗崽子！」

烏嘴嘴裏罵，媽的，搞鬼啊？滾什麼滾，老子堂堂正正的。他一路大步流星，進了家門，長長地吐了一口氣。

其實不然，並沒有就真的算了。

接下來，大字報呀，大辯論呀，大批判呀，破四舊呀，殺向社會呀，一樁樁應接不暇。還沒有喘過氣來，烏嘴卻每下愈況。他自嘲是王小二過年，一年不如一年。他還當眾說，天天喊革命司令部勝利萬歲，什麼金光萬道，霞光萬里？什麼革命形勢一片大好，越來越好。我是兩眼一抹黑，什麼也沒看見。兩頭鰍、花腸子，母叫雞幾個當場都在，都聽得一字不漏。

萬金油聽鍋鏟說起，急了。她私下找到烏嘴，有點語無倫次，你到底是什麼嘴啊？又犯病啊？好不容易才平反了，你就好好的嘛。你不爭取革命啊？你就是不爭取革命，也不能爭取反革命啊！費了這麼大的勁才平反，我可不想再看到你自投羅網啊。

萬金油不想看到，卻沒法不看到。

第二天，群眾專政，烏嘴就進了學校牛棚。罪名是散佈反革命言論，傳閱被禁的反動書籍（《曾文正公集》就是鐵證之一）。烏嘴在牛棚受

審，最難過的關是被勒令交代「誣衊革命大好形勢，惡毒攻擊無產階級司令部」的罪行。革命同學個個革命得很，把烏嘴毒打了三天三夜。毒打還變著花樣，裝麻袋拳擊，還搞什麼「蘇秦背劍」（一隻手從肩上扭到後背，再把另一隻手扭到背後，然後把兩隻拇指綁在一起）。

革命群眾，軍宣隊代表，還有工宣隊隊長都是一個調調：「你老子右派，你更反動，是現行反革命。革命同學動了你幾下，是出於革命義憤，不好好交代別想有好下場。」

不過，令萬金油沒有想到，在牛棚裏，烏嘴和周校長成了忘年交。

一個謙謙師長，一個頑皮學生，朝夕相處，成了無話不談的「談友」。烏嘴一開口就是，運動整人，沒人性，沒人道。周校長卻說，學生要幹革命，我不反對。我就是希望運動搞得正規一些，好一些，不要犯我們以往犯過的錯誤，不要給黨抹黑。烏嘴說，你也知道你們老革命也犯錯誤啊。周校長說，錯誤是難免的，但是，我相信共產黨是一個偉大的黨。烏嘴說，還說什麼相信不相信的，都是走資派，都打倒了。周校長說，我一直在看，千百萬烈士用寶貴生命換來的革命成果不會付之東流的。別人的話，不對烏嘴的味，他是當面就吐回去的。當周校長接著說，一切都要經得住歷史的檢驗。烏嘴發笑，眼下的歷史是別人寫的。周校長說，歷史從時間看，不能光看眼下。時間還是過去，還是未來。一切都會過去，而未來是擋不住的。不知道為什麼，烏嘴對周校長的這番話來了興趣，沒吐回去，反倒咀嚼起來。時間是個魅，誰說得清楚。

兩個「談友」各說各的，卻彷彿如舊雨新知。舊雨新知，是苗老師的的詞，烏嘴不大信。現在的人，都不靠譜。個個都是炸藥桶，一點就燃。人和人，談不到一起。

後來，大會「落實政策」，宣佈周校長「解放」。對烏嘴的處理，是「『反革命』帽子拿在革命群眾同學手裏，以觀後效」。

2008 年 1 月 26 日

第二部

紅毛和花枕頭

1

紅毛問：「說，你為什麼願意跟老子？」

花枕頭靠在他肩膀上，他感覺有點懵。

花枕頭長得像電影裏的二妹子，是班上的文體委員。學校排《江姐》片斷的時候，花枕頭飾演江姐，紅毛大為激動，連聲說「好革命」。不知道他是誇江姐，還是誇花枕頭。真是稀罕，他是從來不誇人革命的。劇中江姐要穿紅毛衣，負責服裝的萬金油找紅毛借，他不肯。花枕頭找他，他立馬從身上脫下來。他五音不全的，一激動，照樣對演出指手畫腳的。花枕頭聽得呆呆的，還以為他頭頭是道。他心裏早就有她，說她笑起來很好看，更像二妹子，又活潑。花腸子說她瘋瘋顛顛，有些傻氣，中看不中用，叫她「花枕頭」。花腸子還覺得活潑就是招搖，革命哪裡是這個樣子，討厭得很，又叫她「花妖精」。紅毛雖然早就對花枕頭有意思，以前從來沒表示出來過。他對女同學，一貫劃清界限，甚至於很為敵愾。另外，花枕頭是校花，他自我感覺好得不得了，唯獨這上面卻沒有底氣似的。不要說表示，想都不敢多想。紅毛認為文化大革命就是好，想怎麼樣就怎麼樣，想幹什麼就幹什麼，無法無天都沒人管。同學們說起紅毛花枕頭貼在一起，頗為不解。紅毛以前在女同學面前秋風黑臉，很敵視男女同學往來，開口閉口男生女生來來往往，很反動的。一鬧文化大革命，他迫不急待地先搞上了校花，兩個公開摟摟抱抱的。他倒不怕批他反動。花腸子酸溜溜地說，大家都是木腦瓜，什麼都不實際，革命也好反動也好，都是人家革命頭頭說了算，紅衛兵司令就是革命。母叫雞還是不服氣，紅毛這傢伙，他革命也不過如此。毛主席年輕鬧革命時就說過不談女人，好革命哦，太偉大了。花腸子說，毛主席是偉大領袖，紅毛還不是丫丫鳥。尿桶卻很是捍衛紅毛，背後亂議論我們司令，小心砸爛你們的狗頭！洋蔥說，就是，關你們屁事。幾個同學一哄而散，卻還是很想不通，花枕頭居然會鐵鐵的迷戀上紅毛，有些不對勁，不可思議。

　　紅毛當然不在乎革命群眾（他說：「什麼革命群眾」）說三道四。只是，他對花枕頭有點不放心。所以，他忍不住要問。

　　「幹什麼這麼凶？審階級敵人哪？還老子老子的，幹什麼呀？」花枕頭歪著腦瓜，語氣柔柔的，滿臉天真無邪。

　　「老子就是要審審你。快說。」紅毛就是喜歡粗野，一口一個老子，他覺得革命得很。

　　花枕頭看他猴急，笑靨粲然：「嗯……你不蠢。」

　　「呸，老子當然不蠢。老子知道班上一些狗崽子從來就罵老子蠢，哼，狗眼看人低，都是反革命。他們叫老子紅毛，老子知道這是不懷好意。你也聽到過，老子早就說過，紅毛就紅毛，革命得很。」

　　紅毛，同學們哄他高興時，叫他紅毛。恨他時，叫他紅毛鬼子。

　　他最惱怒同學們亂叫他紅毛鬼子，聽起來很不革命的。有一次被惹急了，他失口說「紅毛鬼子就紅毛鬼子，革命得很，你們不配。」惹得同學們好笑得不得了。

　　紅毛自認為他的名號「革命」，是有由來的。

　　這位班上有些出得色的男同學常年穿一件紅毛衣，一片紅光，又鮮豔，十分打眼。家裏窮，紅毛衣非常珍貴，他姐姐出嫁穿過的。姐姐過門後，一直捨不得再穿。弟弟讀書，還上了中學，有出息，就很鄭重地送給了他。他很得意，得了傳家寶，神神氣氣地穿了到學校來。一到班上，同學們紛紛怪模怪樣，笑的笑，叫的叫。一件女式毛衣，紅晃晃的，又不合身（先前是大了，後來是小了）。鍋鏟這個女生本來就愛大驚小怪，更是笑彎了腰，指著紅毛衣喘著氣說：「紅毛……紅毛……」那「衣」字硬是笑得噎住了。花腸子平常聽不得她，說生了一張鍋鏟臉，鍋啊盆啊就她敲得叮噹響。這回看她笑得顛三倒四，卻頗為讚許，還在旁邊接嘴說：「這個紅毛同學，他倒挺光榮的。」旁邊幾個同學心有靈犀，一聽就跟著起

哄，齊聲喊：「紅毛，紅毛。」喊得全班同學都笑，紅毛自己也笑。烏嘴很不以為然，說：「還光榮，還好笑？！紅毛什麼？紅毛鬼子。」

笑就笑，他才不在乎，就是光榮。所以，紅毛衣他穿定了。除了天太熱，他一年四季就穿這個，換衣服的時候少。主要是家裏實在無衣可供他換。紅毛同學穿紅毛衣，昂首挺胸，常常誇耀說：「紅是勞動人民的革命本色。」不過，厭惡他的同學，都跟著烏嘴叫他紅毛鬼子。本來喊紅毛倒無所謂，喊著喊著，喊出了名，很響亮的，甚至還真的有點點革命意義。可惜，這麼好的大名，拖了條尾巴：鬼子。露出尾巴，就不好了。「鬼子」，同學們誰不知道是指日本鬼子。「紅毛鬼子」，是八國聯軍。這些惡魔燒殺搶掠，罪惡滔天。叫他紅毛鬼子，他當然不幹，怒火沖天，立即擺出一副兇神惡煞的樣子，甚至於要揮老拳，憤怒討伐。同學們怕他，改叫他老毛子，好像比紅毛鬼子好聽點，其實也是換湯不換藥的叫法。叫老毛子，紅毛一開始還聽之任之，有點默認，他這上面的知識有點稀裏糊塗。後來知道是偷天換日，當然也是勃然大怒。所以，同學們不太敢當面叫他紅毛鬼子，也不敢叫他老毛子。當然，烏嘴就敢。

紅毛動不動就擺出兇神惡煞的模樣，以為這樣很革命。他的革命邏輯很簡單，出身好就是苦大仇深，苦大仇深就是天生革命。革命就是仇恨階級敵人，打倒反革命。他把這個革命邏輯實行得很徹底，凡是他看不慣的，就仇恨，就打倒。偏偏他又什麼都看不慣。

他這樣革命，搞得班上同學幾乎都成了革命敵人。因此，同學們對他敬而遠之，有的理都不理他。可笑的是他卻渾然不覺，自我感覺好得很，革命勁頭大。

班上偶爾也改選班幹部。同學們把班幹部叫做「班頭」，班長是大班頭，其他班幹部是小班頭。紅毛一直是個小班頭，幾次改選，他都沒被改選掉。他是當然的班頭，班上一成立班委會，班主任苗老師就提議讓他當勞動委員，介紹說他農村來的，勞動觀念強，父親是公社大隊領導，根紅苗正。其實，班幹部都是班主任定的，同學們都沒有什麼意見。紅毛也的確勞動積極。他塊頭大，力氣大，幹活搶著幹，老師越表揚越有勁。漸漸

地，同學們看出來他太好表現了，太自以為是了，指手劃腳，別人這也不對，那也不對。因此，有些同學不喜歡他當這個小班頭。改選的時候，苗老師卻仍然提議他當，許多同學都還是舉手贊成，不喜歡他的同學也無可奈何地舉了手。紅毛就是出身好，勞動好，就該當這個勞動委員小班頭。紅毛穩穩當當地當小班頭，高興得很，老吹自己「群眾基礎好」。

　　告訴你，老子打小就不蠢。
　　老子告訴你，老子們生產隊有棵老樹，自古就有點名，說是有黃氣。黃氣是什麼氣，老子也搞不清楚。是黃色的什麼氣吧，反正是樹有了靈氣。社員們，特別是老人們信得很，說是能感天動地，保風調雨順，還能賜予人們福禧。解放了，黃氣沒有了。其實早八百年就沒有了，老子是從來就沒有看見過什麼黃氣。老樹斷了黃氣，不曉得什麼鬼，招了老鴰來，越來越多，刮刮亂叫。大家都覺得晦氣得不得了，說是要有災難了。老子一看樹上老鴰窩多，把窩搗了，老鴰肯定得飛走。老人們又不准搗毀老鴰窩，說什麼樹神冒犯不得。真是迷信。老子才不管，上樹三下兩下就把老鴰窩搗得一乾二淨。從此，老鴰連影子也沒有了。那時候老子還小，你說老子聰明不聰明？
　　花枕頭聽入了神，嘆服地說：「你真行！哎呀，你別老子老子的，難聽死了。你以前不這樣，你想想嘛，是不是？」
　　紅毛想不出以前自己「不這樣」，頭一甩，表示就要「這樣」。

　　老子把老鴰趕走了，還有老迷信怪老子得罪樹神了，大家都會受到報應。氣死老子了，老子見了這些老迷信就罵。他們怕我得很。現在，他們更不敢瞎哼哼了。破四舊，誰敢不服？
　　還有呢，你聽不聽？當然想聽，老子就說。困難時候，生產隊餓死人。老子們小學同學小豆子，你還記得他不？就是餓死的。老子才不想餓死，就想辦法找吃的。生產隊裏有口魚塘，魚多，沒人敢釣。老子不用魚杆魚鉤，用了別人就會看見。老子用繩子隨隨便便綁點河溝裏的小蝦，就

把魚釣上來了。有本事吧？當然，生產隊的魚不能老釣，抓住了不得了。老子就找其他吃的。田裏的青蛙呀，泥巴裏的泥鰍呀、河溝裏的蝦蟹呀，山上的山貓呀，老子都逮得到，不管這些狡猾的東西躲到哪裡，老子手到擒來，跑不脫老子的手心。老子不是怕死，餓死了就不能長大幹革命了。為了不餓死，老子什麼都敢吃。告訴你，那時，老子找到過一窩小老鼠，才生下來的，眼睛都沒有睜開，渾身紅紅的光溜溜的，拱來拱去。七八隻，老子一隻一隻全吞了。小耗子補人的。

　　花枕頭聽得張口結舌，半晌才說：「你真精，真會找竅門。就是太怕人了，小耗子你也吃得下。」

　　末了，她輕輕歎了口氣。紅毛老子老子的，她沒辦法。

　　「知道你從小革命，早就聽別個說過。」

　　「哪個？」

　　「青果說你學劉文學呢？」

　　「這個黑幫分子狗嘴裏吐出象牙來了。」紅毛大為得意，他想起來了。「當然了，老子從小就學劉文學。」

　　花枕頭聽過青果說紅毛學劉文學的故事。

　　那時，正是春天裏。青果一家剛剛遷居來，他第一次有空一個人走著玩。他也不知道自己走了有多遠，只是不停地走，走。他就有這種衝動，有這個勁頭，不為什麼，就想不停地走。走的當中，東張西望，偶爾唱一兩句歌，心裏斷斷續續會想起已在遠方的故地，有時也不想什麼，淡淡的憂鬱時不時一絲絲輕纏。

　　到處是春天氣息，潮濕的泥土味，清香的青草味，芬芳的野花味，甜美的莊稼味，忽濃忽淡。他張開鼻翼，深深吸氣，真陶醉。他任隨腳步，也不管小路、草坡、土徑，有多遠，走多遠。忽然，天空一片藍，田野一片青。藍和青之間，挺起一爿虎生生的黑影。定睛一看，是座石牌坊，矗立在好大一片蠶豆地裏。牌坊四柱三開，高大沉穩，落地生根。二重簷頂，石簷四角上翹，拱雲鬥天。青果小小年紀，斷壁殘垣也能看好一陣，

但凡遇見古塔、古亭、古闕、古橋之類，更是要琢磨個夠。他從小如此迷戀這個，彷彿是老祖先穿過久遠年代，輕叩心扉。小時候，他並不懂文化傳統、文明傳承。他就是覺得愛看、喜歡。不知不覺，他拔腿向石牌坊走去。

「站住！」隨著一聲吼叫，有人猛拽了青果一把。一個和青果一樣年紀的半大小子躥出來，瞪著兩眼，凶巴巴的，雙手叉腰。青果一個趔趄才站穩腳，還沒搞清發生了什麼，又聽見他惡惡地喝問：

「你想幹什麼？」

「我過去看看。」青果指著石牌坊。

「看什麼？」那小子朝青果指的方向望瞭望，很顯然，他把一座石牌坊看不進眼裏。

「那個牌坊。」

「那有什麼好看！」

「關你什麼事？」青果很不樂意他，說著又要往前走。

「你敢？」他挺身攔住青果，又高聲喊，「你們快來！」

青果回頭，看見三四個大大小小的男孩子圍過來，也不知道從哪裡冒出來的。後面稍遠，還有一個小女孩，牽著一頭黃牛。

「我去看看還不行啊。」青果心虛了。

「不行！快滾！」那小子威風凜凜，「你滾不滾，小心把你抓到公社去！」

青果只得脫離是非之地。走了幾步，他回過頭來。那小子以為他不甘心，往前跨了兩步，雙手往胸前交叉一抱，張開兩隻腳戳在蠶豆地裏。青果搖搖頭，快快離去。只是，他心裏很糊塗，不知道那小子為什麼憑空冒出來擋路，兇神惡煞，還張口閉口要抓人。

沒想到一進中學，那愣小子成了青果的同班同學，就是紅毛。兩個同學說起這件往事，紅毛一口咬定青果「肯定是想偷蠶豆」。青果大喊冤枉，紅毛就是不相信。紅毛還說：

「我後悔得很。」

青果說：「你後悔什麼？」

紅毛說：「我後悔該晚點抓，等你偷到手再抓。你就沒法狡辯了，我還能當劉文學呢。」

青果氣得大叫：「我真是撞鬼了。」

紅毛很得意：「你就是撞鬼！一個破牌坊有什麼稀罕的，現在早就拆掉了。」

「那你說，老子蠢不蠢？」

花枕頭吃吃吃地笑起來。

「你敢笑老子？你說，老子是不是從小就革命？在班上，老子也是最革命的。老子們從頭開始，一樁樁數著說，班上開班會就是老子最革命。你記得不記得？」

「當然記得，不過，你好凶哦，好怕人。」

「就是要凶，這是革命，你不懂。班上還說班會是烏嘴青果搞的，他們個屁！他們兩個，哼，還不是成了黑幫分子？只有老子革命。老子就是不准他們亂開班會，那天，其實就是老子在班上宣佈開班會的。」

那天下午，烏嘴和青果風風火火趕到學校，過操場時看見紅毛在一旁招手示意他們過去，旁邊站著花腸子。

紅毛硬梆梆地說：「開班會，你們不要自作主張。」

青果一聽，先有點詫異。他看了花腸子一眼，心想肯定是這個喇叭筒把事情訴給了紅毛。本來，還是花腸子先告訴青果幾個的，說雪花膏在小組會上說了好多她地主爺爺愛勞動的話，烏嘴就說晚自習開班會批批。青果幾個都贊成，紅毛當時並不在場。不過，他還是明知故問：

「開什麼班會？」

「我們自己曉得鬥爭雪花膏，要你們開班會？！」紅毛來這麼一句，兇暴暴的。

「那又怎麼樣？開班會要你同意？」烏嘴有點奚落他。

「當然啦。」紅毛說，拍了一下胸脯，「我是班委……」

「班委，好大的官！」烏嘴才不吃這一套。跟著，他吼了聲，走，拉起青果就跑。

紅毛愣了一下，大步追他們。

幾個同學一陣風進了教室。紅毛進來時，踢了一腳門。

開始上晚自習了，同學們人數差不多都到了，各忙各的功課作業。

烏嘴搶先一步跨上講臺：「今晚開班會！」

紅毛上去擋他：「你不要亂搞！不要你說！我來宣佈……」

萬金油在座位上抬起頭：「班委會沒定今天晚上開班會呀，苗老師不在，沒有交代。」

紅毛鬼子扔下烏嘴，轉頭朝萬金油就是一串連珠炮：「班委會沒定就不能開班會？苗老師不在就不能開？我們自己就不能開班會？要你班長說了算啊？我也是班委，我可以提議開！你敢不准？」

萬金油爭辯道：「我又沒有說不準。要開班會，也要先議一議，有什麼事，非要今天晚上搞得這麼急急忙忙的，一點準備都沒有。」

青果被紅毛攪昏了，這傢伙是不支持開班會還支持。青果覺得必須把事情說清楚，就趕快站到紅毛身邊。他聲音不大，說：「今天出了一件很重大的事，關係到我們班的階級鬥爭，必須今晚開班會解決。我們要開展革命大批判！」

同學們剛才被紅毛一沖一攪，有不滿的，有好奇的，有看熱鬧的，一會兒就嚶嚶嗡嗡。聽這麼一說，大家頓時怔住了，都安靜下來。萬金油眉頭一皺：

「我們班上有階級鬥爭？」

「就是！」二馬虎凶巴巴的把話甩過去，「就出在你們組裏。」

萬金油更糊塗了：「我怎麼不知道？」

青果說：「你腦子裏少了根階級鬥爭的弦。」

紅毛早就不滿萬金油：「你一貫包庇地主階級的孝子賢孫，你不知道？！裝假！」

　　萬金油很生氣：「我包庇誰？誰是地產階級的孝子賢孫？我幹嘛要裝假？誰知道你們搞的什麼鬼？」

　　烏嘴擠到前面：「今天下午你們開小組會，誰說她爺爺愛勞動？」

　　紅毛趕快又擠上前：「不關你的事！」

　　烏嘴一臉怒火，喊紅毛：「吼我？你要包庇她，是不是？」

　　「放屁！你才包庇她！反革命！不准你開班會！你開班會是反革命！」紅毛語無倫次。

　　「偏要開！反革命開班會，你擋不住！」烏嘴毫不退讓。

　　青果一看這不成了瞎攪，還開什麼時候班會，就使勁插在他們中間，大聲喝問：「你們拌嘴到底拌個什麼？是不是不管雪花膏？」

　　雪花膏一直在做題，專心致志，聽到說自己就抬起頭，一臉茫然。萬金油記起了下午開小組會雪花膏的發言，就說：

　　「她是提到她爺爺，她是說……」

　　紅毛搶白萬金油：「要你幫腔，她是啞吧？」

　　雪花膏說：「我說錯什麼啦？」

　　紅毛怒不可竭：「地主階級的孝子賢孫，反革命，你還敢抵賴？」

　　萬金油在旁邊用胳膊肘輕輕碰了碰雪花膏，小聲說了兩句。雪花膏聽了說：「我又不是說地主階級愛勞動。我是說我爺爺有勞動習慣，他……」

　　二馬虎打斷她：「他什麼，他是不是地主？」

　　雪花膏低聲怯怯地說：「我又沒有隱瞞過。我是說他以前也是窮苦人出身，一直參加勞動。」

　　紅毛咆哮如雷：「反革命，不老實，當眾放毒！」

　　雪花膏不作聲了，萬金油卻替她分辨：「人家早就表示了，和她爺爺劃清階級立場。下午開小組會，她也說了要堅決和她爺爺劃清界限。」

　　紅毛不買帳：「劃清界限，還要散佈地主愛勞動？」

　　青果義正詞嚴斥責雪花膏：「地主階級的本質就是剝削。天下老鴰一般黑，地主都是靠剝削發家的。你爺爺不剝削怎麼會當上地主？」

　　烏嘴斥問：「你爺爺地主思想嚴重，一心攢錢買地，就是想當地主。你還說他愛勞動，站到什麼立場上？」

　　事出突然，同學們一個個十分驚愕，面面相覷，漸漸感到事情有些嚴重。理所當然，大家都認為地主都是剝削勞動人民的。有幾個同學小聲議論，是否應該對雪花膏進行批評教育。雪花膏小組的同學搞不清楚到底什麼地方出錯了，當時雪花膏會上發言也沒有誰意識到有什麼不對。

　　同學們打進了悶葫蘆，疑心生暗鬼。這時，二馬虎又叫嚷起來：

　　「天下地主都是一個樣，你爺爺老地主，還不是個周扒皮，半夜雞叫。」忽然，他轉臉嘲弄母叫雞，「就會對我叫，現在你怎麼不叫了？」

　　呆虎頭哈哈大笑：「就是，母叫雞，叫啊叫啊！」

　　母叫雞大怒，又拍桌子又吼：「出什麼洋相！我惹誰啦？」

　　二馬虎一副嘻皮笑臉：「我是揭發地主。你不是喜歡學雞叫？」

　　「你才喜歡學雞叫，你才是周扒皮！」

　　那篇出名的課文，小長工出身的作家高玉寶寫的，誰都讀過。地主周扒皮殘酷剝削勞動人民，半夜學雞叫，催長工們下地為他幹活。當然，母叫雞不是周扒皮。況且，他外號叫「叫雞」，並不就真的是咯咯叫的雞。二馬虎母叫雞這麼一鬧，好幾個同學不禁哄笑起來。

　　青果趕快阻止：「這是階級鬥爭，大家嚴肅點。」

　　花腸子也拖長聲調：「階級鬥爭啊──」

　　「陰陽怪氣，你什麼意思？」青果本來就很不滿花腸子，挑唆紅毛鬼子橫插一槓子，有他們兩個，真是撞活鬼。

　　烏嘴很鄙視花腸子：「你不想開班會，就一邊去。我們問雪花膏，雪花膏，你為什麼站在地主階級立場？」

　　花腸子對開班會還是有興趣的，熱鬧事哪能不往裏湊，沒想到盡挨冤枉，哼，還不知道苗老師回來怎麼著？花腸子想到這裏，也就懶得費口舌分辨了。

　　這時，雪花膏在座位上遲遲疑疑，細聲辯解，聲音小得像蚊子嗡嗡：「我……沒有站到地主階級立場。」

　　紅毛本來又要吼烏嘴，雪花膏一開口，就轉了向，威風八面，好像天兵天將捉拿妖魔鬼怪，大喝：「你站起來，老實點！叫你咧，反革命，沒聽見？」

　　雪花膏沒有站起來，她的同桌萬金油站了起來：「你好好說嘛，這麼凶。她爺爺是地主，她又不是地主。她的表現，苗老師、班上還有學校都一直是肯定的，她還是入團積極分子。」

　　紅毛一生氣就不近情理：「她還不是地主，滿腦袋地主思想。入團，入團，就是你和苗老師護著她。你總是向著她，是不是也想站到地主階級立場上去？」

　　萬金油一聽，臉漲紅了：「你怎麼一點也不講理？」

　　「階級鬥爭呀，講什麼理！」烏嘴說，他說話居然向著紅毛。

　　青果也敲邊鼓：「班長同學，下午小組會你也在，當時你不批評她，現在還一個勁地為她辯護，你的階級立場是有問題了。」

　　紅毛得勢，走下講臺就要去拉雪花膏站起來。老芭蕉覺得不合適，動手動腳的，有些欺負女同學，起身拉紅毛。他拉又拉不住，紅毛氣壯如牛，力氣又大。萬金油挺身而出，擋在雪花膏身前。他們幾個拉拉扯扯，推推搡搡，把課桌、課椅撞得擺來擺去，砰砰作響。

　　教室裏亂了起來。同學們有勸阻的，有看熱鬧的，有發表評議的，也有嫌太吵鬧上不了晚自習的。甚至有幾個其他班的學生聽到這裏動靜大，在窗外探頭探腦。

　　這堂晚自習當然沒有上成。班會也算是開了，很不成樣子，亂哄哄的。也沒有像往常一樣有同學班會記錄，畢竟沒有安排佈置，沒有組織。

　　不過他們班的班會鬧大了，消息不翼而飛，傳遍了整個校園。

　　校長、教導主任，還有許多骨幹教師去外地觀摩教學尚未回來。課堂內外自然是學生們的天下。烏嘴青果一時成了學校的風雲人物，紅毛更是神氣活現，自認為是在班上打響了階級鬥爭第一槍，開展革命大批判，拉開了革命大幕。

　　紅毛當然出夠了風頭，他那件紅毛衣像面耀眼的旗幟在校園裏飄搖招展，旮旮旯旯都紅了。

　　「老子就是不蠢。班上罷課那天，苗老師把老子找去。老子革命得很，苗老師都理屈詞窮。」

　　班上擅自開批鬥會，苗老師第二天一早就把萬金油雪花膏找去問話。問了一陣，又叫把紅毛叫去。

　　苗老師坐在辦公室等紅毛，把他和烏嘴青果作了個比較。

　　苗老師回想聯翩，這個學生勞動喜歡赤膊上陣。有時更是脫得渾身上下光溜溜的，只剩一條小褲衩。苗老師愛護地說他，忘我勞動，奮勇當先，敢幹，出大力，流大汗是很值得表揚的。但是，要注意形象，別讓女同學們不好意思。他卻愣頭愣腦轉不過彎，「一身都是汗，濕衣濕褲不方便，不舒服，還浪費，衣服容易磨爛。」真是，不僅勞動出色，還多麼勤儉樸素！

　　所以，說到勞動，苗老師就曾很有感觸地對全班學生說，勞動，不是說嘴皮子的，要付出辛勤汗水。勞動委員頭帶得好，勞動表現出色。他的「赤膊」現象，要從積極意義去看待理解。熱愛勞動，艱苦樸素，值得大家認真學習。班上學生有不服氣的，小聲嘀咕，說他裝表現。紅毛馬上站起來大聲分辯，我才不裝表現，我就是喜歡勞動，一勞動我就全身舒服。我是熱愛集體勞動，不像有的人，班上勞動不怎麼樣，還要裝病，回家種自家的菜就有勁。有的人還嫌勞動課太多了。

　　他這個說法就是有針對性。校園擴大操場，挖土運土，各班都有任務。同學們挖的挖，鏟的鏟，挑的挑，抬的抬，你追我趕，爭先恐後。身為班上勞動委員，他勞動表現就是突出。挖土，他使大鐵鎬。挑土，他挑大筐，甚至於雙擔一肩挑。同時，他不斷喊口號給同學們鼓勁，嗓子都喊嘶啞了。他身上的衣服濕了又乾，乾了又濕。當班主任的忍不住，叫他把濕透了的上衣脫了。天太熱了，班主任當心的事還是發生了，二馬虎中暑了。呆虎頭歎氣，勞動課太多了！人家二馬虎下了課回家還要種菜。紅毛說，勞動課怎麼多了？回家種自留地就不中暑？！不熱愛集體勞動，沒準裝病。

　　紅毛這次是舊話重提。他話音未盡，烏嘴站起來喝問，誰不熱愛集體勞動？誰裝病？種自家菜礙你事了？大家說，勞動課多不多？

　　這不是胡攪蠻纏嗎？做班主任的不能聽之任之，拍了拍講臺同時說，你們都坐下，我說說。同學們，我要強調指出，勞動是美好的。工廠高爐，稻海棉山，這些都是勞動創造出來的一幅幅美景。就說近的，沒有我們全校師生披荊斬棘，艱苦勞動，我們的校園、操場，會有現在這麼大，這麼美麗嗎？勞動美好，還在於勞動能給勞動者帶來身心健康，身心愉快。鋼鐵廠啦，公社啦，年年都去好多次，大家都親眼看見了，爐前工煉鋼生龍活虎，社員們搶收搶種熱火朝天，大家看了都感歎勞動者多麼快樂。就說同學們們自己，我不一個個說名字，不少同學就是有熱愛勞動的好習慣、好品德，尤其是熱愛集體勞動。相信同學們都看到了他們的勞動表現，我也看到了。這些熱愛勞動的同學，工廠公社學校農場，哪裡勞動都是好樣的。他們當中，運土挑大筐，可是，有的同學卻叫他個外號「大糞筐」。同學們不要好笑。這不好笑，叫外號的同學自己應該害羞。有的同學還說他裝表現，我勸同學不要不服氣。同學們，你們想一想，他們說勞動就全身舒服，這真是千真萬確的。我也深有感觸，參加勞動，人就有精神，全身筋骨活絡，神氣飛揚。緊張勞動下來，飯也吃得香，覺也睡得香。同學們，為祖國社會主義建設添磚加瓦，是無比光榮的，是無比快樂的！同學們，勞動是美好的！

　　不料，卻響起了怪話：勞動美好是美好，還不是要看是什麼勞動。

　　尋聲望見又是烏嘴在搬弄舌頭，只有這個學生常常自以為是，又沒大沒小。苗老師就冷冰冰問，什麼勞動？

　　烏嘴嘴烏烏的，勞動有愉快勞動，是為自己。還有苦役勞動，是受懲罰。為自己勞動能享受到勞動成果，可以說是美好的。受懲罰勞動，是一種苦役，才不會美好。

　　學生們中間響起一陣噓聲和喧嘩。紅毛大喝，反革命，老師說話敢亂插嘴，亂說勞動不美好。

當老師的當然不怕學生插嘴，但是也不會容忍似是而非，離經叛道。苗老師就批評道，我容許有同學插嘴。但是，你說的和我說的是兩回事。而且，你這是一種錯誤認識，錯誤言論。

接著，當老師的說了好長一篇，說明勞動是勞動人民的美德，好逸惡勞是剝削階級的腐朽思想。說明「為自己勞動，懲罰勞動」提法不科學，混淆是非。還說明勞動改造思想，改造世界觀，勞動改造不是苦役，不是懲罰。

後來，為了更好的教育學生，苗老師要求全班以《勞動》為題開展了討論。

討論後，全班學生統一了認識，紛紛讚揚勞動美好，批評了烏嘴的錯誤觀點。烏嘴頑固不化，強詞奪理，仍然妄說勞動改造就是懲罰。青果在討論中不積極批評堅持錯誤的同學，還說什麼群起而攻之不利於幫助提高認識。苗老師認為，這兩個學生關係很密切，有些不正常。前一向，學校研究要送烏嘴到學校農場勞動，是有道理的。這兩個學生必須改造思想，脫胎換骨。想到這裏，苗老師覺得現在的學生真不好管，不像自己那茬人，做學生時又受教又服管，老師學校就是天。

他忽然想起花腸子，勞動討論會後認認真真寫了篇日記，還送來批閱，認識深刻，跟得上形勢。這次，他也沒有跟著瞎胡鬧。苗老師還認為，在這次班會上，紅毛表現有問題。他一貫不錯，不知道為什麼倒毛，觸到哪根筋了？

紅毛進來站在辦公桌前，苗老師像不認識似的打量著他這個學生。

轉眼快到夏天了，他還穿毛衣，紅顏色有些敗了，尺寸也不合適了，緊緊地箍在發育成長的身板上。下半截是條粗布單褲，灰不灰藍不藍的。一雙赤腳撐著圓口黑布鞋，還繫著紐襻。雖然有些營養不良，但小夥子還是結結實實。臉龐粗獷，顴骨突出，眼窩有點凹，眼睛小，眼光發狠卻有絲絲慌亂。嘴唇厚，朝外翻，唇上有一層漸濃的鬍鬚茸。

　　紅毛被班主任看得很不自在，也不吭聲，不過一雙眼睛還是好幾次掃過過老師。好像他並不膽怯，豁出去了。

　　苗老師認為自己很瞭解這個學生，團員，出身好，上進；從小養成了勞動好習慣，這方面尤其能起帶頭作用；聽從老師教導，能認真完成老師佈置的各項任務。難能可貴的是，他階級立場堅定，疾惡如仇。不足之處，是他對同學開展批評時有過頭現象，方式方法也不夠恰當，言語過火，行為顯得莽撞，顧前不顧後。苗老師甚至於覺得，班上同學叫他紅毛鬼子，恐怕就是因為他處事粗野，得理不讓人。總之，這樣的學生本質好，好調教。

　　終於，苗老師開口說話了，鄭重其事叫著學生的學名，但儘量聲調平靜：「你是共青團員，班委委員，是有組織觀念的人。要開班會，你應該知道是必須預先跟班主任老師、全體班委成員提議、商量的。」

　　紅毛推託說：「又不是我要開班會。」

　　「是嗎？」

　　「鳥嘴說的要開。他一貫反革命，我堅決反對他開班會。」

　　鳥嘴是哪個，苗老師知道。他熟悉學生，也熟悉每個學生的外號。外號滿天飛，他很反感，多次批評教育，看來還是收效不大。學生們搞慣了，在他面前常常忘了忌諱外號。此刻，苗老師也沒注意外號不外號。但這個話，苗老師心裏記住了，卻手一擺：

　　「你不要又隨口說這個那個反革命。這種所謂班會，能不能開？目的是什麼？開了結果又是什麼？你反對他開這種班會，這很好嘛，共青團員就是要立場堅定。可是，既然反對，你想想你當時都說了些什麼，做了些什麼？助長了誰？助長了什麼？」

　　不料，紅毛強起來：「雪花膏為地主階級辯護，說地主階級愛勞動。」

　　「她什麼時候說過地主階級愛勞動？」

　　「她在小組會上公開散佈，說她爺爺……」

　　苗老師打斷他：「她爺爺是地主，但是，她表示堅決劃清階級界限，這些我都知道。」

　　「她爺爺是地主，地主怎麼會愛勞動？」

　　「她爺爺愛不愛勞動，可以調查清楚。也許她講的有些真實情況，個別現象也是有的，情況總是比較複雜的。」

　　紅毛覺得有空子可鑽，就有些不禮貌：「苗老師也認為地主愛勞動？」

　　苗老師一下子發覺這個愣頭愣腦的學生變得有點不好教育：「這是個別現象，不等於說地主全都愛勞動。好了，我們說的事是她爺爺的成份問題，她是向組織交代清楚了的。你是團員，團支部會上沒聽她自己說過？」

　　在討論雪花膏入團的幾次團支部會上，紅毛就是不贊成吸收她加入共青團。對她的發言，他不是嗤之以鼻，就是懶得聽。苗老師一問，他很不服氣：

　　「她爺爺是地主，她為他辯護就是不對！」

　　「她不對，她不對在什麼地方？你也要把整個事情的原委搞清楚呀。到底是誰對誰不對，還不知道，怎麼能一來就開同學的鬥爭會？你身為共青團員，班幹部，為什麼不好好制止？」

　　「這是階級鬥爭，是革命大批判。」紅毛把青果口頭禪革命詞語學來了。

　　苗老師原來以為能很快說服紅毛認錯，然後再逐個解決烏嘴和青果的問題。沒想到紅毛突然間變了一個人似的，不容易對付了。這倒使他感到猝不及防。原以為快刀打豆腐——乾淨麻利，很快就能把事端按平順。說服教育，現在怎麼辦？苗老師頗費躊躇。突然，萬金油跌跌碰碰到門口，漲紅的臉慌慌張張，手扶著門框，喘著氣說：「苗老師，班上又出事了！罷課了！」

　　苗老師和紅毛的這次交鋒嘎然而止。紅毛事後很是得意，他就是革命，苗老師在他面前都敗下陣來了。

　　花枕頭搖搖頭，說：「苗老師一直對你好得很，天天表揚。培養你，入團，當班頭，都是苗老師，還叫你當學雷鋒積極分子。」

　　「什麼不得了，還不是老子革命。培養不培養的，兩回事。」

　　「那你還叫他是周校長的走狗，把他批得夠慘的。好歹，苗老師當了我們幾年班主任。」

　　「誰叫他保周眼鏡？什麼班主任，老子才不管。反正，誰站在走資派一邊，就一起打倒！喂，說來說去，你不聽老子的？」

　　「在聽啊。」

　　「聽？聽就老老實實聽，念念不忘班主任，想滑到周眼鏡那邊去啊？」

　　「那你要打倒我啊？」

　　「所以，老子問你，為什麼跟老子？老子是不是一點都不蠢？你說，說！」

　　花枕頭一聽，又笑了。

　　花枕頭吃吃笑，笑夠了說：「我說了，你不要生氣。」

　　她說班上女生笑他追向陽花都不會追，又要追女孩子又小裏小氣，蠢得很。紅毛一聽就生氣。

　　老子追哪個？老子追她？她不要自作多情，瘦得像根病秧子。還叫她向陽花，什麼花，狗尾巴花。還罵老子小氣，哪裡小氣？呸！向陽花有先天性心臟病，勞動課，苗老師叫老子多照顧她。所以，老子才要不是幫她一下。班上不曉得那個鬼就胡說八道，說老子追向陽花。她自己還有點得意，真是活見鬼。同你說，你不要心裏不自在，老子也是一肚子窩火。有次進山勞動，老子帶了兩個烤紅薯填肚子。老子掏出來吃的時候，向陽花在跟前，那眼饞樣就是裝瘋賣嬌想向老子要。老子沒有給她，竟然說老子小氣。真是放屁！是哪個王八蛋放毒？是不是她自己造謠？

　　紅毛又說：「老子幫你最多，對你小氣過沒有？」

「我又沒說你沒有幫我，哪個說你對我小氣。」

「那你還信他們的鬼話？」

「我又沒說我信。班上那些總說你蠢。」

「哪些？還不是烏嘴青果那兩個黑幫分子，還有呆虎頭二馬虎那些狗雜碎，黑紅衛兵。」

花枕頭說母叫雞花腸子也看不起他，說他成績不行。紅毛頗為不屑。

母叫雞才蠢，那次考試他拖雪花膏的卷子，還不是老子當場戳穿的。還記得不？花腸子那麼鬼聰明，還不是一樣貨色，考試考得好全靠眼睛瞟。以為別人不知道，老子心明眼亮。他們這些蠢材，老子才看不起，哪裡比得上老子。有次考試有幾道題太難了，到考試結束鈴響了，老子還堅持做。李老師自己不收老子的卷子，等老子把題做完。老子還不是考及格了。老子是自己考及格的，真才實學。再說，讀書也不看什麼成績好不好，成績好那就是白專。雪花膏盡考滿分，典型的白專。花腸子還想和她比考分。比吧，他現在還敢比不？

「花腸子就是精得很。」花枕頭歎了口氣。

「他以為他鬼聰明，還不是要發蠢氣。學雷鋒，他裝腔作勢，評了個積極分子，苗老師還不是說他不夠踏實。老子評上積極分子，誰都說老子老老實實，做好人好事，件件都不裝假。老子艱苦樸素，從來都是穿舊衣服，補丁摞補丁。別人吃剩下要丟的東西，老子都要吃。

「你發現沒有，罵老子蠢的，從來都是老子的死對頭。烏嘴就是。他以為他腦殼大，狂得很，還不是文化大革命一來就當黑幫學生。他一見老子開口就是豬腦殼，豬裏豬氣，以為老子聽不出來是罵老子。青果還說不是罵老子，說老子的名字裏有個珠字，是珠腦殼，珠裏珠氣，滿腦殼儘是珠光寶氣。明擺著他是在幫烏嘴的忙，諷刺我。反正都不是好東西，天生的黑幫分子的賤種命。老子不是豬腦殼，也不是珠腦殼，我是紅腦殼。怎麼樣，我還不是當紅衛兵代表，上北京去見毛主席。毛主席接見紅衛兵，我們學校去了幾個？哼！」

「你真了不起！」花枕頭由衷地說，滿心嘆服，五體投地。

「怎麼樣，你承認老子不蠢了。老子還不知道自己不蠢？是不是？」

不料花枕頭卻問：「你還記得政治課討論不？」

「怎麼不記得？政治課嘛，討論就是多。除了政治課當堂討論，苗老師還要佈置討論題，小組會討論、班會也討論。」

花枕頭癡癡地歎息：「苗老師的討論題什麼都有，就是沒有愛情。」

「政治課扯那個幹什麼？」

「其實，他是怕。苗老師也真是的，他就是怕男同學女同學有什麼。真虧了他，還調座位，男和男的同桌，女的和女的同桌。你記得不？」

「怎麼不記得。本來男女同桌，上課還安靜些。按他的一調，男男女女好說話了。一堂課，不是男的和男的說，就是女的和女的說。」

「男的也和女的說，女的也和男的說。你想，一桌男同學前後左右都是一桌一桌女同學，一桌女同學也是一樣被男同學包圍，要說話還不容易。」

「就是。苗老師怎麼想不到這個，還不是一是一非。哎，你記得這個成語不？」

「好像是此一……亦是非，……彼一亦是非，苗老師解釋過。管他的。本來，大家同學也不懂什麼男啊女啊的事。苗老師越怕越防，越防越是起嫌疑。年少青春的，男情女愛誰沒有一星半點的？」

「亂說，老子就沒有。老子懂都不懂。」

「你才亂說。你不懂？怎麼都說你追向陽花？」

「亂說，亂說。老子才跟你說清楚了。老子革命得很，根本不來資產階級那個臭玩意兒。」

花枕頭半張著嘴，臉頰紅紅的，目光柔美閃亮，望著紅毛。紅毛以為她肯定要誇他革命，沒想到花枕頭冒出一句：

「你愛我嗎？」

紅毛有些為難，感覺很倒胃口。他認為什麼愛呀、愛情呀統統是資產階級的玩意兒。革命造反派紅衛兵講的是革命感情，男女之間只有革命關係。

　　他皺著眉頭說：「好啦好啦，什麼愛不愛的。要講革命感情，不准什麼愛不愛的！」

　　「為什麼不准愛？」

　　「愛不愛的，有什麼。反正老子們兩個的關係鐵得很，鐵哥們，革命得很，一輩子誰也拆不散。好多傢伙都說老子們兩個睡都睡了，你是老子的人，跑都跑不脫。老子是紅衛兵司令，你就是紅衛兵司令夫人。」

　　花枕頭哎呀一聲，一下子從紅毛肩頭上抬起頭來，推了他一把：「你說什麼？難聽死了，難聽死了。」

　　紅毛卻覺得自己就是革命：「司令夫人，說，老子蠢不蠢？」

　　花枕頭跺腳笑著說：「不蠢不蠢。」

　　「那你向毛主席保證。」

　　「不蠢不蠢，向毛主席保證。」花枕頭覺得太好笑了。

2

　　花枕頭說：「現在真沒意思。今天批鬥明天批鬥，不是說要復課鬧革命。」

　　紅毛說：「你別亂說，什麼有意思沒意思。要是別個亂說，老子就狠狠批鬥。」

　　「好哇，你要批鬥我？」

　　「好啦好啦，你別鬧情緒。告訴你，批鬥就是鬧革命，鬧革命就是復課。」

　　「革命革命，就你革命。」

　　「那當然。記得不？學校裏貼大字報，老子的最大，最革命。」

　　花枕頭最記得，自己拿著個作業本認認真真抄大字報。

　　才一眨眼，學校裏大字報滿牆滿園。花枕頭拿著本子，這裏抄那裏抄。抄大字報，她眼睛看酸了，脖子伸硬了，手抄痛了。大字報排山倒

海，她昏頭昏腦的。認真認真抄的大字報，一轉背卻都不記得了，她怎麼也想不起來。後來，她才猛然發覺，自己一張大字報也沒有寫過。

她倒是記起來，有幾次去抄大字報看見青果。

看到青果，花枕頭記起班上演援越抗美街頭活報劇的事。

花枕頭忙著物色同學來排演時，萬金油對她說，你也是團員，我們幫幫鳥嘴和青果。花枕頭問，怎麼幫？萬金油說，叫他們參加演出嘛。花枕頭就叫鳥嘴飾越南民兵，叫青果飾美國鬼子。鳥嘴說，叫我演好人，太陽從西邊出來了？好好好，我也做回好人，當個正面人物試試什麼味兒。不料，青果就是不肯演美國佬。花枕頭翻來覆去說服他，還說，你喜歡學外語，這個角色你來，正好練英語，亮本事。青果死活就是一個字，不。沒想到，母叫雞挺身而出，我來。青果喜出望外，好好好。花枕頭直撇嘴，數說母叫雞，你就愛出洋相，來搗亂啊？青果好不容易有個頂缸的，一疊聲誇他出得洋相，正好演洋鬼子，很合適的。花枕頭無可奈何，只好應允了，實在沒有哪個同學願意出這個「洋相」。沒想到演出很受歡迎，特別是母叫雞一鳴驚人，一片喝彩聲。他一出場，弓著水蛇腰，耷拉著腦殼，高舉雙手，一句臺詞「Wo, Yes, yes, surrender, surrender.（哦，是，是，投降，投降。）」從他嘴巴裏冒出來，就變成了一串他獨一無二的雞叫「喔喔喔」，接著就是「要死要死，難得難得。」他出盡洋相，觀眾笑疼肚子。這以後，母叫雞成了演出隊的臺柱子，反面角色非他莫屬。青果呢，花枕頭只得叫他也出演一個越南民兵。反正，民兵多一個兩個也不妨礙劇情。抗美援越，本來就是人民戰爭。演民兵，雄糾糾的，端著一桿蘇式步槍押著被俘虜的美國鬼子飛行員，在場子裏大步兜圈子。又沒有臺詞，只須張嘴大喝幾聲「走」。這個角色青果當然稱心如意，特別是那桿蘇式步槍他更是喜歡得不得了。槍是學校民兵營的，他把槍栓拉得嘩啦嘩啦的，神氣得很。他真想擁有這杆蘇式步槍，這當然是不可能的，就在槍把上悄悄用小刀刻了個記號「G」（這是他的姓氏英文拼寫的首寫字母）。只是花枕頭說了他幾次，叫你把胸脯挺起來，你怎麼把肚子挺起來了，真是難

看。青果很受打擊，這次演出後，就再也不演戲了。烏嘴對自己的角色也演得很認真，沒想到他還是演得來正面英雄人物的。他受青果撥弄，也在槍把上刻了個記號，是個「十」字。他說，開個玩笑，美國佬喜歡上帝保佑，刻個十字架。青果說，你演的是民兵，又不是美國鬼子。烏嘴說，管他的。

這次演出，紅毛很不滿，憤憤地說，叫反革命演戲，還演民兵，演給誰看？一點都不講階級鬥爭！花枕頭費盡口舌給他說，叫烏嘴青果演出是團支部交給的任務。紅毛就是不滿意，還說，團支部也不能包庇反革命分子。他又說花枕頭腦子裏少了根階級鬥爭的弦，上了萬金油搞「國共合作」的當。

青果被打成黑幫學生，難得露面。花枕頭沒想到他也來了，就順口說，你來貼大字報？青果哼了一聲，我寫都沒有寫，我哪有資格？花枕頭有點同情他，來抄大字報啊？青果說，隨便看看。他本來不想多說，不過，又覺得花枕頭願意和他說話，就有一搭沒一搭說起來。開始，他也不去看別人的大字報。在紅毛尿桶的勒令下，他不得不去「接受革命大批判教育」。他在人堆裏，兩眼在白晃晃的紙片上晃悠來晃悠去，黑糊糊的字，一行行一片片跳來跳去，腦子裏卻也什麼沒留下。不過，他倒是很認真地看了幾個同學的大字報，都是重磅炸彈。他說，烏嘴也寫了大字報。

烏嘴不像青果，偏要寫大字報。這使青果很吃驚，也暗暗恨自己是不是喪失了革命鬥志和革命勇氣。自從都挨批鬥打成黑幫學生，兩個同桌同學在公開場合相互不說話。有次在那條小路的菜地邊，兩個偶然相遇。烏嘴先開口：「你好久不走小路了？」「就是，我走大路。」「我看了《十六條》。」「哦。」「運動是整走資派，他們亂來，亂批鬥我們。」青果又哦了一聲，就走了。過後，青果私下認認真真把《十六條》看了好幾遍，烏嘴說的沒錯。看著看著，青果忽然心裏一陣狂跳，這個綱領性文件沒有「黑幫」提法。他又從頭到尾，逐字逐句看了幾遍，就是沒有這個提法。難怪，怎麼就急急忙忙赦放了「黑幫學生」。不過，也難說。前頭

《人民日報》社論還號召「徹底打倒反革命黑幫」，才多久的事。況且，林彪說：「要打倒走資本主義道路的當權派，要打倒資產階級反動權威，要打倒一切資產階級保皇派，要反對一切形形色色的壓制革命的行為，要打倒一切牛鬼蛇神」，「徹底打倒，打垮，使他們威風掃地，永世不得翻身！」人家林彪是毛主席司令部的人，說的話能不算數？打倒這，打倒那，「要打倒」的，真是多！也不知道話裏的「一切」是什麼意思。青果反覆琢磨了好久，沒個結果，心煩意亂。青果把這些想法含含糊糊對花枕頭說了，又有點後悔。不料，花枕頭卻說，沒想到把你也打成黑幫分子，烏嘴和你不一樣。

花枕頭也看過烏嘴的大字報，不過，一個字沒抄。

烏嘴在大字報裏為他自己搖旗吶喊，也替挨批鬥的出了口粗氣。烏嘴就是死不悔改，頂著黑幫帽子，奮力批判「學校整人之風盛行，老師整人，同學整人，工作組整人」，「壓制輿論」。

烏嘴的大字報，篇幅不大，卻引起各種反擊的大字報洶湧澎湃，立刻就把他的大字報覆蓋了，覆蓋得乾乾淨淨。花腸子找他辯論，說「毛主席發動偉大的無產階級文化大革命，你怎麼說是整人？你瞎寫些什麼？」烏嘴怒火沖天：「我寫大字報！少給我扣大帽子！《十六條》說，『敢』字當頭，大字報，大辯論，大鳴大放。那麼大的《十六條》，你沒有看見？你才瞎！」雙方各說各的理，互不相讓。花腸子開始是一個人，說著說著，幫腔的多了，口水沫也多了。紅毛衝進人群，指著烏嘴破口大罵：「你個黑幫分子，反革命，死了雞巴朝天。老子就是要整死你！」尿桶冷不防打了烏嘴一耳光，意欲未休。但是，他見粗壯的烏嘴要撲過來，一膽怯愣住了。烏嘴不是在臺子上那個被五花大綁的烏嘴，那時他沒法還手，憤怒的獅子是要以牙還牙的。老芭蕉見狀勸說雙方：「《十六條》說，要文鬥，不要武鬥。」同時，他又埋怨烏嘴：「你寫什麼大字報？」烏嘴並不聽他說的：「我怎麼不能寫？」老芭蕉和花腸子一個調調：「那也不能把學校開展文化大革命說成是整人。」烏嘴才不認這個理：「揪鬥這個，

揪鬥那個，揪鬥個沒完沒了，還不是整人？」老芭蕉忘了自己是勸人的，動氣了：「那你在班上鬥雪花膏，是不是整人？」烏嘴頭一扭，直嚷：「我沒有綁人，沒有打人，沒有抄人家的家！沒有搞恐怖！」人群中一陣噓聲哄笑，冷言冷語，夾槍夾棒：「了不起，文鬥喲」，「黑幫學生文鬥，真稀罕」，「黑幫挨鬥不服氣呀」，「哼，黑幫反抗恐怖啦」……紅毛本來要走開的，又回頭了，哇哇大叫：「反革命就是欠整，你以為老子現在沒空收拾你一個黑幫小爬蟲？！老子偏偏恐怖，就是要紅色恐怖！」老芭蕉見烏嘴不能領會自己，自己也越勸越不是路，怕烏嘴再吃虧，就招呼呆虎頭二馬虎把烏嘴連拖帶哄弄走了。

花枕頭目睹這場大字報風波，連聲說，好怕好怕。

還有幾個同學的大字報，花枕頭也沒抄。

母叫雞的大字報，花枕頭捏著筆，頭暈暈的。

母叫雞有事沒事喜歡吹口哨，自稱是鐵叫子。烏嘴說，梁山好漢樂和，「玲瓏心地衣冠整，俊俏肝腸語話清」，又唱得好，好武藝。人家諢名才叫鐵叫子，母叫雞哪裡配？他就會吁吁地亂吹，吹得又驚又詫，吹得到處耳根子都不清靜，特別煩人。花枕頭覺得就是，不光男生，女生都嫌死他了。

母叫雞模樣又寒磣，卻最不怕出洋相。他出洋相，不管不顧，什麼都不怕，不怕羞恥，不怕厭惡，不怕痛恨。五四青年節，學校禮堂裏各班坐得整整齊齊，等著大合唱快開始，上千雙眼睛齊刷刷地都盯著戲臺子。正在等得不耐煩時，他敢把自己的醜臉伸出幕布裝怪相，又不該他的節目。他倒是露臉了，苗老師臉上卻很有些掛不住。有堂課，苗老師的，正在他聲情並茂，同學們鴉雀無聲，忽然響起了鼾聲，悠悠揚揚。循聲尋去，只見星期天這傢伙竟然睡著了，有滋有味的，面前堅著課本。一時滿堂愕然，忽然，斜前排座的母叫雞抬起身子，湊在星期天的耳邊就是一串「喔喔喔」，學雞叫。不男不女的聲調，又尖又乍，令人渾身直起雞皮疙瘩。事後，好事同學不追究星期天的鼾聲，反倒琢磨上了母叫雞的雞叫聲。二

馬虎說：「一點也不像天亮公雞叫。」呆虎頭說：「哪裡是公雞叫，是母雞叫。」花腸子陰陰的冒了一句：「這老幾，送他頂帽子——母叫雞。」同學們一片哄笑。母叫雞立馬反唇相譏：「我老幾？你老幾？」又是一片哄笑。他不在乎帽子不帽子，倒在乎誰老幾。不管老幾不老幾，這頂笑掉牙的大帽子，就穩穩當當地叩在了他頭上。這以後，他就有了個母叫雞的外號。當然，男生們都叫他這個外號。女生們是不叫的，叫不出口，太不雅了。不過，除了整天吁吁吹，母叫雞最為自鳴得意的還是他的作文。在班上，他的作文的確比較出色。不過，他有個「貴恙」（苗老師的批語），喜歡寫長文章。他總說要大塊做文章才痛快，好比梁山好漢大塊吃肉，大碗喝酒。烏嘴很是嗤之以鼻，「大塊」個鬼，大塊豆腐！花腸子卻說，大塊文章沒准能成氣候，難保母叫雞不一朝得志。

　　花枕頭暈頭轉向，把母叫雞的大字報從頭到尾看了一遍。

　　母叫雞往牆上一貼，譖，這才真是大字報！一連十三幅全開大紙，白紙黑字，連篇累牘，洋洋灑灑，詞鋒尖利，語氣凌厲。母叫雞這回過足了他生平寫大塊文章的癮，拿起筆作刀槍，猛烈批判周校長的資產階級辦學路線。這傢伙不知道從哪裡收集了周校長的材料，多得不得了，聽說過的，沒聽說過的，還有許多聞所未聞的。據他自誇，他很謙虛地學習了魯迅先生的雜文，特別是老老實實地學習了姚文元的革命文章。因此，他自己寫大字報，敢批判，敢造反，文思如湧，下筆如秋風掃落葉。他貼好自己的大字報，自己搖頭晃腦讀了好一陣，很是豪邁，還把黃巢的詩句搬來自詡，「我花開後百花殺。」好酸，好狂！

　　花枕頭一時不知道該摘抄什麼。正要走，她聽到旁邊青果說了句奇文共欣賞，疑義相與析，不知道是誇還是損。花腸子在旁卻說，我早就說過大塊文章保準能成大氣候。真是要刮目相看，這個可不昨天的母叫雞。那是只掉毛的禿雞，眼跟前羽毛豐滿了，這羽毛都是一把把鋒利的刀子。

　　花腸子的大字報，花枕頭也是不曉得怎麼抄才好。

　　花腸子一貫是班上學校的小廣播，他的大字報還是這副嘴臉。看他的大字報，一下北京革命形勢大好，一下各地造反烈火燎原。又是北京，又是上海，又是山西、山東、貴州、黑龍江；又是清華附中紅衛兵給毛主席的信，又是8，18林彪的講話，又是上海人民公社誕生的社論。那幾個月，花腸子真是，革命喜訊傳四方，一個接一個，接連不斷，令人眼花繚亂，應接不暇。這傢伙眼觀六路，耳聽八方。他的大字報是個滴溜溜亂轉的風向標，忽而指東，忽而指西。又好比發了瘋的溫度計，一直高溫、高溫、高溫，那根紅色水銀柱簡直要衝破玻璃管了。開始，花腸子的大字報很有點轟動，聳人聽聞。到後來，同學們的眼球也木了，有點視而不見。況且，紅毛看了並不賣帳，說他：「媽的，你個毬毛的大字報！不著調！」花腸子哈腰說：「請多多批評指教！」「你前頭不是要造修正主義的反，怎麼又瞎嚷嚷什麼『反對亂揪革命老前輩』？」花腸子嚇了一跳，趕快說：「那不是我說的，『反對亂揪』是『聯動』的標語。他們還有條標語『中央文革某些人不要太狂了』。」「放屁！誰反對中央文革，就砸爛他的狗頭。你敢跟『聯動』搞反革命？」「沒有沒有。這條，我大字報沒有報導。」「不准亂報導啦！自己把你這張大字報撕下來！」「知道知道。謝謝謝謝！」紅毛轉身走了。花腸子跺下腳，呲牙咧嘴想罵人。忽然，他看見花枕頭在看他，馬上做出討好的樣子朝她點了點頭，然後背手而去。他搞忘了撕下他那份倒楣的大字報，或許，當著花枕頭的面，他不好意思撕。不過，也不知道他是不是故意的，花腸子有他的花樣。青果當時也在，一直作冷眼旁觀，冷冷地說，大字報真是能觸及人的靈魂，能把人變個樣。花腸子拿起筆作刀槍，倒把自己殺了個落花流水，龜孫子一樣。他怎麼變得這麼溫良恭儉讓，從善如流？花枕頭知道花腸子不大看得起自己，自己出身不紅，「麻五類」（不過紅毛就敢不管這個）。她對青果說，噁心死了，他還好意思討好人？就那麼不鹹不淡地點個頭，還神氣十足的。

　　花腸子的大字報，花枕頭青果看了是白看。呆虎頭幾個過來看了，就大不一樣了。呆虎頭高聲大氣地說：「媽的，『聯動』有種，什麼話都

敢說！」小蘿蔔頭說：「人家紅毛反對『聯動』。」「紅毛鬼子算個毬！老芭蕉，你說呢？」老芭蕉不想多說：「知道你不把他放在眼裏，嚷什麼？」「狗東西的紅毛鬼子吼你保皇派，吼得好凶，你倒不嚷？！」「他吼得凶，就革命了？」呆虎頭憤憤地說：「媽的，遲早要和紅毛鬼子他們幹一幹！」青果聽了他們幾個的話，就說，花腸子的大字報最能幹好事，他寫大字報，你們混戰一團。大字報還是很有革命威力，也不可小瞧喲！

　　「喂，半天不說話，你想什麼？不記得我的大字報了？」
　　花枕頭被紅毛一吼，嚇了一跳，連忙說：「記得記得。」

　　紅毛的大字報東一張，西一張。又是忙批判當權派，又是忙批判保皇派，張張署名「紅衛兵」再署他的大名，也是別具一格。他寫字自來就一筆一戳，蹺腿甩胳膊，歪三倒四，面目猙獰，張牙舞爪，看了令人頭暈。花枕頭聽見呆虎頭在旁說，殺豬匠山大王一個，也舞文弄墨了！不知道他是不是故意說她聽的，花枕頭心裏有點彆扭。同學們知道她被紅毛拉過去了，不是搖頭，就是冷言冷語。紅毛的大字報好點名，如同閻王判官點生死薄。不管是校長老師同學，也不管是學校區裏市里省裏，甚至於上到中央，只要他認為是要批倒批臭的，一一指名道姓，並用紅筆打上粗重的大叉，決不手下留情。血腥味好重，儘是「打翻在地，再踏上一隻腳」，「打入十八層地獄」，「永世不得翻身」。青果在旁對花枕頭說，你是不是覺得紅毛最有革命造反精神？看，殺氣騰騰的。花枕頭本來也覺得紅毛太凶了，卻衝口說，毛主席教導說「宜將剩勇追窮寇」，魯迅還說痛打落水狗。青果那模樣肯定很是氣惱，一百個不服氣。他卻說，馬列主義老祖宗們播下的是龍種，收穫的是跳蚤。花枕頭一時不知道他說的是什麼，說他，說慢點嘛，大聲點，你說什麼？青果笑著打哈哈，好話不說第二遍。

　　紅毛的大字報，不勞他親自動手張貼。因為，這樁美差自有尿桶張羅。尿桶胳肢窩夾著卷紅毛的傑作，提著個漿糊桶，拿著把禿掃帚做的漿

糊刷子,在校園裏到處跑。找到扎眼的地方,他使秃掃帚往桶子裏一戳,漿糊四濺,提起來往牆上刷刷就是幾下,再把大大的紙幅往上一蓋,秃掃帚又是刷刷兩下,在大字報上打個大叉,把紙抹平,貼緊。有時,往大字報打叉,秃掃帚上的漿糊把字弄得有點糊糊塗塗,他也不管。他倒是手腳麻利,正如他向紅毛誇口,幹這事「一眨眼的工夫,不費吹灰之力」。後來,尿桶也有幫幹忙的,兩頭鰍不請自來。兩頭鰍又是幫提桶,又是幫刷漿糊,忙前忙後,不亦樂乎。呆虎頭看著噁心,罵他:「兩頭鰍,賤骨頭!他個狗東西是紅毛鬼子的尿桶,你倒給他做尿桶?!」兩頭鰍吭哧了好一陣才說:「不是……他們麵粉多,焅漿糊用不完。」呆虎頭聽了,不知道他胡說八道些什麼。二馬虎倒是明白。原來,焅漿糊的麵粉是學校食堂的,要用去拿,用多少拿多少。拿多了,就用麵粉做吃的,扯面塊是常有的事。兩頭鰍看上這個了!二馬虎冷笑道:「真會享福啊,大塊吃肉大碗喝酒!」兩頭鰍不說話,只是乾笑。這傢伙就是餓牢鬼投胎,往常總是把梁山好漢「大塊吃肉大碗喝酒」掛在嘴邊,這會子越發出息了,把文化大革命當成找吃的。

呆虎頭他們時不時把這些當面說給花枕頭聽,還說什麼紅毛的大字報餵飽了不少飯桶。花枕頭雖然不當回事,心裏卻不痛快。

花枕頭說:「別說你的大字報了,我知道你革命。」

紅毛興奮起來:「那當然,老子不革命誰革命?學校一搞文化大革命,老子早就說過,工作組不行,老師他們更不行!」

工作組在大操場召開了全校大會,老姜在臺子上(批鬥烏嘴的臺子沒有拆)宣佈周校長停職反省,學校黨支部為「修正主義黨支部」。老姜還是四平八穩,不知道他心裏著急不著急,有沒有疙瘩。他坐在臺子上,說話軟綿綿的,根本凶不起來。紅毛不大看得慣他,一點都不像革命樣。紅毛氣呼呼的,什麼老革命?!

一轉眼，校黨支部辦公室門框上貼了幅對聯：「廟小妖風大，池淺王八多」。

這幅對聯風行一時，只要是領導機關大大小小都貼上了。這個對子，紅毛一見就樂開了花，就是就是。於是，紅毛如法炮製，趕快叫母叫雞抄襲（他練了好久的毛筆字，正誇口大大地排上用場了）。尿桶遵命，風快貼到了校黨支部。紅毛很是得意，吆喝全校都去看。花腸子在旁邊顯擺，把對聯的意思囉囉嗦嗦講給他聽。紅毛不客氣地打斷他，要你多嘴多舌，老子懂！花腸子趕緊說，就是就是。紅毛吼花腸子，就是就是個狗屁！他又指著對聯吼，這個就是要貼到到處去，貼他媽的個全國！當時，來看稀奇的同學老師多，有革命群眾，也有走資派黑五類。紅毛花腸子的就是就是，惹得一陣陣哂笑。呆虎頭和二馬虎還怪裏怪氣地學嘴，就是就是。紅毛大怒，吼叫如雷，口吐白沫，就是就是個狗屁！呆虎頭也不示弱，一條瘋狗，你就是個狗屁！

紅毛看見呆虎頭他們人多，帶著尿桶悻悻而去。看稀奇的也一哄而散，剩下呆虎頭幾個。

呆虎頭對青果說，你平常不是喜歡謅對子？這東西怎麼樣？青果連聲歎息，文采弗如，搜腸刮肚，也弄不出如此絕妙好辭。要不然，也弄個對子，嬉笑怒罵，皆成文章，出出惡氣。他還說，我以前經過校黨支部門口，覺得是個很莊重很威嚴的地方，甚至有點至高無上，沒成想貼了這麼一幅對子。我鬧罷課挨批鬥，周校長校黨支部反對罷課也挨批判。真是天曉得！呆虎頭說，怎麼，你也想再來一副出出氣？青果趕快說，不是不是，這裏哪裡是我出氣的地方。我連入團都入不上，和團支部都挨不上邊，更別說是黨支部。我就是想出氣，也想不到這個高不可攀的地方。說到這裏，青果忽然覺得自己那幾天搞罷課，從一開始革命對象不過是一個空空洞洞的概念，沒有具體對象。他暗問自己，是不是有點唐·吉訶德？革命革命，騎著羅西南多（真的以為它就是世界上無馬可比，原來卻不過

是一匹不中用的瘦馬）衝鋒陷陣，不過是和風車大戰。想著想著，他就說了出口。呆虎頭沒聽清楚，說他，你說誰是唐‧吉訶德？是你，還是哪個？烏嘴說，我看紅毛鬼子就是，比唐‧吉訶德還不如的小丑！呆虎頭拍手大笑，就是就是，小丑小丑！

當然，花腸子把話學說給紅毛知道了。紅毛怒不可遏，放屁，老子小丑？老子哪天醜給他們看！

學校裏人人都成了熱鍋上的螞蟻。革命本來是很風光很體面很意氣風發的大好事，好多老師學生卻灰頭灰臉，惶惶不可終日，如喪家之犬。青果對烏嘴說，原來並不是只有我們大難臨頭，看起來現如今成了人人自危。沒想到這種私下話，又給花腸子偷聽了。

花腸子又學說紅毛聽，添油加醋的，說有人難受得很。紅毛哇哇狂笑，大叫，好得很好得很！革命造反派開心之日，就是走資派黑五類難受之時！

老師們紛紛揭發批判學校走資派，這還不夠革命，還一個個你檢舉我，我檢舉你。豬拱嘴看了老師們的大字報，一個勁地搖頭歎氣，一連聲「想不到」。往常，看到不順眼的，碰到不順心的，豬拱嘴動不動就嚷「告老師」，老師就是他的參天大樹。轉瞬之間，大樹紛紛倒地。師道尊嚴一落千丈，斯文掃地。豬拱嘴生得嘴突，就像歷史課本裏的畫像山頂洞人那張嘴。天生的，沒辦法，他就是嘴巴長。他把看到的老師們的相互攻訐當成發現新大陸，神經質地說給這個同學那個同學。豬拱嘴甚至不避諱烏嘴，對他說，胡老師揭發周校長「招生搞招降納叛」，「包庇出身不好的畢業生，安排在學校實驗室，食堂，農場工作」。胡老師自己又被揭發「和右派老公穿連襠褲」，「無恥投靠」周校長。李老師的大字報揭發苗老師是周校長的「忠實打手」，「打擊迫害造反學生」。李老師自己又被吳老師揭發找不到老婆，亂打女生主意。烏嘴說，盡說些沒用的，我再怎麼不好，倒不會指望周校長招降納叛，更不奢望安排工作。鬼知道造反學

生是哪個，苗老師打擊不打擊，就那麼回事，這會子苗老師自己也難過鬼
門關。男老師一個個又革命又年輕，會找不到老婆，豈非咄咄怪事，這倒
是頭次聽說。也不知道是真的假的，管他的。

　　紅毛有耳報神，喝斥豬拱嘴，你媽那個豬拱嘴，拱到黑幫分子狗屎堆
裏去了！豬拱嘴不敢吱聲。紅毛知道他不服氣，說不定心裏在破口大罵。
紅毛踢了他一腳，小心點，狗屎堆！豬拱嘴努著嘴，抿得緊緊的，雙眼瞪
著紅毛，那樣像在罵，你才是狗屎堆！

　　「你那時候好紅哦！」花枕頭說，她甚至於覺得自己就是那時開始信
服紅毛。

　　紅毛一聽，熱血沸騰，血往頭上湧，臉孔變形，紫紅紫紅的：「老子
就是紅，紅五類，響噹噹的紅衛兵！」

　　毛主席是紅司令，革命造反學生都是紅衛兵。

　　北京有了紅衛兵，學校也成立了紅衛兵。忽然有一天，紅衛兵成立了
校革委會。學校都是紅衛兵的天下，紅衛兵說了算。

　　紅毛是響噹噹的紅衛兵，還是個頭頭，校革委的。花腸子很不服氣，
私下說這傢伙祖墳冒氣了。不服氣是不服氣，花腸子很快就頑石點頭，盡
給紅毛戴高帽子。花腸子這麼一副醜態簡直就是苟合取容，阿尊事貴，很
讓母叫雞看不起。當然，母叫雞也裝沒看見。況且，他如今更是沒有資格
說三道四，打蔫了，噓噓噓地吹不叫了。他出身有點「麻」，一直在爭取
加入紅毛他們的紅衛兵。花腸子當然是紅衛兵，他爸爸是革命幹部。花腸
子笑母叫雞，噓噓地吹，你叫啊你叫啊，伸長頸子叫，大塊文章頂屁用，
還不是個「麻老五」。

　　紅毛就是福氣好，該他神氣！人家三代貧農，正如他所說，天生的
紅衛兵闖將。班上再無人敢挑他的不是，只有點頭聽他指指點點，整天吆
五喝六（花腸子恭維他，說他這是「指點江山，激揚文字。」）。他在學

校也是一呼百應，自有不少革命小將攀龍附驥。還是有不聽吆喝的，呆虎頭，二馬虎就是，其實他們背後也有不少紅衛兵。不過，紅毛扳著指頭數，是不算他們的，他們是保皇派。

呆虎頭他們一開始也不把紅毛當回事，又不能不准革命，人家三代貧農，就是有革命造反資格。

選赴京代表，一個班在場同學都舉手同意，紅毛代表全校紅衛兵去首都北京接受毛主席檢閱。烏嘴青果都沒有舉手資格，人家選紅衛兵代表，他們連紅衛兵都不是。呆虎頭、二馬虎都是紅衛兵，都舉了手，過後都叫嚷「我們沒選他」。他們叫嚷也沒用，手已經舉過了，儘管半舉不舉的。要怪只能怪他倆自己心不在焉，他倆以為唸的是萬金油的名字。尿桶反覆唸紅毛的名字，拼命叫同學們舉手。他一遍遍粗聲唸，重三倒四的，真叫人頭暈。呆虎頭高高舉起手喊，選萬金油，人家老爸老紅軍！二馬虎大喊大叫，還要選老芭蕉！呆虎頭又趕快舉手，邊扯著喉嚨，好好，就選他！老芭蕉自己謙虛，馬上站起來擺手，還直說：「讓其他同學去。」這時，尿桶趕快喊紅毛的名字，呆虎頭、二馬虎昏昏然舉了手。接著向陽花高聲唸萬金油的名字，呆虎頭二馬虎你望我，我望你，還說怎麼又讓選萬金油，為什麼選第二遍？當然，班上其他所有紅衛兵同學，包括老芭蕉，都同意選紅毛當赴京代表。這次，花腸子也舉「雙手同意」（這是他自己說的）。紅毛當選，選舉過程總算萬事大吉。紅毛自然認為理所當然。

赴京回來，一到學校，紅毛就成了最光彩的人。

他說他「見到了紅太陽毛主席，親眼看見了紅司令滿臉紅光，光芒萬丈，萬壽無疆。」他說他和江青握過手，學校裏紅衛兵們一聽說，都紛紛爭相和他握手。人太多，還有許多沒沒握上手。紅毛說，手都握痛了，不能再握。再說，他也不能什麼人的手都握。那天也是一樣的，江青同志和他握手，好多人伸著手都沒有握上。紅毛還涕淚俱下地說「握了江青同志的手，就是握了紅太陽毛主席的手。萬分萬分激動，老子紅衛兵成了最最幸福的人！」當然，握紅毛的手也是一樣的，這是江青同志的手握過的

手。因此，所有握過紅毛的手的紅衛兵們也都激動萬分，都成了最最幸福的人。青果對烏嘴說，原來不知道什麼是炙手可熱，這回親眼看到了。烏嘴說，熱什麼熱？發高燒！

不過，班上也有求全責備，以至於置「幸福」於不顧的。二馬虎說：「又不是和毛主席握過手，紅毛鬼子的手能成金？」呆虎頭更是一百個不屑：「老子才不和他紅毛鬼子握手！金的也不握！」凡是沒有和紅毛握過手的，都是這個話，只是都不說出來。

花腸子學給紅毛聽，他恨恨地說：「他們狗屁的紅衛兵，和黑幫分子一個球樣，一夥反革命！」花腸子說：「他們是狐狸吃不到葡萄，就說葡萄酸。」

萬金油也是赴京代表，她回到學校，沒有紅衛兵握她的手。因為，她沒有和江青握過手，更沒有和紅太陽毛主席握過手。老芭蕉他們問她有沒有參加毛主席接見，她說，參加了。頭天半夜三更進天安門廣場，來自全國各地的紅衛兵不知道有多少萬。二馬虎插嘴說有一百多萬，多好多，我不記得報紙上說的了。呆虎頭說你不記得就好好聽人家說，又問萬金油看見毛主席沒有。她說也可以說看見了，也可以說沒看見。二馬虎鼓起眼睛說，你說謊話啊。萬金油顯得有些抱歉地說，天安門那麼大，我們又在後頭，前面人山人海，盡看人家的後腦勺。二馬虎說，那毛主席來了你們也不知道。萬金油說，那當然知道，毛主席來的時候，天安門廣場都沸騰了，都要飛上天了。我們聽到全都在高呼毛主席萬歲，又喊又跳。我們知道是毛主席來了，我們也高呼毛主席萬歲。我拼命地跳，想跳高些。但是，我還是沒看到毛主席。毛主席走了，大家都往天安門湧。好不容易擠到天安門城樓下，好多人趕快在紅牆上刮下紅粉，蘸上水用來在本子上記。二馬虎問，記什麼？萬金油臉紅撲撲的說，記下見到毛主席啊。二馬虎撇嘴說，你又沒有看到。呆虎頭問，那紅毛鬼子為什麼看到了？萬金油說，我不知道，那時候他就在我身邊。小蘿蔔頭說，恐怕他是男的，跳得高些，就看到了。萬金油說，我們在天安門廣場挺靠後面，你們不知道天

安門廣場有好大好大。站在我們那裏，前面沒有人都看不清長安街的人。毛主席乘坐汽車來的，毛主席的車隊很快就從天安門前馳過。聽說站在廣場最前面的好多都沒看清楚。小蘿蔔頭說，那他說他看清楚了。呆虎頭說，他說夢話。老芭蕉說，你別亂說。又問萬金油，你沒有去見江青？萬金油說，去是去了。那天去政協禮堂，說是中央領導接見紅衛兵和革命群眾，我看到周總理了。二馬虎問，你沒有看到江青？萬金油說，看是看到了，沒有握手。中央文革的一來，大家都往前擠，我沒有擠上去。二馬虎說，紅毛鬼子擠上去了？萬金油說，不知道。那麼多人在擠，誰知道他擠上去沒有？小蘿蔔頭說，他說他握手了。呆虎頭根本不信：哼，他和鬼握手！話一出口，呆虎頭自知失言。好在同學們都沒有在意，只有老芭蕉橫了他一眼，搖了搖頭。呆虎頭會意，閉口不吱聲了。不過，他不會把一句隨口話放在心上的。

花枕頭說：「好多人說你太凶了。你為什麼那麼凶？」

紅毛粗聲惡氣說：「革命不是請客吃飯，不是做文章，不是繪畫繡花。」

花枕頭訕笑他：「你看你，背毛主席語錄，都是兇暴暴的。」

學校裏，紅衛兵當權。紅毛鬼子要多革命有多革命。

那天在大操場，紅毛鬼子當眾宣佈，周校長和校黨支部的老師都是「黑幫分子」。他厲聲唸著「黑幫」名單，尿桶一夥立即把紙糊的高帽子一一往校長老師們頭上戴。周校長和老師們低頭弓腰，紅毛鬼子他們紅衛兵又是吆喝又是叱罵。尿桶忽然衝到周校長跟前，一把抓下他鼻樑上瓶底厚的近視眼鏡，往地上一摔，喝道：「你神氣什麼？老四眼狗！」周校長猝不及防，險些摔倒。他臉上立刻出了幾條血口子，尿桶的爪子指甲真長。頭髮也亂了，忽然顯出了幾綹白髮，亮晶晶的。隨後，紅毛鬼子、尿桶他們押著周校長和老師們在校園遊行示眾。轉了兩圈，紅毛鬼子意欲未盡，押著校長老師上街了。折騰了好半天，回來紅毛鬼子宣佈發配黑幫分

子們統統去打掃廁所。紅毛鬼子很為自己的革命造反行動自豪，說是學校文化大革命的偉大勝利。尿桶更是神氣，他說，電影裏兒童團員鬥土豪劣紳就我這樣！二馬虎吐了口痰：媽的，牛高馬大，好意思比人家兒童團小孩子。呆虎頭也罵，他一個尿桶，人家兒童團才不像他！

　　紅毛鬼子們還有一個文化大革命的偉大勝利，他們在學校趕走了工作組。工作組進學校時，不聲不響的。離開時，倒是讓紅毛鬼子們搞得哄動一時，觸目驚心。紅毛鬼子們很會大造聲勢，在大操場搞了一個大會。工作組老姜一直不大拋頭露面，這次被紅毛鬼子們揪回學校作大會檢查。姜組長一上臺，紅毛就迎頭喝問：「什麼家庭出身？」「地主。」青果在台下聽了很是吃驚，說他怎麼會出身地主？記得花腸子告訴過，說姜組長是老革命，沒想到這個老革命竟然出生地主。這時，臺子上，紅毛鬼子又問：「什麼地主？」「地主就是地主，沒有『什麼地主』。」「你當眾矇蔽廣大的革命造反派，你出身惡霸地主！」台下響起一陣震耳欲聾的口號：「打倒惡霸地主！」姜組長說：「我不是惡霸地主，我十七歲參加革命。」呆虎頭說，呵，才我們這麼大就革命了，真是老革命。紅毛鬼子一跳好高，聲嘶力竭：「你革命個屁！你老實點！你們工作組實行資產階級專政，鎮壓我們學校的文化大革命！你要老老實實接受我們的批鬥！」「我願意接受革命群眾的批判。」「說得好聽，跪下！」台下口號一片瘋狂：「跪下！」姜組長，一個高高大大的成年男子漢老革命規規矩矩地跪下了。臺上台下，紅衛兵革命小將怒不可遏，湧上湧下，拳打腳踢。一個個身長手長，真是搖身一變，迎風而長。

　　紅毛鬼子在學校裏動不動就採取革命行動，一時間反倒顧不上烏嘴青果，權當是死老虎，賴得理。烏嘴一直嚷嚷「罷課造反無罪」，要求給平反。老芭蕉，呆虎頭和二馬虎都很支持這個「革命要求」。老芭蕉，呆虎頭都說，烏嘴青果是「學校最先造反的革命學生」。紅毛鬼子不好揪住「罷課」做烏嘴青果的文章，只是一口咬定兩人是「黑幫學生」，平反是「反革命的癡心妄想」。

　　烏嘴一到學校就當仁不讓，先是自己宣佈自己紅衛兵，然後對紅衛兵的革命造反行動說三說四，總是和紅毛鬼子不合調。紅毛鬼子很憤怒，「他一個黑幫分子，還罵老子們『狗屁的紅衛兵』，他連狗屁都不如。他個狗雜種黑幫分子，最反動的反革命！」他多次揚言要「砸爛黑幫分子烏嘴的反革命狗頭」。可惜，烏嘴很少到學校來。學校不上課，他的家務多，又要去打零工。學校不上課，隔三差五，他來晃一晃，剛露面就又不見了人影。

　　青果也不常到學校來。來了，他心裏很有些不好受。紅毛鬼子叱吒風雲，人模狗樣，青果很不待見，也不以為然。不過，到底這當下風口浪尖，他自己被迫做了旁觀者，很不甘心。早就盼望經風雨、見世面，大風大浪一來他卻打入另冊，做了沖刷到一邊沙灘的破舢板。這些心裏話，老芭蕉知道，勸過他幾回。有事沒事，呆虎頭二馬虎也常給他寬心。

　　一天上午，呆虎頭、二馬虎興沖沖往學校跑。路上碰到青果，兩個都先跟他打招呼。呆虎頭說：「你怎麼不好意思了啊，扭扭捏捏的。又不個是女生，花呀朵呀，嬌里嬌氣。烏嘴就敢認自己是紅衛兵。」青果盯著兩個同學只管上下看。二馬虎很神氣的：「怎麼樣，我這一身，夠紅衛兵吧，了不起吧？」二馬虎一身綠軍裝，頭戴綠軍帽，腰裏還紮著軍用腰帶，右胳膊上還箍著一個紅袖套，上面「紅衛兵」三個字是毛主席的字體（紅毛鬼子說，這是毛主席親自寫的）。這模樣，真是要多威風有多威風！呆虎頭也是從頭到腳，全副武裝。當然，呆虎頭更加威風凜凜，他穿的是亮鋥鋥的軍官皮鞋，二馬虎穿的是雙黯然失色的老百姓布鞋。呆虎頭穿的四個兜的軍官服，二馬虎穿的是兩個兜的戰士服。不過，青果覺得還是戰士服好，戰士穿戰士服，更貼切，象徵著永遠戰鬥。覺得是覺得，紅衛兵都不是，更不要癡心妄想軍裝。二馬虎覺得青果眼饞，說：「怎麼樣，叫呆虎頭也給你弄一套？我的是他給的。他給老芭蕉也弄了一套，四個兜的，他是頭頭。呆虎頭自己前頭幾天還穿他老爸的大校軍服，那才夠勁！他是我們學校最先穿軍裝的紅衛兵！」青果心想，呆虎頭穿軍裝不稀奇，他老爸有的是。怎麼一轉眼紅衛兵個個都穿上綠軍裝了？呆虎頭

說：「沒問題，包在我身上。」青果想是想要，卻不要別人送，都說自己革命，這不成了接受「施捨」？革命成了嗟來之食，他才不願意。他懶洋洋的搖搖頭。呆虎頭說：「你別這樣，我最見不得蔫頭搭腦的。走，去學校！」青果遲疑不決：「學校有什麼事沒有？會不會復課？」二馬虎說：「復屁課！這年頭，還不是破四舊，大批鬥，好玩得很！」青果笑著說：「你這個二馬虎，以為批鬥是好玩？批鬥批鬥，只有別人批鬥我的分。算了，我回家去，還有事。」呆虎頭一把攔住他，大聲說：「能有什麼事，走，去學校！那個敢找你囉喧，有我們！」青果說，「我不想遇到紅毛他們，人家紅衛兵不得了，了不得。」呆虎頭立即打斷他：「鬼的個紅衛兵！怕他們！老子才是硬梆梆的紅衛兵，遇到了，正好老虎吃螞蚱，零拾掇！」

花腸子見不得他們往來，給紅毛說，老芭蕉不嫌牛鬼蛇神，招兵買馬的，呆虎頭張嘴要吃你。紅毛牙恨得癢癢的，老子哪天砸他們個稀巴爛！

紅毛說：「光說老子凶，凶的傢伙多了，你就是看不見。」

「哪能呢？別人有你凶？你自己說的，別人沒你革命。」花枕頭不信，仍然打趣他。話才說出口，她想起了二小姐。

花枕頭心裏盼著能復課就好，一趟一趟往學校跑。

那天上午，花枕頭老遠看見呆虎頭二馬虎還有青果三個拉拉扯扯，忽然一起扯著沖進校門口。她心想，他們慌裏慌忙的，不會是忙著也想復課吧。

花枕頭才進大門，傳達室隔壁不遠幾步學生食堂那邊紅衛兵亂哄哄的。只見七、八個紅衛兵，都是女的，在批鬥伙食團掌勺的老頭。老頭哭喪著臉，口喊：「冤枉！」

「他媽的！你冤枉？冤枉你媽的頭！操你媽！」一個女紅衛兵破口大罵，還踢了老頭一腳。花枕頭一看，是班上的二小姐。這時，離花枕頭沒幾步，二馬虎在青果耳邊說，媽的，比我還口粗，又能撒野。

老頭還是喃喃分辯：「我沒有搞破壞，真的沒有。」

「放你媽的狗屁，壞分子不搞破壞搞什麼？你他媽的！」二小姐才不容叫屈。她有她的革命邏輯，壞分子就是天生天天搞破壞的。她的革命邏輯很時尚的，就是有理。

花枕頭又聽到青果對呆虎頭說，還說女生花呀朵呀，嬌裏嬌氣，真是老黃曆了！

班上女生當中，二小姐不是太惹眼。她就是有點二乎，從小夥伴們叫她二姑娘，花腸子卻帶頭在班上叫她二小姐。都她說是個假小子，看她的樣子就是長得五大三粗的，越看越像。還有，她的頭髮短得跟男生一樣，特別和女生不同。她落生，家裏就當男孩兒養。從小，她就追著男孩野。男孩上樹，她也上樹。男孩打架，她也打架。聽說她好大一個大女孩子還赤膊上陣，光著上身追打男孩兒。當然，這是她的童年逸事。到班上時，二小姐早已經不怎麼「女扮男裝」了，更沒有赤膊上陣。雖然，她不好「當戶理紅妝，對鏡貼花黃」。但是，「嘰嘰復嘰嘰」，木蘭畢竟是女郎。二小姐天生一個女兒身，已然是返「男」歸真了。班上不太分男女界限，二小姐卻不跟男生往來。但是，她也不和班上其他女生交好。女生在一堆，不免嘴碎，鶯鶯燕燕，二小姐很不屑的。在班上，她只有一個女伴，就是老鼠尾巴。倒是有件事，二小姐很豪邁的，大有男生作風。發揚艱苦樸素作風，班上女生主動發動起來給男生補衣服。萬金油拿了褲子，褲子臀部磨破了，交給二小姐補。二小姐倒是接過來了，三下五除二，不知道是怎樣飛針走線的，立馬交差。褲子是母叫雞的，二小姐隨手扔了過去。母叫雞趕快伸手接住，口裏忙忙地說，這麼快，謝謝謝謝！母叫雞笑顏逐開接過褲子，一看就叫，這是補的什麼呀，這不成了雞翹翹了！原來，磨穿的褲子臀部只是隨隨便便用繩子紮了紮，紮成了小揪揪，翹翹的，活像雞翹翹。這就算是補好了，哪有這樣縫補的？花腸子還笑嘻嘻地臭母叫雞，雞屁股不叫雞翹翹，叫什麼？弄得同學們都好笑。這個二小姐真的不像女孩子家家的。不過，現在又不是舊社會，哪個女生在乎女紅？況且，除了「雞翹翹」之外，二小姐在班上再沒有什麼其他轟動一時的革

命故事。有時候，二小姐一兩個舉止還綽約多姿，談笑甚媚。看起來，也不像是她故意嬌模嬌樣。花枕頭沒見過二小姐小時候模樣，一直疑心，二小姐的假小子逸聞，怕是同學們編排她的。花腸子卻說，千真萬確，要不怎麼能叫她二小姐？四大家族孔祥熙家的二小姐就是一個不男不女的假小子，比男的還凶，橫行霸道。當時，花枕頭聽了還說，你別瞎編排我們女生，我怎麼沒見過二小姐橫行霸道？

　　這下，花枕頭傻眼了，二小姐可不是一般的假小子。花枕頭心裏一個勁唸經一樣反覆唸：女生呀女生呀。可是，圍攻掌勺老頭的偏偏都是女紅衛兵。有二小姐，有老鼠尾巴，還有別班的幾個女生，個個一身綠軍裝，個個箍著紅袖套，又腳揮手，好不英姿颯爽！二小姐一連幾串「他媽的」，罵著罵著，她解下腰間的武裝帶朝著老頭就抽打。腰帶劈頭蓋腦，雨點一樣。老頭抱頭嚎哭，恨不能鑽下地，地上又沒窟窿可鑽。幾個女紅衛兵群起而攻之，七嘴八舌，「打呀，打呀」。這一片「鶯鶯燕燕」之聲，也能令人膽寒。

　　花枕頭不敢正眼看老頭。住校時天天吃學生食堂，很熟悉掌勺老頭。老頭胖胖的，一臉油光水滑，肥頭大耳，大腹便便。兩頭鰍有些羨慕地說他：「標準的火頭軍模樣，不知道刮了幾多油水。」花腸子卻翻著白眼說：「哼，一看就不像勞動人民。」學生食堂自來清湯寡水，讀幾年中學，從進校門到畢業，主菜就是白水煮蘿蔔，白水煮青菜。還有一樣——豆豉，更是餐餐頓頓，成了當家菜。學生們吃傷了，吃怕了，一到食堂就有氣。不知道什麼時候起，學生們的氣漸漸地撒到了掌勺老頭身上。兩頭鰍最為憤憤不平：「媽的，他一勺子飯菜本來就沒多少。舀都舀到碗邊了，他手一抖，又抖掉不少。他還涎皮厚臉直笑，真是叫人火冒八丈！」花腸子煽風點火：「你變個女生嘛，火頭軍手就不抖了，舀得又多。」母叫雞也壞笑：「就是。女生本來飯量就小，吃的貓食。他偏偏就照顧得很，肥臉更是笑開了花。」這些男生就是淘氣，人家天天給打飯吃，還是瞎編排。同學們生氣是生氣，除了上食堂，也不和老頭來往。一個火頭軍，除了做飯做菜，能和學生們有什麼瓜葛？因此，也沒有誰在意老頭

什麼來歷，究竟是好是壞。更不曾關心老頭是不是階級敵人。他那麼「照顧」女生，如今來反倒是紅衛兵女生把他給揪了出來。真是天曉得，這麼個天天照面的炊事員老頭竟然是壞分子。印象中，壞分子多半瘦得像個尖嘴猴，一幅愁眉苦臉。老頭卻胖得像阿彌陀佛大肚和尚，整天笑容可掬。

花枕頭正想事，卻聽見青果在發感歎：「毛主席在中央常委擴大會上說，牛鬼蛇神，在座就有。真英明！可不是嗎，一夜之間遍地牛鬼蛇神。」停了一下，青果又唸了一句唐詩：「忽如一夜東風來，千樹萬樹梨花開。」老芭蕉說他：「橫掃一切牛鬼蛇神，全國上下一片紅。什麼梨花千樹萬樹，你撞鬼啊？」不知道老芭蕉什麼時候來的。

「好好批鬥嘛，不要打囉。」有人出來勸說，一邊歎息。

花枕頭聽到，眼睛一轉，看見是學校看大門的老頭。他旁邊還有幾個校工，一個個都是要說不說，要走沒走。老頭這幾個人，不知道幾時來的。

一個看門老頭，鬍子花白，拉拉雜雜的，臉什麼樣子都不怎麼想得起。天天從校門過，不大注意他。不管是老師，還是學生，他見一個就點頭哈腰，見一個就點頭哈腰。男生們理都不理，好多同學都是一樣，花枕頭也嫌他膩味。因此，不管老頭如何殷勤，同學們每天從校門進進出出，都是視而不見。彷彿他從來就是看門的，整天守著大門，寸步不離，就會沒事找事幹。

二小姐杏眼圓睜，那殺氣比起男生橫眉怒目更是別具一格：「他媽的，是毛主席叫打的，你敢反對？」

幾個女紅衛兵一片銀鈴如亂雨，也把矛頭轉向看門老頭：

「毛主席叫『要武』，我們都叫『要武』了。怎麼不是好好批鬥？」

「媽的，你包庇壞分子啊？」

二小姐握著腰帶指著看門老頭：「他媽的，你什麼出身？」

一個校工趕快替他回答：「他出身工人。」

「媽的，工人？！赫魯雪夫還出身工人，有個屁用。他媽的，我看你個老東西也是壞分子，敢破壞批鬥牛鬼蛇神。」

　　花枕頭不想盯著二小姐，轉過頭來，看見二馬虎使拳頭輕輕捅了青果腰間一下，邊說「喂，你眼睛看直了！楊門女將，好燥辣！」

　　青果覺得二馬虎看得眼熱，摩拳擦掌，蠢蠢欲動。他說二馬虎：「上回翻圍牆，被老頭告了，你想起來了，是不是？」

　　以前住校時，熄燈鈴響過後，呆虎頭、二馬虎間常遛出學校，上街上找吃的。有時，他們也拉上青果。本來他們進出都是翻學校圍牆，因為都說翻大門總會被除看門老頭逮住。有天夜裏遛到街上小吃店吃了面回學校，二馬虎忽然起了頑心，說是是偏要翻大門進去，還說：「一個畢恭畢敬的老頭子，能把我們怎麼樣？」呆虎頭一聽也說：「就是，他見到我們肯定更是他那套點頭哈腰。」青果覺得翻圍牆利索，翻慣了的，又神不知鬼不覺，就說：「算了，何必惹麻煩。」兩個都不聽，非要較勁。學校黑濛濛的，大門口有一盞燈，燈光昏黃。大門倒不高，呆虎頭一縱身，伸手就攀上了門扇頂沿，身子一蜷就伏在上面，一翻身就跳下去了，輕手輕腳。二馬虎也不含糊，手腳麻利，一轉眼也翻過了大門。青果猶猶豫豫的，動作有點沉重，才翻上門，就見傳達室的燈啪嗒亮了。燈光裏，老頭出現了。老頭背心短褲，大聲喝問：「哪裡的？」看見青果伏在門頭著慌，呆虎頭、二馬虎都喊：「快跳！快跳！」青果趕快身子一縮，沒有跳進來，跳回原處了，還在外頭。二馬虎忙對老頭撒謊：「快開門，他是我們班的，上街看病才回來。」「有病還能翻大門？」「是我病了，他去拿藥。」「你小子扯謊都扯不圓，我才剛看見你翻進來。你說你有病，有搗蛋的病吧？」呆虎頭嘻皮笑臉湊上去，一面打圓場，一面瞎扯。好說歹說，老頭就是不開門。青果也不敢從大門進來，又遛回去翻圍牆了。末了，老頭還把呆虎頭、二馬虎告到學校，兩個都挨了批。兩個講哥們義氣，閉口不交代沒翻進大門的是誰。老頭沒看清人，青果躲脫了挨批。他兩個挨批自己倒無所謂，苗老師生氣得很。不過，二馬虎耿耿於懷，幾次說要捉弄捉弄老頭。有一回，他差點動手扯老頭的花白鬍子。這個玩笑不好開，又要得逞，又要神不知鬼不覺，太費心思，終於不了了之。這事在班上都知道，花枕頭也知道。

老芭蕉說：「你別招風攬火啊。」

二馬虎覺得打人很有趣，大聲嚷嚷：「玩玩拳腳，有味很很。老子男生還不如女生啊？」

呆虎頭說：「狗屁的味，混到女生堆裏趁火打劫啊？老子不幹，走！」

二小姐很不友好地橫了一眼班上幾個男生，呆虎頭和二馬虎都是蠻橫出名的。她轉頭吼叫看門老頭：「他媽的，顯本事想逞能啊？滾你媽的！」

幾個校工拉著看門老頭趕緊回他的傳達室，進去了，有個校工還把傳達室的門緊緊關上。

女紅衛兵們繼續「好好批鬥」掌勺老頭。

見呆虎頭幾個走了，花枕頭轉身離去。她才走沒有幾遠，碰到向陽花和鍋鏟。

鍋鏟問，那邊鬧什麼鬼。花枕頭告訴說，是二小姐在揪鬥掌勺老頭。鍋鏟說，鬧得好凶，去看看。花枕頭說，我看夠了。向陽花說鍋鏟，算了算了，你以為是看熱鬧啊？

她們三個正說話，花腸子和母叫雞不知道從哪裡鑽出來，和她們打招呼。母叫雞說，你們不去看二小姐啊，呵呵，母老虎發雌威！花枕頭撇嘴說，早八百年瞧見了，你捨得不湊熱鬧？花腸子笑嘻嘻地說：

「他敢湊熱鬧？二小姐望他一眼，他就矮三寸。」

「狗屁！」

花腸子說：「你還嘴強。你不是叫她是母老虎啊？其實充其量，不過是只母老鼠。女將們，你們說我說得對不對？」

鍋鏟說：「就你會耍嘴皮子。知道你還給二小姐的影子取外號，叫人家老鼠尾巴。」

老鼠尾巴是二小姐的影子，走哪跟哪。她膽子小，靠二小姐壯膽。看見蟑螂，毛毛蟲，她也驚驚詫詫，直叫喚二小姐。花腸子奚落她說：「你

別狐假虎威的，盡嚇唬小貓小狗毛毛蟲。你以為二小姐是老虎啊？她屬鼠，是只母老鼠。你呀，充其量也就是老鼠尾巴。」老鼠尾巴這個外號就是這樣來的。

母叫雞搖頭說：「還老鼠呢，老虎都不如她，兇神惡煞，好粗野！」

「屁！你不懂啊？現在革命造反，大批判，破四舊，越粗野越革命！」花腸子自有他新發現的革命邏輯。

「沒想到老鼠尾巴也兇起來了。」花枕頭想起老鼠尾巴往常可憐兮兮的。剛才，她尖聲尖氣地喊打，和以前判若二人。真是虧了她生得細細瘦瘦的，喉嚨窄窄小小的。不過，她叫嚷是叫嚷，細聲乏氣，總是拖後半拍，顯得怯生生的。嗚呼！

「二小姐真能革命，人家叫要武，她也改名叫要武，老鼠尾巴幾個也跟著湊熱鬧，都叫要武。媽的，張要武，李要武，劉要武，個個要武，還盡是女生，真是鬼見愁！」母叫雞說。

「二小姐還教老鼠尾巴操練『媽的』、『媽的』，比青果練英語好聽多了。」花腸子直好笑。

三個女生異口同聲：「我不信。」

「真的，我親耳在大操場聽到的。」

「花腸子的鬼話多，哪個信你？」鍋鏟驚叫。

「就是真的，母叫雞，你聽到沒有。如果不是親耳聽到，殺了我的頭都不敢相信。」

「我聽是沒有聽到。不過，二小姐肯定敢幹。」母叫雞深信不疑，轉而又說：「這才是新聞天天有！唉呀，也沒什麼。『媽的』也好，『他媽的』也好，都是國罵。魯迅先生說，照有些人口氣，那意思說不定是『親愛的』」。

花腸子哈哈大笑：「你要不要試試她給你來幾句『親愛的』？」

母叫雞趕快大叫：「豈敢豈敢。你享用好了，你享用好了。」

向陽花罵他兩個：「沒臉沒皮的！」

向陽花轉過臉來問花枕頭：「他呢？」

花枕頭知道她是在問紅毛在哪裡，說：「不知道他在不在學校。」

「他不會又帶人出去了吧？」向陽花有些不安。

花枕頭也是很擔心。樹大招風，紅毛又不管不顧的，帶著一夥夥進進出出，佔領學校，殺向社會。他們揪鬥了周校長，又到外面各處揪鬥走資派。揪鬥來揪鬥去，還揪鬥了萬金油的老爸。向陽花說，人家老紅軍。紅毛吼她，狗屁！他走資派！紅毛說揪鬥就揪鬥，照樣心狠手辣。戴高帽子，掛大黑牌。高帽子紙糊的，又長又尖，戴不穩就狠狠敲老紅軍的頭。大黑牌子掛在脖子上，一二十斤重，鋼絲繩細細的，深深勒進了老紅軍的肉裏。尿桶，蘆筍，一邊一個，反剪老紅軍的兩隻胳膊。老紅軍花白頭髮，大汗淋漓。正在批鬥，如火如荼，萬金油沖上臺。她拼命護著她老爸，大喊大叫，他有高血壓，他有心臟病。向陽花眼眶紅紅的，花枕頭也心裏酸酸的。花枕頭說紅毛，走資派是走資派，他有病，等他身體好了……紅毛沒等她說完，就吼，等他好了，他好繼續當權走資本主義？！

花腸子知道花枕頭和向陽花在說紅毛，大剌剌地說：「人家司令奮勇當先，緊跟毛主席的無產階級革命路線。告訴你們一個特快戰報，不過，你們恐怕早就知道了。剛才聽說，司令今天鐵拳上演『百丑圖』。」

花枕頭和向陽花都大為吃驚：「什麼百丑圖？」

花腸子裝腔作勢：「你們都不知道啊？管他的，去看了就知道。」

母叫雞說：「有好戲看了，快去快去！」

「百丑圖」就在學校大操場。

紅毛帶花枕頭看過一張「群丑圖」，那是漫畫。畫中都是大走資派，大黑幫。從劉鄧，彭羅陸楊，直到鄧拓吳晗廖沫沙，好大一長串，往資本主義懸崖走。紅毛當時就誓言旦旦，老子也來個學校「群丑圖」，來個大的！原來，他的「大的」就是這個！

周校長，唐教導，校黨支部成員老師們，校團委老師們都進了紅毛的「百丑圖」。他們一個個面青臉腫，一個挨一個，排成長蛇陣，跪在操場正中。這陣仗，還不夠紅毛「百丑圖」的「大」。苗老師、李老師、胡老師幾個上任課老師（胡老師高中沒任他們班上的課），還幾個其他班的課任老師也都身列其中。苗老師嘴巴銜著一桿稻草，在地上爬。胡老師被剃了陰陽頭，脖子上掛了一隻破鞋。這「百丑圖」還嫌不夠「大」，居然還有好幾個女同學也押進去了。這幾個女生中，蛾子和太君都是一個班上的。蛾子被剃了光頭。太君的褲子被剪破了，從褲腳一直剪到大腿根。

蛾子小名叫娥子，嫦娥的娥。一次班上打掃大操場，冬天天冷，休息時幾個同學拾了點枝枝丫丫生了個小火堆。蛾子也湊了過來，蹲著烤火。烤著烤著，她的棉褲膝蓋那裏冒煙，她沒發覺，還問：「怎麼有點臭？」鍋鏟驚叫：「你自己遭殃了，你的棉褲燒著了！」蛾子昏憒憒的，幾個女生趕快幫她弄滅火。花腸子在一邊說風涼話：「我看她就叫蛾子最合適，飛蛾的蛾，飛蛾撲火。」

太君她媽媽是日本人，這事班上都不知道。一搞文化大革命，什麼都暴露在光天化日之下。花腸子一聽說了，就故意對她說了句現學的蹩腳英語：「Are you a Japanese?」他們班外語課學的是俄語，太君沒有聽懂花腸子的話，就說：「什麼？你說大聲點。」母叫雞知道花腸子的鬼把戲，就說：「說大聲，你也聽不懂。」太君一頭霧水：「為什麼？」母叫雞嘿黑壞笑：「他說『八格牙路』，說日語，你保準能聽懂。他說你是太君。」同學們都心知肚明，「太君」是稱呼日本人的。太君有個日本媽，當然這媽是日本人。花腸子就是鬼把戲多，拐彎抹角損人。

沒想到會在「百丑圖」看到蛾子和太君，動不動就驚叫驚喊的鍋鏟驚恐萬分，張著嘴就是叫不出來。花枕頭和向陽花也硬是弄不明白，蛾子和太君犯了什麼反革命罪？

蛾子頭髮鬈鬈的，好像燙過的一樣，偶爾擦點雪花膏百雀靈。紅毛最看不慣，說是資產階級太太小姐才燙頭抹香脂。以前開小組會，紅毛為

此提過她好幾次意見。雖然她出身不紅，可是也不黑。而且，蛾子不愛招惹。紅毛老提意見，漸漸地她也不抹什麼「香脂」了。只不過，她生下來就頭髮鬈曲。女生們察看了，真的是天生的。其中還有暗生羨慕的，花枕頭就是，只是沒敢說出來。紅毛就是不信，還振振有詞，中國人頭髮個個都是直的！真是沒法子，蛾子又不能把自己的頭伸到他懷裏去，讓他像女生那樣細捋她的頭髮，察看究竟。沒想到，她那麼好看的鬈鬈頭髮被剃得一乾二淨！真造孽！犯了哪樣罪了？

太君有個日本媽，那是她爸爸的錯。她爸爸原來是國民黨兵，抗戰勝利不久，他收留了一個逃難的日本女人。後來，這個日本女人生了太君，當然成了太君的媽。再後來，太君的爸爸所在的國民黨軍隊起義，改編後他也成了解放軍戰士。太君媽跟著丈夫女兒，留在中國沒有走，是個家庭婦女。太君的爸爸是中國人，怎麼說，她只能算半個日本人。可是，她又不是燒殺搶掠禍害中國人的日本鬼子兵，她也是戴紅領巾在五星紅旗下長大的。為什麼剪她的褲子？她那條褲子穿了好幾年了，已經穿得又短又窄了。她還說，現在都興新三年，舊三年，勤儉節約。

倒是花腸子母叫雞打聽清楚了，說是蛾子頭髮鬈曲，是資產階級小姐，假洋鬼子。太君是日本鬼子，穿的褲子褲腳又窄又小，是女阿飛。所以，一個剃了陰陽頭，一個剪了褲腳。

花腸子還說：「她們兩個也是活該，自投羅網。」

「就是就是，她們怕是想自取滅亡吧。」母叫雞接嘴說，還直嘿嘿，不知道是笑還是哭，樣子真難看。

蛾子和太君都是到學校來看上不上課的，路過大操場。兩人看見「百丑圖」，禁不住眉頭越皺越緊，低頭就想遛走。被紅毛喝住，她倆仍然想開遛。

紅毛怒火沖天，厲聲喝問，老子們革命造反，你們為什麼不為拍手叫好？哼，想逃跑？早就在破「四舊」了，老子們早就看你們不是好東西。

哼，假洋鬼子，日本鬼子！還裝出鬼樣子給老子們看？怕老子們不敢叫你們嚐嚐厲害，是不是？怕老子們不敢叫你們魂飛魄散，是不是？

尿桶幾個一擁而上，七手八腳，立刻給她們「嚐嚐厲害」。飛來橫禍，「破四舊」的鐵拳頭突然砸下來。她們兩個女生本來就弱不禁風的樣子，自然早就「魂飛魄散」了。

花枕頭看不順眼花腸子幸災樂禍，喋喋不休的。

花腸子爸爸是個不大不小的當權派，剛開始沒事，後來也給揪鬥了。花腸子趕快批判「暗藏在家中的萬惡的走資派」，還揭發他老子「生活腐敗，亂搞男女關係，」亂搞上了他後媽，害得他媽離婚。花腸子還吹噓自己敢革命敢造反，大義滅親，毫不留情地批判一切走資本主義道路的當權派。紅毛本來是「一慣不尿他的」，倒是很支持花腸子的這個「革命壯舉」（花腸子的豪言壯語）。

花腸子還自以為從頭聰明到腳丫子。大串連，萬金油帶著花枕頭向陽花鍋鏟八九個女生，背著鋪蓋卷步行，打著旗子走長征路。一路上，好多卡車司機停車叫捎帶她們，她們都一一謝絕了。結果走了半個多月，跋山涉水，個個腳打血泡，正要步行到紅太陽升起的地方——韶山，就接到通知停止串連。當時，她們正好在一個山區小場鎮，交通不便，只好又步行走回頭路。回到學校，花腸子笑她們蠢，還得意洋洋說「幸虧自己聰明。」原來，花腸子母叫雞一夥是乘火車大串連的。接到停止串連通知也不返程，他們走到一處大城市，領到返程火車票就和別的紅衛兵相互交換。想去哪裡就換哪裡的火車票，隨便哪裡的都能換到手。北京、南京、上海、杭州、長沙、廣州、重慶、蘭州，還有新疆的烏魯木齊都去逛了。全中國逛了好大一圈，到處都管吃管住，一分錢都不用花。萬金油幾個七嘴八舌問他，去韶山沒有，去井岡山沒有，去延安沒有？他吭吭吃吃說，不通火車，沒去成。萬金油說他，大串連一出發，你就發了誓奔赴革命聖地，爭取最最革命。你就嘴巴革命！向陽花譏諷他，聰明到牛屁股裏去了！花腸子很後悔自己得意說漏了嘴，訕訕的。花枕頭鍋鏟看在眼裏，掩著嘴直笑。

花枕頭也很看不慣母叫雞，像什麼男的？！他本來很有點看不起紅毛，現在，就知道低三下四討好紅毛。不管紅毛幹什麼，他都瞎起哄，瞎捧，盡戴高帽子。母叫雞是加入了「麻老五」組織的，嫌不紅，削尖腦殼一心要鑽進紅毛的「鬼見愁」紅衛兵。紅毛一直不屑一顧，令他很是傷感，熱臉貼了冷屁股。不知怎麼一來，紅毛忽然革命胸懷寬廣，不計前嫌，任母叫雞追著腳後跟效犬馬之勞。不過，母叫雞的禿筆十分了得，很是能為「鬼見愁戰報」大張造反聲勢。他的長篇大論，其勢洶洶，呼風喚雨，烜赫一時。紅毛也許就是看中了母叫雞這點歪才，正愁「鬼見愁戰報」缺筆桿子，樂得他自願效力，為「鬼見愁」搖旗吶喊。（到後來，「鬼見愁戰報」更是只剩下母叫雞禿筆獨撐。他一隻筆包攬了整份「鬼見愁」全部大小文章，又一個人刻臘紙，一個人油印，甚至於一個人去散發。他常常獨自趕文章，沒白天沒黑夜，兩眼熬得紅紅的，臉上手上烏七八糟，沾著油墨。他真是革命幹勁大！可惜，紅毛卻難得金口玉言表揚他。母叫雞一想起來，不免灰心喪氣。當然，這些都是後話。）

花枕頭心想，這下子母叫雞又有文章大吹大擂了，他還不把「百丑圖」吹上天？

鍋鏟終於能出聲了，不過聲氣像病若游絲一樣，在花枕頭向陽花耳朵根哼哼唧唧。

其實，鍋鏟不哼，花枕頭向陽花也都心裏不好受。

尿桶幾個正打著苗老師在地上爬，一邊吆喝著：「小爬蟲，撈稻草囉！」

胡老師跪在地上，忽然仰天呼叫：「毛主席，毛主席，我是忠心熱愛您老人家的！」她叫得淒淒慘慘的，令人心碎。尿桶幾個撲過去，飛腳踹她。胡老師蜷縮在地，臉埋有沙塵裏。她的陰陽頭，一半頭皮青灰，一半花白亂髮飄零，特別怵目驚心。

花枕頭覺得自己旁觀，太不忍心了，甚至於很羞愧，很羞恥。她把臉轉向一邊，什麼也不想看見。她真的兩眼蒙朧，往事卻一一清晰浮現。

那是堂政治討論課，事出偶然。

萬金油把她老爸老媽的學文化本子拿到班上來，幾個女同學看了嘻嘻哈哈的。花腸子湊過去看了兩眼，撇嘴說，什麼呀，大領導造句就這樣？母叫雞也來湊熱鬧，大領導怎樣造句？花腸子搖頭晃腦，大聲唸，明天，萬金油老爸是這樣造句的──「我的部隊明天還要行軍打仗。」她老媽的是──「明天，我想帶孩子們去公園。她爸又不去了，說要開會，氣死人了。」同學們一聽都哈哈笑，紛紛議論開了。青果說，一個要打仗，一個要逛公園，有味。烏嘴說，有什麼，行軍打仗是老皇曆了。逛公園，我是從小到現在都沒有過，公園的門朝哪裡開都不知道。這時，苗老師進了教室。其實，他在教室外面聽了片刻。

一上課，苗老師叫萬金油把本子拿給他。翻了幾頁，他拿起粉筆在黑板上寫了「明天」兩個字，說，「我們大家討論『明天』。」同學們一聽，沸沸揚揚，明天有什麼好討論？呆虎頭說，明天星期日不上學。他望瞭望星期天，又說，明天好好睡一覺。二馬虎說，明天我們玩打仗（他總把民兵拉練叫做玩打仗）。兩頭鰍偏偏不領會他說的，穿開襠褲玩的遊戲，你多大了？苗老師皺著眉頭，看著同學們。母叫雞說，明天我在家複習功課。花腸子說，明天我學習《雷鋒日記》。烏嘴虎著臉，直出粗氣。青果輕輕捅了捅他，意思是不要亂發言。

苗老師開始說話了，把萬金油爸媽用「明天」一詞做的造句高聲唸了一遍，很動感情。他說，請同學們不要輕視其中的重要意義。「行軍打仗」說明我們今天的幸福生活來之不易，是老革命流血戰鬥換來的。「逛公園」說明今天人民的生活充滿和平快樂，同時，「開會」又說明老革命今天的工作仍然十分繁忙，更說明今天的社會主義革命和社會主義建設任重而道遠。他還說，兩個句子中，一個「明天」是過去的明天，一個「明天」是現在的明天。同學們，大家還要看到未來的明天。苗老師又另加了一句，當然，我們大家都要珍惜今天的幸福生活。

這時，紅毛插嘴說，我們千萬不要忘記！

　　紅毛聲氣粗粗的，話又有些沒頭沒腦。不過，同學都明白他的意思。那時，話劇《千萬不要忘記》風行一時。市話劇團也演出了這個劇目，學校組織全校師生都去看了。因此，「千萬不要忘記」這句話深深印入了同學們的腦海心靈。千萬不要忘記——「什麼」？千萬不要忘記——階級鬥爭。這個，同學們個個都能回答，個個都能打一百分。一時，許多同學更是把「千萬不要忘記」寫進作文裏，掛在嘴巴上。

　　苗老師當然也聽懂了紅毛的話，大為理解地點點頭，也不怪他亂插嘴。苗老師笑著說，對對對，說得對。我們千萬不要忘記階級鬥爭！

　　說到階級鬥爭，苗老師春風滿臉。

　　當時，花枕頭也搞不清楚「階級鬥爭」究竟什麼樣。那時看電影《奪印》，同學們對電影裏「睡大覺，喝雞湯」很是念念不忘。都認為那就是階級鬥爭。眼見為實，和眼面前比，「睡大覺喝雞湯」那種階級鬥爭只不過是小菜一碟。那種毛毛雨，比起階級鬥爭大風大浪真是「小巫見大巫」（這是苗老師形容同學們沒見過世面的話）。花枕頭只是沒想到，大風大浪這麼血淋淋的。恐怕苗老師自己也沒有想到吧。

　　還有，花枕頭那時總覺得「明天」還遠。當時看了《千萬不要忘記》，她還想過「明天」也去當個女地質隊員。她唱著歌，迎著山谷的晨風，去迎接每一個美好到來的「明天」。她居然沒把「明天」和今天連在一起，更沒有想過「明天」說來就來，轉眼就是今天。而今天令她眼睜睜面對的一切，卻使她覺得是在做惡夢。

　　花枕頭忽然想起小學一次野營。

　　那時，她剛剛上小學。她沒有上過幼稚園，上學很興奮，很新鮮。上學了，她背上了小書包，穿上了花格子襯衣和藍布裙子，兩隻小辮子都紮著小蝴蝶結。一路上，她蹦蹦跳跳。那時鋼城初創，城郊四周空闊，空闊未盡處便是草木榛榛。上學路上，隨處可見桃樹、李樹，花花草草。她一路跑，一路唱著歌，東看看西看看。為了趕上學，她常常跑得上氣不接

下氣的。學校裏什麼都開心，什麼快樂。其中，最令她興奮的是野營。因為，以前她從未參加過野營活動。甚至，她不知道野營是什麼。

那是她的第一次野營。頭天下午，班主任通知「明天野營」，她不知道是要做什麼。但是，她聽懂了要求學生帶自己吃的乾糧。當天回到家裏，她把老師說的忘得一乾二淨。她放學路上東張西望，又忘乎所以。不過那時，她也不太把「明天」放在心上。到了「明天」，早上吃飯了她才急急忙忙跟媽媽說：「老師說明天野營。」媽媽說知道了。她又說：「野營要帶乾糧。」媽媽說：「明天帶就是。」她才想起「明天」就是今天。於是，她趕快跟媽媽說清楚。可是，飯桌上沒有多的吃的，媽媽埋怨她不早說，沒有準備，只好勻了一個饅頭叫她帶上。媽媽怕不夠，又要把自己的饅頭拿給他。她已經跑出門外，一邊說：「不要。」

半路上，她想乾糧是給自己吃的，早飯又沒吃，再說一個饅頭也沒包裹，又不好放衣袋，一直捏在手裏多不方便，乾脆就兩口咬了進了肚子。跑到學校，班上同學都排好隊，要出發了。她進了隊伍，才知道野營就是到外面去玩。隨後，她看見同學們都隨身帶著水壺、口盅，甚至還有鍋。她也不在意。

前頭舉著少先隊隊旗，一個年級幾個班的學生隊伍斷斷續續，拉得長長的。同學們系著紅領巾，個個活蹦亂跳。幾個年輕的女老師走在隊伍旁邊，前前後後照應著。歡快的隊伍，不斷地響起聲若銀鈴的歌唱。童年的歌曲多美啊，「小鳥在前面帶路，風啊吹向我們。我們像春天一樣，……像許多花兒開放……」

隊伍在河灘上朝河的上游走。河灘忽寬忽窄，大大小小的鵝卵石高高低低的，一個又一個巨石橫擋在前面。隊伍拉得更長了，老師學生你牽我，我牽你，磕磕碰碰前進。但是，個個都很高興，很興奮。隊伍裏歌聲、叫「加油」聲、笑聲，此起彼伏。

不知道走了多久，其實離學校並不太遠。到了一處寬闊平坦的河灘，老師們叫停止前進，野營地到了。各班老師招呼自己的學生交代了活動和

注意事項，叫先休息吃東西，隊伍就散開了。同學們三五成群，有的坐著吃東西，帶了米的同學就去撿枝丫，架篝火堆，舀河水，忙著燒水做吃的。

　　花枕頭一時不知道做什麼好，東張西望。河灘一邊是樹叢，不高也不很茂密，岸上上下一遛卻都是綠綠的。一邊是河流，嘩啦嘩啦，開開心心地奔跑。河水清清的，輕輕翻起一道道白色的波浪。忽然，一隻筏子順流而來，一個大人撐著長長的杆，不慌不忙。河對岸是青青的山岡，山岡一座接一座，起起伏伏像堆積著好多好多的綠被子，春孩子們起床玩去了，還沒有折疊呢。出其不意，突然間遊出來一群小花鴨。太有趣了！小鴨子真頑皮，在水面上打斤斗，你追我逐。花枕頭又驚又喜，真想和小鴨子說，你們為什麼這麼快樂？你們認得我嗎？想叫我一起玩嗎？一下子，花枕頭就有了這麼多小鴨子朋友，太意外，太高興了！

　　花枕頭正在發呆，忽然聽見胡老師和幾個同學叫她。她走過去，趕快說對岸有小鴨子，沒想到同學們都是見慣不驚的。胡老師笑笑地問她，為什麼不和同學們一起。花枕頭有點不好意思，吞吞吐吐說大家在弄東西吃。年輕的女老師笑了，那你也把自己帶來的東西拿出來大家分享啊。花枕頭更不自在了，頭也抬不起來，沒話可說。胡老師把她輕輕拉到一邊，再三追問，才搞清楚是怎麼回事。她沒有嗔怪，只是笑吟吟地對同學們說，我們歡迎她一起吃好不好。同學們爭先恐後舉起手裏的饅頭、包子、煮雞蛋、還有碗筷，都說好。聲音一片脆生生的，又甜又美。

　　沉浸在往事中，花枕頭耳邊又響起了胡老師輕柔和藹的話語聲。當時，胡老師還是她的班主任。胡老師多次誇獎花枕頭，誇她上課坐得端端正正，學習專心，認真完成作業，幫助同學。還誇她唱歌唱得好，叫她參加班上和學校裏的合唱隊。有次，花枕頭撿了一枝鋼筆交給胡老師。胡老師把她叫到講臺前，舉著鋼筆，在全班同學面前鄭重其事地表揚了她。才讀一年級，花枕頭很快就加入了少年先鋒隊。入隊儀式很簡單，花枕頭卻很激動。即將入隊的同學站成一排（記得還有一個班的萬金油、雪花膏、向陽花和風繡球，還有紅毛、老芭蕉、蘆筍和西葫蘆），個個挺著小胸

脯。一個戴小隊長臂章的男同學給她繫上了紅領巾，她的雙腳跟不由得使了使勁，站得牢牢的。花枕頭右手五指併攏，舉過頭頂，第一次行少先隊禮。火炬隊旗放射光彩，紅領巾鮮豔奪目，隊號嘹亮，隊鼓咚咚。花枕頭第一次聽到了自己和同學們的誓言：「準備著，時刻準備著！」想到這裏，花枕頭不由歎了口氣，在心裏說：「小時候真好。」

那時，花枕頭看到胡老師總是和藹可親的樣子，穿著顯得秀麗入時。後來，同學們說她變了。同學們都不敢親近她，有幾個男生還背地罵她「地主婆」。調到中學來，胡老師還教過花枕頭班的地理課。當然，花枕頭後來也聽說過胡老師丈夫是右派分子，只是從來沒見過。花枕頭也覺得胡老師真的變了，以前她又漂亮又年輕又總是笑笑的。現在，胡老師頭髮也花白了，不講收拾了，粗服亂頭的，也不那麼好看了。並且，也看不到她的笑臉了，總是一臉蒼白，苦痛，大禍臨頭的樣子。真是想不到！花枕頭覺得第一次野營的事沒過去多少年，胡老師笑吟吟的樣子彷彿就在眼前。怎麼一眨眼就不見了，成了眼下這幅「百丑圖」？

忽然，鍋鏟又在耳邊捏著嗓子「呀呀呀，你看」，像是刀片在玻璃上劃。花枕頭沒好氣地低聲吼她：「叫什麼，我有眼睛！」

只見二小姐她們押著掌勺老頭來到大操場。

紅毛滿面堆笑，信心倍增。尿桶幾個驢鳴狗吠的：「我們司令正說『百丑圖』還大造聲勢，擴大戰果！」

「我們還是說說他？」花枕頭對向陽花說，她的意思是勸勸紅毛，心裏又底氣不足。

「太天真了！怎麼說他？他這樣革命得不得了！」向陽花也不知道自己是對紅毛失望了，還是很不理解他。

「總是亂糟糟的，說復課又不見復課。怎麼沒有人來管？」花枕頭還是盼望真的能復課。

「老子們紅衛兵要哪個管？你沒看見學校前頭來了軍代表，現在又是工宣隊？」

紅毛對軍代表，工宣隊不滿意。他本來就覺得天老大，紅衛兵老二。毛主席是天，除了毛主席，天底下就紅衛兵革命，根本用不著誰來指手劃腳。

軍代表進了學校，又走了。現在，工宣隊來了。

花枕頭眼睜睜的，學校裏卻總是不見太平。

軍代表說是支左，學校裏所有的紅衛兵都自稱是左派，卻互相攻擊，誓不兩立。紅衛兵兩大派之間，開始還只是用鋼釬，甚至拔了學校圍牆柵欄的鐵欄杆作武器，打「鋼釬仗」。現在，雙方都用上真槍真彈了。

工宣隊來，說宣傳「復課鬧革命」，革命的確「鬧」得不可開交，卻照樣看不見復課的動靜。說是制止武鬥，武鬥卻仍然在蔓延。學校裏，秩序混亂不堪。

軍代表和工宣隊都是毛主席黨中央派來的。軍代表和工宣隊都是保衛文化大革命的，要把文化大革命進行到底。

軍代表就是革命，一進學校就牢牢把握革命造反大方向，帶著廣大革命師生奪權。

工宣隊進駐學校，一來就狠抓鬥、批、改，打破了知識份子獨霸的一統天下。

周校長他們那些走資派三反分子牛鬼蛇神都進了學校農場牛棚。

苗老師背了張「小爬蟲」的皮子，沾走資派的光，也進了牛棚。

還有烏嘴，也被押進了牛棚。他本來就是「黑幫學生」，才把自己的黑幫材料鬧到手，當眾燒毀。這還是萬金油老芭蕉他們那派紅衛兵幫了大忙，紅毛尿桶一開始就堅決不同意。不然，就烏嘴還有青果鬧，鬧八輩子都沒個結果。把「黑幫學生」材料都銷毀了，花枕頭認為烏嘴和青果算是平反了。可是，烏嘴就是嘴巴「烏」，張口污衊革命大好形勢。真是死不

悔改，罪該萬死，他也進了牛棚。不過，聽說烏嘴竟然和周校長在牛棚裏成了什麼「忘年交」。難怪紅毛說怪話，蛇戀蛇，蝦戀蝦，烏龜就愛大王八。

花枕頭眼睜睜的看到的還不只這些。

不管她願不願意，只要她到學校來，兩眼所見，不得不使她一再做惡夢。

胡老師剃了陰陽頭，每天奉命打掃廁所。一天，不知道為什麼，尿桶二小姐又惦記上她了。帶了幾個幹將，一大早又去了胡老師家。

胡老師家，紅衛兵們去抄過好幾次了。最大的戰果，是抄到一張發黃的照片，是年輕的胡老師穿著一身旗袍的單人照。紅毛搶過來一看就說，地主小姐的鐵證！後來幾次抄家，一無所獲，小將們很是不甘心。反正，胡老師已經被揪出來了，她家當然隨便小將們進進出出。聽說，胡老師的手錶在抄家時不在了。那是一隻女式手錶，小小巧巧的，又精緻又好看，花腸子說是進口坤錶，是胡老師上大學時她地主爹送給她的。不知道是誰順手牽羊，幹的這種偷雞摸狗的事。可是，紅毛大罵胡老師，敢污衊紅衛兵偷東西，砸爛你的狗頭。尿桶也大吼大叫，別說一塊錶，就是拿你的腦殼，我們紅衛兵還不是稀鬆小菜一碟！

尿桶二小姐幾個進了胡老師家，胡老師一見這些男男女女，慌慌忙忙把手裏一團東西往枕頭下塞。尿桶就是眼快手快，一步搶上去把枕頭掀開，一把把那團東西抓到手了。他隨手抖開手裏的戰利品，頗為得意，嘴裏喊叫：

「大家睜開眼睛好好看，這是什麼？」

幾個男生面面相覷，這是什麼？看著手裏垂下來的布條條一樣的東西，尿桶自己也發懵，嘴巴走了味：

「什麼鬼東西嘞？」

女生們卻羞羞怯怯，都木了一樣。二小姐到底二小姐，她發現了階級鬥爭新動向，破口大罵胡老師：

「地主婆，你膽敢污辱毛主席？把你的衛生帶放在哪裡？」

原來，剛才尿桶一掀開枕頭，她就看見了那團白白的東西，下面是一本《毛主席語錄》。紅彤彤的語錄本上，印著毛主席的金色頭像。胡老師把自己的衛生巾這種髒東西放在毛主席語錄本上，惡毒污辱偉大的革命導師。是可忍，孰不可忍？革命的紅衛兵小將，豈能饒恕她？

尿桶仍不大明白衛生帶是什麼東西，但是一聽說「污衊毛主席」，就和幾個男生上來團團圍住胡老師。女生們一聽，驚駭的驚駭，憤怒的憤怒，一個個杏眼圓睜，牙關緊咬。

胡老師失魂落魄：「我不敢，我不敢。我忠於偉大領袖毛主席。」

「放屁！死到臨頭還狡辯？說，你把自己的髒東西放在哪裡？」二小姐尖叫，不容分辯。

「放在枕頭下。」

「放屁！是不是放在語錄本上？」

「是……不是……我不是故意的……我沒看到……」胡老師有語無倫次。

「敢說你不是故意的？說，放了幾次？」二小姐宜將剩勇追窮寇。

「……」胡老師頭腦一片空白，說不出話來。

「說，快說！」尿桶和幾個男生一片怒吼。

「就這次……就這幾天……我記不清楚……」

「就這幾天？哼，才一次？怕是次數多得自己也記不清楚了吧？」二小姐譏諷說。

「不是，不是。我真的想不起這幾天還有沒有過。」胡老師覺得腦子裏混亂極了，越想越想不出來。

「死地主婆喪心病狂，天天惡毒污辱偉大的革命導師毛主席，我們紅衛兵怎麼辦？」二小姐厲聲高叫。

尿桶幾個早就按捺不住了，赤口毒舌，拳打腳踢。尿桶一隻手裏還揮舞著衛生帶，上下呼嘯。二小姐打人，自然不遜男生。她解下了腰間的皮帶，抽打得胡老師淒慘哀叫，要斷氣一樣。

花枕頭當時不在場，聽說後，當然想像得出胡老師「打得像死狗一樣爬不起來」（尿桶顯擺說的）。但是，花枕頭想不出胡老師究竟是不是故意污辱毛主席。她為什麼要故意呢？那種髒東西是見不得人的，看見男男女女衝到面前，驚慌失措，自然是隨手塞進哪裡。有一回，班上檢查女生宿舍的衛生，進來檢查的也有男生。花枕頭的衛生巾晾在雙層架子床檔頭，她也是慌慌張張順手塞進了衣裳口袋裏。胡老師也是的，為什麼不塞進口袋裏呢？為什麼要當眾塞到枕頭下？為什麼枕頭下又剛好放了一本毛主席語錄本？不過這種事，畢竟有口難辯，是不是抱屈銜冤，只天才知道。不過，花枕頭不敢把自己的想不通告白於大家，也不能和紅毛說。說了，紅毛肯定要罵她漿糊腦瓜，不講階級鬥爭，包庇反革命。罵還是輕的，紅毛他們瘋了一樣。他們動不動就是無產階級專政鐵拳頭，毫不留情。保不準他們會搞出什麼革命行動來，嚇人得很。

經學校廣大革命師生批鬥後，胡老師被押送到市看守所去了。當然，學校軍管會是支持紅衛兵小將的這個革命行動的。

二小姐尿桶抓胡老師的現行，花枕頭沒有親眼目睹。李老師喝硫酸自殺，就死在花枕頭眼皮子面前。

李老師被揪上「百丑圖」，是湊數的。他本來也沒什麼大不了反革命活動。紅衛兵批他，罪狀就是一條——「一心培養白專苗子」。批來批去，又批出他「特別喜歡白專女生，不懷好意。」「上課津津樂道『三角三角』，拐彎抹角宣揚『三角戀愛』，十分下流！」「向學生大肆宣揚『人生幾何』的地主階級沒落思想，頑固堅持地主階級孝子賢孫的反動立場。」罪行越批越多。最要命的是，李老師不好好接受批判，扯住尿桶幾個不放，非要辯論個一清二白。因此，他就被揪上了「百丑圖」。當時，紅毛正一心一意擴大革命戰果。

李老師仍然不死心，就說，批這批那，無非是我出身不好。我出身不好，所以，我考了師範。本來，我隨便考個什麼大學都考得上。我認認真

真讀師範，認認真真教學生。我有什麼罪？我就是出身不好，人家說，毛主席也出身不好。人家去親眼看到過，韶山故居起碼是富農才住得起。

　　李老師話一出口，就惹大禍了。紅毛尿桶帶著一大夥革命師生窮追猛打，接連吊了李老師好幾次，批鬥他污衊偉大領袖毛主席，污衊紅太陽升起的革命聖地。同時，勒令他必須老老實實交代聽誰造謠，那個「人家」是那個？

　　李老師是個認死理的，自知難逃死罪，又不願意連累「人家」。絕望之下，他到化學試驗室找了瓶濃硫酸咕嚕咕嚕喝下去了。

　　等到被發現後，他已經命在垂危了。

　　他拼命慘叫：「快救救我！我不想死！我不想死！」

　　叫著叫著，李老師就斷氣了。

　　花枕頭就在跟前。

　　好在旁邊還有其他一些人，不然，李老師劇痛的慘叫真的會嚇死花枕頭。

　　接下來發生的事，誰也想不到。

　　二小姐自己招大禍了。

　　在此事之前有天，花枕頭獨自碰到苗老師，悄悄說了幾句話寬寬他的心。苗老師卻囑咐她小心謹慎，還說世事難料，人心惟危，鬼神莫測；馬有轉韁之病，人有旦夕之災。花枕頭聽了沒多往心裏想，還覺得苗老師過於謹小慎微，戰戰兢兢。他以前不說種話的，總是教導學生要「朝氣蓬勃，滿懷信心，襟懷坦白，傾心吐膽」，如今變了個了人似的。

　　發生了二小姐的事，花枕頭覺得自己真是生了個沒縫的腦袋，眼見得旦夕之災一樁又一樁，就是想不明白到底為什麼。

　　二小姐惹禍，是向毛主席表忠心惹來的。這可不是小罪！

　　「三忠於」（忠於毛主席，忠於毛澤東思想，忠於毛主席的革命路線）「四無限」（無限熱愛毛主席，無限忠誠毛主席，無限敬仰毛主席，無限愛戴毛主席）早就形成了一套固定的儀式。開會或大小活動前，到場革命群眾必然先揮動手中紅寶書，齊聲高呼「敬祝偉大的革命導師，偉大的革命領袖，偉大的革命統帥，偉大的革命舵手毛主席萬壽無疆，萬壽無疆，萬壽無疆！」革命群眾每天都要面對毛主席畫像早請示，晚彙報。每天早上，革命群眾都要集體跳「忠」字舞。

　　花枕頭跳忠字舞，身段好，舞姿標準，好看（花腸子對紅毛說：「比好看還好看，婀娜多姿。」紅毛笑得合不攏嘴：「當然啦，老子看中的人就是婀娜什麼！人家是毛澤東思想宣傳隊跳舞最好看的！」）。可是，男男女女都跳忠字舞，不可能都像舞蹈隊長花枕頭一樣，比手比腳，就是跳不像樣。尤其是一些上年歲的老師，老胳膊老腿的，就是不聽使喚，跳得怪模怪樣。花枕頭怎麼教都白費力氣。尿桶幾個也是跳得洋相百出，紅毛又不准大家笑，花枕頭笑氣在肚子裏把腸子都憋痛了。紅毛是紅衛兵大頭頭，從來不參加跳集體忠字舞。花枕頭私下幾次教他，他都不幹，連聲說太忙了太忙了。花枕頭說，你不要怕跳不好看，很好跳，跳跳就好看了，可是，越勸紅毛越不幹。

　　到處是紅彤彤的毛主席語錄標語和語錄牌，城鄉山野道路，一片紅海洋。花枕頭的弟弟，一個紅小兵，文化大革命才開始讀小學。他那茬學生讀的「望天書」，上課就是昂首朝天，背誦毛主席語錄。別看他字認不了幾個，背誦毛主席語錄滔滔不絕，從頭到尾，一字不漏。可是，翻開語錄本，隨便指一條叫讀叫認，他就傻眼了，一個字也讀不出來，一個字也認不得。

　　毛主席像章，也是一夜之間就人人都爭相佩戴。革命群眾急不可待，都想得到一枚毛主席像章。這最能向全世界宣告，革命人民永遠敬愛毛主席。花枕頭不大記得自己是怎樣得到第一枚毛主席像章的，只是這寶貴的像章越來越多。鋁的，瓷的，圓的，方的，單枚的，成套的，大大小小，

花樣百出。那個軍代表小兵還送了一盒毛主席像章給花枕頭，裏面裝著一套九枚像章。像章上，是毛主席各個不同革命時期的頭像。這盒像章，花枕頭轉送給紅毛了。紅毛口口聲聲他最最忠於毛主席，就是毛主席像章還不夠多。花枕頭覺得自己有一枚戴就行了，不在乎多不多的。不過，她可不敢說出來。

當然，花枕頭是很值得為自己慶幸的。她沒亂說「不在乎多不多」，就是幸運。不過，她當時也沒有意識到。不然，好心送毛主席像章，還落個不忠於毛主席的罪行。

二小姐不知道從哪裡得到一枚毛主席像章，好大，有巴掌大，是花枕頭看到的最大的。

二小姐得意忘形，佩戴像章，挺著胸脯，當眾誇口：

「哪個毛主席像章有我的大？你們看我！好大！」

男男女女紅衛兵戰友眼睜睜望著她，羨慕也好，不服氣也好，都不說話。大就大唄，看把她二小姐「大」得神氣活現的。她能「大」到哪裡去？

「哪個有我對毛主席最忠心？我讓你們開開眼！」二小姐說著，抬手從胸前摘下了像章。她似乎明白紅衛兵們看不慣她「大」，偏要讓見識見識她的壯舉。

紅衛兵們眼睛齊刷刷地盯住她，不知她又要瘋狂什麼。她總是不近人情，行為怪異得不得了。

說時遲，那時快。只見二小姐左手一把揪起胸前連衣帶肉的一團，右手一使勁，就把像章的大別針別穿過去了。

整個動作過程一氣呵成，如行雲流水，二小姐神態自若。

如墮五里霧中的紅衛兵戰友們，終於醍醐灌頂，恍然大悟。

大忠才能做到大勇。

二小姐把毛主席像章別進了自己的肉裏。

她為自己的忠心感到無比自豪，無比幸福。她把胸脯挺得高高的，頭昂得雄赳赳的，目光熾熱如火。

像章火紅，毛主席頭像金光熠熠。鮮紅的血漬，一點一點滲透胸前的綠色軍裝。青春的鮮血，欲滴欲淌，如訴如歌。

一時間，四面無聲。

花枕頭神思恍惚，只覺得心頭刺痛，彷彿別針別穿的是自己的胸脯。二小姐怎麼會不叫痛呢？

「哼，把毛主席像章別在那個地方，搞什麼搞？」花腸子陰陰地說，盯著二小姐凸凸的飽滿的胸脯。

「把……別在……奶上，她……」母叫雞吞吞吐吐的，欲蓋彌彰。

「狗膽包天，敢污辱毛主席？！」尿桶大吼，如夢方醒。隨即，一步衝上去打了二小姐一記大耳光。

幾個男生紅衛兵也一哄而上，扭胳膊，揪頭髮，圍攻二小姐。

二小姐讓尿桶的大耳光打懵了，面對圍攻毫無還手之力，聽天由命。

接下來，一片混亂。

二小姐在劫難逃。

很快，一陣風傳開了：二小姐無恥惡毒污辱偉大的革命導師毛主席。傳來傳去，有了各種傳聞。其中流傳最凶的是，二小姐當著好多男的，脫光衣服，把毛主席別在乳頭上。

經廣大革命師生批鬥後，學校軍管會慎重研究，將二小姐送農場「牛棚」繼續交代其反革命罪行。

紅毛對此大大不滿意，他堅持認為就是該把二小姐送進監獄。

花枕頭說他，人家以前還是你的紅衛兵戰友呢。紅毛說，狗屁的戰友！不男不女的，老子早就看她不順眼。反革命，把奶污辱毛主席，罪該萬死！花枕頭分辯說，那不是那裏。紅毛眼一瞪，說那不是奶是哪裡？花

枕頭急促說，人家是別在胸脯前。紅毛氣呼呼地認定說，文縐縐的幹嗎，什麼胸脯，就是奶。那是她的大奶子，臭流氓二小姐，現行反革命！

　　花枕頭只好另找詞，軍管會都說她是紅衛兵犯錯誤。一提軍管會，紅毛也是一肚子不服氣，都是解放軍，人家野戰團支持老芭蕉鐵得不得了，硬是黑兵。說是支援老子們，老是說老子們這呀，那呀，不要犯錯誤呀。老子犯什麼錯誤？反擊「二月逆流」，老子們揪軍內一小撮，當兵的還不是對老子乾瞪眼。

　　花枕頭當然不能說服紅毛，她自己都不知道怎麼說服自己。她對解放軍倒是心服口服，雷鋒就是解放軍，王傑，歐陽海都是解放軍，人民解放軍最最堅決支持革命左派群眾。

　　軍代表裏有個兵，見面時，他介紹了自己的姓名，又說自己是毛主席的一名小兵，請紅衛兵小將們就叫他「小兵」好了。他年紀和同學們差不多大，和花枕頭向陽花她們說得來。說得來是說得來，他卻總要顯得自己比同學們更有覺悟，更有水平，更有能耐，老是顯得自己是「一碗水端平」。紅衛兵女生們總是逗他，還把他推來推去，笑著叫他「水端平」。他本來和女生說話就緊張，磕磕碰碰。逗他時，他常常臉紅脖子粗，話也說不出。

　　不過，花枕頭眼睜睜看著這個小兵幹了一件最有覺悟，最有水平，最有能耐的事：他把學校圖書館的書燒毀了。當然，準確的說，是把圖書館破四舊後剩下的書全都燒掉了。

　　破四舊時，把學校圖書館破了。都說圖書館裏盡是封資修的書，還有好多線裝書大毒草。紅衛兵同學們砸了鎖，一湧而入，肆行無忌，恣意查抄封資修大毒草。一排排書架歪的歪，倒的倒，書籍散落一地。從此以後，圖書館大門敞開，沒人管，任人隨便在書堆上踩進踩出。

　　圖書館破四舊戰果輝煌，一時間這裏變得冷冷清清。不過，卻還是有人陰一個，陽一個的遛進遛出。聽了不少同學私下議論，花枕頭也發覺，

這些人都是來做鬼的。明明是私自拿了書走，卻說是來破四舊，批判毒草。母叫雞，花腸子幾個經常來光顧。洋蔥更是跑斷了腿，成了來撿破爛的。隔三差五的，還見他一捆一捆的把書擔回家。其實，他也不是拿書去批判，他從來就不喜歡看書，聽說是賣給收廢紙的。說他，他就氣呼呼地甩一句，不關你的事！

圖書館這種狀況，管事的紅衛兵造反派一籌莫展，也無暇顧及。

小兵不聲不響地從校外叫了幾個幹活的，把書統統從圖書館搬出來，一本不剩下。稀裏嘩啦，全都堆在大操場中間。

這時，幾個紅衛兵學生，嘻嘻哈哈圍攏來。他們只顧尋開心，張口亂說：「孔夫子搬書，小兵也搬書啊？」「太陽好，曬書啊？」「都是封資修，發黴就發黴，曬有什麼用？」

小兵不言不語，隨手摸出一個小巧精緻的打火機。那時打火機是件稀罕物，小兵居然弄來了這種洋玩意。他又不抽煙，可見是有備而來。只見他彎腰一手撿起一本書，一手大拇指一按打火機，火苗子一迸好長。

只見他把手中的書點著了，站起來把它一扔。長了火翅的書，往書堆裏飛。他又撿了一本書點著，又一扔。一連重複了幾次，一本本書都在他手裏變成了火鴉。火鴉飛上飛下，書堆點燃了，一片火焰。

花枕頭向陽花鍋鏟她們跑到大操場，書堆都已經是一片灰燼了。小兵還在興致勃勃地撥弄餘火，好讓書燒得更加乾淨俐落。一片片已經燒成了灰燼的零散書頁，在低低上下盤旋，彷彿在作秋天的落葉的舞蹈。

小兵完成任務，對花枕頭幾個憨厚笑笑，說：「剛才火好大。紙船明燭照天燒。」

鍋鏟尖叫：「好會背毛主席詩詞！」

向陽花在花枕頭耳朵邊說：「你還說除了背毛主席語錄，小兵說話不利索。」

花枕頭說鍋鏟：「你叫嚷什麼，顯你口齒伶俐。」

小兵燒了圖書館的書，學校沒哪個吭聲。事實上，這事沒多少人知道。知道了，也沒哪個多嘴。

紅毛當然知道，他說：「媽的個小兵，還有點水平。老子早就該想到的。」

花枕頭沒和小兵扯二小姐的事。為這個，她在紅毛那裏碰釘子了，不想再碰壁。

不過，花枕頭是白為二小姐操心。

進牛棚就進牛棚，二小姐才不怵。她才不像好多女生動不動就抹淚水，她才不在乎周圍的異樣眼光。可憐也好，幸災樂禍也好，她唾面自乾。烏嘴說，怎麼把你也弄到這種地方來了，真是葫蘆僧判斷葫蘆案。她沒看過《紅樓夢》，聽不懂，自然一點也不扭捏作態喊冤。烏嘴有點奇怪，你倒好，臨大事有靜氣。二小姐有點不耐煩他，露出了她的本色，罵了一聲，放屁！不過，罵聲很輕。這罵聲和她先前的國罵相比，真是獅吼變小綿羊咩咩叫了。到底人家二小姐是女生，真正返男歸女了。

花枕頭覺得比這更難受的是，老鼠尾巴變得癡不癡，傻不傻的。

二小姐從來是老鼠尾巴的魂，是她的膽。二小姐一被廣大的紅衛兵戰友們揪出來，老鼠尾巴就魂也飛了，膽也破了。

老鼠尾巴整天一副魂飛魄散，膽戰心驚的樣子，惶惶不可終日。她還口中念念有詞：「我熱愛毛主席，我從心裏熱愛毛主席。」見人就說，見人就怕。她簡直是比祥林嫂還祥林嫂。

花枕頭聽母叫雞訕訕說了句，城門失火，殃及池魚。她才不想管城門和池魚怎麼牽扯到一起的，她有點惱怒他居然好意思賣弄成語。

沒聽到化腸子說什麼。這以後，花枕頭難得看到他露面了，聽說他躲哪裡做逍遙派去了。

「儘是顛顛倒倒的揪心事，復課肯定泡湯。」花枕頭說，很是灰心喪氣。

「泡湯就泡湯。老子們正事一大堆，天下大亂，老子們手裏也要有槍桿子。真槍真炮的幹革命！」紅毛說得唾沫四濺，他對復課鬧革命才不感冒呢。

3

花枕頭說：「我要回去。學校裏好怕。」

紅毛說：「怕什麼？」

「總是死人。」

「當然啦。毛主席說，死人的事是經常發生的。」

「好怕！」

「這有什麼好怕？就是要死人嘛。毛主席說了，革命是暴動，是一個階級推翻一個階級的暴烈行動。」

「我就是怕。外頭也是，天天死人。」花枕頭說，很是惶恐。她真想找個地方躲起來，又不知道自己往哪裡躲才好。學校越來越恐怖，學校外面更是。

「江青同志說，文攻武衛。」

「死那麼多人，班上都死了一個又一個。」

「你真是越來越跟不上革命形勢了。」

花枕頭覺得，紅衛兵運動一開始自己就跟不上革命形勢。

當初，學校紅衛兵都是紅五類學生。當紅衛兵又革命，又光榮。「麻老五」們，出身不紅的同學想加入紅衛兵，總是不讓，就自己革命，自己組織。甚至於烏嘴獨自成立了「反到底」紅衛兵，還弄了桿旗幟，他一個人一桿旗（這桿旗一打出來，就給紅毛帶他的「鬼見愁」紅衛兵奪走了。尿桶把這面旗幟撕扯成兩截，旗杆也踩斷了）。學校裏紅衛兵一哄而起，五花八門。

　　紅衛兵派別林立，紅五類紅衛兵更是大分化，大分裂。派性十足的紅衛兵都宣稱自己革命，互相辯論，互不相讓。

　　隨著革命形勢的大發展，紅衛兵也發展到了自相水火。

　　紅衛兵們打派仗，又動口又動手，還操傢伙。

　　大操場天天都有大辯論。這邊高喊：「龍生龍鳳生鳳，老鼠生兒打地洞。」「老子革命兒好漢，老子反動兒混蛋。」那邊齊唱「造反歌」：「拿起筆做刀槍，集中火力打黑幫。誰要敢說黨不好，馬上叫他見閻王！」這邊怒吼：「黑幫分子狗崽子滾蛋！」那邊狂呼：「滾他媽的蛋！」怒吼狂呼之中，這邊湧過去，那邊湧過來。湧來湧去，有的紅衛兵你撕我打，頭破血流。

　　就這樣，大操場常常是哄鬧打鬥不斷，沸反盈天，大打出手。

　　開頭兩天，花枕頭還往學生宿舍躲。

　　學校亂哄哄的，學生宿舍能成世外桃源？

　　男生宿舍很快就不成樣子了，女生宿舍也不能倖免。

　　雪花膏早就遛出學校了，但是她的所有行李全遭殃了，被褥蚊帳都讓二小姐一把火燒了，臉盆當了燒她書本的火盆。太君和蛾子的行李也都一樣下場，只是她們的臉盆，一個被尿桶踩扁了，一個成了男生的尿盆。當然，還有別班黑七類女生也是人雖然跑了，她們的行李「見閻王」了。

　　花枕頭很幸運，居然安然無恙。

　　她出身不紅，但是也不黑，最主要的是紅毛向她「伸出了革命的大手，乘風破浪，挽手革命」（紅毛語）。本來，她和東東、拖拉機幾個組織了「換新天」紅衛兵。尿桶嘲笑是麻老五隊伍，多次衝擊。紅毛卻把花枕頭拉進了他的「鬼見愁」，剩下東東拖拉機幾個落荒而逃，當逍遙派去了。花枕頭很是感激涕零，很感激紅毛的「保護和挽救」（紅毛語）。她對紅毛最早當選紅衛兵，當選紅衛兵代表上北京接受毛主席的檢閱，羨慕得很。甚至於為他高興，為他激動。

　　花枕頭進了「鬼見愁」，當然就成了紅毛的人。

花腸子背地裏說：「紅毛革命動機不純，對花枕頭不懷好意。」母叫雞也跟著嗑牙花子：「就是，該團結的革命力量不團結。」紅毛大大怒髮衝冠，把他的紅衛兵帽子抓起來一甩：「老子革命動機最最純！最最懷好意！老子想團結哪個，哪個就是革命力量！哪個敢反對，老子砸爛他的狗頭！」花腸子母叫雞都趕快把狗頭縮了回去，倖免砸爛。尿桶他們都是熱烈歡迎花枕頭加入革命的紅衛兵隊伍，花腸子母叫雞都被關在了「鬼見愁」門外。他倆偏偏削尖腦袋想往裏面鑽，頗為沮喪懊悔。

可是，也有班上紅衛兵要拿花枕頭撒氣。

那天，花枕頭擺脫了紅毛，想遛回家去。她獨自一個人腳兒走得慌慌張張，經過市二中門前。門裏忽然衝出幾個紅衛兵男生，不由分說，兇神惡煞，橫拖直拽，把花枕頭扯進二中大門。花枕頭嚇魂不附體，不知道哪裡飛來橫禍。正在這時，老芭蕉出現了。他叫住了動手的男生，問怎麼回事。這些男生都是二中的，其中有一個把老芭蕉叫到一旁輕輕說：「二馬虎叫抓的，說她壞得很，是紅毛鬼子的貼心豆瓣。」老芭蕉說：「瞎扯，她和我一個班的，我知道她。她一個女生，抓她做什麼？」老芭蕉說著就叫他們放人，又對花枕頭說：「你走吧，一個人不要出來亂跑。你小心點，前面還有幾個地方有我們的人。」

花枕頭趕快離開是非之地，轉身走時看見二馬虎呆虎頭探頭探腦的。

她也不敢再往前回家去，家在城外，路遠，又沒人同路。

從此，花枕頭不敢亂跑了。她只有縮在學校裏，好歹有紅毛做保護傘。幸好向陽花鍋鏟都還在，原來在班上大家還說得來，現在更要好了。

學校裏是紅毛他們的地盤。二中是對立派紅衛兵的勢力大，是他們的大本營。呆虎頭二馬虎是「多壯志」紅衛兵的哼哈二將，早就和紅毛尿桶拉開架式叫陣了。他們在學校裏和紅毛尿桶鬥來鬥去，倒和二中的紅衛兵搞了大聯合，然後把自己一幫紅衛兵也拉到二中去安營紮寨了。

　　「多壯志」紅衛兵的頭頭是老芭蕉。老芭蕉蔫是蔫，可是有主心骨。原來在班上，他一直很受苗老師器重，同學們也和他合得來。選優秀學生，優秀班幹部，優秀團員，優秀學生會幹部，學雷鋒積極分子都有他的份。他根紅苗正，是班上選紅衛兵當選票數最多的紅衛兵。「多壯志」一成立，全體戰友一致推選他當頭頭。

　　不過，老芭蕉並不樂意當紅衛兵頭頭。

　　運動一來，他有些被動。他從來都是響應號召的，聽慣了「黨叫幹啥就幹啥」的口號，很信服這種革命教育。不過，對他來說，黨的號召一直都是從老師校長的嘴裏傳達出來的。烏嘴青果他們鬧罷課時，老芭蕉聽了苗老師周校長語重心長的話，認認真真地勸說過烏嘴青果好幾次。他要同學們好好響應毛主席的號召，好好搞文化大革命。好一句，歹一句，歪嘴和尚就是唸不好經。不但沒有勸住烏嘴青果，卻眼睜睜看著他們一冒頭就被一竿子掃下水了，成了黑幫學生。他更是覺得必須好好搞文化大革命。特別是革命形勢越發展，學校越亂，他不得不整天勸這個，勸那個，口乾舌燥，筋疲力盡，誰都不聽他的。紅毛尿桶早就反目成仇了，呆虎頭二馬虎更是與他們誓不兩立，雙方都發誓要備戰到底。本來他是勸架的，勸來勸去把自己陷進去了。都說老虎打架勸不得，他真是不想管了。整個人成了救火車，自己都燒冒煙了。可他偏偏又是個紅衛兵頭頭，況且他也不知道究竟怎樣是好好搞文化大革命。

　　他好幾次不想幹了，呆虎頭二馬虎堅決不同意。他們說：「你要是不幹了，紅毛他們還不把學校拱翻天？」老芭蕉說：「你們和他們還不是一個樣，老是衝啊殺啊，我把你們沒辦法。」呆虎頭說：「那也是被紅毛鬼子逼得沒辦法。」老芭蕉說：「你不逼人家就好了。我還不知道誰逼誰？大哥別說二哥。」呆虎頭就是不服氣：「有你這樣當頭頭的，不護著自家人，胳膊肘向外拐啊？」二馬虎也和呆虎頭一樣有怨氣：「都是紅毛鬼子他們鬧的。你要大聯合，他要全面奪權。你要解放幹部，他就要堅決打倒。反正尿不到一個盆子裏。」呆虎頭還叫嚷起：「人家天天文攻武衛，槍都舞弄出來了，我們昂著腦袋挨槍子啊！」老芭蕉心煩意亂地說：「你

們就知道嚷啊吵啊，整天頭都給你們吵昏了。」二馬虎說：「你要不幹，我們『多壯志』只有散夥了。都像水龍頭，個個都不來了。」老芭蕉賭氣說：「跑了好，跑了乾淨。」然後，他又說：「也不知道他腿好得怎麼樣了？」

上次，事先沒和老芭蕉打招呼，呆虎頭二馬虎還有幾個「多壯志」的去了趟學校。去了就和紅毛尿桶他們幹上了。一進學校，「鬼見愁」幾個小嘍囉見面張口就罵，呆虎頭他們以牙還牙。口水仗轉眼就變成了肉搏戰，「鬼見愁」人越來越多，手裏有鋼釺大木棒。呆虎頭他們拔了幾根圍牆柵欄上的鐵棒迎戰，畢竟寡不敵眾。「多壯志」有兩個奪路衝出了學校，回去搬救兵去了。水龍頭慌不擇路，往一幢教學樓逃避。呆虎頭二馬虎幾個不敢丟下水龍頭，只得且戰且退，也退往那幢樓一樓梯口。在紅毛親自指揮下，尿桶他們越戰越勇，窮追猛攻。水龍頭四手四腳逃往二樓，呆虎頭幾個只得跟隨上去。尿桶身先士卒，頭戴藤帽，揮舞鋼釺。他身後是一大群「鬼見愁」嗷嗷叫，個個奮不顧身往二樓攻打。

這幢教學樓只有兩層，四間理化教室。水龍頭躲進一間教室，驚恐萬分，進去就發呆。二馬虎跟進去，一看全是瓶瓶罐罐，上化學課用的。他也不管，抱起一個大瓶子，衝到樓梯口就往下砸尿桶。幸虧尿桶眼疾手快，鋼釺擋了一下，大瓶子砸得嘩啦粉碎。玻璃片劃破了呆尿桶的額頭，血直流。不過，這抵擋不住「鬼見愁」的凌厲攻勢。很快他們就攻上了二樓。

「多壯志」都被逼進了水龍頭藏身的教室，這不久留之地，又無路可逃。情急之下，有人推開了窗戶，看見窗外下面就是學校外面。這時，呆虎頭二馬虎也退進了教室，用課桌課椅把門窗抵得死死的。這當然不是退敵之計，尿桶他們正驚天動地亂打門，玻璃窗都砸碎了。這時，學校上空響起了高音喇叭。母叫雞對著話筒拿腔捏調地喊叫：「敦促『多壯志』一小撮投降書。」本來，花枕頭是播音員，母叫雞說他來播「投降書」。

呆虎頭雙手握著根鐵棒，守在窗戶旁邊。二馬虎氣急敗壞的，看見有人把頭伸出窗戶看，就也探身窗戶往外看。他一看就喊：「跳！快跳！」

他一喊，有人就扔下鐵棒爬上窗臺，壯著膽跳下去了。接著，一個個扔下鐵棒都跟著縱身跳了下去。可是，水龍頭一登上窗臺，心跳得怦怦的，雙手死死抓住窗框，就是不敢往下跳。二馬虎急得幹叫：「你跳啊，看什麼看？又不是萬丈深淵！」水龍頭就是怕得要死，一隻腳從窗臺往教室裏伸，身子想縮下來。雖說是在二樓，下面起碼有三米多高。水龍頭覺得就是萬丈深淵！二馬虎堵住他，催他往窗外跳：「狼牙山壯士那麼高的山都敢往下跳，你怕個球！」這時，「鬼見愁」眼看就要破門攻入。高音喇叭一遍又一遍地「敦促投降」，同時，還播放著「解放軍進行曲」。忽然，呆虎頭分明聽見外面響了一聲槍彈。他罵道：「媽的，小口徑步槍都來耀武揚威。」

　　呆虎頭到底是軍人大院長大的，一聽槍彈聲就知道是什麼槍。就是小口徑步槍在放槍，這是紅毛在顯威風。學校有幾枝小口徑步槍，是學校民兵訓練射擊隊用的。射擊隊時不時有實彈射擊，當然，一般同學難得有這種機會。好在，同學們還是偶爾有運氣摸摸空槍。花枕頭萬金油幾個女生，還曾經雙手握著小口徑步槍照過相。照片上題了一行字，是一句毛主席的詩句「不愛紅裝愛武裝」。毛主席為首都女民兵題寫的詩，苗老師在班上朗誦過，女生聽了都很激動。當然，男生更興奮。男生們天生都喜歡槍啊刀啊，愛打仗。呆虎頭是射擊隊的，小口徑射擊總打十環。他很得意，誇口說這槍是我胳膊生的，隨我使喚。紅毛說，狗屁，那槍早晚是我的。運動一來，果真槍就到了他手裏。

　　紅毛舉著小口徑，朝天就是一槍。他很是得意，呆虎頭他們被堵死在教室裏了。他親自督陣，放放槍，呆虎頭幾個只有趕快繳械投降。紅毛咧嘴直樂：「老子學過成語，懂得起『甕中捉鱉』。老子今天就等著捉幾隻大大的大王八！」說著，他伸直胳膊高高舉起小口徑，噔噔噔地踏上二樓。向陽花老遠看見，把花枕頭叫上說一起去勸阻紅毛，槍不是好玩的。

　　二樓上，虎頭朝二馬虎大叫：「囉唆個屁，你們快跳！」二馬虎對水龍頭叫：「看我的！」他沒扔下鐵棒，手一按窗臺，縱身上去，呼地就跳了下去。他身輕如猿猴，轉眼雙腳落地，手裏握著鐵棒。他抬頭叫嚷：

「看，屁事都沒有！快下來，快快快！」他又和幾個「多壯志」擺出伸手接人跳下來的樣子，水龍頭還是猶猶豫豫。外面又響了兩聲槍彈，緩不濟急，呆虎頭如一頭發瘋的老虎，對著水龍頭衝過來，同時猛喝，聲如炸雷：「跳！」水龍頭一個冷戰，閉眼就跳下窗外。隨即，呆虎頭也跳了下去。兩人幾乎同時落到地面，呆虎頭還撞到了水龍頭撅起的臀部上。呆虎頭站住腳，撿起剛才扔下來的鐵棒。水龍頭卻站不起來，直叫喚；「腳崴了，好痛好痛！」旁邊幾個手忙腳亂，趕快攙扶起他。見他走不了，二馬虎背起他就跑。這時，尿桶一夥已經湧到窗邊，居高臨下朝他們扔玻璃瓶。呆虎頭跑開了些，揮舞鐵棒罵：「有種，你們下來！下來一個，老子戳死一個！」尿桶很是得意，對罵：「有種，你們別下去！上來啊！我們決一死戰！」紅毛擠到尿桶旁邊，抬手就是一槍。槍彈在呆虎頭頭上呼嘯，他放開腿跑得飛快，拐過街上房子牆角，轉眼不見了人影。紅毛仰面狂笑：「媽的，老子還說你吃豹子膽了，跑得比兔子還快。」

半道上，二馬虎他們遇到老芭蕉帶著好多人來接應。老芭蕉急著問還有誰受傷，還有誰沒回來。他們正說著，呆虎頭趕上來了。呆虎頭看見人多了，叫嚷著「殺回馬槍」。老芭蕉堅決不同意，說水龍頭還傷著，趕快回去。

當初在班上，水龍頭怕同學給自己亂取外號，就說：「我姓龍，家裏是老大，我叫龍頭。」不料，烏嘴笑他：「什麼龍頭，好意思叫龍頭。看看，你整天掛著鼻涕水，是個擰不緊的水龍頭。」真是的，龍同學身子骨弱，經常感冒。呆虎頭二馬虎去他家，好幾次碰到他媽媽正和他商量怎樣熬中藥。母子倆一本正經的，呆虎頭二馬虎好笑得很。不過，水龍頭吃藥吃得多，卻愛說能治病的不一定是藥。

水龍頭腳背腳脖子腫好高，叫苦連天。呆虎頭說他，你生的什麼病？水龍頭白眼看他，我哪裡病了？呆虎頭笑他，二馬虎勸乾口水都白搭，藥不對症。怎麼我大叫一聲，你就敢跳？真的比吃藥還管用？水龍頭氣哼哼的，都是你，還說風涼話。二馬虎也笑他，你就是吃藥屬害，狼牙山有你

就糟了。水龍頭卻自有他的說法，那是狼牙山啊？是狼牙山，我就跳！二馬虎更加好笑，好好好，哪天我帶你去狼牙山，我不吱聲，看你跳。

說笑歸說笑，水龍頭說要回去治腳。於是，老芭蕉趕緊送他回去了。臨走前，他和老芭蕉說，我一時半會不來了，我不是臨陣脫逃啊。老芭蕉趕緊說，說什麼呢，好好養傷，別再來了。

水龍頭一去不回頭，呆虎頭二馬虎都知道了他的意思。兩人都老大不高興，說是動搖軍心。呆虎頭說：「人心不能散，得反敗為勝。」老芭蕉說：「什麼勝不勝的，你又想背著我去跳樓啊？」呆虎頭說：「都告訴你八百遍了，說是叫我們去談判。我和二馬虎就是怕你去上當，才沒有和你說。你去了，把你這個頭頭弄沒了，我們做沒頭鳥啊？」二馬虎說：「就是，我們是去探虛實的。幸虧是呆虎頭和我，不然哪個敢跳狼牙山？」呆虎頭氣又上來了：「媽的，擺了個鴻門宴唬鬼啊！紅毛鬼子槍都舞出來了。我們搶槍去！」二馬虎一聽就興奮：「對對對，有了槍桿子，氣粗腰杆子硬。」

花枕頭被老芭蕉放回來，紅毛並不領情。他一個勁問花枕頭：「他們真的沒把你怎麼樣？真的沒碰你哪裡？真的沒有動手動腳？」花枕頭知道他的意思，面有慍色：「沒有沒有！人家都像你呀？你就知道拿槍嚇唬人！上次就是你亂放槍，我和向陽花擔心得要死。幸虧沒有打到人，不然，人家肯定饒不了我。」紅毛倒是理直氣壯：「老子不提溜槍出來，那幫頑命徒根本不把老子們放在眼睛裏！你不懂！聽說老芭蕉他們正在暗中策劃搶槍。」「人家暗中策劃，你怎麼知道？」「老子就是一清二楚。」「那也不關你的事。」「老子們也要動手，手裏這幾枝燒火棍換換大傢伙。」花枕頭一聽心又懸起來了：「你是真的啊？」紅毛響噹噹的：「這個還能當小孩子的把戲啊？」他又說：「你好好地待在老子身邊，別再想跑回家什麼樣的。老子有槍了，你就呆保險櫃了。」花枕頭卻說：「舞槍弄刀的，我更害怕。」

沒過幾天，紅毛就得到準確消息，「多門志」從野戰團搶到一批槍。尿桶心急火燎，我們再不動手，就只有幹等著呆虎頭大槍大炮打上門來。紅毛也是著急火上房的，明天就幹，已經聯繫好了，去搶分區軍械倉庫。

第二天，紅毛帶著一隊「鬼見愁」去搶槍。

分區軍械倉庫十幾裏遠。紅毛他們一路繞道而行，躲避「多壯志」。

快挨近了，軍械倉庫大門緊閉，也不知道裏面有沒有解放軍把守，靜悄悄的。

紅毛尿桶幾個商量，說早就聯繫好了，先翻圍牆進去。

紅毛指揮幾個人翻牆進去了，卻不見回音。於是，他叫尿桶帶幾個人在外面接應，自己帶著其他人都翻進了圍牆。

尿桶幾個心懷鬼胎，等得個不耐煩。

忽然，他背後一聲低喝：「老實點，動就打死你們！」

不知道幾時，呆虎頭二馬虎帶著好幾個「多壯志」出現在身後。他們個個都端著槍，呆虎頭二馬虎端的是衝鋒槍。

尿桶心裏猛地咚咚亂跳，腦袋嗡嗡響，恍恍惚惚。

等尿桶神智清醒過來，他已經成為呆虎頭二馬虎押回二中的獵物了。

他的手腳都被捆紮得緊緊的，渾身上下被扒得精光，只剩下一條小短褲。他也不知道別外那幾個「鬼見愁」的被關在哪裡，更不知道怎麼樣了，反正他是自顧不暇了。

呆虎頭冷冰冰的：「你還想搶槍呢？你不是要和老子決一死戰嗎？」二馬虎虎視眈眈的：「狗東西熊樣，還不夠咱哥倆的下飯菜。」

尿桶咬緊牙關，把眼睛閉上。

呆虎頭二馬虎也不多言語，提著槍走了。

剩下幾個紅衛兵都是二中的，上次都跳過樓。他們一點也不客氣，圍上去對著尿桶就是雨點似的拳打腳踢。二中幾個越打越有勁，尿桶鬼哭狼嚎。

老芭蕉匆匆忙忙趕到，叫二中幾個住了手。他說了句，何苦喲？不知道他說的是哪個，說了他帶著二中幾個都離去了。

尿桶渾身上下沒一處不痛，也不敢放聲叫喚，好幾次痛昏迷了。

捆手捆腳的，尿桶好不容易捱了一夜。

快天亮時，老芭蕉獨自來了，也沒說話，解開了尿桶的手腳。他小聲叫尿桶跟著自己，剛要走，他瞧見尿桶赤身露體的，四下看，牆角有件褂子，就拾起來丟給尿桶。尿桶慌忙穿上，才齊肚臍眼，是件又短又小的女生褂子。這裏是萬金油和幾個女生臨時住過的，她們早就離開了。小褂子不知道是哪個女生遺失的，尿桶胡亂套在身上，滑稽得不得了。老芭蕉顧不得好笑，輕手輕腳帶著尿桶遛出了二中小門。

這時，天尚未大亮。風一吹，涼颼颼的，尿桶哆哆嗦嗦。老芭蕉也不瞧他，輕言細語說，你快走吧。

尿桶也搞不清楚自己是怎樣回到學校的，恍若夢中。好一陣子，他戰戰兢兢的，失魂落魄。

「你搞什麼鬼，給老子出洋相啊？什麼鬼打扮，赤腳巫婆跳神啊？挨揍了，怎麼青一塊紫一塊？一大早，撞到什麼鬼了？」紅毛連罵帶問，一頓連珠炮，又是驚愕，又是好笑。

「撞到活鬼了！呆虎頭二馬虎……大活鬼，大惡鬼……老子命裏的大災星瘟鬼！」尿桶終於還魂了，破口大罵。

紅毛雙眼瞪得比牛眼睛還大，半信半疑：「你撞到他們兩個活鬼了？」

「兩個瘟鬼投胎的，老子上輩子欠他們的。」尿桶沒顧上答話，只是罵。他渾身上下火辣辣的痛，也不知道揉哪裡才好，嘴裏絲絲地噓個不停。

紅毛再三追問，尿桶才哭腔哭調地把自己的悲慘遭遇訴說了個大概。比班會上同學們憶苦思甜，痛說革命家史動情多了。尿桶又是傷心，又是疼痛。他言語之間還有怪紅毛不救他的意思，不過，沒敢太明顯抱怨。但是，他沒有提是老芭蕉放了他，說是自己逃跑回來的。

紅毛聽了大怒，如同自己遭受了奇恥大辱。他一遍又一遍地憤怒聲討「多壯志」老芭蕉呆虎頭二馬虎，一遍又一遍地吼叫「討還血債」。吼叫聲中，他摸出腰間的一隻五四式手槍，邊吼：

「看，老子的新傢伙，也不是吃素的，殺他們個血流成河！」

尿桶像打了一針興奮劑：「搶到槍了？」

「當然了，老子們鳥槍換炮了！」紅毛得意忘形。

接著，紅毛說了頭天搶槍的「大勝利」。進了軍械倉庫，沒見到幾個兵。武器彈藥都轉移藏匿起來了，紅毛大失所望。他們不死心，到處搜尋，不信搜不到。果然不出所料，經當兵的中間的一個小個子指點，在天花板上搜出了一批槍支彈藥，凱旋而歸。

隨後，紅毛帶著尿桶轉了轉，向他炫示了戰利品：俄式步槍，五三式衝鋒槍，鐵把衝鋒槍，半自動步槍，還有轉盤機槍。另外，紅毛還拿了把五四手槍給他：「這個『硬火』就是你的了。」

尿桶捏著「硬火」，扳得槍栓嘩嘩響。一下子，他痛也不痛了：「老子和他們決戰到底！」

尿桶有了「硬火」，立刻像鼓足了氣的蛤蟆，神氣活現。虧得他穿著一件女生小褂子，一條小褲衩，遍體鱗傷，圍著槍支蹦蹦跳跳的。

下午，幾個被抓的「鬼見愁」都被放回來了。當然，每個人都挨了一頓打。

「鬼見愁」眾志成城，誓死討還血債。

有人高興有人愁。

紅毛他們有了槍，整天弄得乒乒乓乓的，不是這裏槍響就是那裏槍響。花枕頭向陽花憂心忡忡，愁眉不展。紅毛老大不高興，說她們不吉利，老是哭喪著臉，大禍臨頭的樣子。不過，紅毛還是想討花枕頭喜歡，就拿鍋鏟開心：「鍋鏟，老子好久沒聽到你乒乒乓乓的了。大鍋鏟把鐵鍋敲碎了？沒得敲的了？」向陽花說：「她早就倒憋了一口氣，舌頭嚥進肚子裏邊了，大張嘴沒個說的。」花枕頭也數說紅毛：「都是你們男生，就知道玩命，害得我們提心吊膽。你還好意思油腔滑調的？」紅毛草草收場：「老子是給你們打氣，老子賴得和你們費話。」紅毛走後，鍋鏟驚歎：「還以為他只會吼人，沒想到他也變油嘴了。」向陽花歎了口氣：

「人都會變的。」花枕頭愁眉哭臉地說：「他什麼都變了，就是他覺得自己一點都沒有變。他死強，滿心認為自己越來越革命！」

要別人「血債血還」，當然也要提防別人前來討還血債。

大敵當前，紅毛尿桶火燒火燎，指揮「鬼見愁」人人備戰，每天弄得個黑雲壓城城欲摧。

學校早就弄得和日本鬼子掃蕩似的，家家沒人，戶戶逃難。老師們早就聞風喪膽，個個不見了蹤影。不但辦公室一間間門戶洞開，就是老師們的住房門鎖也都形同虛設。紅衛兵們隨便進進出出，真是出入如無人之境。老師們的寶貴藏書，這個翻那個拿。想必老師們知道了也會欣然讚許的，讀書是件好事，反正是自己的學生嘛。

學校裏有笛子，二胡，秦琴，小提琴這些寶貝，這下好了，誰想擺弄隨手拿就是了，悉聽尊便。哪怕是擺弄不來，拿這些出出氣，有什麼不可以的。那天，尿桶心血來潮，拿了枝笛子鼓起腮幫子吹。瞎吹了好一氣，就是吹不叫。他瞪大眼睛把笛子橫起豎起，看來看去，又往牆壁敲打了兩下，又吹，還是吹不響。他生氣了，嘴巴一聲「媽的」，把笛子使勁一砸，牆壁砸爛了一塊，笛子當然也爆裂了。他另外拿了一枝大的，還是吹不響，他又砸了。他又拿了枝小的，還是一樣，吹不響就砸。笛子不聲不響，反正隨他高興，很快，一大把十幾二十枝笛子都砸了。他沒想到燒火棍一樣的東西這麼不聽使喚，抬腳踢倒了一把二胡，細細的琴桿應聲折斷。好像尿桶心情還不錯，他又踢了一台腳踏風琴一腳，嘴裏說：「哪天來按按，按只歌來聽。」風琴肯定一按就響，不過，是不是一按就按出「歌」來，這就不知道了。他又沒學過任何樂器，只是一時性子上來了。他對吹拉彈唱，本來就沒有什麼興趣。他說「哪天來按按」，也只隨口說說罷了，肯定會忘到爪哇國去。

教室裏空蕩蕩的，桌椅板凳早就搬光了。天冷的時候，有的桌椅板凳用來烤火當柴燒。開始，揀壞的燒，後來也不管好壞，隨隨便便就燒了不少桌椅板凳。剩下的，有的搬去修工事了，有的也不知道弄去做什麼了。

教室牆壁這面挖一個洞，那面挖一個洞，大大小小的洞，把教室連通了。門卻一扇扇全都釘死了，窗戶也是。釘門窗的，用的就是拆下來的課桌板。

修工事，也費了紅毛尿桶不少心思。他們的革命戰友糧站造反派，支援了不少大米，堆積如山。尿桶看著一大麻袋一大麻袋的大米，靈機一動，幹嗎到處找沙袋，現成的就是。紅毛一聽，拍手叫好，好主意，狗東西你打仗打精了！（哪部電影裏有句這類似的詞，紅毛只學了個半截）母叫雞也咂嘴說，猛張飛粗中有細了！於是，大米有了用武之地，一袋又一袋，抬了好多修工事。

學校有架手風琴，母叫雞弄到手拉了拉，拉不成曲。紅毛奪了過去，作為禮物送給了花枕頭。她向老師學過這種樂器，市文工團一位專業演奏員還教過她，在毛澤東思想文藝宣傳隊她也拉過手風琴。很快，她手風琴拉得不錯，她這個文體委員就是有這方面的天賦。

花枕頭嚇了一跳，學校的東西，想送誰就送誰？不過，她還是很喜歡。反正，學校沒人管了，自己擺弄擺弄也好。正愁整天播音幹喊幹叫，很沒意思的，一個大活人成喇叭筒子了。擺弄手風琴沒幾下，很快，她又沒情緒了。都什麼時候了，兵荒馬亂的，拉什麼琴，奏哀啊？（母叫雞語，他心情怪怪的，時好時壞）不過，她捨不得把手風琴扔一邊不摸了。再說，拉拉琴也能解解悶。

學校不像學校了，白天黑夜陰森森的。

花枕頭擺弄著手風琴，時不時拉一拉曲子。只要紅毛在跟前，他就要她拉《大海航行靠舵手》，隨後是《紅衛兵戰歌》。興奮了，他也不管是不是合拍合調，會隨手風琴放聲吼唱兩句。花枕頭自己喜歡拉「遠飛的大雁……」，琴聲悠揚，如泣如訴，恍若隔世。

向陽花和鍋鏟是忠實的聽眾。她們不聲不吭，屏息聆聽。聽著聽著，總是雙雙爽然若失。

當然啦，呆虎頭二馬虎也密切注視著紅毛尿桶的一舉一動。

有了槍，他們也是瘋天瘋地的。他們也是自以為很有打仗本事，他們的戰鬥經驗都是看戰鬥故事片看入迷的那些火爆場景的東西。

老芭蕉也沒奈何，隨呆虎頭二馬虎跳上跳下。

這天，青果摸到二中來，找到了老芭蕉。

老芭蕉趕快把青果帶到一邊，就他們兩人，很驚訝：「你來撞鬼啊？」青果笑笑：「蹭口飯吃。」老芭蕉苦著臉：「你以為是小孩子過家家哪？這是好玩的地方？兩頭鰍來蹭飯吃，都嚇跑了。」

兩頭鰍圍著「鬼見愁」轉了好一陣，紅毛老是吼他，尿桶也常常不給好臉子，怪他在班上和老芭蕉夥在一堆。兩頭鰍慪氣不過，回過頭又來找老芭蕉他們。呆虎頭二馬虎見了兩頭鰍，一樣的秋風黑臉：「來蹭飯吃啊？」兩頭鰍涎著厚臉皮：「是是，倆位老同學高抬貴手，賞口飯吃。」二馬虎要弄他：「來這裏認老同學了？這是你混飯吃的地頭？你算是找對地方了。」呆虎頭說：「行，發桿槍給你。」兩頭鰍嘻嘻哈哈的：「還是發根燒火棍給我吧，我給你們做飯。」二馬虎冷笑：「想得美！怕是你自己好大塊吃肉吧？」兩頭鰍分辯：「不是不是，我不是扛槍的料，你們知道我膽子小。」呆虎頭斬釘截鐵說：「不行！你得扛槍打頭陣！」二馬虎更是毫不留情：「要不，就滾！夾起尾巴滾蛋！」兩頭鰍嚇壞了，就「滾蛋」了。

青果不在意：「幹看著別人文化大革命，沒勁。我知道，你們文攻武衛要升級了。我不怕，就當作家體驗生活。」老芭蕉哭笑不得：「你真是生青果子，酸啊。你以為你馬列著作讀得多，發呆啊？你知道什麼是文化大革命？你知道什麼是文攻武衛？」

老芭蕉也不容青果多說，自己直倒苦水。他說，自己到了省城，又到了北京，剛剛才回來。別說市里，就是省上兩大派談判，硬是談不攏，也不會有好結果。有中央文革也不行。中央文革到底支持哪一派，誰也說不清。聽了中央文革的，什麼革委會，什麼革命大聯合，反正是天下大亂，越來越亂。誰肯坐在一起談判，空口說白話，全是火藥味。現在更是真槍真彈了！都成胡傳魁了，有槍就是草頭王，還自以為革命得不得了。跟你

說實話，武鬥就是要升級了，說幹就操槍操炮。我們有機關槍，紅毛他們還有四〇火箭筒呢，夠血戰一氣的。我是沒出息，走又走不脫，也不忍心走。萬金油螺絲刀牙膏皮菜幫子早就不幹走了，萬金油頭頭也不當了。我那時要是聽她的走了就好，弄到今天進不進，退不退。幸好我把小蘿蔔頭打發走了，他就想跟著我，還說要走一起走。最好笑的是牛屎巴，我轟他走，他不走。呆虎頭說他：「你又不像我獨苗苗，打死了不怕。反正你爹媽生得多，屙牛屎一樣，一屙一大堆。」牛屎巴還聽得入耳，也說「打死不怕」。小喜子一聽就陰臉嘀咕：「你不怕，你爹媽怕。」他還嘮嘮叨叨，文化大革命什麼都好，就是現在越來越什麼。問他「越什麼？」他就是不說清楚「什麼」是什麼。一副嚇破了膽的樣子，我看他是得了革命恐懼症。別說，多虧他，他走我才把牛屎巴這個不知死活的寶貝轟走。水龍頭豬拱嘴都是自己回去的。星期天這傢伙還是睡不醒，還嚷嚷連個睡覺的地方都沒有，每天每天高音喇叭不歇氣，又炸槍響了，走人走人。說走他也走了。我們班沒幾個在這裏了，就呆虎頭二馬虎我。我還是想走的，看找個什麼詞脫身才好。在省城的時候，我叔叔叫我留在他家不要回來。我還趕回來傳達北京談判情況，情況個鬼，一回來就情況上了！你鬼摸腦殼了，放著熱酒不喝找著喝鹵水——不要命了？你也是個容易上轎子的，呆虎頭二馬虎一起哄，你趕緊就往上爬。快走快走，別叫他們看見你，不放你走。幸好烏嘴不在，不知道他還在不在學校農場裏。他也是個喜歡玩老鼠逗貓的。要是他來了，我更加招架不住。呆虎頭二馬虎就夠我受的。你走吧，我再說句不好聽的，屎殼螂趴在鞭梢上——光知道騰雲駕霧，不知道死在眼前。馬列也好，革命也好，你別的地方去。你莫來這裏自己騙自己，真是不會看火色。走走走！過不了兩天我也走，我帶呆虎頭二馬虎走，再去拉上小蘿蔔頭。我們來找你，一起去我叔叔家，走得遠遠的。

　　那兩天，青果在東東家呆著心裏沒個著落，想來找老芭蕉尋個地方混兩天。他心想老芭蕉一直挺合得來的，肯定張開雙臂大大歡迎。沒想到卻挨了老芭蕉好大一篇數落，他快快的，只得又轉回去拿上行李回家去。

　　花枕頭向陽花鍋鏟總是擔心著要出什麼事。

　　每天瞧見什麼都是煩糟糟的，不是什麼好兆頭。

　　紅毛尿桶領著一大夥忙乎槍啊彈啊，風風火火。人人都像熱鍋上的螞蟻，咋咋呼呼的。

　　只有洋蔥像是沒事人一樣，可是也不閑著。他東遊西晃，全學校間間辦公室個個老師屋裏，進進出出的。裏面一個人都沒有，不知道他去拜見哪一個？有人說，他搬走了一台收音機。有人說，他拿走了一套呢子衣服。紅毛忙得四腳朝天，聽了也沒心過問，管他呢，不關老子的事。後來，好幾個人看見他叫蘆筍幫著把大麻袋裝的大米扛跑，想干涉干涉。他大怒，好惡：「不關你的事！」紅毛尿桶生怕洋蔥把大米修工事的好事弄砸了，還好，他和蘆筍扛走的那袋大米是丟在一旁沒用完的。蘆筍在一邊解釋，洋蔥家快斷糧了，反正這裏大米多的是。紅毛懶得管這點破事，算了，不准再犯了。洋蔥還不服氣，嘟嘟嚷嚷，本來就不關你們屁事！蘆筍安慰他，好了好了，扛了一袋了。洋蔥說，一袋哪裡夠？蘆筍瞪大了眼睛，一袋二百斤大米呢！洋蔥眼睛瞪得更大，二百斤管得了多久？蘆筍提高了聲音，你一分錢都沒花呢！洋蔥喉嚨更大，關你什麼事！

　　花枕頭向陽花鍋鏟聽了洋蔥的事，也不好說「關你什麼事」對不對。不過，不約而同，她們都想起了自己的家。也不知道自己家裏有沒有吃的，糧站似乎很久沒有正常營業了，居民們到什麼地方去買米打油呢？向陽花家在鄉下，但是農村也是造反派的天下，也鬧得雞飛狗跳的，恐怕也不會家家炊煙嫋嫋，太太平平。

　　花枕頭向陽花鍋鏟正唸叨著但願太平無事。

　　砰的一聲，尿桶擦槍走火了，槍彈往下斜射。蘆筍正翹著二郎腿坐在他對面，應著槍聲彈跳起來，一跳好高。尿桶驚叫，完蛋完蛋，打到了！蘆筍低頭查看好一陣，謝天謝地，只是褲腳下打穿了個洞。蘆筍拍拍褲子說，沒事，一根毫毛都沒碰到！

　　頭天沒事，第二天蘆筍就出大事了。

武鬥吃飯不要錢,大米有的是。就是沒菜吃,好久好久,都是粉絲做菜,沒一樣別的。在學校伙食團吃了幾年,長年是清水白菜,豆豉。那時,粉絲是樣稀罕菜,一年到頭難得吃上兩次。遇上吃粉絲(肉末炒的),同學們都要歡呼。這下子,煮粉絲,炒粉絲,燉粉絲,涼拌粉絲,餐餐頓頓盡是粉絲。粉絲變來變去還是粉絲,沒有肉也沒有好佐料,吃得好傷心,吃得賭咒。鍋鏟驚叫,粉絲粉絲,我要「昏死」了!向陽花逗笑道,趕上人民公社吃大食堂了,過共產主義了。有吃也叫苦?想想水深火熱的亞非拉人民苦不苦。花枕頭有氣無力說,你還惦記亞非拉?我怕我都得厭食症了,早晚得看著鹽巴粉絲餓死。

紅毛尿桶都不蠢,還能打牙祭。有次半夜三更的,他們摸到食品公司肉庫,居然搞到一大塊豬肉,有一二十斤。回來就下鍋,等不到天亮。不切不剁,不炒不燉,提了一桶水倒進大鍋裏,整塊肉煮得個不亦樂乎。好歹煮了個大半熟,流湯滴水的提出來,紅毛切下了好大一塊,尿桶不客氣也切了一大坨。紅毛瞟了一眼,嚷他,就你一個人,怕有兩斤!尿桶護著到手的吃食,連聲說,沒有沒有,最多一斤。說著,正好旁邊就有把秤,他隨手把肉稱了稱。他叫紅毛看,我說得好准,就是一斤才多點點。紅毛懶得看秤,放屁,才多「點點」,多大半斤吧。尿桶樂滋滋的,舀上飯熱了熱,找了個小臉盆盛了半盆。他一大口肉,一大口飯,快活得像神仙。不多時,一斤多「點點」肉,半臉盆飯,就呼嚕呼嚕全進了他的肚子。他撫摸著撐得圓滾滾的羅漢肚,感歎地說,難怪兩頭鰍狗東西老是嚷嚷大塊吃肉,就是舒服!可惜沒有酒,要不,就是馬上見閻王都不怕,老子也來個大碗喝酒!

紅毛一遛小跑,屁顛屁顛地叫花枕頭吃肉。花枕頭睡得昏昏沉沉的,突然被叫起來吃肉,以為是在做夢。紅毛把肉直往她嘴巴裏塞,花枕頭總算醒過味來。不管紅毛願意不願意,花枕頭又把向陽花鍋鏟叫起來了,共同享受「珍肴異饌」(這詞是鍋鏟對那塊肉的驚歎,虧她還記得苗老師的牙慧)。好大一塊肉,再多來兩個人也吃不了。就是不太熟,嚼著有點費牙巴。向陽花邊嚼邊笑,大半夜的叫起來,嚇了一跳,原來是吃肉!鍋鏟

尖笑，這叫半夜驚魂！花枕頭好笑，明明是半夜佳餚！紅毛嘴裏銜著大塊肉，喉嚨裏說，老子叫你們吃好東西，這多鬼話！三個女生聽他唔唔唔的，根本不知道他說什麼，笑成一片。

紅毛尿桶剩下的豬肉，母叫雞和其他一大夥分吃了。母叫雞得到這個好處，也跟著尿桶摸出去過。一天半夜，他們在人家屋簷下的雞籠子裏摸到一隻小母雞。母叫雞也是好手腳，伸手進雞籠子又輕又麻利。掏出雞，把雞頭一撐，往翅膀下一夾，那隻雞竟然一聲也沒有叫。回來也是迫不及待，那隻小母雞就在伙食堂廚房裏下了鍋。托紅毛的福，花枕頭向陽花鍋鏟得以睡大覺，喝雞湯。尿桶母叫雞有好東西吃不敢不叫紅毛，紅毛當然要叫上花枕頭，花枕頭自然要叫上兩個女伴。這真是螞蟻啃骨頭，牽起了長線。

不過，這種口福可遇不可求。那年頭，肉啊雞啊打著燈籠都難找！

別說肉和雞了，有一回尿桶母叫雞在城外地頭弄了一書包花菜回來，就白水煮來吃，都覺得是不得了的美味。還有一次，尿桶不知道從哪裡摘了一把青辣椒。就生的沾了細鹽，一口一個。什麼菜也沒有，就著生的青辣椒，他吃了足足一斤大米乾飯。他滿頭汗珠，直叫快活快活。

可是，這天，就是尿桶槍走火那天，蘆筍提了滿滿一桶魚回來。

尿桶喜得圍著魚桶團團轉。紅毛笑著罵，媽的個蘆筍，媽的個蘆筍！母叫雞朝蘆筍翹起大拇指，都說蘆筍是素菜，你老人家開葷了！萬歲，毛主席的革命光輝照到了我們的炊事班！

學校不遠，就是一條河。都叫它大河，其實不是很大。河還寬，流水清悠悠的。一年四季，河面上熱鬧極了。小船竹筏，來來往往。白鵝花鴨，一群群追逐嬉戲。淘氣的鵝鴨，拍打著翅膀叫得好歡。河上還有魚鷹出沒。這些高超的獵魚精靈，一頭扎進清波，很快就會長長的嘴裏銜著一條不小的魚浮出來。上了船，魚鷹把魚吐出來。它的脖子上箍著緊緊的圈子，魚就是吞不到肚子裏去。它如果不情願吐出魚來，漁民就捏著它的脖子，把魚從它嘴裏摳出來。這才叫漁人得利。同學們看見了，很為魚鷹打抱

不平。蘆筍說，這些魚老鴰真笨，脖子套了圈子，不知道抓小魚吞。可是，魚鷹就是喜歡叼大魚。當然，熱天同學們都去河裏游泳玩水，開心極了。

同學們好久不去大河玩了。大河早就冷冷清清了。船呀筏呀都不見了，鵝呀鴨呀好像都給大風刮跑了。魚鷹也不例外，早沒有了影子。一條河，上上下下，河岸河灘，難得見到人。

魚鷹跑了，魚跑不了。蘆筍悶著腦袋這麼一想，保準不錯。

於是，他提了個小鐵桶，別了兩棵手榴彈，一個人上大河去。

再於是，他提了一桶魚回來。

再接再厲。

第二天，蘆筍又去大河。這次，尿桶西葫蘆和他一起去的。

他們一早就去了，去了一上午。

大家都盼著他們快點回來，早早的就把午飯做好了，一口大鍋水也燒開了。就等他們回來，好煮魚湯。他們提了兩隻鐵桶去，還多別了幾棵手榴彈。這次他們肯定滿載而歸，魚多的是。做湯用不完的魚，就紅燒，大飽口福。

人人伸長了脖子，眼睛望酸了，就是不見蘆筍他們回來的影子。

午飯沒等到魚湯喝，大家都吃得沒滋沒味。

大家滿心疑惑，昨天一個人去炸魚順順當當的，今天多去了兩個人應該好事多多。臨去前，蘆筍說，炸魚我手背上的活，就像洗臉盆裏摸魚。一棵手榴彈一扔，河裏翻起來的魚撈都撈不贏。昨天炸的魚，好多都順水流跑了，我一個人乾瞪眼。今天有尿桶大將軍還有西葫蘆保駕，肯定大豐收！

向陽花鍋鏟都很擔心，花枕頭急巴巴地問紅毛，會不會又被呆虎頭他們截去了？紅毛鼻子裏哼了一聲，那裏都是老子們的地盤，呆虎頭能長翅膀飛過去？尿桶他們都帶了槍，那麼好截？花枕頭仍不放心，還是去看看怎麼回事吧？紅毛心不在焉地說，再等一等。

說話間，尿桶回來了。就他一個人，提了隻鐵桶，有半桶魚。

鍋鏟叫嚷，謝天謝地，你終於回來了！向陽花瞧他神色不對，急沖沖問，蘆筍西葫蘆呢？一問，尿桶更是呆若木雞。花枕頭見他這個樣子，也屏氣儜息，心直往下沉。

紅毛很不耐煩，吼尿桶，老子見不得，有屁就放！

一吼，尿桶的魂回轉來了。他口齒還算清楚，蘆筍炸死了。

再三追問，尿桶把經過說了。

路上沒情況，他們興沖沖地就到了河邊。蘆筍找了個回水灣，說是這裏魚多。尿桶西葫蘆都聽他的，反正他說的不會錯，昨天他一個人炸了一桶魚。尿桶覺得他得望望風，別叫呆虎頭他們摸到跟前來還不知道，小心點為好。西葫蘆雙手握著連夜趕做的一柄長長的大網兜，等著撈魚。蘆筍就拉開架式炸魚。

第一顆手榴彈扔下去，河水一聲炸響，水波上就翻起來好多魚。西葫蘆高興得又喊又叫，趕快撈魚。還沒有等西葫蘆把魚撈完，蘆筍移開位置，跑開了些，又拉開了架式。

他擰開第二顆手榴彈的蓋子，拉斷了弦索，揚手就扔。轟隆一聲，手榴彈在他頭上炸了。

尿桶和西葫蘆都沒看清楚是怎麼回事，只見蘆筍已經倒在河邊，上截身子浸在河水裏。他們驚恐地跑過去，一看，蘆筍的大半個腦袋都炸沒了。

好一陣，兩人哆哆嗦嗦商量，尿桶看著屍體，西葫蘆去叫蘆筍家裏人。西葫蘆知道他家，去了好長時間。尿桶茫茫然的，隔著好幾丈遠，不敢正眼看蘆筍。河水拍打著蘆筍，嗚嗚輕唱。

西葫蘆領著蘆筍媽媽和幾個人來了。蘆筍媽媽呼天搶地，哭著哭著，還怪蘆筍有家不回，找死。尿桶和西葫蘆也不敢勸蘆筍媽媽。來的那幾個人，七手八腳就把蘆筍抬走了。

尿桶只好回來，失魂落魄。西葫蘆叫他把鐵桶提回去，裏面還有半桶魚，這是蘆筍拿命換來的。西葫蘆自己跟著蘆筍媽媽後面，去送送蘆筍。

到晚上，西葫蘆回來了。他也不多開口，只是說了句，好慘，大半個腦袋沒有了！

他到廚房把晚飯吃了。給他留一大碗魚湯，但他沒吃。

花枕頭向陽花鍋鏟也沒喝魚湯，她們吃不下。鍋鏟說，看著一條條魚眼鼓鼓的，死不瞑目，好像看見蘆筍瞪著圓溜溜的兩隻眼睛。花枕頭搶著說，別說了，別說了。

禍事就是這樣，只要開了頭，就接二連三。

槍聲突然間在四周響起來。說是突然，向陽花卻幽幽地說，早就知道躲不掉。鍋鏟叫嚷，哎呀，你會掐會算啊？花枕頭懊惱地說，真是不該躲鬼躲到城隍廟來，這種禍事還用得著扳著手指頭算？

開始，只是零星槍響。

紅毛尿桶繃緊了全身神經，提著槍到處吆喝，又是打氣，又是罵人。「鬼見愁」一片慌亂，草木皆兵，都在傳「多壯志」要來進攻了。

蘆筍死了第二天，吃了午飯，紅毛說是去換尿桶回來吃飯。臨去，他叫西葫蘆一起去。西葫蘆不大情願，他心裏是想不辭而別的，當然不敢明說。不過，向陽花花枕頭都覺得他想走。因為，她們悄悄跟他說過，她們想離開學校（早就不像學校了，也不像兵營，像土匪窩），問他走不走？西葫蘆不大信得過她們，覺得她們跟紅毛關係近，支支吾吾的。花枕頭說，你路熟，帶我們一起走吧。西葫蘆說，看吧看吧，再說吧。

剛才響了幾下槍彈，這時停了。

紅毛帶著西葫蘆上了緊靠學校大門的一幢教學樓二樓，進了一間教室。教室門窗都用拆下來的課桌板釘死了，牆上挖了個小洞進出。教室裏面黢黢黑黑，不知道有幾個人在這裏，西葫蘆不得不睜大眼睛。

昏暗中，尿桶叫，這裏這裏。西葫蘆覺得是在叫他，就躡手躡腳走過去。

尿桶背靠牆壁，屁股坐在樓板上，兩隻腳八字張開。緊挨他頭頂上方，牆壁上挖了個小槍孔。他伸出食指，在胸前朝上指點槍孔，又叫罵著，媽的，老子剛才從這裏看見了他們，他們朝老子開槍。

西葫蘆側身貼著牆壁，腰慢慢彎下來，垂下頭來，頭倒著對著槍孔朝外望。

砰的一聲槍響，一發曳光彈打進來，教室裏一片紅光。

幾個人哄地往外跑，慌亂的腳步踩踏得樓板一陣亂響。紅毛挨著洞口，被撞得頭重重地碰到牆壁上。

尿桶大叫，救命！

尿桶沒事，中彈的是西葫蘆。

他一聲未吭，倒在尿桶懷裏。

紅毛摸索過去，尿桶驚恐地喘息說，快點快點！在流血！紅毛聽見一陣輕輕的水流聲。

紅毛脫下上衣，看不清西葫蘆是哪裡淌血，覺得傷口是他脖子上，用衣服胡亂包了包。

紅毛尿桶幾個人手忙腳亂，把西葫蘆又是背又拖弄出教室。

下了樓，就是學校大操場，到處陽光燦爛，和風煦暖。

西葫蘆臉色臘黃，早已經斷氣了。子彈從他腋下打進，從頸子射出，把動脈打斷了。

尿桶說，老子肯定是呆虎頭打的，這個王八蛋槍認人！這只不過是猜測。從頭到尾，尿桶壓根就沒有見到過呆虎頭。其他人更是什麼都沒看見。紅毛惡狠狠的，管他是誰，反正是老芭蕉他們這些反革命！

向陽花先動手，花枕頭也壯著膽子和她一起為西葫蘆擦拭了身子。鍋鏟在一旁，驚恐萬狀。

西葫蘆給換了一身新軍裝，擺放在禮堂進門處。

高音喇叭一遍一遍地播放《江河水》，哀絲豪竹，如泣如訴（花枕頭後來覺得，從此天天都聽《江河水》。不聽也得聽，高音喇叭天天播）。

晚上守靈，男生們一個一個都遛走了。洋蔥前兩天逃走了，當然不用來守靈。母叫雞早就不在了，怕是最先走的。紅毛尿桶也走了，也沒有打招呼。最後，只剩下向陽花花枕頭鍋鏟三個女生。

夜色如漆，風聲淒淒。靈前只有半截小蠟燭隨風搖曳，滅了又點，點了又滅。《江河水》悲悲切切，錐心泣血。鍋鏟老是小聲叫喚，鬼風，鬼哭狼嚎的！花枕頭嗔怪她，風又不大，你嚷嚷什麼！向陽花在黑暗中瞪著眼珠子，不說話。三個女生緊緊地擠在一起，無邊的黑夜如沉重的黑幕包圍著她們，把她們壓榨成小小的一團，越壓越小。

三個女生一夜沒有合眼。

第二天中午了，她們睡得昏頭昏腦的，又給鬧醒了。

向陽花先起床，出去了又回來。她叫起花枕頭鍋鏟，又急又氣地叫喚，抓到小蘿蔔頭了，在打他。

真真切切，小蘿蔔頭被尿桶抓了。

其實，是他自己送上門的。

尿桶在樓上教室（不是西葫蘆挨槍子那間教室，那裏被暴露目標了。雖說那個槍孔被堵塞了，那是個晦氣地頭）看情況，看見有人朝學校走來。遠遠的，越來越近，走走停停，還東張西望的。尿桶覺得是小蘿蔔頭，越看越像，果然就是他。尿桶叫旁邊人不要放槍，等他走近再說。他空著手，走到校門口，猶豫不決的，好一陣，他進了學校。

尿桶心中竊喜，帶了幾個人不費吹灰之力把小蘿蔔頭逮住了。

小蘿蔔個子小，又瘦弱，單薄的身子挑著個顯得有點大的腦袋瓜，班上同學們就叫他「小蘿蔔頭」。革命小說《紅岩》裏面有個「小蘿蔔頭」，是個小烈士。他覺得自己比不上他，「小蘿蔔頭」這個名字是很光榮的，請同學們不要這麼叫他。烏嘴說：「怕什麼，你也光榮光榮。」老

芭蕉說：「你是烈屬，是烈士遺孤，就是光榮。」小蘿蔔頭細聲細語，卻挺關心人；小力小氣，勞動、集體活動非常積極。他是很嚮往革命的，也很爭取革命。畢竟，他是烈屬，擔負著為革命犧牲的父母的遺願。不過，他為人沒性子。他從不把革命掛在嘴上，也不轟轟烈烈地採取革命行動。因此，任文化大革命暴風驟雨摧枯拉朽，他無聲無息，默默無聞。

小蘿蔔頭在班上和老芭蕉很要好，形影不離。他很信任老芭蕉，老芭蕉幹什麼，他都悄無聲息地跟在後頭。他的革命，不過如此而已。當然，小蘿蔔頭是正正式式加入了「多壯志」的。

老芭蕉也一直挺關照他。前些日子，老芭蕉覺得火藥味越來越濃，形勢危險，就叫小蘿蔔頭不要跟著自己，打發他離開了。

尿桶認定了小蘿蔔頭是來探聽虛實的，明明知道學校是老子們的大本營，一路上鬼鬼祟祟，是大奸細，狗特務。

小蘿蔔頭說不是，他是到學校來要糧食的。他說，他的糧油關係在學校，一直是學校供應他的糧油。又不知道學校能不能領到糧食，所以，不大敢到學校來。實在是沒有地方找到吃的，又看到學校沒什麼動靜，才進來。

尿桶想起來，小蘿蔔頭是烈屬，一直由學校免費供應他的糧油。但是，他就是不信小蘿蔔頭到學校來是領糧食的。學校伙食團早沒人管了，總務老師和炊事員都跑了，現在煮飯的兩個都是現去胡亂找來臨時頂數的。尿桶破口大罵，放屁，騙老子！學校狗屁地方管糧油供應，老子們自己的糧食都是自己去找。你早幹什麼去了？前頭這麼長時間，你吃什麼？老芭蕉那裏沒飯你吃？小蘿蔔頭說，早就沒和老芭蕉在一起了。這話，尿桶更不相信。紅毛自然也是一點都不相信小蘿蔔頭，媽的，老芭蕉的忠實走狗，老子們正窩火抓不到他的狗主人，拿他小東西算帳！

他們把小蘿蔔頭押到西葫蘆靈前跪下，叫他磕頭。磕了三個頭，不夠，又叫磕九個。還不夠，尿桶連聲叫嚷，磕磕磕！磕得砰砰砰的，小蘿蔔連聲哀叫，饒了我吧！「打倒武鬥狂人『多壯志』！」「向『多壯志』

暴徒討還血債！」母叫雞振臂喊起了口號。立即，口號聲一片。尿桶憤怒聲討老芭蕉呆虎頭二馬虎，忽然飛起一腳踢到小蘿蔔頭上。旁邊幾個，跟著也是拳打腳踢。一大夥人邊打邊亂吼，小蘿蔔頭抱頭痛哭。紅毛轉身走了，嘴巴叭叭叭的說，好好好。母叫雞一直沒動手，說了句瘦得一點點這麼經打，也走了。

向陽花花枕頭鍋鏟趕到時，在此起彼伏的口號聲中，小蘿蔔頭已經被打得奄奄一息。她們見尿桶一夥人仍然不住手腳，就趕快去找紅毛。

三個女生剛剛找到紅毛，尿桶匆匆趕到，他神色慌亂，對紅毛說，那小東西打死了！

鍋鏟尖叫，你把小蘿蔔頭打死了！

尿桶色屬內荏，不是我，不知道是哪個！

紅毛滿不在乎，算了，不要再說了！

當天，紅毛叫尿桶處理處理。

尿桶帶了幾個人陰悄悄的，把小蘿蔔頭抬在大操場老槐樹背後，挖了個淺淺的坑，草草埋葬。小蘿蔔頭就他那身衣褲入土，衣褲上血跡斑斑。

西葫蘆被他家來人抬走了。他父母沒來。一聽到大兒子的死訊，他媽媽就昏倒發病了，下不了床。他爸爸本來就長年臥床不起，哮喘病挺重的。來的是他弟弟，別外有兩三個鄰居。他弟弟想找紅毛尿桶問問西葫蘆是怎麼死的，兩人都避而不見。他見沒人搭理，鄰居們都說把人抬回去要緊，他也就不仔細追問。他畢竟年少，沒什麼主見。他走後，母叫雞說，他長得很像西葫蘆。又說，西葫蘆就是腦袋大，小點，興許打不中腦袋。尿桶說，不是打中腦袋，是打穿脖頸。母叫雞說，西葫蘆真笨，明明知道槍孔暴露目標，還要去從那裏去望，白白長個大腦袋。尿桶說，蘆筍也是的，個子長那麼長，還把手榴彈舉到腦袋邊，不炸腦袋炸什麼？母叫雞說，就是，手榴彈不舉起來，隨手就扔，肯定還能炸好多魚。

　　花枕頭向陽花鍋鏟沒心聽他們的高談闊論，只想著趕快離開學校，離開紅毛尿桶他們。

　　她們正瞅著機會，「多壯志」進攻了。

　　這回輪到「多壯志」堅決要討還血債。老芭蕉他們很快就得到了小蘿蔔頭的死訊。

　　學校淹沒在槍林彈雨之中。

　　學校的高音喇叭也沒有聲響了，早就被機槍打爛了。

　　「多壯志」有「鋼總」革命戰友支持，人多槍多，圍著學校，這裏打一陣，那裏攻一陣。

　　老芭蕉反對進攻學校，但是，他沒法阻攔呆虎頭和二馬虎。再說，他也很憤怒。他跑來跑去，擔心這個，擔心那個。他挎著一枝手槍，就是不抽出來。呆虎頭說他，根本不像帶兵打仗的。

　　呆虎頭比老芭蕉忙活，他才像「指揮打仗」的。他腰裏別著五四手槍，雙手還端著一桿國產最新式的衝鋒槍，興師動眾，頗為恃勇輕敵。他嘴巴也不閑著，直嚷嚷，老子就不信打不垮他個兔子窩！二馬虎更是個赤膊上陣的李逵，奮不顧身。他端著一挺轉盤機槍，這裏架，那裏支，噠噠達地掃射。一個背子彈盒的，跟著二馬虎跑得上氣不接下氣。

　　紅毛尿桶倒是能夠負隅頑抗。

　　槍聲忽然停了。

　　紅毛得意了，老子們又不是豆腐渣！尿桶也長了志氣，老芭蕉呆虎頭是來送死的！母叫雞顯擺學問，打得不錯，「九攻九距」！尿桶想起來了，苗老貓講過這個成語吧？母叫雞驕傲了，老貓還講過不是抗拒的拒，是足字旁的距。紅毛懶得聽，酸什麼？盡胡謅嚇人！母叫雞意欲未盡，毛主席老人家說，「早已森嚴壁壘，更加眾志成城」。

　　這時，槍聲陡然響起，劈哩啪啦。

「多壯志」開始了新的一輪進攻。

呆虎頭玩槍桿子並不呆，他見一時急攻不下，和「鋼總」兩個小頭頭商量。他們不放槍，改用幾把大鐵鍬，找了一處隱蔽的牆旮旯挖了個小洞。他們一個挨一個，好多人摸進了學校禮堂。可惜，還是被「鬼見愁」的發覺了。雙方再次交火。

呆虎頭他們始終不能從禮堂衝出去，攻佔就在對面的教學樓。那幢教學樓火力猛，機關槍衝鋒槍多得很，手榴彈一顆接一顆，人衝上去只有白白送死。呆虎頭估計那就是紅毛的據點，又無隙可乘，十分焦躁。二馬虎突然想一個電影場景，大叫，老子有辦法了！他扔下機關槍，轉身就走了。

二馬虎喊了幾個人，一起進了附近一家民房。他一看屋裏擺著一張八仙桌，呵呵笑，我就找它！說著，他一掀桌子，上面的熱水瓶茶壺茶杯之類乒乒乓乓摔倒一地。他叫人把桌子搬走了。他又把人家床上的被褥全部抱起來。這時，他才看到床下有人，是兩個女的。他也不管，抱了被褥拔腳就走。床下趴著的女人，一大一小，嚇得要命。二馬虎嫌被褥不夠，又在另外兩間民房裏搜羅了幾床。

回到學校禮堂，二馬虎叫把被褥鋪開，一床疊一床，往八仙桌上鋪。寬大的被褥鋪滿了桌面，還垂下來，把桌腿之間的四面圍得嚴嚴實實。然後，他叫往被褥上潑水，一盆又一盆。他自己的身子也圍了一床被子，綁紮好，也潑水澆得濕淋淋的。旁邊人都莫明其妙，二馬虎興奮得很，笑嘻嘻的，老子的「土坦克」，棒不棒？老芭蕉有點明白了他的意思，你瘋了？呆虎頭一下子想起了電影裏攻打日本鬼子炮樓的戰鬥場面，那裏就有「土坦克」。他笑著問，行不行啊？二馬虎勁頭十足，行！

二馬虎活動活動了手腳，一手抱了一捆手榴彈，雙腳一蹲，一弓腰就鑽到八仙桌裏。他頂著桌子就衝出了禮堂，向對面紅毛尿桶的武裝據點

——教學樓沖去。看那樣子，真像是一輛開足了馬力的坦克車。當然，只不過是「土坦克」。

土坦克開出一截，不多遠，教學樓射出了密集的槍彈。

教學樓裏就是紅毛尿桶他們，一開始，他們看著大禮堂衝出來一個大怪物，不知道什麼意思。很快，紅毛就醒過神了，他也看過那個電影，看的次數多了。學校大操場就放過那個片子。紅毛大叫，打打打！開槍啊開槍啊！

槍彈打在土坦克四周，也打中了土坦克。子彈打得地面泥沙碎石不斷濺起，打得被褥升起縷縷煙霧火光。土坦克還是往前開，真是瘋狂。

老芭蕉後悔不疊。他責怪自己沒有攔住二馬虎，責怪呆虎頭也是不管不顧的。怪來怪去，他也怪二馬虎，你以為土坦克是銅牆鐵壁啊，你以為自己刀槍不入啊！二馬虎呀二馬虎，你拿自己的命來馬虎啊！他拼命大喊，二馬虎回來，快回來！

呆虎頭顧不得老芭蕉，他扔了打光子彈的衝鋒槍，抱起轉盤機槍瘋狂開火。他大喊大叫，快點火力支援！打打打！打瞎紅毛鬼子的機關槍，打瞎紅毛鬼子狗東西們！他仍然不忘電影，自言自語，媽的，明明土坦克勝利了！

電影裏，土坦克是勝利了。
可是，這不是演電影。
二馬虎的土坦克，中彈後只開出幾步路，就不動了。
再也不開了，絲紋絲不動。

呆虎頭紅了眼，要衝出去救二馬虎。老芭蕉拼命拉住了，不要再亂來了，我們想想辦法！

很快，老芭蕉用自己身上脫下的白襯衣製成了一杆白旗，上面畫了個大大的紅十字（禮堂牆角丟棄了好多瓶紅廣告顏料，是寫標語用剩下

的）。他打著旗子要走出禮堂，呆虎頭搶過來要自己去。老芭蕉說，你去不行，紅毛不會放過你。呆虎頭說，他會放過你？這時，一個「鋼總」的年輕工人（見面時，他對呆虎頭二馬虎開玩笑，你們得叫我「工人叔叔」。呆虎頭笑笑，叫你工人老大哥，都便宜你！二馬虎也笑嘻嘻的，就是，你能大我們幾天？）挺身而出，我去吧，那邊沒人認識我！

白旗伸出禮堂，搖晃著。

雙方都停火了。

「鋼總」工人老大哥打著十字白旗一步一步走到土坦克旁邊，一手掀開土坦克，二馬虎蜷縮一團。他蹲下來，叫了叫，用手拉了拉，二馬虎都沒有反應。老大哥一手抓起二馬虎的手腕，弓腰把他背上，一手仍然握著白旗，步履沉重往回走。

紅毛尿桶都湊在槍孔旁（臉不敢正對著槍孔），眼睛一瞄一瞄的，緊張觀察。

有人喊，打不打？

母叫雞慢條斯理的，兩國交兵不殺來使，人家打著白旗。

尿桶罵，要你放屁，聽司令的！

紅毛嚥了口唾沫，吵個屁！他沒說打不打，也沒人開槍。

老大哥背著二馬虎，安然無恙地回到了禮堂。

急不可待的老芭蕉呆虎頭圍攏去，把人抬下來。

二馬虎身上裹著被子，盡是鮮血團團的槍眼。露出被子外邊的頭、雙手、雙腳，卻沒有一處槍傷。

解開水澆透了的被子，二馬虎淉淋淋的，血肉模糊。槍彈都是從背部打進，有的還射穿了身子。

老芭蕉呆虎頭大聲喊他，聲嘶力竭。二馬虎臉貌憨憨的，就是不會笑著答應老同學老朋友了。再也不會了。

這時，天色暗下來了。有人叫嚷，打，消滅他們，討還血債！

悲憤的老芭焦卻果斷下令，撤走！

呆虎頭悶嘴不說話，眼裏出火。

很快，二馬虎的死訊傳到了學校。

尿桶很為慶幸，要是二馬虎那麼一大捆手榴彈，真的衝到老子們跟前，肯定敢和老子們同歸於盡。紅毛大聲罵，反革命二馬虎，傻狗！

雖說打退了進攻，學校裏陰沈沈的。

母叫雞也沒有對著話筒子發表長篇大論來歡呼勝利，噓氣了一樣。高音喇叭打爛了，也沒有修。

槍聲停了一天，又響了起來。時而在學校周圍，時而在遠處。

一種恐懼在蔓延，「多壯志」和「鋼總」就要發起更大的進攻。

花枕頭向陽花鍋鏟暗下定決心，趕快離開學校！

不安中捱了兩天，她們終於找到一個機會擺脫紅毛（只要擺脫他就走得了）。

紅毛得到消息，他們的革命戰友「工總」發動大反攻，「多壯志」「鋼總」頂不住了。他帶尿桶要去和「工總」頭頭們商討下一步大行動，他眉飛色舞的，到處誇耀。

紅毛要花枕頭高高興興待在學校裏，聽候他的好消息。他說，這回老子們也要「南征北戰」，和電影裏一個樣，大踏步前進！紅毛就是這樣，冷不丁，嘴巴也會賣弄出戲文來。

三個女生才不聽紅毛的，他帶著尿桶幾個前腳走，她們跟著就要溜走。

沒想到母叫雞閑著心煩，找到她們囉囉嗦嗦。說來說去，他話裏的意思怪紅毛尿桶不看重他，不叫他去參與謀劃重大革命行動。他又很不屑地說，老子正好睡睡安穩覺。向陽花冷冰冰說，這裏安穩？母叫雞堅信不移，當然啦，大反攻了！學校沒事了！我勸你們放放心心，放一百二十個

心！好好待在在學校裏，包你們太平無事！說到這裏，他拉長了嗓音喊，太平無事囉！鍋鏟聽了，想起了電影裏打更老頭對著日本鬼子鐵甲車的喊聲。她嘲笑他，學又學不像，怪難聽！

本來向陽花想勸母叫雞一起走，話到嘴邊又嚥回去了。

好不容易把母叫雞打發走了，三個女生趕快遛出學校。

她們躲躲閃閃，小心擇路而逃，有點遑遑如漏網之魚。一路上，幾乎沒有行人。

在市圖書館大門口，她們遇到了青果雪花膏東東，還有東東的弟弟方方。

好久斷了往來，幾個老同學不期而遇。先是愕然，接著還是很驚喜。雖說是忙亂趕路，同學們在大門口互相問東問西的。女生們嘴碎，就是話多。青果插不上嘴，拉著方方跑進了圖書館裏面。

幾個女生當然沒忘了正事，因為雪花膏東東幾個也是逃往城外的，正好一起走。可是，青果方方一進裏面就遲遲不見出來。肯定是青果迷上圖書室的書了，裏面沒人管了，書隨便拿。女生們只好進去叫他們。

市圖書館也和學校一樣，門窗封死了，牆壁挖了洞。看樣子，也發生過武鬥槍戰。牆壁一處處好多彈痕，地上有空子彈殼，還血泊。

向陽花鑽進牆洞，鍋鏟跟隨她也進去了。其他女生沒進去，在牆洞外等。

不多時，裏面傳出了鍋鏟的淒厲尖叫。

外面女生面面相覷，不一會，鍋鏟鑽出來了。她不停地拍著自己的心口，嚇死我了嚇死我了！她喘了口氣，裏面黑得要命，我沒跟上向陽花。我一回頭，一點亮光照著一個死人。就在腳邊，差點踩到。

女生們一聽都又怕又急，一起放聲叫向陽花青果方方。這時，外面響起了槍聲。

女生們聽到槍聲，更是驚惶失措。東東跺腳，死青果，死方方。

幸好，向陽花青果方方出來了。青果方方手裏都抱著幾本書，臉上還有幾分得意。東東叫嚷，書是命啊，沒看見裏面死人哪？方方頑皮說，看到了，好幾個呢，你們要不要去看看？青果聽到了槍聲，知道自己誤事，急忙說，對不起大家，這裏危險，快走！

一行人，匆匆忙忙走到大門圍牆邊，青果在前頭似乎聽到牆外有動靜，就小聲叫，停一下。

正在遲疑不決，圍牆外飛落進一顆手榴彈，正正落在他們這一行人面前。

青果大喊，趴下！

他四手四腳地趴下了，其他人都沒趴下。向陽花東東蹲著，花枕頭弓腰雙手抱頭，鍋鏟方方都驚呆了，直挺挺的。

一片死寂。

片刻，還是方方反應過來了。他怯生生說，咦，沒炸？

手榴彈就是沒有爆炸。他們眼皮跟前，那傢伙鐵殼黑黑的，木柄手把黃黃的，沒有蓋子，露著拉索，靜靜地躺在地面上。

青果站起來，女生們驚魂不定。方方要去撿手榴彈，東東叫，別碰它！

青果側耳聽聽，牆外沒有動靜。他伸頭到大門口外，四處打量，空無一人。他急忙輕聲叫大家，快走！

他們飛快地鑽進一條小巷子。

向陽花在後面，半截身子在巷口外，聽見有人叫她。她回過頭來，看見尿桶遠遠跑過來，接著又看見了紅毛。

向陽花說糟糕，叫住花枕頭幾個。聽說紅毛他們追來了，青果說，趕快跑呀！向陽花說，來不及了，我回去攔住他們，你們快走！要是叫他們看到你們，怕是和小蘿蔔頭一樣。我回去不怕，這兩天學校安全。花枕頭說，我也去，你一個人攔不住。

青果他們跑了。鍋鏟也說要和向陽花花枕頭一起，花枕頭說，多走一個是一個。東東拉起鍋鏟就跑了。

花枕頭向陽花轉回來，迎面堵住了紅毛他們。

紅毛劈頭就吼，你們不聽老子的，到處亂跑啊！向陽花說，我們出來找你們。花枕頭說，就是嘛，不放心你們。紅毛大咧咧，老子還要你們不放心？尿桶朝巷子望瞭望，鍋鏟呢？向陽花趕快說，早就走散了，我們正要找她。紅毛說，算了，由她自己回來。剛才有人跑來報告老子，說這邊有情況。要不是尿桶看到向陽花，老子們回學校去了。快走，不要老芭蕉他們又打過來。

「叫你不准亂跑，偏不聽。老子要發火了！」
「我好怕！」
「老子在這裏，怕什麼怕！你又不會死。」
「你瘋了，明明我已經死了。」
「胡說八道！老子不信！」
「我已經死了！你看，我渾身是血！」
「沒有沒有，你好好的，一點血都沒有！」
「我就是死了，好多好多血。你看你看，你故意裝看不見！」
「你不要嚇老子！你怎麼會死！」
「就是你！就你革命！為什麼？為什麼？你！你！……」
花枕頭血呼呼地撲面而來，夾著轟隆一聲爆炸巨響。
紅毛驚得怪叫。
花枕頭不見了，夜深人靜。
紅毛做了一個惡夢。他從來不做夢，做夢是頭一回。
可是，夢醒了，他知道，夢見的實實在在不是夢。
花枕頭死了，真的死了，被炸死了！
紅毛喃喃分辯，不是我！不怪我！老子南征北戰……

天快亮了，仍然夜幕沉沉，老芭蕉忙亂招呼大家撤出城區。一路上，這裏掉三五個人，那裏掉三五個人。隊伍不成隊伍，老芭蕉跑前跑後。

走出城十好幾里路了，老芭蕉突然發覺沒看見呆虎頭。問了好幾個人，有個人說好像呆虎頭還在二中不肯走。老芭蕉一聽，大驚失色。著急也沒有用，他叫大家繼續趕路轉移。他不能扔下呆虎頭，連忙帶了兩個人又回城裏去。

回城路上，老芭蕉他們聽到響起沉沉的爆炸聲，好像是學校那邊。側耳聽去，又沒有了。老芭蕉很焦急，莫非呆虎頭跑到學校和他們幹上了？

回到二中，各處找了遍，就是找不到呆虎頭。

這時，天已經大亮。老芭蕉不敢久留，只得再出城。

但是，已經遲了。「工總」「鬼見愁」已經開始打過來了。

老芭蕉他們聽到的爆炸聲就是學校裏的。

隨著爆炸聲響，一幢教學樓倒塌了半截，煙塵瀰漫。

睡得死死的紅毛被爆炸震得跳起來，煙霧中一腳踏了個空，摔到瓦礫堆上。

死裏逃生的紅毛目瞪口呆，他的司令部大樓被炸了。

尿桶天沒亮就帶著大隊人馬去會合「工總」了，不然肯定在劫難逃。

向陽花被炸得拋出來，掛在一截歪歪斜斜的檁木上。好不容易弄下來，她受了重傷。

花枕頭死了。她渾身上下不見傷痕，估計是被震死的。

紅毛腦子昏昏沉沉，想不起事來。

有人說，樓下堆放著好多箱炸藥槍彈，是這些炸爆了。馬上有人說，炸藥不會自己炸。正在猜疑，母叫雞過來說，我先頭看見呆虎頭了。馬上有人說，肯定是這個傢伙摸進來把炸藥引爆的。母叫雞說，就是，插上一根雷管就行。旁邊雷管有的是，不該把雷管也放在那裏。紅毛大罵，狗東

西的母叫雞，你看見呆虎頭，為什麼不告訴老子？母叫雞說，我起來解小手，夢裏夢中的，以為看花眼了。

老芭蕉他們且戰且退，終於出了城。

在城外，他們和呆虎頭會合了。呆虎頭聽到槍聲，估計有自己的人，摸來營救，沒想到是老芭蕉他們。老芭蕉埋怨他，你走了就走了唄，你一個人還要來管我們做什麼？我們正走不脫呢！呆虎頭說，怕什麼，衝出去！

但是，他們被盯死了，被圍困在河邊一個廢棄的看瓜棚裏。

很快，老芭蕉呆虎頭他們四人的槍彈都打光了。

紅毛聽到活捉了老芭蕉呆虎頭，好一陣狂笑。大喊，南征北戰，老子勝利了！尿桶尿桶！

尿桶已經知道司令部大樓被炸，正在慶幸自己撿了一條命。聽到紅毛喊，他應聲說，呆虎頭還誇口把你炸死了，還奇怪我沒有炸死！紅毛說，反革命，他死到臨頭了，還嘴硬！尿桶說，把他狗東西斃了。紅毛眼也不眨，咬牙切齒地哼了一聲。尿桶問，老芭蕉也一起？紅毛點了兩下頭。

河邊上，老芭蕉呆虎頭被打得遍體鱗傷，都站不起來，躺在一個淺淺的的泥坑裏。另外兩個「多壯志」同學頭青臉腫，跪在不遠處。旁邊有幾個「鬼見愁」同學荷槍實彈，懶洋洋地看守著。老芭蕉還朝「鬼見愁」同學勉強笑了笑，沒誰搭理他。他們不是一個年級的同學，但都彼此認得。

尿桶開了一輛吉普車來了（他老早搶了市政府的一輛吉普車，在學校大操場兩下子就把開車學會了。紅毛也是，母叫雞也是）。

下了車，他叫了三個「鬼見愁」的到跟前說了幾句。

然後，他們幾個走到老芭蕉呆虎頭跟前。

尿桶說，我代表革命人民判處你們兩個死刑。

老芭蕉一臉驚駭，呆虎頭大罵，放屁！

尿桶他們幾枝槍同時響了，子彈紛紛打在老芭蕉呆虎頭臉上。

2008 年 3 月 7 日

第三部

青果和雪花膏

1

「沒想到你原來那麼左。」雪花膏隨口說。

「就是，真是左得很！自己灰不溜秋的，到頭來還成了黑幫學生。你說你冤枉不冤枉？」東東笑嘻嘻的，並沒有嘲諷的意思。

青果無言以對。開班會批鬥雪花膏，接著又在班上搞罷課，現在想起來，是有些不可思議。

「我真是搞不明白，烏嘴從來就是反革命慣了，也和你左到一堆了。本來按當時形勢，你們是班上革命開路先鋒了。怎麼一轉眼雙雙打成黑幫，文化大革命真是的！我們就是跟不上形勢，你說是不是？你說得清文化大革命嗎？你讀了那麼多馬列著作，你說說。反正你左也左過。」東東疑惑不解。

青果奔拉著腦袋想，自己左嗎？真是左得很嗎？左是革命嗎？他覺得自己不是左，是革命？但是，文化大革命就是左吃香。況且，班會搞批鬥搞罷課，不是左，是什麼？

文攻武衛愈演愈烈，不斷升級。學校已是空蕩蕩，難見人影。青果眼見得復課無望，在學校又越來越住不下去，有些惶惑。方方叫去他家住兩天，他就去了。他知道方方的父母都在公司下屬礦山工作，離城好幾十裏，長期不在家。平常家裏就只有奶奶，還有他姐姐東東。方方家去慣了的，暫且住兩天也好。去他了家，才發覺雪花膏住在這裏。青果不好意思和雪花膏湊在一起，想打退堂鼓。方方東東都再三挽留，雪花膏也不計前嫌，說叫住就住下吧。他只得老著面皮，暫且住下看。原來，雪花膏也是一時不想回家去，既不甘心斷了學校復課的念頭，又不能住在學校等待。無處可投時，被東東叫到她家裏來住。

東東單名一個字：東。她弟弟也在一個學校，常常來班上找她。他不叫她姐姐，隨爸爸媽媽奶奶叫她東東。班上也就叫她東東，權當外號（嚴

格說，這不算是外號）。東東女孩子味重，卻不膩煩。雖然不愛打扮，卻有收拾。眉清目秀，看著親切。衣著看似隨意，卻整潔得體。她常說，女孩子要會保護自己。太陽大的時候，她會戴頂布的小遮陽帽。寒冬裏，她會抹點雪花膏。她常說最喜歡白衣白裙白網球鞋，一身白。可惜，說說而已。她沒有白網球鞋，更沒有白裙子，倒是有一件白襯衫，一方白手絹。這當然說不上有多麼革命，也好像和革命理想扯不上。紅毛很鄙視她嚮往一身白，看不慣她。還說，白狗子才白！反革命才白！母叫雞也是個嘴損的，一身白，弔喪啊。還說，用什麼手絹，小姐太太派頭。花腸子說，東東小資產階級情調十足，她好抹雪花膏，比班上雪花膏還要雪花膏。東東聽了也不在乎，我知道紅就是革命，那是思想紅。穿白衣裳幹革命，照樣思想紅。雪花膏又不是什麼糟東西，護膚品，勞動人民就用不得？偶爾抹點，犯法了？我就是喜歡抹雪花膏，我就不信革命還能槍斃了雪花膏。還有，我們雪花同學（她總和許多女生一樣，叫雪花膏「我們雪花同學」）她不比你們革命？「三好」裏頭就有「學習好」一條，她學習好，三好學生，我認為革命！我沒聽說過革命就不准學習好。東東總是很快活，有事沒事都笑瞇瞇的。雖說不是一身潔白穿戴，但是，人白淨，小巧玲瓏，咕咕咕咕，笑語盈盈，歌聲不斷，在班上校園裏快快樂樂地飛來飛去。

　　東東曾經是青果的同桌，兩人小學時還是鄰居。兩家沒隔幾棟房屋，後來，東東家搬到城裏家屬區。兩個同學早就有些往來。青果想學英語，剛開始找不到人教。東東說她弟弟班上外語課開設的是英語，東東一聽就央求她請她弟弟教，說要拜他做先生。東東笑他，你這不是找呆子幫忙嗎，他怎麼能教你？他也是剛剛開始學ABC，小牛架大轅——光蹦得歡，拉不上去。青果不管，病急亂投醫，還說盲人摸到根棍子總是好的，管它是長是短，總比獨自瞎闖好。東東說，你自己找方方，又不是不認識。好在方方從小認得，又是一個學校的，他也樂意教青果。這先生也好當，把字母音標怪聲拖調地唸一唸，再把當天課堂上學的丟三落四地給學說學說。還有，不上課時，把英語課本借出來，餘下的就是學生大哥（他好叫青果學生大哥）自己的事。這小先生從小愛跟腳，這下更是成了學生大哥

的跟屁蟲。青果笑他，你沒事老跟著我屁股後面，先生不怕學生屁臭？小先生也笑，反正先生的屁也不香。

青果常到方方家裏去，當然是去請教英語。只是後來英語課大半時間變成了聊天吹牛，小先生常常洗耳恭聽學生大哥信口開河，海闊天空。有時候，東東也來聽幾句。她來聽，青果就說不下去。她不光是聽，還要插嘴，也不光是笑，還要搖頭。有次，她說青果說是說得好，就是雲裏霧裏的。她也不大相信青果的遠大理想，說他好高騖遠，虛榮心重。青果真沒想到一個黃毛丫頭，居然這樣看自己，心裏一百個不樂意。東東見他沉下臉，就說我也是聽苗老師說的。青果心想難怪，說我不在乎。東東說，我聽你說得多了，覺得苗老師說得還是有點道理，你別不愛聽。青果說，無所謂。東東笑了，說無所謂就是有所謂。青果硬著嗓門兒，無所謂就是無所謂。小先生說，我們說著玩，東東，別攪和。東東說，我要去幫奶奶做飯了。老同學莫生氣，你老是革命革命的，革命哪有天天繃著臉？一日三笑，不用吃藥。說著她一邊笑，起身去廚房了。女孩子家務多。一會兒，廚房傳來了東東和奶奶的笑語，還有她的歌聲。青果心裏說，你才吃藥，成天無緣無故瞎高興啥（東東常常說高興很簡單，無緣無故也高興）。

不過，青果和東東還是比較說得來。東東喜愛文學，是個小說迷。她很崇拜苗老師，班主任老師隨口而出的成語俗語諺語歇後語名人格言，她記了滿滿一本子。她意欲未盡，還著了魔一樣，到處抄錄妙語名言，小說名段，詩篇，連篇累牘，抄了一本又一本，邊抄邊哼歌曲，真是可心可意。青果想不大明白，為什麼她看書不動腦筋一樣，卻這麼開開心心。青果也向東東借她愛看的小說，其實都是當時流行的，並不格外有什麼不同。她用心抄錄的那些花花哨哨，問她要來看，一個女孩兒的小本子她也坦然示人。不像青果自己寫的東西藏藏匿匿，誰也不給看。青果看了她的那些小本子，也看不出所以然。細細琢磨，平平常常的句子洋洋灑灑，透著一股子平實、向上、開朗、樂觀、朝氣蓬勃。東東外向，大方，甚至有點大大咧咧，又不乎別人對自己的小嘀咕，和同學們都合得來。青果在生人面前不言不語，其實只要是熟悉的，他很話多，滔滔不絕。兩人同桌

過，間常說個話，談笑風生。東東不太聽得慣青果不著邊際，又動不動就氣呼呼的。青果也不太喜歡東東直來直去，好笑不好笑都要笑。好在兩人你一句我一句的，照樣能談笑而道，也不產生意見矛盾。

　　青果愛上東東家，還有一個說不明白的原因。東東奶奶閑下來時總會說些老古話，漫無邊際，青果有些著迷。還有，東東爸爸是個幹部，在家裏牆壁上釘了塊擱板，上面放了一排馬列著作。青果個子還沒長高時，仰面看著那排書心裏很是敬仰。

　　和雪花膏漸漸接近，青果心裏很不自然，說不清是慚愧，還是理虧。不過，他還是對她說了對不起。雪花膏說沒什麼。看她的神情模樣，不像要以牙還牙，也不像是以德報怨。既然她不想觸及傷心事，青果更是諱莫如深，在她面前常常緘口不語。

　　雪花膏讀書輕鬆，學習成績好得一塌糊塗。一塌糊塗是鍋鏟的口頭禪，一驚訝她開口就是一塌糊塗（後來，她改了這語病。有一回，她誇文化大革命「好得一塌糊塗」，挨了好多批判。文化大革命好就是好，怎麼會「一塌糊塗」呢）。好得很是一塌糊塗，糟得很也是一塌糊塗。有時候，同學們聽到她一驚一詫地嚷嚷「一塌糊塗」，不知道是好是糟。其實，好也好，糟也罷，到了一塌糊塗的地步，都是惹得人叫呱呱的事。大考小考考滿分，雪花膏常常手到擒來。鍋鏟一幫同學佩服得五體投地。考卷一發下來，鍋鏟首先搶到手，大聲唸分數，「一塌糊塗」連聲，比雪花膏自己還高興。其他幾個，一哄而上，爭看試卷。雪花膏考試在全班、全校，乃至全市數一數二。這不僅是她個人的榮譽，也是老師和同學們的福音。她讓班主任感到光彩露臉，同學們也頗為沾光。大家不懂就可以問她，比問老師隨便。習題困難又想偷懶的同學，常常把她的作業本拖來看。兩頭鰍呆虎頭二馬虎更是照抄照搬，不亦樂乎。花腸子譏笑他們抄女同學的作業，他們也不管。兩頭鰍涎著臉說：「人家就是行！人家半邊天亮堂堂的，我們沾點光。」花腸子說：「半邊天不就是個半邊？！我就不信她是整片天。」二馬虎趕緊給兩頭鰍幫腔：「女生能頂半邊天，是毛

主席說的。沒辦法，不服不行啦。」花腸子揪住他的話：「你亂改毛主席的話。毛主席幾時說過女生能頂半邊天？」兩頭鰍幫忙開脫：「他說毛主席說婦女能頂半邊天。」花腸子哼了一聲說：「反正我不覺得她半邊天有什麼了不起。」呆虎頭立刻揪住他：「你敢反對毛主席？」花腸子沒想到反被橫掃了一槍子，嚇了一大跳：「我堅決擁護毛主席！我是說她雪花膏只是半邊天。」兩頭鰍說：「她半邊天不比你強？」花腸子說：「她也只是半邊天，我也是半邊天。」兩頭鰍呆虎頭二馬虎都破口大笑：「你也是半邊天？」旁邊幾個同學聽到奸似鬼的花腸子繞來繞去居然把自己繞進去了，都笑話他，母叫雞也趕快來湊熱鬧，直追問他：「你是男還是女？」花腸子氣得翻白眼：「我是說婦女是半邊天，男的也是半邊天。」同學們都說，只聽說半邊天是女的。母叫雞還說他亂改毛主席的話。花腸子不敢戀戰，落荒而逃。雪花膏成績好，班上有不服氣的，特別是男生。她的名字叫雪花，花腸子就叫她雪花膏（雖然她並不愛抹雪花膏）。雪花膏嘛，散發著資產階級的香風臭氣，就是香花毒草。花腸子自以為得計，發洩一點私憤。他鬥嘴敗陣後有同學問他服不服雪花膏，他心有餘悸，感歎道：「半邊天，厲害！」這場混戰，其實不關雪花膏本人什麼事。此後，同學們一說起半邊天，都是指雪花膏，好像成了她的專有名詞。鍋鏟一幫女同學一提雪花膏就說：「半邊天就是偉大，就是光彩！」她們那個得意勁，好像自己不是婦女半邊天。因此，班上女生開口閉口「我們雪花同學」（這個稱呼，最早出自苗老師的口吻），用以表示女生就是勝過男生。

　　雪花膏倒不認為自己有多麼「行」，多麼「厲害」，多麼「偉大」，多麼「光彩」。況且，「偉大」一詞落在自己頭上，令她很為惶恐不安。紅毛很憤怒：「她敢偉大，反動透頂！」她當然絕對不敢偉大。按她的說法自己就是考運好，不順的時候還挺多的，煩心事一樁接一樁。她還常常歎息說，百無一用是讀書。她最頭痛的是出身地主。當初，她入學考試成績是滿分，因為家庭成份不好未予錄取。是周校長力排眾議，再三堅持破格招生，她才得以進校讀高中。在班上，苗老師把她作為可以改造好的地

富子女的典型來培養，關心愛護，嚴格要求，卻又未免操之過頭。表揚多，批評也在所難免。不知怎麼弄巧成拙，常常弄成這樣，明明是表揚雪花膏，苗老師說著說著又拖條批評的尾巴。有時候苗老師還不分青紅皂白，批評得讓她有點冤。紅毛自認為出身好，向來看不起地富子女同學。苗老師說他，團員班幹部要注意團結幫助同學。說多了，紅毛忽然有了改造落後同學的興趣。他自認為出身不好的同學一定思想落後，自己有責任改造他們。雪花膏一直沒入團，苗老師很著急。這在紅毛看來，她的確需要好好改造思想。有兩天，他硬是十二萬分難得地擠出笑臉，居高臨下對雪花膏說，要幫助她政治進步。偏偏，雪花膏政治頭腦簡單，不能領會這位進步同學的良苦用心。叫她向團組織靠攏，她說是一直在積極努力。叫她寫入團申請，她說是早就寫過了。雪花膏言語不冷不熱，態度也不熱情。非但如此，她對紅毛還心生畏懼，常常敬而遠之。紅毛見幫助沒有反應，很不高興。那次考試，兩頭鰍隔著課桌間的過道一把抓走了雪花膏做好的一張考卷。紅毛早就看在眼裏，咳嗽了一聲，瞪著一對牛鈴鐺眼睛。兩頭鰍趕忙把考卷順手丟在身後紅毛的課桌角上，雪花膏伸手去拿回卷子，紅毛卻用手掌按住，不知道什麼意思。監考老師發現了，以為兩人作弊，把兩人的考卷都沒收了。苗老師事後一問，雪花膏只是氣憤又不說話。紅毛昂首挺胸，也不吭聲。後來，苗老師總算搞清楚了事情經過，狠狠地批評了兩頭鰍。不料，他也說了雪花膏幾句，說她平時幫助同學不夠注意態度方法，有些慣縱同學，隨隨便便讓同學抄作業，以至於發生抓考卷這種後果。紅毛沒有挨批評，頗為得意。他後來說，他敢幹向壞人壞事作鬥爭，制止考試作弊。可笑的是兩頭鰍還叫屈，我又沒抄到她的，紅毛按住卷子還不是想抄人家的。不過，他不敢堅持自己的說法。他很怕紅毛。總之，這件事最不順心的是雪花膏。不過，雪花膏最為難以釋懷的是她入團的事。年年討論，年年未能通過，總是差那麼一點點，功虧一簣。眼看著許多同學後來居上，光榮地戴上了團徽，她還　直是個入團積極分子。她沒法子，只好埋頭學習。

　　同病相憐，青果也認為雪花膏久久沒能入團夠氣憤的。不過，他覺得她成績好沒有什麼不得了，也不大服氣，自己只要加把勁就可以撐到前頭。暗地裏他也比試過，一是沒有恒心，二是心多旁騖，他當然沒躍居上游，更不用說獨佔鰲頭。為此，他有點沮喪。不過，他又常常吃鴉片過癮似的安慰自己，沒什麼，肯定能超過這個女狀元（戲裏有女扮男裝考上狀元的。雪花膏當然沒有女扮男裝，偏偏蓋過了男同學）。因此，他偶爾考個好分數，語文成績平時也較好些，就沾沾自喜。他這種比試，雪花膏並不知情。比一比的，青果自覺沒趣，終於不了了之。

　　青果當然不會向雪花膏請教學習問題，還覺得她埋頭一心讀書，兩耳不聞窗外事，太跟不上時代，難怪紅毛花腸子一幫幫貧嘴賤舌封她「白專」。做題是雪花膏的最大樂趣，好像沒有什麼別的愛好。她不喜歡主動和別人打招呼，主要是不願意惹是非。當然啦，她不會有什麼事找到青果。他們倆位同學之間平常幾乎沒往來。要不是在東東家不期而遇，兩人恐怕一輩子也不會打交道（當然，那次班會上發生的衝突不能算作是兩人之間的私下往來），更不可能面對面湊在一起。人和人的關係真是說不清楚。原本是擦肩而過，到後來卻生不解之緣。待到握手言和，卻又終於覿面無言。其中緣故，往往很偶然。

　　原來只打算住兩天，一待下就由不得人。日子一天天捱下去，沒完沒了。

　　外面亂哄哄的，整天不敢出門。街上學校不是遊行示威，就是打打殺殺，時不時還有槍聲。前面一條街，有個婦女出門打醬油，被一顆流彈打死。人抬走了，空空的油瓶子丟在街心，過往人都繞著走。

　　三個同班同學天天待在一起，有事沒事找話說。東東是個無憂無慮憋不住悶的，青果混熟了話也多了。雪花膏是個很好的聽眾，說什麼都聽著，偶爾搭腔，有口無心說一兩句。

　　這天，本來是閒聊，沒想到雪花膏隨口說出青果「左」。

　　青果想，自己「左」的事就那麼兩樁，開班會搞批鬥，搞罷課。其中經過他都不記得了，恍如隔世。他倒是記得那次爬山，覺得很革命的。

　　那天散了晚自習，像往常一樣，烏嘴和青果不回家，卻往體育場走。老芭蕉、二馬虎、呆虎頭、小蘿蔔頭、兩頭鰍，水龍頭幾個同學三三兩兩的跟在後面。

　　他們這些比較接近的同學經常走在一起，尤其是散了晚自習，總喜歡到體育場去閑坐。一路上，大家說說笑笑，到了體育場，在看臺上坐的坐，站的站，也不做什麼，就只是海闊天空的聊天兒。聊天的內容，無非是學校裏的事，同學間的事，還有各人感興趣的事。這些同學中，烏嘴和青果最活躍、話也最多，成了出眾人物。烏嘴喜歡談時事，青果喜歡談讀書。時事風起雲湧，讀書古今中外，都是慷慨激昂的。同學們談得最多的共同話題是畢業後的打算，有的想上大學，有的想參軍，有的想工作。烏嘴十分神往去新疆生產建設兵團，把屯墾天山南北描述得豪情生懷，說得同學們都紛紛心動，恨不得長上翅膀立刻飛到遙遠的西北邊疆去。這群熱血少年齊聲高唱《軍墾戰歌》、《邊疆處處賽江南》，歌聲響徹雲霄，惹得銀河裏的星星也發出陣陣嘩嘩和聲。

　　同學們這種閒聊，興致勃勃。雖然，有時候長篇大論的，沒完沒了；有時候有一句，沒一句的；有時候說累了，大家就什麼也不說，在夜色中靜靜地坐著。這時候，體育場早就熄燈了。但是，就這樣，同學們常常很晚才回家去。有兩次竟在體育場呆到了天亮。說渴了，找體育場的自來水喝。喝著自來水，青果說：「這就是我們的『茶』，最好的茶。我們簡直是在開茶話會，大家以後不要忘了我們今天的『茶話會』哦。」同學們都說不會。

　　這茶話會，在學雷鋒活動中多了新的內容。以前，同學們聊完天回家，有同路的，有不同路的。路遠，家偏僻的同學，就送　送他。小蘿蔔頭家又遠又偏僻，膽子又小。青果提議，學雷鋒助人為樂，我們要天天晚上送小蘿蔔頭回家。他還提議，今後大家各方面都要互相幫助。同學們很

高興，七嘴八舌地說「好」，「當然啦」，「就這樣定了」。從此後，他們天天散了晚自習就送小蘿蔔頭回家，不管有沒有沒茶話會。學習上你幫我，我幫你。呆虎頭不願做作業，青果就幫他做。後來，青果就經常做雙份作業，還樂此不疲的。烏嘴在城外東一處西一處開了幾塊小菜地，同學們星期天也會去幫幫忙幹點活。這些互相幫助，同學們堅持得比較好。所以，青果曾經很認真地說「我們幾個早就自覺自願向雷鋒學習，是班上最先學雷鋒的。」花腸子卻打著哈哈說：「未必吧，不就是個『茶話會』，怎麼能打個學雷鋒的招牌。」紅毛根本就不相信，還說什麼「你們那夥人怎麼可能會自覺自願學雷鋒」。青果很不服氣，和烏嘴幾個乾脆就把「茶話會」叫做「學雷鋒小組」。苗老師知道了很高興，說學雷鋒活動就是應該組織起來，還號召班上多多成立學雷鋒小組。不過，苗老師成立的學雷鋒小組是指定的，只是把原來班上劃分的學習小組喚了個新名稱。由於座位分散，「茶話會」同學被拆開了。他們也沒辦法，「茶話會」還是繼續開，相互之間還是互相幫助。只不過，班上集體學雷鋒活動時，各去各的指定小組。為此，他們幾個抱怨過，說是不痛快，和小組裏有的同學合不來。特別是分在紅毛小組的，很頭痛這個學雷鋒小組長，總是被他看不順眼。

在路上，兩頭鰍說：

「二馬虎，你也真是喜歡鬼喊鬼叫。你不同意紅毛鬼子，不投他的票就是了，何苦在班上大喊大叫，搞得他以後總是不放過你。」

「隨他。」二馬虎滿不在乎。

「這個紅毛鬼子，就是該嚷他幾嗓子。惹到我，才不放過他。」呆虎頭高聲說。他是個好惹人，不睬禍事的。

「吵架，苗老師要批評的。」小蘿蔔頭很有些擔心。

「小蘿蔔頭，你白操什麼心。反正他喜歡批評我，我又不是他的大紅人。」二馬虎想起了苗老師批評他「集體勞動先走」的事，委屈地說：

「其實上次勞動我先走，是去幫那個吳婆婆五保戶挑水。」

同學們一聽都說他蠢，問他為什麼不說明白。兩頭鰍歎息：

「二馬虎呀二馬虎，你個死鬼，該你叫的時候，你又不叫。」

「你做了好人好事，苗老師肯定會表揚你的。」小蘿蔔頭認認真真地說。

「算了，他不老批我就謝天謝地了。」二馬虎還是很洩氣的。

青果一直在跟烏嘴爭嘴，說他不該自認是反革命，就是說氣話也不能這麼說。烏嘴卻說自己不是說氣話，還一個勁地堅持：

「當反革命有什麼關係？」

青果覺得他中了邪，不和他說了，說他也沒有用。轉頭問二馬虎：

「二馬虎，你怎麼忽然想起要惹紅毛鬼子？」

「花腸子下午跟我說紅毛鬼子不夠條件。」

「你真是一腦袋瓜漿糊。他跟你說，你就去跟紅毛鬼子這種凶神叫，花腸子不曉得自己去？」兩頭鰍衝二馬虎喊。

「花腸子也跟我講過，我懶得理他。」老芭蕉說。

「他也跟你講紅毛鬼子不夠條件？」青果問。

「沒有。」

「他才不會直接跟你說，怕你看穿他的鬼把戲。」青果說，「他還來問過我，問誰不夠條件。他自己都差得遠，我聽都不想聽他的鬼話，把他氣跑了。」

「哼，花腸子這個鬼，」烏嘴數落起來，「一臉奸相，二目賊亮，三花生頭，四腳爬蟲，五官不正，六親不認，七竅生煙，八面玲瓏，九曲肥腸，十分運氣。」

同學們一聽都哈哈直笑。青果也是英雄所見略同，說：

「粗看花腸子老康同學頭上三朵花，細看還不止。不要看他頭髮多，遮得密密實實。他的七竅生煙，從來都是自己身上不見動靜，別人渾身上下著火冒煙。運氣實在是好得很，他左右逢源，又能逢凶化吉，從來都是吉星高照。那裏是十分運氣，簡直是萬分運氣。他這種革命接班人一定會『紅』運當頭，大紅大紫。」

烏嘴立即嗤之以鼻，說：

「他是什麼革命接班人，聽他自吹自擂。他總是陰裏陰氣，好像這個那個都是革命隊伍裏暗藏的反革命、階級異己分子、定時炸彈。我看是他自己，到時候他總會自我爆炸。」

同學們嘻嘻哈哈地直說「就是」，只有小蘿蔔頭笑著問：

「他鬼聰明得很，會自我爆炸？」

同學們都反感花腸子，他的外號以冠以「花」字，是說他一肚子花花腸子，曲裏拐彎，鬼花樣多，損招層出不窮，糊弄得同學稀裏糊塗就上當。另外，他頭上也確鑿有「花」。那「花」是幾個不生頭髮的瘢痕，是小時候生什麼瘡留下的紀念品。花腸子自稱老康，常常掛在嘴邊。烏嘴說，什麼老康，他該叫自己老坑，老坑害人，坑人精。

花腸子還有個外號叫「癩狗」，是他自己多嘴惹來的。有次憶苦思甜，他說，舊社會勞動人民家裏窮養不活孩子，就給孩子起個狗呀貓呀之類命賤好活的小名，圖的是好養大。他家裏就曾經給自家小孩取個小名叫「癩狗」，癩狗是鬼都不願理睬的，不會捉到閻王爺那裏去。他的意思是他家是勞動人民，很自豪的。不料，烏嘴一聽就叮著他問：「你家裏究竟給哪個寶貝取名叫『癩狗』？」他閃爍其辭，不願說清楚。烏嘴就言辭鑿鑿地說：「肯定你就叫『癩狗』。你自己說的，癩狗，鬼都不理睬。」同學們哄堂大笑，就有叫他「癩狗」的。他死活都不願意，還告到苗老師那裏去了。所幸，同學們不大叫他這個外號，也不大叫他「老坑」，好叫他「花腸子」。「花腸子」一直叫慣了，叫「老坑」、「癩狗」，他是要拼命的。

不知不覺，同學們說說嚷嚷，已經到了體育場。他們各找地方呆下來後，烏嘴說：

「莫淨說花腸子，晦氣，換個話題。」

青果還是覺得他不怕當反革命很危險，就說：

「我一說你，你就不聽。你不要覺得不怕當反革命，就是大無畏主義，就是革命。」

「那你說什麼是革命？你以為讀幾句馬列著作，做幾回好人好事就是革命？」

青果早就在自學馬列著作，真是自覺自願，主動積極。學雷鋒，他也不甘落後。就說：

「學馬列，是用無產階級世界觀改造頭腦。做好人好事是助人為樂，樹立共產主義新風尚。怎麼不是革命？」

「陳獨秀、張國燾學沒學馬列？赫魯雪夫學沒學馬列？他們革命不革命？」烏嘴振振有詞，「還有，以前的和尚、善士天天都是好人好事的，他們革命不革命？」

青果一聽就聲音來了個高八度：

「胡攪蠻纏！你這個──」

他本來想說「你這個反革命」，突然記起這是紅毛鬼子的口頭禪，就把「反革命」嚥回去了。烏嘴笑他：

「你又想叫我生菜吧，嫌我胡說八道。」

生菜，法國俚語是胡說八道、謊話的意思，青果搬來叫烏嘴。青果皺皺眉毛，卻說：

「我是說你這個腦袋瓜真是形而上學，看不到實質，又喜歡走極端。他們哪裡是學馬列？他們根本沒有用馬列主義學馬列，就不是學馬列，也不可能學好。再說，和尚那些人做什麼好人好事，那是信佛，和共產主義助人為樂完全不一樣，出發點都不同。你搞不搞得懂？」

「學了兩天馬列本本，盡是什麼實質啦、出發點啦，就這也不是，那也不同。說我形而上學、極端，你根本就沒有回答我的問題。他們到底是不是革命，你就說是或者不是。」

青果最氣憤烏嘴這個，就喜歡提個似是而非的問題，再瞎扯，然後叫你只回答是或者不是。是，不是，就一兩個字，涇渭分明，真簡單，要是什麼事情都一兩個字就說得清才怪。烏嘴聽他沒言語，又說：

「我是搞不懂，什麼是用馬列主義學馬列，不嫌拗口，又不是繞口令。」

「這是辯證法。」

「好了，辯證法老先生，我看你還是跟我直接說清楚，什麼是革命？」

「和你沒法討論問題，難怪花腸子說你腦殼生反了。你太反了，反得不可理喻。我說東，你就說西。」

就是，同學們也發現他們兩人一個東，一個西。表面上，他們很接近，形影不離的。實際上，這兩人見面就爭論，針尖對麥芒，有時還吵得不歡而散。同學們真是摸不著頭腦，明明不像是一隻籠子的鳥，卻偏要湊在一起鬥嘴。兩頭鰍說：

「好了，好了，你們說些什麼呀，有完沒完。」

烏嘴興頭足得很，轉過來對幾個同學說：

「你們說，什麼是革命？」

「就是炸碉堡、堵槍眼。」二馬虎搶著說。從小，同學們受革命英雄主義教育，董存瑞、黃繼光就是榜樣，又英雄，又光榮，又**轟轟**烈烈。同學們常常恨生晚了，不但沒趕上打土豪、反圍剿、打日本，連打老蔣、打老美都沒趕上。要不然，打過長江，跨過鴨綠江，肯定也是槍林彈雨打衝鋒。

「炸碉堡、堵槍眼，革命是革命。現在又不打仗。」兩頭鰍不無遺憾地說。

「兩頭鰍，你莫著急，解放臺灣還怕沒仗打？只是到時候，你別耍泥鰍，又滑跑了。」二馬虎很來勁。

兩頭鰍，人黑黃，皮膚油滑賊亮。他樣子瘟，從不吃眼前虧，能溜就溜，像泥鰍一樣，滑不唧溜。在班上，他一會往這夥同學中間拱，一會往那夥同學中間拱。二馬虎說他：「你怎麼兩頭拱？」兩頭鰍說：「有什麼可怪？兩頭蛇，還是梁山泊好漢呢。」二馬虎反唇相譏：「狗屁，叫你兩頭蟹，你願意不願意？」烏嘴笑道：「你們莫打口水仗。依我看，兩頭蛇、兩頭蟹都不如兩頭鰍。」同學們一聽都嘻嘻哈哈，就叫他兩頭鰍。兩頭鰍本來就說話兩頭翹，聽二馬虎又說他，嘴巴當然不示弱：

「這種打衝鋒的事，肯定哪個都會衝在最前頭。」

「就是。還要解放全世界。」水龍頭也興奮起來了。

「水龍頭，你就算了吧。拖著鼻涕，還解放全世界。」烏嘴打趣他說。

「你別打擊大家的積極性。無產階級革命的偉大奮鬥目標，就是要解放全世界。」青果說，一邊笑。

這時，呆虎頭跑了過來。他早就坐不住，一個人繞著體育場的跑道瞎跑。他喘著氣說：

「笑什麼呀，扯那麼遠。明天怎麼辦，還去不去爬山？」

同學們早就約了星期天去爬山，幾個星期天都沒去成。青果趕緊說：

「去，當然要去，早就說定了的。」

「下午班上要開會，是苗老師定的。」小蘿蔔頭提醒道。

「會下午開，我們去早點，完全趕得回班上的。」青果說，生怕又去不成。

「這次算了吧，萬一回來晚了，班會遲到，要挨批評的。」小蘿蔔頭有些擔心。

「就是，別去了。」兩頭鰍打起了退堂鼓。

「去，去，去。怎麼又不去了？說了好幾回，這次可是說得鐵板釘釘的，又變卦啊？去吧，大家說啊？」青果這次是鐵了心要去爬山。

「去就去。」烏嘴同意了，了個願。

「好，好，好。」呆虎頭立即贊同。只要是玩，他高興得很，什麼也不顧。

「只要趕得回來班上開會，去也行。」老芭蕉說。

「班會有什麼不得了？去。」二馬虎說。

「大家去，我也去。」小蘿蔔頭也同意了。

「那你呢？」青果追問兩頭鰍。

「好吧。」兩頭鰍勉強答應了。

「兩頭鰍，莫耍滑啊。」烏嘴半開玩笑，半認真地。

「去你的，生菜。」兩頭鰍捅了他一拳。

　　接著，同學們就商量了去爬山的幾樁事情。時間也不早了，第二天還要起早，就趕快送小蘿蔔頭回去，然後各自回家。

　　青果起了個大早，用開水泡了些剩飯吃，趕快就走。平常，他上學趕早自習，也是起得很早的。不過，這天起得更加早得多。

　　青果就是這樣，有個毛病，性急，特別沉不住氣。他不知怎麼養成了一種「趕早」的心理，生怕趕不上頭班車，做什麼事都急不可耐。大清早，附近有早班解放牌大卡車接送職工交接班，青果總是會趕著搭截便車去學校，去晚了趕不上趟。為了趕早，他常常從夢中一躍而起，急急忙忙把燒焦炭的鐵爐子提出家門口，慌慌張張放幾根木柴，點火越急越不燃，弄得烏煙瘴氣的，又是吹又是扇，火一著趕緊隨便炒些剩飯，吃了就跑。有時，懶得生火，或者時間來不及就吃開水泡飯了事。他從來不屑意做家務，骨子裏認為堂堂男兒漢是做大事業的。父母忙，他不得不分擔一些家務勞動，很不耐煩，三下五除二，敷衍了事。他行動如此，心裏更是急急巴巴，總是急急如律令。家裏、學校、外面，他都是這樣。爸爸說他真是個「急急風」，像戲裏密集的鑼鼓，咚咚咚，咚咚咚，一陣趕一陣。因此，他做事常常團團轉，慌神亂套，到頭來多半抓瞎。性格決定人的一生。他總是起個大早，末班車也趕不上，不免自怨自艾。真是人急了辦不成事，貓急了逮不住耗子。他老是怪自己，為什麼萬事皆從急中錯。怨來怨去，他又往往自我安慰，人還是趕早好。爸爸常說「趕早不趕晚」，媽媽常叨嘮「早下米，早吃飯」，隔壁婆婆也知道怕「三十晚上餵年豬——來不及了」。苗老師更是經常苦口婆心勉勵學生們「立志在年少」，一個勁地在全班高聲讀報，口口聲聲勉勵學生們「革命要快馬加鞭，跑步奔向共產主義」。青果就這樣急又不是，不急更不是，搞得總是患得患失。只是他沒想到的是，他後來會一輩子趕不上趟，一輩子鍥而不捨而又徒勞地趕浪潮。

　　一路上，青果興沖沖的。終於去爬山了，這可是說不出的快活。

　　他不僅學馬列著作勁頭十足，讀一本本革命領袖傳記讀物（此前讀過《拿破崙傳》、《華盛頓傳》之類）更是入了迷。自從看到書裏說毛主席學生時代為革命強健體魄，博浪湘江，登高嶽麓，他就心頭發熱，躍躍欲試。游泳不在話下，學校不遠守著一條河。爬山就遠了，城外隱約可見青翠。他當然是可下五洋，可上九天，摩拳擦掌。自己心旌搖曳，還一遍遍鼓動同學們。游泳沒說的，熱天天天下河玩水。爬山，太遠了，兩頭鰍竟然還說「跑來跑去，有什麼意思」。青果磨破了嘴皮，好不容易同學們答應了。這多好啊！革命，就是要踏著偉大導師的光輝腳印前進。

　　他越走越開心，腳步歡騰，從家裏到魁星樓，七、八里路很快就到了。

　　同學們約在學校後面魁星樓見面，烏嘴、老芭蕉、呆虎頭、水龍頭幾個已經到了。青果一到就問：

　　「都到了？」

　　「好意思問，你說得最積極，偏偏姍姍來遲。」烏嘴說。

　　「家裏遠，還是走的小路，天黑又看不見。我加油跑，跑得一頭汗。」

　　正說著，小蘿蔔頭氣噓噓地趕到了。烏嘴望著他說：

　　「他家才遠。人家還是個小蘿蔔頭。」

　　青果聽見小蘿蔔頭有些喘氣，就問他：

　　「路還遠得很呢，小蘿蔔頭，你行不行？」

　　「不怕的。」

　　同學們開始勸過他路遠不要去，他聽說爬山有「革命意義」，當然不甘落後。

　　同學們又等了片刻，呆虎頭對一個匆匆跑來的人影喊：

　　「二馬虎，你怎麼一個人？兩頭鰍呢？」

　　「他不來了。我去叫過他，還在睡覺。他說家裏有事。」

　　說話間，二馬虎就到了同學們跟前。烏嘴早就不耐煩了，說：

「有什麼事，還不是想睡懶覺。兩頭鰍，說滑就滑。他不來算了，我們走吧。」

這時候，天有些亮開了，魁星樓突兀而出，身影高大，俯瞰著同學們一窩蜂從樓下開跑，一陣風似的飛過樓前河上的浮橋，奔向山去。

同學們埋頭趕路，大步小跑。越往山裏，路人越少。

山在十多里路以外。這個地方一片平坦開闊，有水有山，水秀山青。一條不大不小的河，繞城逶迤東去，清波滾滾。山不高，也不雄偉險峻。只是重巒疊翠，起起伏伏，不知道綿綿延延有幾許大。

雖說山離城遠，同學們都去過。烏嘴、青果、老芭蕉他們砍竹子去過山裏，家裏菜地搭豆角架之類要用竹子。學校也組織全校師生去過山裏搞民兵拉練。那次，師生們全副武裝，隊伍浩浩蕩蕩，勝利地衝上了主峰。主峰上，樹木爭高，雲飛氣騰。師生們上氣不接下氣，卻揮舞旗幟、槍支，一片歡呼，真像電影裏戰鬥勝利的場面。只是，實彈演習丟手榴彈，一小塊彈片不知從那裏飛來，擦傷了花枕頭的嘴角，流了一點點血。這位女同學卻什麼也不顧，嚎啕大哭。同學們又好笑又好氣，真給班上丟面子。

離山還有三、四里路，同學們不由自主放慢了腳步。一直趕路，顧不上說話，怪悶的。烏嘴忍不住了，看見青果舒眉展眼，甩手甩腳，就說：

「爬個山，你就吃喜鵲蛋了？」

「別小看爬山，革命意義大。毛主席做學生的時候，天天爬山。」

爬山這件事，烏嘴滿口答應。他只是覺得鍛煉身體就鍛煉身體，何必興師動眾，又非要往遠遠的山裏跑，太小題大做了。還一口一個學這個學那個，打塊金字招牌做什麼。其他幾個同學覺得進山反正是玩，尤其是呆虎頭、二馬虎滿心歡喜。青果有意避開了紅毛鬼子和花腸子，本來就不大合得來。這兩個同學對青果的「革命勁」看不慣，要是聽到他口口聲聲學毛主席，肯定不會有什麼好話，保準斷定他沒有這個學習資格。不過，花腸子看見青果幾個背地裏商商量量，他鬼頭鬼腦的，恐怕也打探點了什麼。

烏嘴忽然想到一件事，就笑起來。青果有點不解，說：

「笑什麼，未必我說的好笑？」

「我是想起你好笑。」烏嘴轉頭問其他同學，「大家還記得『夜半歌聲』不？」

同學們全都哈哈笑起來了。

「夜半歌聲」是青果的典故。學校裏有口水井，他突然天天天不亮就去打水沖澡。水太涼，提起桶劈頭蓋腦澆下來，他就禁不住放聲高唱，彷彿能禦寒。唱得附近住校的同學們紛紛從夢中驚醒，氣得罵了起來。一連好幾個早上都是這樣。他想小聲點，冷水一澆聲音就自己發粗。被吵醒的同學不幹了，告了苗老師。青果分辯說，毛主席學生時代總是用井水鍛煉身體。當時是在教室裏，好多同學都在，苗老師笑著說，「鍛煉身體，好啊。但是，你不能夜半歌聲啊。」同學們都笑了。可氣的是，花腸子還多嘴，說「他是半夜雞叫」。同學們笑得更厲害了，都想起了「半夜雞叫」那篇課文，地主周扒皮摧長工幹活，半夜學雞叫。紅毛鬼子瞪著青果說，「反革命，你敢亂講學毛主席。毛主席是偉大大領袖，隨便你學。」青果當然不在乎同學冷嘲熱諷，只是，冷水健身的熱情只好自行熄滅，就熱衷於爬山。

青果有些不自在，只好笑著說烏嘴：

「光說我，不記得你自己的典故了？」

「是啊，不記得了，多得很。」烏嘴笑嘻嘻的，才不在乎。

二馬虎湊熱鬧：

「有幾多，你自己提醒一下大家。」

其他幾人紛紛都說「就是」，烏嘴只笑不說。水龍頭說：

「我提醒你一個，『老槐樹』，記得不？」

同學們各有各的「典故」，都是些小逸事、小笑料。烏嘴的典故多多，他自稱敢想敢說，不管不顧的，同學們覺得他是發神經，自然少不了他層出不窮的咄咄奇聞。「老槐樹」，只是他一樁小小的笑柄。烏嘴話

多，口若懸河，聒噪不已。他總是不管別人願不願聽，聽不聽得下去，也不管張三李四王二麻子，逮住一個就恨不得說他個天昏地黑。他還總把「秉燭夜談」掛在嘴邊，才不理會對方是不是知己。最可惱、最可怕的是，他逢人便信口雌黃，滿嘴胡言亂語，離經叛道。他又好抬槓，你有來言，他有去語，又嗆人，又有火藥味，總是和你爭辯不休，糾纏到底。他就是這樣，說話不管人。有一次，同學幾個在學校老槐樹下呆著沒事，他一直在發神經（同學們管他胡言亂語叫「發神經」，這也是他的典故）。幾個聽得不耐煩都四散走開了，他說著說著，總沒人搭腔，就看也不看，斜著身子伸手去推人，還說「你們怎麼不開腔」。他沒推到人，用力過猛，一頭撞到老槐樹。同學們笑得要命。

同學們笑個不停，老芭蕉說：

「打住，打住，再不打住，老反要反攻倒算了。」

紅毛鬼子叫烏嘴「反革命」，是罵人。老芭蕉叫他「老反」，倒顯得有點親呢。

「他反攻倒算才好玩。不像你，老芭蕉，蔫不唧唧，惹不起火。」呆虎頭說。

老芭蕉性情溫和，不大搭理別人的招惹，不容易發火。他只是偶爾開個小玩笑，呆虎頭打趣他，他笑了一下就不說了。青果說：

「只知道好玩。你倒是起火快，火苗大，就是有點呆。」

「好哇，我百分之百答應你來爬山，你不知道作揖道謝，反而拿大恩人開涮，該當何罪？」

「得令，呆大官人。真是要代大家多多感謝你的無上佈施。」

呆虎頭是個頑主兒，幹什麼都講好玩，不喜歡正正經經辦事，最不受管束。先前每次進山都是集體行動，不是拉練，就是勞動，又累又不准自由行動，玩也玩不成。這回幾好，專門玩。這才真是山高皇帝遠，誰也管不著。山裏鳥多，山果多，山溝裏魚也多，還不樂開花。為了玩得肚子不餓，呆虎頭自告奮勇，說他一個人包帶大家的乾糧。同學們當然求之不

得。以往，這種好事也常有過。為了好玩，他常常從家裏偷偷拿了好吃的
出來犒勞同學們。他爸爸是軍分區首長，媽媽是幼稚園園長，他是根獨苗
苗(這在當時很少見，同學們家家都是多兒多女。烏嘴、青果、老芭蕉、
二馬虎他們人人都是兄弟姐妹五、六個，一個同學竟然還上有三個哥哥四
個姐姐的。該同學常常自吹自擂他牛家四男四女，他在男孩裏行四，是老
八。同學們笑他，叫他「牛四」、「牛屎巴」。小蘿蔔頭當然例外，他一
生下來，父母就犧牲了)，自然是寶貝，要啥有啥。班上也只有他家才有糖
果啦、糕點啦這些稀罕食品，他常常連拿帶偷白送同學們吃，有些呆。同
學們吃了好吃的，就叫他「呆大官人」。他真是好比《水滸》裏的大闊佬
好漢柴大官人，款待眾朋友，又大方，又豪爽。

　　同學們說說笑笑，緊趕慢趕，一看，一座座青山忽然互相牽扯著橫在
前面。
　　「景嶽造天漢，豐林冒重阿。」這是古人的詩，青果覺得眼前就是這
般美景。這山平常遠遠地看在眼裏，只是淡淡的青青一抹，顯不出什麼。
突兀之間面對面冒出來，仰面一看，這山竟然顯得高聳入雲。大大小小的
山崗連著山崗，已是青黛末了。山麓、山曲，只見雜樹毛竹成片成林，高
高下下，搖搖曳曳，綠得欲滴如淌。映山紅又多，東開一大片，西開一大
片，如火如荼，映得山崖也紅了，溪水也紅了。滿山花放，山風陣陣。花
朵迎風搖曳，像是一群群小鳥在起勁地拍打著彩色的翅膀，那架式像要飛
了。平川孩子看見山，個個呱呱叫，大驚小怪。同學們爭著說自己看見的
山峰高，都有「會當凌絕頂，一攬眾山小」的氣概，誰也不讓誰。

　　進了山，走了一、兩里路，同學們就顧不上東張西望，都乏了，人仰
馬翻的樣子。水龍頭直嚷：
　　「走不動了。」
　　「還沒到主峰，你就叫苦。」青果一心還要往前趕，奔主峰。

「算了，就在這裏吧。」二馬虎也不想再往前走。

「人家小蘿蔔頭都沒有叫累，你們牛高馬大的，好意思叫苦連天。」青果數落起來。

不料，小蘿蔔頭苦笑說：

「我早就不行了。」

「小蘿蔔頭，在烈火中成長哦！」青果鼓勁道。他把《在烈火中永生》書名改動了一個詞，藉以暗示小蘿蔔頭的革命身份。

烏嘴卻說：「大家都走不動了，不走了吧。」

「這算個什麼？二萬五千里長征，紅軍都不在話下。」青果還是勁頭十足。

「你不要又來給大家上課。反正已經到了山裏，盡興就罷。」烏嘴自有他的道理。

「這叫什麼爬山？巴巴地跑這樣遠，只到山邊邊就算了。」青果覺得太冤了。

「到主峰還遠，爬上去更不行，肯定趕不上回去開班會。這裏不錯，找個地方歇歇氣就回去吧。」老芭蕉提出了他的看法。

同學們都說「要得」，只有青果叫道：

「其實，主峰也不遠了。山也沒爬，就一個個打退堂鼓。」

「爬什麼主峰，這裏好玩得很。」呆虎頭說。他看見四周有林子有溪水，高興得不亦樂乎，早就不想再走了。

「下次再來吧。」小蘿蔔頭勸青果。

「又是下次，又是下次，」青果嘟嘟囔囔，「知道不知道，你們這是半截革命。」

同學們不聽他的。呆虎頭帶頭往不遠山崗腳下一塊小林子跑，其他幾個都跟著過去，青果被老芭蕉拖著扯著走在後面。他沒辦法，只好和同學們一起作山腳下的「爬山」。

小樹林子邊有一小片草地，同學們東倒西坐，都叫餓了。二馬虎學著戲腔直喊：

「拜上大官人，好酒好飯快快將來犒勞眾好漢也。」

「沒有看見啊，他身上背著。」呆虎頭指著老芭蕉說。

呆虎頭說帶吃的來，不是吹牛，說帶就帶，一個書包裝著，一路上都是老芭蕉背。這會兒，一人叫餓，眾人紛紛肚子叫咕咕。二馬虎又拿腔捏調地喊：

「好酒好飯，快快的。老芭蕉，你的不聲不響，路上偷吃的有？」

老芭蕉不理他，只顧笑嘻嘻的摘下書包，慢悠悠地取出吃的。小蘿蔔說二馬虎：

「他一路上做好人好事，不作聲。感謝還來不及，你還要冤枉人。」

　　「二馬虎就是喜歡鬼喊鬼叫。」水龍頭也插嘴說。

「你們真是瞎打幫幫拳，我開個玩笑，都聽不懂。」二馬虎撇撇嘴說，接著又驚呼，「哇，這麼多好吃的！呆虎頭，你又發呆，把家裏偷光了。你老爸老媽曉得不曉得？」

呆虎頭十分得意地說：

「虎頭我有孫悟空的本事，王母娘娘的仙桃都舞得來。」

「舞」是當地方言，有拿、弄、偷的意思。烏嘴笑了：

「小心你老爸老媽，玉皇大帝王母娘娘厲害喲，別找打吧。」

「我老爸根本不管家裏這些零碎吃的，我老媽從來不會打我。再說，她好唬得很。她就是知道了，我說是我吃了，她高興還來不及呢。」

「不怕玉皇大帝知道了，搬救兵打你？」

「他有什麼救兵？」

「褲腰帶呀。」

同學們一聽都笑得不得了。同學們都知道，呆虎頭從小頑皮，淘氣極了，經常闖禍，發怒時把人打得頭破血流，是出了名的呆霸王。他小時候，有一次他爸爸氣極了，一手提著褲子，一手揮動褲腰帶打他。軍用褲腰帶，皮的，又結實又硬，劈頭蓋腦，真叫可怕。他媽媽趕快來袒護，邊

說：「虎頭，快說你是好孩子，爸爸就不打了」。呆虎頭強著不說，他爸爸不停手，他媽媽就吼他爸爸：「他聽話了，不做聲了，你要打死人啊。」他爸爸停了下來，又不甘罷休，舉著褲腰帶喝道：「你怕不怕？」不料，呆虎頭指著褲腰帶回答：「我不怕你，我怕它。」

呆虎頭真是捨得，從家裏「舞」來不少吃的，在草地上擺了一堆。有包子、餅乾、綠豆糕、花生，還有好幾個雞蛋。酒，當然沒有，附近有的是溪水。

同學們見了吃的，一個個猴急得很，擁上來就抓，狼吞虎嚥。只有青果站在一邊，對著滿目擁來的山峰高聲朗誦起來。烏嘴喊他：

「快來吧，『風流人物』。『看今朝』，看這裏，東西要吃完了。」

二馬虎說：「他在朗誦毛主席的詩，我早就聽過他幾回了。」

「不是詩，這是詞，是毛主席的《沁園春·雪》。」呆虎頭糾正說。他性情頑劣，卻長得眉清目秀，英英俊俊，有身材有個頭。而且，他很愛好文學文藝，並不腹內草莽。只要不使性子，他給人的感覺是帥氣書生一個。

「詩呀，詞呀，我搞不懂。爬個山，又要文縐縐的。你們這些人，有點怪。」二馬虎一邊說，一邊吃，一口一個包子，還咂嘴舔唇。

前時，青果在苗老師書桌上看到一本《詩刊》，上面有毛主席詩詞，苗老師極力推崇，他更是十分喜愛，抄在本子上，經常背誦。呆虎頭知道了，叫青果幫他把這些毛主席詩詞抄到他本子上，也恭恭敬敬朗讀了幾回。真難為他，也有專心致志，安安靜靜的時候。自從愛上毛主席詩詞，青果也學著開始寫詩填詞，自己覺得還可以，就是不耐煩講平仄。

他高誦毛主席的詞後，意欲未盡，覺得自己有了衝動，想作詩，聽見又在叫他，打了岔，靈感也飛了，只好轉身來吃東西。

「有什麼可怪的。」青果嗔怪道，「就知道吃，一點革命情操都沒有。」

「革命就不吃飯了，革命是為了更好的吃飯。」烏嘴說，同時遞給青果幾塊餅乾。

「又瞎扯什麼，大家都知道的，吃飯是為了革命，革命不是為了吃飯。」青果邊說邊吃。

「民以食為天，鬧革命還不是為了讓天下老百姓吃得好，穿得好，住得也好。就是共產主義還不就是這樣，不過是吃穿住更好，好得不得了。」

「你這是赫魯雪夫的『土豆加牛肉』。」

「無非再加一條，人們思想好，覺悟高。對不對？」

「革命那裏像你說的。革命是打碎舊世界，解放全人類。」

「革命也不是你從書上報上搬來的。你不要說什麼都是書呀報呀，還不都是紙。你腦殼裏就儘是這些不實際的東西。青果呀青果，不要老抱著你那套本本上的布爾什維克。老實不客氣地告訴你，你那革命勁，我不怎麼欣賞。」

「你真煩。」青果不樂意了，轉過身坐，不理他。

青果的革命勁，就是讀馬列狂熱。讀了，說的做的都是馬列詞兒。革命導師的光輝榜樣，他更是亦步亦趨。青果這個外號，也起因他的革命勁。他說革命導師們個個學外語，馬克思恩格斯列寧都精通多門外語。毛主席老人家日理萬機，還在努力學習英語。青果革命學習熱情高漲，本來班上外語課是俄語，他卻還要自學英語。這還不夠革命，他信心倍增，又找了了本法語小冊子來學。同學們都說他瘋了，苗老師告誡他不要貪多，顧此失彼，學好一門外語就不錯了。他不管不聽，總是把革命導師搬出來做榜樣。花腸子說，你怎麼敢把自己和革命導師比，還敢比毛主席？紅毛聽了，接口罵青果「反動得很」。青果說，馬克思說「外語是人生鬥爭的武器」，我有這個武器，革命鬥爭到底。首先，青果就把自己的名字改成外語拼寫，並且也是名在前，姓在後。他的簽名都是Qing Guo，課本上作業本上甚至試卷上都是如此這般，寫得花里胡哨，扭七曲八。花腸子搖晃著青果的一個作業本，大驚小怪問，你改姓名了？青果哼了聲，我坐不改名，行不改姓。花腸子照著作業本上唸，一字一頓，青——果，你自己明明寫的是這麼個名字。母叫雞也來湊熱鬧，你把人家姓名唸倒了，聲調也不對。人家洋派，你不認得不要瞎糟蹋人家的好名好姓！花腸子其實是故

意的，就是要戲弄戲弄這個外語瘋子，打擊一下他的革命熱情。花腸子搖頭晃腦，我看青果這個名號最合適，我們老家把橄欖叫青果。青果，青青澀澀的酸果子！有嚼頭！母叫雞立即拍手叫好，對他看不慣的外語迷大呼小叫，就叫青果，就叫青果！你外語學得好，結下革命果實了。

這時，東西快吃完了，同學們也不聽兩人高談闊論，蒸包子爭氣的。二馬虎仍在吃，小蘿蔔頭坐在一邊歇息，老芭蕉在側著耳聽鳥叫。呆虎頭已經脫了鞋子，捲了褲褪，在小溪裏踩水，嘴裏時不時喊「有魚有魚」。水龍頭在旁邊看。

悶坐了片刻，烏嘴不說話，嘴巴就難受，突然高聲問：

「大家說，毛主席大還是劉少奇主席大？」

冷不丁的，小蘿蔔頭一驚，說：

「嚇了我一跳，你嚷什麼？亂打問號，你總是有天沒日頭的。」

「毛主席大。」老芭蕉回答，明白無誤。

「要我說，應該是劉少奇主席大。」烏嘴趕緊把憋在肚子裏的話說出來。看起來，他是故意先問同學，然後好自以為是。

「為什麼？」老芭蕉問，一臉很不相信的樣子。

「劉主席是國家主席，毛主席是黨的主席。國家是六億人民的國家，國家應該比黨大。再說，毛主席早就說過退二線了。他退二線了，還不是劉主席大。」烏嘴的奇談就是不一般。

青果不想理他，正在構思一首詩，又被攪了，很不滿地說：

「你胡謅，我知道你是什麼意思。又不是比人多，人多就大啊？黨員是沒有六億人民多，但是，黨是六億人民的領導核心。」

「我又沒有說比人多，我是說國家是人民的國家。」

「難道你要把黨和人民分開？」青果學馬列著作夠鑽研的，烏嘴要說服他很難。

「毛主席是黨的主席，劉主席是黨的副主席，正的不比副的大。」老芭蕉又找了一條根據。

「這只能說明在黨內是這麼回事。」

「毛主席和劉主席都大，毛主席更大。」小蘿蔔頭想了一陣才說出自己的看法，「全國人民都喊毛主席萬歲，好像沒有聽到過喊劉主席萬歲。」

「你不懂，我這個問題和喊不喊萬歲沒有關係。再說，喊萬歲只是良好祝願，誰能活一萬歲。」

他後半截話一出口，同學們很驚愕。青果覺得他胡說八道過了頭，就說：

「好了，好了，別瞎話了。反正你不對。」

「我怎麼不對，說個理由，你講不講道理？」烏嘴反而責問起來。

這時，二馬虎突然喊：「算了，道理填不飽肚子，快來想辦法怎樣吃這幾個雞蛋。」

包子糕點吃完了，二馬虎正想著怎樣把剩下的幾個生雞蛋弄來吃。旁邊小溪裏有的是水，只是沒帶口盅之類的家什，四處又找不到可代用的東西，沒辦法煮雞蛋吃。二馬虎說：

「吃生的算了，聽說生雞蛋很營養。」

「生的吃了會拉肚子吧，又腥。」小蘿蔔頭說。

「用火烤來吃。」青果自作聰明地說。

「沒有火。」老芭蕉說。

「老芭蕉，你是不愛發火的，當然沒有火。先說好，有了火你不要不燃啊。」二馬虎笑著說，「看我變出火來。」

二馬虎真的帶了火。這傢伙在偷偷摸摸地學吸煙，身上有時也帶火柴。同學們興致來了，七手八腳地撿來些枝枝丫丫，好不容易點著了火，把幾個雞蛋煨在火邊上。樹枝濕，火要旺不旺的，烏煙瘴氣，又嗆人，二馬虎爬在地上，對著火鼓著腮幫子使勁吹。老芭蕉在幫小蘿蔔頭吹他眼睛裏的煙灰渣。青果動口不動手，在一旁看著有趣。烏嘴悶著嘴巴在發他的神經。

「好了，好了。」小蘿蔔頭揉著眼睛說。

老芭蕉轉過頭看了看火，說：

「譴，二馬虎長本事，火吹旺了。」

他話音剛落，忽然聽到火堆發出「嘭嘭」幾聲。大家一看，原來雞蛋烤炸了，蛋汁濺了二馬虎一頭一臉。他慘叫了一聲跳起來，幸好沒傷著哪裡。同學們不由得很好笑，又很可惜雞蛋吃不成了。

嘻笑之間，山裏變天了。說變就變，一霎時，風起雲湧，山也吼，樹也吼，水也吼。群山搖動，像要拔地而起，飛上天去。豆大的雨點唰唰唰，越來越大。

青果一看下雨了，又來了精神，覺得雨越大越好，冒著風雨更鍛煉人，偉人們都是這樣。其他同學卻都慌張起來，呆虎頭也不玩了，二馬虎更是急火燎毛，忙了手腳。少年人出門是不看天氣的。不過，他們這幾個大娃娃，就是明明知道要下雨，也不會帶雨具。同學們家裏只有紙傘、布傘、油布傘，帶著累贅。這下倒好，空手出門利索痛快，遇到大雨都傻了眼。沒有躲雨的地方，同學們又發愁，又急躁，眼看要淋成落湯雞，衣服濕透了怎麼辦？二馬虎突然三下兩下把衣褲鞋子脫了，又毫不遲疑地把褲衩也扒光了。烏嘴一見，哈哈笑道：「好你個浪裏白條，赤條條的，好本事。」他也不管了，趕緊扒光了自己的衣褲，還邊喊：「快點呀，別犯傻了。」其他幾個楞了楞，也嘻嘻哈哈，手忙腳亂地跟著脫衣服。

山裏的雨陣勢大，又威猛，頓時大雨傾盆，山丘隱形，嘩嘩雨聲淹沒了一切。同學們懷抱衣服鞋子，在雨陣裏奪路往回跑。青果好不痛快酣暢，昂首高唱「為著理想勇敢前進，我們是共產主義接班人」。幾個同學也跟著大喊大叫。一片白茫茫之中，幾個少年赤條條的，像亮晃晃的白魚在大雨裏歡奔亂跳。可惜山雨中沒有過往行人，這場好戲只有老天爺看著好笑。

山雨來得快，去得快。雨一停，同學們趕緊把衣服鞋子重新穿上。衣、鞋都還是乾乾的，二馬虎這下得意了：

「怎麼樣，衣服鞋子保住了吧？我這雙布鞋還是新的，打濕了才可惜。」

青果笑道：「衣服鞋子是保住了，體面丟盡了。」

同學們想著剛才的狼狽樣，都直笑。二馬虎不以為然，說：

「有什麼，從小下河游泳那個不是光屁股。」

真是的，現在大了早就穿著短褲游泳，偶爾還免不了全身扒光了下河，這樣就不用穿濕褲衩回家。

說到游泳，同學們又來勁了，說好走快點，趁早再去河裏洗個澡，今年還沒有開張游泳哩。這也是青果趁大家高興勁提出來的，不管做什麼，他一熱乎起來就無休無止。

正午過了，同學們也到了。河就橫在眼面前，下河的地方離學校不算遠。一大早趕路，少說也有六七個小時，來回跑了三四十里路，同學們其實很累了。畢竟年少體力好，精氣神足，一看見清悠悠的河水，一個個就迫不及待地扒了衣服鞋子，撒開腳丫子就撲了過去。反正去班上開會還早。

剛下水，又都遲疑起來，還不是大熱天，水還涼得有些冰人，渾身起雞皮疙瘩。烏嘴和青果卻不管，雙手把河水澆到胸脯上，拍打了幾下。才作了長途跋涉，冷水激得兩人哇哇大叫。接著，兩人一先一後很勇敢地一揮手，像是戰鬥中呼喚衝鋒陷陣，「衝啊」，就撲入了流河中。同學們也大膽起來，接二連三地撲下了河。二馬虎動作太猛，還嗆了了兩口水。

剛下水很涼，很快他們就適應了水溫。清澈、涼爽之極的河水擁抱著頑皮的少年們，慷慨地給予他們無憂無慮的快樂時光。他們一會兒順流而下，一會兒逆流而上；一會兒側泳，一會兒仰泳。一片片浪花飛濺，平靜的河水也快活極了。同學們感到真是自由自在，尤其是躺在水面上時，看著藍天白雲，整個身心都要浮起來了。

青果興致高，游著遊著，越遊越遠，遊到河水拐彎之處，水面很平靜的。他換了個姿勢，仰面朝天，隨河水飄蕩，好不優哉遊哉。忽然，他身不由己，被河水捲進了漩渦之中。旋轉的河水陡然又凶又猛，張牙舞爪，

像一隻殘暴的老熊直把他往黑黢黢的山洞裏拖啊拽啊。他拼命掙扎，無助無望，甚至喊了兩聲「救命」。兩岸無人，同學們隔得遠，只顧嬉水，根本聽不到，也沒注意他這裏發生了什麼。垂死之間，如有神助，他竟然無師自通地深潛到水底。河水底下真平靜、真安寧，他睜大雙眼，貼著水底河床終於游出了漩渦區，真是萬幸得很。

青果趕緊上岸，後怕不已。小時候，和小夥伴常常去河邊玩。他沒學過游泳，小夥伴都會游，老嘲笑他，有一次趁他不留神，突然把他推下水。河水靠岸邊本來不深，他又看慣了鳧水，早就躍躍欲試，在水裏撲騰了幾下，居然萬事大吉，從此他就學會了游泳。他根本不怕水，不信邪。這一次，令他驚悸不已。他盯著河流，好一陣出神。河水依然如故，平平靜靜地流淌著，波光閃閃，彷彿什麼事情都沒有發生過。

老芭蕉攙扶著小蘿蔔頭上了岸，烏嘴跟在後面。小蘿蔔頭腿抽筋，走不了幾步，一屁股坐在沙灘上。老芭蕉蹲下幫他揉。這兩個同學很要好，老芭蕉尤其憐惜這個烈士遺孤。他只大幾個月，總把弱弱小小的小蘿蔔頭當作小弟弟，處處護著。烏嘴招呼青果，問：「你發什麼呆？又在做你的彩色夢？怎麼臉色發青？」青果把自己遇險的經過簡單地說了一遍，沒說喊救命，不好意思。

「怎麼樣，知道厲害了？你就是心大，又不知道深淺。好事想一天做完，爬了山還要下河。」

「那叫爬什麼山？根本就沒有爬。」青果又找茬。

「你真的沒事了？」小蘿蔔頭關切地問，頓了一下又不由自主地說：「你真有本事，死裏逃生。我不行，才泡了泡水，就腳抽筋。」

青果聽了順耳話，情緒好轉，定了定神，靈感又來了，默了片刻，隨口朗誦：

擊水湘江誇年少，
蹈海東瀛頌鬢齡。

　　　　紅日萬丈梧桐茂，

　　　　老鳳過雲雛鳳鳴。

　　小蘿蔔頭聽不大懂，就問是什麼意思。青果介紹大意說，毛主席學生時代常在湘江游泳，周總理東渡大海去日本留學時也很年輕。他們的革命青春值得歌頌，我們要學習他們的光輝榜樣，趁著今天革命的大好時光，在偉大領袖帶領下，放開喉嚨，高聲歌唱，永遠革命。小蘿蔔頭一聽就連聲誇好，知道青果喜歡作詩，直問「是你自己作的吧」。青果說是他即景生情的小作。小蘿蔔頭很佩服，說：

　　「你真了不起，簡直是小才子。」

　　青果趕忙說：「才不想做什麼才子。」

　　烏嘴說：「人家要做無產階級革命者。」

　　青果覺得是諷刺他：「你什麼意思？」

　　這時，水龍頭也已經上了岸。老芭蕉說：

　　「你們又吵什麼？快去學校吧，恐怕要遲到了。」

　　說著焦急起來，就喊還在河裏打水仗的呆虎頭和二馬虎快上岸。連叫了好幾聲，兩個玩心重的同學才各自收兵。

　　一路上，小蘿蔔頭還喋喋不休地告訴同學們，說青果如何歷險，如何作詩了不起。呆虎頭和二馬虎卻洩了氣似的，懶洋洋地跟在後面。同學們風風火火地趕到了學校，還沒到他們教室門口，跑在前面的老芭蕉與青果就發覺遲到了，都喊「糟糕」。苗老師同學們都在教室裏，班會開始了！

　　「你們唱歌啊？」青果沒話找話說。他剛才一直沉浸於回想中，忽然聽見東東雪花膏的歌聲。

　　「你又不搭理人，我們幹看著你發呆啊？晴大白日的，不要又做你的彩色夢了，也來唱唱歌吧！」東東抬了一下頭，說了話又繼續唱歌。她和雪花膏挨著，手裏捏著一個小歌本。

「你們唱。」青果不是不想唱歌，剛才沒理睬人，不好意思又湊過去。

他盯著小歌本，那是一本《外國歌曲200首》。小歌本是方方跟青果去市圖書館抓來的，他說東東早就想找一本。市圖書館已經沒人管了，隨便出入。青果去了兩次抄走好些書，還想再去。

東東以前抄了滿滿一本歌，電影歌曲、流行歌曲，不管是中國的外國的，都往本子裏抄。抄了就唱，什麼《紅莓花兒》、《深深的海洋》、《小路》、《卡秋莎》，她也偷偷唱。花腸子一聽就嘀咕，哼，外國歌，還愛呀愛呀的，什麼思想。革命大批判一來，紅毛把東東批判個夠。他還追繳了東東的歌本，惡狠狠地扔火堆燒了。

其實，這類歌曲青果原來並不太在意，現在反而有些想聽，甚至還想學唱。真是有點不可思議。

更沒想到紅毛燒了東東的歌本，反倒生出一本四舊（這本《外國歌曲200首》早就批判過，成四舊了）。

這本四舊，使他又想到市圖書館。忽然，青果想起一件事。

那天，烏嘴還說要放把火「燒」市圖書館。這事轉眼成往事了，眼下他覺得有點「左」。

剛好那些天苗老師不在學校，晚自習兩個同學都開溜，鑽圖書館。晚自習時間，不好去學校圖書館，就跑市圖書館。每晚，他們都要呆到圖書館關門。

市圖書館當然比學校圖書館大。

學校圖書館只有一間閱覽室，一間書庫，設在一幢教學樓的二樓。自習課和周日，還有寒暑假期間對學生開放（寒暑假中，同學們很少到學校圖書館。對此，烏嘴很不滿，說「『假期開放』是捏著鼻子哄自己。」）各班學生輪流到閱覽室看書，很擁擠的，書報又不是很多。對學生而言，圖書借閱是不很方便。青果多次誇大其詞嫌棄說：「點點大的圖書館，形同虛設。」老師們可以直接進入書庫找書，為數不太多的新書，也自然是捷足先登，烏嘴青果羨慕得不得了。

　　市圖書館離學校不遠，藏在臨街一個舊院子裏。院子不大也不小，有點庭院深深似的。兩幢藏書樓有些年月了，都是一樓一底，成丁字形矗立。這裏常常闃然無聲，人很少，有時幾乎沒有讀者來。院子裏有幾棵大樹，歲月滄桑，婆婆娑娑，樹影斑駁。走進來，頓感萬籟俱寂，時光倒流。好在報刊閱覽室還明亮，報紙雜誌多得多，還有許多畫報。兩個小書蟲很興奮，一個個報架，一排排閱覽桌，報紙雜誌一份挨一份，整整齊齊，一長溜一長溜的，想看什麼拿什麼，隨意翻閱。讀者少，讀書讀報也沒誰打擾，真是妙不可言。

　　很快，烏嘴又不知足了，說是報紙雜誌千篇一律，都是一個腔調，只有各地刊登的天氣報導有些不同。青果卻不以為然，他認為革命理論放之四海都一樣，況且，全國各地革命形勢發展都是一派大好，報刊輿論不免萬變不離其宗。烏嘴當即說，你又是報上的，「革命理論」啦，「革命形勢」啦，「一派大好」啦，還說「萬變」，我看就沒變。兩人少不得又是一番抬槓。

　　青果倒是喜愛這個圖書館，甚至於有些戀戀不捨。他家附近的職工食堂，也兼有圖書室的功用。開飯時，飯桌上擺放了許多連環畫。這些娃娃書釘在一塊小木板上，三四本左右分兩疊釘一板。大人小孩邊吃邊看，樣子挺有趣的。只是，這些娃娃書翻久了，殘損不堪，又難得添置新的。食堂一角有間小圖書室，不知道為什麼常年鎖著。青果早就想有個真正的圖書館就好，看書看報舒舒服服。看一本書，列寧盛讚瑞士的圖書館，通過方便的郵寄，在很遠的鄉下能夠借到首都圖書館的書，手續方便，借閱者還不必花錢。這讓青果嚮往不已，和烏嘴說過幾次。烏嘴聽得不耐煩，說，人家的圖書館好不好沒見過，反正眼前我們只有破圖書館。青果說，眼前圖書館還不算「破」，可以啦。

　　青果當然也有不滿足，總是嫌圖書館裏想看的書太少。不過，到底是圖書館，比起自己攢零花錢買的書真是多老鼻子了。苗老師的藏書比不上，烏嘴家的藏書也比不上。市圖書館解放前就有了，房屋舊點，書庫裏

的書雖不敢說浩如煙海，卻也有二三十萬冊，其中還有不少孤本、善本、珍本。「破圖書館」也沒虧待讀書郎，都在這裏雜七雜八找到不少好書看。況且，市圖書館的畫報多，青果眼花繚亂，不亦樂乎。最妙的是，不光有各地地方畫報，還有朝鮮、越南、羅馬尼亞等外國畫報。社會主義兄弟友好國家也是陽光明媚，風光美麗。青果覺得大開眼界。

想讓烏嘴滿意，除非太陽從西邊出來。圖書館有的書，他偏偏都越來越不合口味。他要看的書，圖書館不是沒有，就是有也不借。他看了報，想借《海瑞罷官》，說沒有。借《燕山夜話》，也沒有。借過期的《北京日報》、《北京晚報》，還是說沒有。烏嘴說，過期報紙你們明明都裝訂成冊了，怎麼沒有。圖書管理員說，那是資料，不外借。不但不借，那管理員還用很奇怪，很冷漠的眼光盯著烏嘴。老花眼鏡鬆鬆垮垮架在鼻樑上，鏡片一晃一晃，上面兩隻眼球卻一轉也不轉。烏嘴很惱火，一口一個「破圖書館」。青果說，你也是，明明是毒草，反黨反社會主義，人家會借給你？烏嘴自有道理：我看看就不行啊，是毒草，我也批判批判。青果笑他，人家大批判熱火朝天，自己敲鑼打鼓好端端的，要你幫倒忙啊？烏嘴說，你怎麼總向著圖書館？

其實，青果也有不滿意圖書館的事情。天天迫不急待地往圖書館跑，討厭的是圖書館有規定的開放時間，到點開門，到點關門。平常白天開放時間，他們上學去不了。好不容易晚自習逛到圖書館來，真是恨不得通宵達旦開放。可惜一到九點，管理員就毫不客氣地把他們攆走，關燈閉館。

圖書館關門，烏嘴和青果出來不想回家，到市體育場去。

體育場也早就關燈了。沒有一點星光月色，夜色如沉沉帷幕拉攏了，四周黑森森的。高高的圍牆圍攏在黑暗中，階梯看臺像巨獸一樣翹起臀部跪伏在地，不動聲色。

兩個同學一路上沒說幾句話，到了體育場悶頭坐下，一聲不響，各自想著心事。

　　他們那個「茶話會」，無形中散了好些日子了，烏嘴和青果都沒有覺察到。在班上，幾個要好的同學見面說話還不顯得有什麼生疏之處，只是好像沒有以前那麼愛一起打打鬧鬧了。

　　這陣子，同學們都神色凝重。苗老師各方面都抓得緊，他可不願意班上再鬧出什麼。同學們循規蹈矩，都不想犯紀律。特別是，政治空氣越來越濃，好像要發生什麼似的。雖然，班上學校，還有外面社會上都按部就班。但是，總有一種無形的壓力使同學們感覺不安，神經越來越繃緊了。不過，總的來說，同學們對於政治，尤其是變化莫測的政治運動，常常是又敏感又不敏感。

　　青果愁了好些天。一會兒打氣一會兒洩氣，折騰了一陣子，總算勉勉強強自己過了坎。當然，他還是耿耿於懷。這是他的毛病，有事放不下。

　　這兩天，他畫畫多了。他一畫畫就全神貫注。四、五歲的時候，宿舍大院門口邊總有三五成群的師生畫畫。門口街對面是毛主席讀過書的著名學府，畫在畫上多姿多彩，真好看。他常常在畫畫的師生身邊轉來轉去，童稚的眼睛被多采的畫幅吸引，小小童心五彩繽紛。恰在此時，父親的一個同事送給他一合小臘筆。叔叔真好！他好快樂，抽出一枝，又抽出一枝，紅的畫太陽，綠的畫小草，真棒！五顏六色多美麗啊，他有了自己的神奇世界！「多采朦朧認歲月，畫幅天真憶童心。」這是他後來大了，描寫自己童年塗鴉的詩句。

　　除了都喜歡看書看報，畫畫也是他和烏嘴的共同愛好。他也沒有誰教，逮住什麼畫什麼。照貓畫虎，漸漸地他不滿足。好看的畫，不大好找。小時候，一直到大了讀中學了，他到過的許多地方都沒有美術館。未成年時，他也沒有機會看美術展覽。實在是，那時他所在的那些城市幾乎沒有這種藝術活動。他早就幻想，有一天自己會走進盧浮宮。這座藝術聖殿，他如雷慣耳。一想到盧浮宮，他整個身心完完全全淋浴在藝術光芒之中，一種神聖、純潔、崇高的情感油然而生，靈魂向上飛升。他似乎看著人流湧向《蒙娜麗莎》，卻擠不到前面。他只好在遠處踮足頂禮達‧芬奇的不朽傑作，畫幅之下是一浪一浪的黃頭髮、紅頭髮、灰頭髮、黑頭髮、

白頭髮……盯著湧動的五光十色的「髮浪」，他如醉如癡，一首只有一行詩句的小詩從他內心深處默默溢出：

永恆的微笑塗畫著每一個來訪者。

他這首小詩的題目叫：蒙娜麗莎的快樂。他也是快樂無比的，卻淚眼婆娑。淚光中，騰起一片紅海洋。藝術寶庫的一切珍藏都在燃燒、呻吟，一片「打倒」聲分明如雷霆萬鈞，卻尋聲了無。

他還知道，盧浮宮高高懸掛著德拉克洛瓦的《自由引導人民》。這幅經典名畫，早就和他生了緣分。青果剛上中學的時候，城裏來了個畫家，是上海來的。上海畫家在街上開了間畫鋪，畫些年畫、門神賣。牆壁上也掛了一些水彩或油畫作品，都是小幅的風景畫（這些畫，也是供出售的，彷彿無人問津。青果卻看了一遍又一遍）。這間小畫鋪滿城獨一無二，青果常常去流連。在這裏，他好好比較了國畫和西畫，第一次認識了油畫。看了這個上海畫家的畫，他嗟歎不已。他又很羞愧，從小以來鄰居們、同學們、老師們對自己的誇獎真的不值一提。畫畫，自己太渺小了。有次，上海畫家和一個朋友似的人交談，忽然之間他把自己的一幅作品搬出來看。畫幅卷成好大一筒，席地鋪開，──熱烈、激昂的畫面，炮火硝煙瀰漫。街壘上，一個高大的女革命者（青果認定是革命者）袒胸赤足，一手擎旗，一手持槍，率領著起義者衝鋒陷陣。青果楞楞地看著畫，強烈地感受到了作品的震懾力。上海畫家對朋友介紹，這是他的臨摹作品。畫家一改平常輕柔的上海話語調，說得有點急，說了許多關於原作和自己臨摹過程的話語。青果這才第一次聽說到「德拉克洛瓦」，「自由引導人民」，也第一次聽到了盧浮宮。興奮之餘，青果四處去找這張畫（當然是印刷品）。好不容易找到後，急沖沖地臨摹，一遍又一遍。每一遍，他都很不滿意。原作畫幅260×325CM，他找不到這麼大的紙，更沒辦法弄到這麼大的畫布。油畫，雖說他無師自通，當然很不如意。況且，油畫顏料很不好買，又貴得不得了。因此，他只好用鉛筆，用水彩來勉為其難。他又是個好勝心強的，自然是畫一張不滿意，又畫一張還是不滿意。一幅《自由引導人民》，他也不知道臨摹了多少遍，彷彿上

了癮。由此，青果知道了法國大革命（比上歷史課印象深刻多了），還學上了法語。

那天，他又摸起筆臨摹德拉克洛瓦的《自由引導人民》。多麼英勇雄壯的革命場景，踏著死亡前進。畫著畫著，他把自己也畫了進去，緊跟著革命女神。當然，他把女神高擎的三色旗畫成了一面遮天紅旗。下午放學時，烏嘴一看就說：「你把你畫進去幹什麼？」青果有點得意：「像不像？」「不太像。」「那你怎麼知道是我？」「我猜的。我一猜就是你。」「你不猜是你？」烏嘴卻轉了話鋒：「畫個女的，袒著胸脯，你不怕是耍流氓，反革命？」有一回，青果上課畫了張大衛像，順手撕了一截紙片寫上「遮羞布」，蓋在赤身露體的大衛下體上。這時下課鈴響了，前排鍋鏟轉身看見，很好奇，說：「什麼遮羞布？」順手揭了紙片，跟著就是一聲女生特有的驚叫。花腸子湊過來（他最會在這種時候湊巧出現），很誇張地叫：「哇──」母叫雞趕快擠上前，把大衛抓起來高高揮舞，大呼小叫：「光屁股，耍流氓！資產階級低級趣味！」紅毛鬼子瞄了一眼：「反革命！」

知道烏嘴打趣，青果指著畫說：「我畫了紅旗。」「紅旗就革命？」「紅旗當然就是革命！」「那要看在誰手裏。」「革命紅旗還能在誰手裏？！」「叫你青果，還不服氣。青果子，又生又酸，都成呆頭雁了，小心別從天上掉下來！」

「想什麼呢，你？」烏嘴終於憋不住一聲不吭地黑坐。

「沒想什麼。」

「是在想你那張畫吧？」烏嘴真能說破好生悶氣的同伴的心思。

「懶得想。」青果提不起勁來，怕又說他書呆子。

「喂，那個姚文元是個什麼人物？」烏嘴換了個話題。

「你都不知道。我還不是一樣。」

「這老幾好像有點來頭，真是大塊文章。」烏嘴喜歡捉摸報刊人物和報刊文章。

「管他老幾，人家就是有本事大塊文章。」青果從來都是一心沉浸於馬列經典作家的大部頭著作，不在乎什麼新聞人物有來頭。說到大塊文章，他不由得想起了母叫雞。這傢伙偏偏有些歪才，東拼西湊，喜歡弄些又臭又長的文字，真是懶婆娘的裹腳布。

青果一陣發愣，烏嘴說：

「想什麼啦，大塊文章，你就掉魂了。」

「你才掉魂。」

「別說，人家大塊文章好像有點什麼作用。」

「什麼作用？」

「什麼作用難說，現在報紙都是這種文章。」

「又不關你的事，人家的文章都是革命大批判。」青果天天看報，對時事還是有覺察。

「管他革命不革命，要是我來大批判，我就想大喊大叫。」

青果轉頭看烏嘴，黑呼呼的身影，只有兩隻眼睛在閃光。他心想，革命不革命都不管，叫什麼大批判，還大喊大叫，亂喊亂叫吧。不過，剛才看報紙，又有許多作家、學者和報紙、刊物都被指名批判了。革命大批判這把火早就點起來了，越燒越旺，大有燎原之勢。批了《海瑞罷官》，批《燕山夜話》；批了吳晗，批「吳南星」；批《前線》，批《北京日報》，批《北京晚報》。批來批去，矛頭所向，大有橫掃千軍的氣慨。屈指算來，幾個月了，真是來勢洶洶。只是一篇篇大塊文章，從頭到尾，風生水起，雲譎波詭。小小中學生，很是摸不著頭腦。山雨欲來風滿樓，卻只有乾著急。青果忽然感到有一股莫名的狂躁湧上心來，身上發熱，感覺到烏嘴也彷彿一樣，就問他：

「你激動什麼？」

「就是煩躁。」

「大塊文章惹火燒身啦？」青果調侃他。

「你好意思笑我？」

「我們都是乾著急。」

「大家都是沒事人一樣。」

「誰啊，你不要又張口亂說別人。」

「你看看班上，看看學校裏。」

青果不說話了。

他覺得班上只有自己和烏嘴最愛看報，看了報還為報上的事操心。花腸子平常就愛嘲諷他倆：「太關心國家大事。」紅毛頗為不屑一顧：「他兩個，沒資格。」母叫雞說：「他們管閒事管到天上去了，自己的稀飯都吹不冷」。呆虎頭、二馬虎幾個向來不耐煩看報，老芭蕉、小蘿蔔頭這些同學看報是看報，但是學習抓得緊，這頭任務艱巨。班上讀報的時候，萬金油如常照讀不誤。煞有介事，只是報讀完了，萬金油也就完事了。當然，聽完了報紙，同學們也各忙各的。報紙上在搞大批判，同學們聽了都心不在焉。批作家、批學者，意識形態領域的事，中學生插不上嘴。苗老師有時到班上聽讀報，聽得很認真，全神貫注，卻也沒說什麼，一付無動於衷的樣子。不像他以往，聽了報就對同學們發表長篇大論。學校裏，更是上上下下風平浪靜。但是，氣氛中有一種說不出的沉悶，又不知道是為什麼。

剛才，他們兩個磨磨蹭蹭的不想走，又被圖書館趕了出來。想到這個，青果氣呼呼地說：

「這個破圖書館，只曉得關門。」

「你捨得叫它破圖書館。」烏嘴嘿嘿笑。

「你還好意思笑，還不是你打頭，哇啦哇啦把它叫破的。人家嫌你太能瞎胡鬧，還不早點關門。」

「瞎扯，悶棍打到我頭上。到時間關門，是它的破規矩，白紙黑字，還大模大樣貼了告示。怪我啊。」

「『破規矩』，人家是八小時工作制。哎，到底有沒有8小時？」

兩人掰著手指算了算，圖書館開放時間居然不止八個小時。

兩人又不吭聲了。不知道夜到了什麼時辰了，很晏了，一團漆黑，一絲風也不透。忽然，烏嘴說：

「你帶的本子呢？」

「做什麼？」

「破圖書館，給它放把火！」

「放火，你不會亂來吧？」青果嚇了一跳。

「寫大字報！」

「哦。」

「哦什麼，一點勁都沒有，你寫不寫？」

青果一激靈，點醒了，心裏火也點著了，呼地起身跟上烏嘴。烏嘴已經站起來，往大門外跑。大門外有盞路燈，黃黃的燈光。跟上去後，青果從身上掏出一本作業本翻開，接過烏嘴遞過來的鋼筆，蹲在燈下，照他說的唰唰地寫。

一寫完，兩人一溜小跑，飛快就跑到圖書館。大門緊閉，四下無人。青果急沖沖從本子上撕下剛才的傑作，卻不知怎麼辦才好。兩人找急了眼也找不到合適的地方貼，又沒有漿糊。最後，就只好把那張紙別在大門的把手上。看也不看，兩個同學轉身又一陣風跑了。

下午，還沒放學，烏嘴和青果都惦記著圖書館。本來還有一節自習課，他們就開遛了。

一路上，兩人嘟囔，不知道大字報人家看到沒有。寫在作業本上的東西，紙張小，字也小，太沒氣勢。肯定沒有人看在眼裏。別在門把手上，恐怕夜裏風早就吹不在了。烏嘴說：

「不行，得寫張大的。大字報就是要大，首先從精神上壓垮他們！」

到了圖書館，兩扇大門大大敞開，裏面靜悄悄的，兩人心裏有些發虛。他倆特意留神了門背後，別在門把手上的大字報果真不見了蹤影。正在疑神疑鬼，青果看見大門旁牆上告示欄張貼了才出的通知，整幅紙好大一張。白紙黑字伏伏帖帖：誠懇接受革命讀者的批評幫助，圖書館調整作息制度，延長開放時間，即日執行，等等。

　　烏嘴和青果喜出望外。「大」大字報還沒出手，對手就被降服了。沒想到，那麼不起眼的小小大字報有這麼大的革命威力。

　　「怎麼不改成每天二十四小時開放？」烏嘴咧嘴說，一邊好笑。

　　「你不要人心不足，開放時間延長到這樣就不錯了。」青果激動得不得了。

　　「喂！」隨著齊刷刷一聲大喝，呆虎頭和二馬虎出現了。烏嘴和青果都嚇了一跳，青果轉身說：

　　「鬼鬼祟祟的。」

　　「你們才是。鬼頭鬼腦的，在這裏幹什麼？」二馬虎捅了青果一拳。

　　「能有什麼新鮮花樣，還不是又要看報紙。」呆虎頭覺得沒什麼意思。

　　「學校裏屁股都磨起了老繭，還要跑到這裏來坐冷板凳。」二馬虎也很不感冒。

　　「你們也關心關心國家大事。讀報很重要，又不是學校讀書。」青果趕緊開導說。他知道這兩個不喜歡讀書的頑主兒從學校遛出來，肯定是一心想鬼逛。

　　「到處都是大批判。讀書讀書，學校一點味道都沒有。」烏嘴很有些生氣。

　　苗老師不在學校，參加學校組織的教學觀摩活動去了外地，昨天走的。周校長、唐教導帶隊，學校裏留下的老師人手不夠。班上管得不緊，班幹部萬金油幾個拿同學們沒有多大辦法。烏嘴就拉上青果早早從學校開遛，呆虎頭二馬虎更是樂不可支，好不容易逮個空子自然不客氣，同樣遛之大吉。還有幾個同學也趁機各辦各的瑣事，陰一個陽一個的遲到早退。青果覺得這是情有可原的。他本來就很欣賞東林黨人的「風聲雨聲讀書聲，聲聲入耳」，這幾天卻越來越覺得學校裏的讀書聲很有些不入耳了。他說：

　　「報上報導有大學校長挨大批判了，人家大學有的課都上不成。」

　　「真的？有這樣好？」二馬虎來興趣了。

　　「嘿，我們學校不上課才好。」呆虎頭也勁頭來了。

　　這幾個中學生雖然各有各的心思，卻不約而同很煩學校。打鍾上課，老師開講，佈置作業，打鍾下課。老師們講課，聲調依然四平八穩，慢條斯理。同學們上課聽講，下課埋頭作業。呆虎頭、二馬虎討厭學校越來越乏味了，烏嘴青果卻生氣學校裏一大群書呆子，兩耳不聞窗外事，一心只知死讀書，根本不理會革命大批判風暴正在猛烈吹打。

　　青果還是很有些自得，大字報旗開得勝，好不意氣洋洋。他叫大家進圖書館看報。呆虎頭、二馬虎一臉不情願，烏嘴就說另找地方吹牛。呆虎頭提議去游泳，二馬虎說不想去。他上次游泳挨了苗老師的冤枉，以為是要去尋短見，好笑又好氣，不想再惹瞎猜疑。青果也說不去，時間不多了，要回家吃晚飯。

　　幾個同學正在商量不定，只見花腸子走了過來。

　　花腸子剛從學校放學回家，路過這裏。他平常很難得往烏嘴青果身旁湊，更不願意沾呆虎頭二馬虎的邊。明明看見幾個冤家對頭個個拒人千里的樣子，他卻還是踅了過來。

　　花腸子覷然點點頭，也不知道是和哪個打招呼，一臉滿是廣播要開始的樣子：「剛才雪花膏他們開小組會，有重大新聞。」

　　大家都知道花腸子是風言風語的小廣播，班裏班外的大事小事，同學們聞所未聞的小道消息都由他這個包打聽設在自己嘴巴上的廣播電臺自行廣而告之。不曉得他又有什麼事情要故弄玄虛。

　　再說，小組會能有什麼了不得的新聞。他們班三十六個同學（參軍走了一個），按座位（豎行）分成了四個小組。小組會是各小組的活動，由小組長同學召集，主要是分派班上佈置的各項學習、勞動、衛生等任務，組織小組的集體活動等。最近，政治活動比較多，主要是開展學習雷鋒的活動，如組織上街義務宣傳、做好人好事等。一般每個星期各小組都要例行公事式的開次會，參加的自然是各小組所屬的同學。花腸子和烏嘴青果不在同一個小組，但和雪花膏也不是一個小組的。本來，四個小組下午都開會。青果嫌小組會儘是討論階段數理化測驗預習，沒有一點革命氣息（烏嘴說是沒有「火

藥味」）。他提議讀報學習革命大批判。小組長老芭蕉（他這個學期接替雪花膏成了班上學習委員）覺得測驗迫在眉睫，還是動員小組同學作好功課預習重要。況且，苗老師和班委會都沒有佈置大批判，讀報有萬金油組織全班讀，小組就不再搞算了。烏嘴支持青果，倆張嘴巴說老芭蕉，他不吭聲，就是不答應。小組同學們見狀，很不耐煩。結果，他們小組這天下午就不開會，改第二天定下討論內容再開。其他各小組下午如期開會，不知道都討論些什麼內容，肯定還是動員同學們好好預習，迎接階段測驗這些陳詞濫調。

青果瞄了花腸子一眼：「什麼頭等重要的大新聞，還要勞你大駕。」

不料，他賣起關子來：「你猜猜看。」

烏嘴厭煩他：「不說拉倒，我們走。」

花腸子趕快清了清喉嚨，拉長了了嗓子：「雪花膏在他們小組會說她的地主爺爺熱愛勞動，是靠勞動發家致富的。」

這可真是爆炸性奇聞！眾所周知，地主好逸惡勞，是靠剝削發財的。

青果急忙問：「你怎麼知道？」

花腸子臉一揚：「我親耳聽到的，千真萬確，丁點不漏。我們小組開會在教室前面，雪花膏他們小組在教室後面。」

這個花腸子，真是的，自己小組開會，耳朵卻伸到別人小組去了。

二馬虎喝問：「她反天了，敢說地主愛勞動？」

花腸子生怕大家不相信，竹筒倒黃豆似的嘩啦嘩啦地學說雪花膏的小組會發言。說是深挖自己的思想根源，她卻誇自己的爺爺如何勞動起早貪黑，如何自己頓頓吃稀的，如何克扣家中老小口中食，過年也捨不得給娃娃們縫件新衣服。千辛萬苦，一心省錢賺錢買地。本來家裏只有一小塊地，勉強度日。辛苦了一輩子，好不容易置下田地了。雖然雇了人，自己仍然赤腳下田，才幾年就解放了，劃成分成了地主，冤枉得很。有個賣地給他的，祖宗幾代都是名副其實的大地主，自己又懶又抽鴉片，把家敗光了，沒吃沒喝，反倒劃成了貧農。

幾個同學一聽，個個義憤填膺。階級鬥爭天天有。毛主席說千萬不要忘記階級鬥爭，階級鬥爭就在身邊。

二馬虎當即大叫：「找雪花膏去！」

「走！地主階級反攻倒算了！我們也鬥爭鬥爭，好頑得很！」呆虎頭也吼起來，覺得是好玩的事。

花腸子卻溫吞吞的了：「先向苗老師反映一下吧。」

青果說：「他又不在學校，怎麼反映。」

呆虎頭不管不顧的：「十萬火急，反映個屁。」

「鬼了進村了，開火！」二馬虎興奮得嗷嗷叫，電影裏戰鬥故事片的詞脫口而出。

烏嘴有主意了：「今晚晚自習開個班會，全班同學辯論辯論，我們搞個大批判。」

青果立即贊同：「好，好。開班會，革命大批判。我們自覺革命，不要什麼事都是老師老師的。」

花腸子要開溜了：「我要先回家吃飯去。」

二馬虎鼻子哼了一聲：「就你要吃飯？！老子肚子早就餓了。」

烏嘴揮了下手：「先回去吃飯吧，大家早點去班上。」

幾個同學四散回家。

青果家遠，烏嘴叫去他家吃飯。他家去慣了的，青果是有點猶豫，家家口糧有限。好在他家吃過飯了，給烏嘴留了一碗飯在灶臺上。烏嘴拿了一個空碗，把自己的飯分了一半到碗裏，硬塞給青果。兩人狼吞虎嚥，風捲殘雲。菜是一小碗豆腐腦，青果說，這是最好吃的豆腐腦，天下第一。烏嘴很開心，你是餓昏了吧，別人家的東西就這麼好吃，都是隔鍋香。青果一邊直咂嘴，一邊很認真地說，好吃好吃，真的，不騙你。好久好久，青果還回味無窮，仍然感歎再也沒有吃過那麼好的豆腐腦。

當時，烏嘴和青果心情格外舒暢，愁雲一掃而空。連日來，兩人二次三番事與願違，要多衰有多衰。這下好了，雲開日出，這一天裏大字報馬到成功，革命大批判從天而降。

多麼好啊，「狂飆為我從天落」！

　　轉眼過去三年多了，好像才發生的事。為什麼就那麼激動若狂？是不是很可笑？

　　回過頭來看，青果也想不明白是怎麼回事。總之，也不是「年少」兩個字就說得清楚。

　　「譆，歌舞昇平！」方方從外面回來，進門就嚷。

　　「怎麼樣？你出去這麼長時間，有什麼消息？」青果急忙問他。

　　「消息一大堆，我還以為你們滿不在乎呢！你們三個真是，一天到晚，一個埋頭讀馬列，一個做題，一個嘻嘻哈哈。現在更是閒心好得很，唱上了！」

　　「什麼消息一大堆？」青果叮問。

　　「說出來，嚇死你們。」

　　「你真是會吊胃口，急死人。快說，什麼不得了的，嚇死人。」青果催促他。

　　東東雪花膏不唱了，都抬頭聽方方「嚇死人」。

　　「你們班西葫蘆打死了！還有，小蘿蔔頭也打死了！也是你們班的！」方方一開口就是嚇人。

　　「什麼，他們兩個都打死了？」青果覺得不可思議。

　　「你聽錯沒有？」雪花膏似信不信。

　　「你瞎扯！」東東一點也不想相信。

　　頭前天，他們才聽說蘆筍炸魚把自己炸死了。他們不勝唏噓，沒想到一下子又走了兩個。死怎麼這麼容易？總認為是青年人早上七八點鐘的太陽，突然間就死亡如山，黑沉沉的。這是為什麼？他們三張嘴爭相追問方方，方方只有一張嘴，問急了也說不清楚。他當然說不好詳細經過，他也道聽塗說的。他只是連聲說：

　　「真的真的，他們兩邊要大打了！學校刀光劍影的，我沒敢進去。」

　　「叫你去找老芭蕉，找了沒有？」青果問。

　　「找了。他一看到我急得要命，直問為什麼你還不出城？」

青果頭兩天才找過了老芭蕉，老芭蕉要他快走。

青果想想自己也是好呆，巴巴地趕到學校，眼看復課鬧革命成了泡影，還一個勁傻傻等待。現在學校裏沖啊殺啊，這個亂哄哄的鬧騰勁，難道就沒有個收場？可笑可悲的是雪花膏還有心做題，一心大學夢。他自己原來對上學並不上心，忽然離開校園生活這麼長一段時候了，卻又心裏沒著沒落的。不走又沒辦法，吃飯都是問題。總在東東家不是長久之計，帶來的糧票錢都沒有了，況且有糧票有錢也買不到米和吃的東西了。因此，青果去找老芭蕉，想到那裏去混兩天，還可以參加運動，免得做逍遙派。一見面老芭蕉就叫他走，青果只好改變主意。

回到東東家，大家都說走。可是，東東奶奶說她不走，她年紀大了，行動不方便，還說她要看家。她直說窮家難捨，東東爸爸媽媽回來不能沒有家。

東東奶奶不走，也勸不走，再說她身子骨越來越虛弱。可是，家裏沒糧食了，青果就叫方方去找老芭蕉想辦法。他那天搞忘了這件事，再去又怕呆虎頭二馬虎拽住不放，只好叫方方去。

「你說了沒吃的沒有？老芭蕉沒給想辦法？」

「他給了一袋子米，怕有百十來斤，扛得我要命。在這裏，你沒看見啊？他還說，他會叫人再送來。」

東東奶奶從廚房出來，她看到了米袋子，說：「夠我老太婆三幾個月了，你們那個同學真是好孩子。你們都快走吧！馬上就走！東東和方方，你們看到爸爸媽媽叫他們放心。唉，他們也是好久沒有一點音信！」

說走就走，幾個同學都持了書包，只有幾件換洗衣服，急急忙忙出城。

2

「你做過彩色夢嗎？」СОН（俄文「夢」）問道。

「平常人做夢沒有顏色，不白也不黑。

有人做夢，赤橙黃綠青藍紫，色彩繽紛。」СОН又說。

「你是誰？」自己問COH。

「COH！」

「COH是誰？是屠格涅夫嗎？」

「不是！」RAVEN（英文「烏鴉」）回答。COH不見了，只有RAVEN夢一樣的影子。

「你是坡？」自己又問。

「不對！」是CHAROGNE（法文「獸屍」）回答，卻是一副烏鴉聲音。

「那麼，你是波德賴爾？」

「錯！」CHAROGNE不見了，惡臭刺鼻，揮之不去。

「Tell me what thy lordly name is on the Night's Plutonian shore!」（英語「告訴我你的尊姓大名，在黑夜地府岸上。」）

「Nevermore。」（英語「永不再」。）

這個夢，他做過好多遍。一開始，他一連幾夜都做。後來幾年，他又做過幾回。最先，夢裏只有COH，後來多了RAVEN，再後來又多了CHAROGNE。當然，屠格涅夫，坡，還有波德賴爾都是後來才出現的。

同一個夢，每次卻不盡相同。相同之處是，夢裏總是問「你做過彩色夢嗎？」

於是，他就問自己，也問同學，你做過彩色夢嗎？

他猜測自己是日有所思，夜的有所夢。

熱天裏晚上，大家都在門口乘涼。晚飯後，太陽落了，家家戶戶趕快灑掃門前，搬出竹椅竹床擺了一空坪，男女老少或坐或躺，差不多要到半夜後才進屋去睡，有人貪涼快就在外面睡到天亮。他很喜歡露宿納涼，竹床用水抹過了，涼冰冰的，躺在上面很愜意。這時，媽媽往往坐在一旁為他和弟妹們揮著蒲扇，涼風絲絲柔柔的。星星密密點點，在高不可攀的黑幽幽的夜空中閃閃爍爍眨著眼睛。他盯著天上的星星，數著數著就睡著

了。當然，晚上在門口乘涼更好的是能夠聽東東奶奶講老話。順便說一句，沿習下來，不管是不是熱天，只要天氣好，大家都愛晚飯後在門前閑坐。這樣，不僅是大家交往熱鬧，實在是家家住房太小，屋裏悶。

東東奶奶人老話多，乘涼時說不完的話。不知道東東婆婆是否上過學，反正能說會道，有板有眼，話裏藏著故事，藏著人物。她慢慢悠悠地東拉西扯，漫無年歲時間，說著許多不著邊際的話。東東奶奶話語平靜，如細細溪水，汨汨流淌，來無源，去無跡。他不太搞得清楚她是在述說自己的往事呢，還是在說道別人家的閒事。他往往一邊聽著她說話，一邊望著她的臉出神。她的話在她臉上的皺紋裏飄，搖搖曳曳如風中的蜘蛛網。那些話語也好像一塊塊小石子投進他心裏，泛起一道道漣漪。

他平常對東東奶奶的話有些著迷，又半信半疑。東東奶奶好敬神敬鬼，他有些見不得。七月半是鬼節，老太太總會在門口擺張方凳，供上幾碗食品，肉啦、飯啦，還有水果，然後對著跪下磕頭。他見了心裏發毛，趕緊把臉轉過一邊，快些走開。他看不得頭一磕下去，白頭髮就飄起來，更看不得對鬼神這副虔誠的樣子。（夢中旁白，白頭髮啦、鬼神啦，都和夢一樣，都令人虔誠。可惜他總是心裏發虛。）

據說，東東奶奶以前常去廟裏燒香許願。現在解放多年，廟也沒有了，廟裏的菩薩更沒有了，老太太只好在家門口從簡行事。

東東奶奶的兒子是幹部，這個幹部兒子對母親的舉動內心頗有微詞，又不太好干涉。東東和方方受了父親的教育，說奶奶搞迷信。東方奶奶說不是迷信，是祭祖，祭先人。他很不以為然，心想現在誰還這樣燒香磕頭的。

但是，晚上乘涼，只要東方奶奶一坐在門前，他還是願意往她身邊湊。（夢中旁白，東方婆婆，夢一樣，簡直是夢托生的，是個夢巫師。）

東東奶奶東拉西扯，說來說去，總要說到夢。她的老古話裏，大凡非凡了得之人不是異夢托生的，就是有奇夢來印證他們的不同凡響。他知道這話當不得真，卻還是聽得有味。管它的，反正過癮。聽得有趣時，他還忍不住刨根問底。可惜東東奶奶常常語焉不詳，也不高興他的盤問，總是不予理睬。過後，他就東想西想，自己琢磨東東奶奶講的夢是怎麼回事。

　　有一次，東東奶奶說以前她家有個先人到一個地方去做事。新到一地，頭一夜是要到廟裏過的。這樣，城隍菩薩就會來托夢，金口玉言，囑咐丁寧，做事就不會出錯，大吉大利。到廟裏祈夢是很有講究的，先要齋戒、沐浴來潔身，還要在祭壇燒紙，紙上寫著禱祝的詞，誠心禱告。她家先人祈夢儀式恭恭敬敬，夢很靈驗，夢裏金光四射。東東奶奶說到這裏，她兒子來打岔，就沒有說了。真掃興。好幾天，他都在想東東奶奶說的「以前」恐怕是古時候，她家「先人」一定是做官的。「做事」就是做官。以前他聽說過古時候當官的到廟裏祈夢的說法，模模糊糊的，從來沒有把這當回事。沒想到真的有人做過祈夢這檔子事，還是鄰居家裏的先人。不知道做了個什麼夢，金光四射的。當然，他打破腦袋也想不出來，東東奶奶又不說下去。

　　越不說下去越想刨根問底，搞得他總是想來想去。因此，他就做了這麼一個沒頭沒腦的夢。

　　夢真的有顏色嗎？原來沒有注意過，不知道自己做的夢究竟有沒有顏色。仔細回想了一下，以前做過的夢好像沒有顏色。真是有點詫異，覺得不應該是這樣。自己做夢肯定是彩色的，怎麼會不是？

　　因此，他決定自己來做彩色夢。

　　但是，出乎意料，一連好多次他認為一定能做成彩色夢，卻都落空了。其中，有兩次夢都沒有做成。在夢裏睜大了眼睛，夢後使勁回想，卻根本沒看到任何顏色，甚至連黑色、白色、灰色都沒看到過。

　　常言道心想事成，才不相信自己居然不能「心想夢成」。他下定決心，一定要做出彩色夢來。

　　彩色夢多好，夢裏，「赤橙黃綠青藍紫，誰持彩練當空舞」。這樣絢麗多彩的夢該多迷人。

　　赤，紅，讓人感覺蓬蓬勃勃，一顆心向上向上，和太陽融為一體，和滿天朝霞融為一體。紅彤彤的光芒是從心底湧來的，湧出胸膛，鋪天蓋地。紅，就是生命，就是朝氣，就是擁抱一切。

橙，不管是紅裏透著黃，還是黃裏透著紅，總是讓人感到果實成熟的芬芳和甜美撲鼻而來。所有的日子就像誘人的橙色果子，大大小小的，一個個在眼前飛舞、飛舞。

黃，金光閃閃的，像一根根黃金權杖，又像是孫大聖的金箍棒，眼花繚亂地揮舞著，飛過河流，飛過高山，喝令重重黃燦燦的巨門洞開，所有的心願一齊迎面撲出來。黃色真是神通廣大。

綠，令人覺得是草原在向地平線無窮無盡地伸展，彷彿是如茵草的身軀、四肢貼平在大地上，長啊長啊。其間的腐朽真的算不了什麼，春風化雨，新綠更綠，連風也綠了，綠滿人生彼岸。

青，到底是綠，是藍，還是黑？不必去管它。只須知道青是春草的色彩，青是藍天的色彩，青是黑髮的色彩。青，比喻年輕。可見，青是一種多麼美的色彩。

藍，如天空寧靜，如大海深沉。凝視藍，理智也藍了，沉思也藍了，一切都平靜了。藍會將歲月濾得更平淡、更平和，無痕無跡。只有藍，還是藍。

紫，是神秘的。人們總感覺把握不住紫。紫色令人捉摸不定。這華貴靜謐的色彩的背後似乎有許多獵奇，許多秘寶，許多密語秘聞。人們總是忍不住要窺視，竊聽，尋嗅，可是，紫總是秘而不宣、不示。

赤橙黃綠青藍紫，七彩如夢，夢如七彩，多美呀！

七彩又何止是七種色彩，它千變萬化，萬千多彩。這繽紛色彩中，尤其是不能忘了其中的黑色。

黑，黑暗，它代表死亡，又象徵復活。他是不怕黑的，敢走夜路，何況年少距死亡尚遠。他甚至喜歡黑，他是堅信復活的。正如黑夜連著黑暗，也連著光明。

堅決要做七彩夢！求求你了，彩色的美夢！

遠古的美夢能使氏族女人蓬勃生育，使生番男人驍勇善戰。一代接一代，祖先們抱定了信念，美夢能消災祛病，能預示美好的末來。祖先們是崇拜夢的祖先，是乞求美夢的祖先。

　　自己這個人就是這樣，雖然不迷信，卻有追求，而且決不放棄。別人看來，這有些癡迷。才不在乎！要堅信人生就是為了夢，做美夢，做好大一個美夢。不做夢，人們將與一切神聖、聖潔、崇高和偉大相隔絕。

　　就是要到彩色的夢境裏去。

　　要像蘇格拉底一樣明白斷言，做夢使自己更能抓住事實的真相。也要學著像亞里斯多德那樣安靜，在夢中瞭解到更多的東西。

　　真想去南美洲的一個地方，像那裏的人也去吃下能產生幻覺的植物，獨居並戒除慾望以夢見並獲得遠古的英勇靈魂。真想去非洲的一塊高地，去加入那裏醞釀夢的行列，做一名守夜的夢師，好喚醒每一個做夢的人講出自己的夢。

　　給自己找一塊聖地吧，等候卓絕的美夢降臨。獨處靜室，守候著；默坐草坡，守候著；靜佇河岸，守候著。要在彩夢中與自己的內心相對視。來吧，一遍遍默誦沃爾特·惠特曼的詩句：大自然、田野、高山，風景如畫，暴風雨後的天空格外美麗，夜晚的月光如此明媚，……我做夢，我做夢，我做夢。這美妙的詩句如醉如癡，幾乎要喊出來了。（夢中旁白：先人們世人們尋夢，令他著迷。我很高興。我想我已經告訴過他，夢將使他的肉體與心靈和諧統一。夢是啟示，夢是改變，夢是創造，夢是生命。我要一千遍地告訴他，好好做夢窺視自己，竊聽自己，認識自己，把握自己。我還要一萬遍地告訴他，清清醒醒地做夢吧！）

　　他真是在想一切辦法做彩色夢。越是不成，越是要做。一次次破滅，一遍遍重來。躺也做夢，立也做夢；站也做夢，走也做夢；睡也做夢，醒也做夢。甚至於做白日夢，白日做夢。

　　就是要做彩色夢。

　　做吧做吧！

　　好個彩色夢！

　　（夢中旁白：諒他一輩子也搞不清楚他這是在尋夢，還是夢在尋他？）

可惜，他沒有把做彩色夢進行到底。

他曾冒昧問過東東，祖上有過做官的沒有？東東說，沒聽說過。他說，你奶奶說你家做事的人做夢金光四射。東東含糊其詞說，奶奶說的是夢，你還當真啊？他也問過方方。方方說，奶奶有本家譜，翻一翻就知道。方方記得看見過這本家譜一次，可惜，卻再也找不到了。肯定是奶奶把它收藏起來了。問她，她說沒有了。方方不信，說那是她老人家的命根子，說沒有就沒有了？他也不好再追問下去，再問就成了查戶口的，太不像樣了。

因此，他的彩色夢不了了之。

並且，他不想做夢了，也好久好久不做夢了。

可是，夢偏偏不請自來。夢就是樣，要來就來，門檻子也擋不住。

一座宏大的建築。

一陣頭暈目眩，建築化為城市。

又是頭暈目眩，城市化為廟宇。

爾後，頭暈目眩不斷，廟宇化為山脈。

山脈化為森林。

森林化為海洋。

海洋化為暴風雨。

所有這些，一晃而逝。

令人目瞪口呆，心亂如麻的萬花筒！

Высокий порог（俄文：一道高高的門檻）。

Once upon a midnight dreary（英文：從前一個陰沈的半夜）。

Le soleil rayonnait sur cette porriture（法文：太陽輻射在這頭死獸上）。

徹骨的寒氣。

深處一張貓臉。

最恨貓。

爪子一抹，貓臉變虎臉。

虎紋王字好大好大，虎口大張，占了整張臉。

爪子又一抹，虎臉變耗子臉。

耗子臉怎麼這樣？

明明是尖吻小耳細目。

一變，卻成了闊嘴大耳，環眼倍大，目光如炬。

更為奇特的是五官都長在頭臉的左側：兩隻左眼，兩隻左耳，左鼻子左嘴唇。

還有，四肢都長在左側，左手左腳。

大腦長在頭部外面，心臟長在胸脯外面，當然都是左的！萬人矚目！

隨著一陣獸屍惡臭，一個烏鴉聲音：

誰敢說我是耗子？！

我是五彩鼠！

五彩鼠屬鼠，是鼠娃。

但是，五彩鼠超脫了所有的老鼠耗子。

都說鼠目寸光，五彩鼠目光遠大，胸懷理想。

都說膽小如鼠，五彩鼠敢打敢拼，意氣風發。

五彩鼠不是過街喊打，鑽地洞的小輩。他們個個時而體大如恐龍，時而小得如滄海一粟。他們迎風而長，在天地間迎風變化。

五彩鼠與眾不同。

　　五彩鼠比牛更牛氣，比虎更威猛，比兔更祥瑞，比龍更神通廣大，比蛇更令人敬畏，比前程萬里的馬更加飛黃騰達，比羊更善良更美（羊居然擁有美的殊榮），比猴更機靈更聰明，比雞更具五德（更能一唱天下白），比狗更忠誠（和狗一樣吞日食月，不在話下），比作為封豕的豬（可見豬踏實真誠，雖然有點自私）更能為所欲為（卻不能被羿擒殺）。

　　鼠在生肖中排列第一。

　　牛四趾（偶），虎五趾（奇），兔四趾（偶），龍五趾（奇），蛇無趾（同偶），馬一趾（奇），羊四趾（偶），猴五趾（奇），雞四趾（偶），狗五趾（奇），豬四趾（偶）。這些生肖的前後左右足趾數相同（雖然蛇無趾），非偶即奇。鼠獨是前足四趾，後足五趾，奇偶同體。所以，鼠居第一。

　　五彩鼠更是數第一。

　　五彩鼠也是四個手指，五個腳趾。但是，五彩的雙手取代了鼠的前足。這就是超越！

　　五彩鼠毛髮五彩繽紛！通體錦毛光芒四射，張如刀劍，收如綢緞。

　　五彩鼠的心（好左），比血紅，比天廣。老鼠耗子不能比，人也不能比。真是心如鐵石，迸發電光石火！

　　五彩鼠的大腦（好左好左），不但超越了老鼠耗子，並且超越了人類，超越了時空。

　　最能數第一的是，五彩鼠開天闢地最最左！

　　拔一根，一吹又是一個五彩鼠娃。

　　拔一根一個，拔一根一個。

　　好多好多，充塞天地。

　　五彩鼠一哄而出。大喊大叫：左左左！

左手左腳狂舞不住，如百萬火牛狂奔，如千萬蟑螂湧動。

五彩鼠趕上了偉大的新的「鼠咬天開」，大鬧天宮！
（夢中旁白：都說老鼠咬得凶，全是貓鬧的。）

鴉聲喧囂如雷，獸屍惡臭。

五彩鼠盜了天火息壤，在半天空下不來……
兒歌聲聲：
小老鼠，上燈檯。
偷油吃，下不來。
唧唧唧，叫奶奶。
奶奶不肯來，
嘰哩咕嚕滾下來。

天火息壤是一本《左宇宙左年曆》。
這是開天闢地數第一的神曆，不是老皇曆。
這本神曆，翻到哪一頁宇宙就進入哪一年。翻到 1,966 頁，就進入西元 1966 年。翻到 2,000 頁，就進入西元 2000 年。翻到 10,000 頁，那就是西元 10000 年了。《左宇宙左年曆》隨便翻，隨心所欲，天從人願。

當然，翻神奇的《左宇宙左年曆》，可以回到古老的恐龍時代，甚至於回到宇宙大爆炸最初那一秒鐘，也能夠即刻就跨進遙遠的鼠娃時代。到了鼠娃時代，五彩鼠就進入了偉大的自由王國。

五彩鼠天性不安分守己。
開始是有個別五彩鼠唧唧吱吱，神曆出現了。已經有某某五彩鼠親眼看見了，太顯神奇了。
一傳十，十傳百，五彩鼠全都煞有介事，全都熱淚盈眶，熱血沸騰。

每一個五彩鼠娃都很驕傲，只有自己見到了神曆。

每一個五彩鼠娃都絕不相信別的鼠娃，別的鼠娃都是老鼠耗子。

鴉聲喧囂如雷，獸屍惡臭。

天地如卵，黑天苟地，混沌一片，五彩鼠上竄下跳，瘋狂撕咬，相互咬成一團。

瞬間，天地千瘡百孔，流淌一股股——「左」。

「左」的瀑布在飛洩，血腥味、火焦味騰空而起。

「左」的色彩是一種左色。說是紅的，卻千真萬確不像紅，紅得發紫，發黑。紅得黑黢黢的左色，令人髮指，膽戰心驚。

突如其來，五彩鼠感覺到六面都是左，為六個左面所困……這六個左面彷彿是透明的，透明如陽光燦爛……卻好像在萬丈深海的海底，不見五指，重壓之下，身軀扁平如玻璃，慢吞吞開裂，裂紋拉開，如地面在大地震中張開黑魅魅的豁口……五彩鼠不斷地往下墜……驚叫啞聲啞氣……身子比羽毛輕，魂魄卻綁著石磨盤……

掙扎是徒勞無益的……這種掙扎手舞足蹈，一如飛翔……直上霄漢……

太陽在飛翔……陽光洶湧澎湃……

分明是一條明媚的大河，平靜、陽光如瀑……

看不見河水……只感到親切……急切投入巨大的懷抱……

啊，故鄉的河……卻分明是夢中的大河……「一條大河波浪寬」……歷經苦難，一路高歌奮進，百折不撓地奔向日月星辰的壯闊大海……

張開五彩繽紛的毛髮，如生出了夢的雙翼，溯源而上……千山萬壑，縱橫交錯，擦著翅膀呼嘯而過……浩浩江水迎面而來，橫衝直撞，如千軍萬馬奪峽而出，不可阻擋……

情不自禁引吭高歌：

　　峽水爭先如雪崩，寒生絕壁三千尺。
　　雪山俯首凝顏色，跳虎回頭毛髮直。
　　峽吼已千年，血沸當長嘯——
　　人生百年，要須轟轟烈烈酣暢淋漓爭當時。

　　河對面是無邊無盡的橘子林，晨霧捧起一條乳白色的紗帶，輕輕盈盈，飄飄蕩蕩……玫瑰色的天空，久久地懸著一輪紅日，又慈愛，又親切，又安祥……那是父親健康的紅潤面龐，最本色的臉……

　　迎面走去，彷彿要走進太陽裏去……走進那永恆的喜悅和祥和……走進那美妙的遙遠的召喚……

　　多麼快樂……一邊跑一邊歡呼，手之舞之，足之蹈之……背心、褲叉，還有考試後抓在手裏的墨水瓶，紛紛使勁扔向空中……一切累贅都扔得乾乾淨淨……

　　一頭紮在河裏，任平靜、柔腸百轉的河水擁抱……

　　河水任由下潛……氣息悠悠，搖頭擺尾，忽上忽下，忽左忽右……剎那間，體會到了鶩遊和飛翔……魚和鷹都是快樂無比的呀……

　　猛然，頭頂碰得生疼……睜開眼睛，一片昏暗，上方黑壓壓的……　河水不再透明……不再蔚藍……四面八方都樹起了高牆，黑森森的……浮不上去了……頭碰手推肩撞……無計可施……

　　忽然醒悟——得意忘形之間，鑽到了竹筏底下。這些竹筏平常在河上來來往往，停泊時頭尾銜接，一排搭靠在一排上，常常占了半邊河面寬，順著河岸綿延上百米，甚至更長。

　　早已慌了手腳……六神無主……六個左面之困……不可逃脫……每一面都拆不開……拆開又合攏……每一面都是「左」，黑黢黢的紅，紅得毛

骨悚然，紅得心驚肉跳，並且血腥火焦……明明是水下，卻好像是在懸崖邊……站不住腳……萬丈深淵張開血盆大口……闃無聲息……

還好……

好一陣後……忽然……不遠處上方……有了亮光……「我」來了（「我」是夢嗎？「我」總是自己的救星嗎？）……密密砸砸的竹筏之間……留有一處空隙……黑暗的河水居然網開一面……「我」剛好可容伸出頭……大口喘氣……鑽出身子……

身上被竹筏劃破……血滴在河水中洇開……猩紅的蒲公英……一團團搖搖晃晃……從河水中飛出來……鋪天蓋地……

他一直想做彩色夢，這次似乎如願以償。

從夢中醒來，他很平靜（如願之後，往往不過如此）。

他試著破譯夢幻，建築如城堡暗示隔膜，城市擁擠不堪暗示困惑，廟宇充滿密室暗示安寧，山脈暗示激情，森林暗示無法預測的勢力，海洋暗示潛意識，而暴風雨一定是暗示熱情和憤怒。但是，往下，他覺得無法破譯。

他有些疑惑，五彩鼠溺水（溺「左」，溺「紅」）怎麼那樣渾然無知，冥頑不靈？他更疑惑，五彩鼠明明是上天入地，怎麼會溺水？難道，天上地下也有竹筏壓頂嗎？

難怪，東東奶奶說他，命裏難逃水。

不是從來不信讖語嗎？還是信了。不然，好端端的，早就不做的夢又找上門來，無法說得通。

不要強嘴說不信，一下水就忘了，一下水就不知道自己是什麼。

也是五彩鼠嗎？誰是五彩鼠？

　　不過，他像以往那樣，仔細回想了幾遍。五彩鼠並不五彩繽紛，紅也不是真正的紅。都是蒼白的，蒼白的五彩繽紛，蒼白的紅。

　　也就是說，夢中所見，不是彩色的。那五彩繽紛，那紅，都只是他的感覺。

　　那本神曆，也是沒有的。它從夢中來，已經隨夢而飄逝。

　　一切轟轟烈烈都將歸於平常軌道。

　　他問自己，你忘了彩色夢嗎？

　　他說，我忘不了。方方告訴我，奶奶答應把故事講完。也許，我能找到做夢金光四射的先賢。彩色夢一定能找到志同道合的尋夢者！

　　這時，他又堅信，真正的彩色夢前無古人。

　　但是，他的堅信又只有五分鐘熱度。

　　所以，他不會把五彩鼠的夢告訴任何人，也不會再問人，你做過彩色夢嗎？

　　東東奶奶無疾而終。

　　他們從東東家逃離而去，三天後，東東奶奶一大早自己沐浴了，穿得整整齊齊，躺在床上，安安祥祥。她平平靜靜走了，她的親人們都在別的地方。其實，東東的爸爸媽媽在此後兩天，也和東東奶奶相見了。也許，東東奶奶就是有預感，先去等待久別而歸的兒女。

　　那本家譜不知去向。

3

　　「沒想到下了鄉，越來越沒意思」青果說。

　　「那你怎麼說在農村還好些？」雪花膏問。

　　「那是下來時說的，兩回事。」

「怎麼兩回事？」

「我不是冒充革命，唱高調。這個你們都知道，我自己覺得反正沒地方去，下鄉就下鄉。農村有農村的好處唄。」

「有什麼好處？」

「誰還不知道他，盡想好事唄。廣闊天地，悠然見南山，讀書油燈下。」東東笑嘻嘻地數說。

　　響應毛主席的號召，知識青年到農村接受貧下中農的再教育。時髦的說法，叫做廣闊天地煉紅心。烏嘴說，我沒有這麼革命。什麼廣闊天地？明明是走投無路。哪個心甘情願下鄉，四處趕人快快滾蛋，人不留人，天也不留。青果當然也不大吹大擂下鄉如何如何革命（經過文化大革命的洗禮，他早就不把革命掛在嘴巴上了），只是隨口說了句，農村還好些。

　　他心裏想，下了鄉，田裏地裏就那麼回事。農忙下鄉搶收，還有學校農場，農活沒少做過。收了工，特別是農閒了，清風明月好讀書。陶淵明歸田園高興得不得了，「久在樊籠裏，復得返自然」。搞了幾年文化大革命，憋悶了幾年，終於可以長長地吐口氣了。這些心裏話，他沒有說出來。

　　剛下鄉那陣子，早上一起床，青果就放聲高唱，心情舒暢。地裏山上，打谷砍柴，生龍活虎。天黑了，小馬燈下，常常讀書達旦。他還把「採菊東籬下，悠然見南山」，唸得有滋有味的。

　　有事沒事，青果和小組幾個人三五成群到其他生產隊知青點串門。他們東扯西拉，無非是「胸懷祖國，放眼世界」，「接受再教育」，只是豪言壯語都變了怪話笑料冷言冷語。柴米油鹽的事，一時還沒有把他們打倒。

　　公社開會的日子，是知青們聚會的好機會。這時候，知青們吵吵嚷嚷，嘻嘻哈哈，比趕集還喧鬧。社員們（知青們當然也應該叫社員，但一般來講，不這樣稱呼他們）不聲不響，無動於衷。不知道他們是高興不起來，還是過於隔膜。反正，滿臉寫著茹苦含辛的貧下中農們無論對什麼都一貫安之若命。

　　青果想當然的躬耕之樂，卻被「面朝黃土背朝天」的日子一點一點地抹去。

　　那年頭，動不動就敲鑼打鼓慶祝「偉大勝利」（億萬人民的真正的偉大勝利仍然尚在「於無聲處」），或者「熱烈歡迎」、「熱烈歡送」。
　　一陣敲鑼打鼓歡送知識青年下鄉之後，很快，他們就被遺忘了。

　　烏嘴青果他們十一個人挑了個躲開敲鑼打鼓的日子，搭了一輛順路大卡車下鄉。到了公路盡頭，他們邁開大步就走。一路上，他們高唱「滿懷希望，滿懷理想……」。
　　到了生產隊，一行人徑直奔往安排給他們的住所。萬金油烏嘴來聯繫過，把大家的行李先行送來了，知道在哪裡。
　　是一棟乾打壘的土屋，一溜四張門四個房間。烏嘴說，請女生們使鼻子死勁聞聞，你們的閨房香不香？風秀球說，你不要討嫌。萬金油笑著解釋，這房子原來是隊上的牛棚，才蓋的，沒用兩天，都打整乾淨了。兩頭鰍叫起來，怎麼這樣？烏嘴說，反正是我們是發配下來交貧下中農調教的牛崽子，正合適！萬金油說，別說怪話了。青果沒說什麼，心想不是說撥了錢物給知青蓋住房，怎麼牛棚就充數了。
　　這時，風秀球在土屋旁邊另搭建的一間偏房前叫嚷，快來看！大家過去，擠在門前，裡面正中挖了好大一個坑，貼牆腳四周留了一圈兩尺寬地。
　　烏嘴哈哈大笑，好大的茅坑！大家都跟著笑。星期天說，這要是屙滿了，怎麼得了？烏嘴說，所以，你上茅廁不要打瞌睡。睡著了栽下去，滅頂之災哦！大家越發笑得利害。
　　星期天在班上有個「貴恙」，上課鈴一響，他就打瞌睡。有一次考試，第一遍鈴聲響過，他強打著精神，呵欠連天。試卷發下來，他看了看，順便用手指頭沾了口水在課桌一角寫了幾個字。這時，鈴聲又響了，可以答卷了。同學們都動筆答題，他卻昏昏沉沉睡著了。監考老師走過

來，在他桌板上敲了兩下。他從夢中醒來，慌忙找答案，他才用口水寫下的。可惜，早就不見了蹤跡。下了課，他很是懊喪，連聲說，這道題我明明能答對，我還把答案寫在桌板上了。問他怎麼回事，他一說如此這般，聽到的同學都笑話他。他還有個毛病，每每在課堂上一覺醒來，不管是那天，他總是張口就問，今天星期幾？烏嘴逗他，星期天，放心睡。次數多了，同學們就叫他星期天。

村裏不見人影，在知青土屋前，第一個（也是唯一的一個）迎接他們的是一個赤膊大小子。他叉手胸前，瞪著雙眼，一言不發。他們原本就沒有指望「熱烈歡迎」，不過，這種禮遇卻還是令他們有點意想不到。

他們所在的二大隊第九生產隊座落在群山懷抱中，村子對面是寬寬的大河，河流在這裏拐了一個彎，上游兩岸重巒疊嶂，下游彎彎曲曲流向城區，繞城而過。村子到公社十來里路，沿河依次排列著其他八個生產隊（往前還有一大隊的十二個生產隊）。進城，還有五六十里路。

他們學校下鄉知青，整體安排在兩個公社。烏嘴青果一個小組，在東風公社，小組裏還有萬金油、雪花膏、東東、風繡球、螺絲刀、星期天、菜幫子，牙膏皮和兩頭鰍。東風公社兩個大隊，一大隊十二個生產隊，二大隊九個生產隊，每個生產隊都接收了約十個（或多或少）知識青年。

萬金油和烏嘴去找生產隊長，青果跟在後面。

隊長姓趙，萬金油恭恭敬敬叫他趙隊長。一路上，青果本來也是肅然起敬，還對烏嘴說，接受再教育，可不敢小瞧隊長。見面一看，一個糟老頭，塌鼻子，鬍鬚拉雜。萬金油叫了他一聲，他也不答應，大模大樣地說，來了，明天出工。聽口音，怪怪的，他不是本地人。話一出口，他轉身就走，邊走邊大聲咳嗽，咳得很有氣勢。萬金油追上去，趙隊長，我們出工做什麼工作？老頭腳步不停，邊咳邊說，這裏有甚鬼工作？打穀子！大概他從來沒聽過把農活叫工作。他走路很快，操練過的。

烏嘴說，原來這就叫再教育啊？青果覺得隊長應該有個發聾振聵或咳唾成珠的開場白，像苗老師當班主任第一天到班上那樣。不過，這樣也好，免得聽費話。

後來，同學們才知道，隊長有個顯赫的尊稱「老將軍」。隊長是當過兵的，可惜當的是國民黨的兵。這讓同學們好生驚疑，真是咄咄怪事。生產隊長怎麼是個國民黨兵，隊裏的階級鬥爭是怎麼搞的？

老將軍是山西人，當年被抓了壯丁，居然在國民黨軍隊裏混了個小班長。他打過幾仗，打的是日本鬼子。國民黨兵就是不經打，潰不成軍。打了敗仗，老將軍也找不著隊伍了，就流落在這裏當了莊稼人。後來，他入贅當了上門女婿，多子多福，居然還當上一隊之長。老將軍一說起打日本鬼子，咳不成聲。日本鬼子狗甚的，甚鬼日的，凶咧！鐵鱉（聽了幾次，青果才知道是坦克車）嗷嗷的，拼刺刀嗷嗷的。俺們每打一仗，血淌的遍地都是，死的人堆得小山一樣。

青果很不屑，盡是長日本鬼子的威風，好意思叫老將軍。

但是，別看盡打敗仗，這兵也不是白當的，到頭來就是掙了個老將軍名號。老將軍不光走路操練過，說話做事都大有丘八作風。雖然只讀過幾天書，他走南闖北，出生入死，腦瓜子活，膽大心細。他老婆是村裏人，有人有勢。這種人在農村並不多，要不是當過國民黨兵，說不定他能把隊長的「長」當到大隊、公社去。況且，他的兒女有的在大隊公社做革命工作，還有的在城裏做革命工作。他的么兒是隊裏的記分員，就是那個冷眼迎接他們到來的赤膊大小子。隊裏的胡會計，是老將軍的女婿（他大女兒就是胡會計的老婆，病死了，守寡的三女兒又嫁給了胡會計）。

當時，有句豪言壯語，石油工人一聲吼，地球也要抖三抖。套用過來，老將軍咳嗽一聲，村裏老少爺們都要伸長耳朵聽。青果沒有打聽過老將軍何時當上隊長的，反正公社化大辦食堂那陣他就是了。別的的隊辦食堂餓死人，隊長都下臺了。老將軍偏偏沒有下臺，他隊裏也餓死了人。青果聽過一個年紀輩份都比老將軍大的老太太說，老將軍小雜毛，辦食堂餓

死人！那口氣說不上恨，也說不上不恨。怪怪的稱呼，也在乎親昵和嫌憎之間。

隊裏老老小小都叫他老將軍，同學們也只好跟著叫，就不叫他趙隊長了。叫他隊長，他雖然不詫異，眼珠子卻有點怪怪的發愣。

貧協主席姓秦，都叫他秦主席。青果說，他怎麼叫做主席？烏嘴說，怎麼啦，不能叫他主席？青果說，毛主席才是主席，主席怎麼能亂叫？烏嘴說，人家貧協主席就不准叫主席？青果說，除了毛主席，周總理，中央領導都叫同志。烏嘴呃了呃嘴巴，那你就叫他同志，秦同志。青果連忙搖頭，不行不行，人家大小是個頭頭，管著我們知青。我們是來接受再教育的，敢亂叫他同志？烏嘴說，那就叫他貧協主席。青果說，太囉嗦了。烏嘴笑他，還是嘛，就叫主席好。青果摳了摳頭，不好，怪怪的。烏嘴很不以為然，你才怪，扯牛皮筋。說來說去，青果無可奈何，也只好隨大流，叫這位貧協主席「秦主席。」

看秦主席的臉，就知道他是貧下中農。他面目黧黑，一臉皺紋溝壑，樸實寬厚而木然。秦主席是個悶葫蘆，照苗老師的說法，訥訥不出於口。青果覺得他肯定是苦大仇深，看起來一副如牛負重的模樣，卻一句訴苦的話也沒有。和他說話，他眼珠子混混濁濁看著你，只是聽，一言不發。看著他，也不知道他是不是痛苦、悲哀、憂愁、煩惱？青果往往心生感歎，悲天憫人，又很無助。秦主席家就挨著知青屋，沒有圍牆，知青們抬腳就可以進去。他家最有貧下中農的樣子，太窮了！乾打壘土房，瓦片疏漏，牆壁沒有抹過泥，爬滿裂紋。三間房間，昏暗雜亂，農具橫七豎八，丟棄一地。進門靠裏面有一張木桌，顏色看不清楚。這間堂屋，使未經刨過的木板（灰撲撲的）隔了一層閣樓，堆放糧食。兩邊裏屋，青果沒有進去過，萬金油看過說，不知道床上墊的是什麼，黑乎乎的被絮像魚網一樣堆成一團。

秦主席就是能代表貧下中農，才四十出頭，卻有五個女兒。大的十七八歲，小的六七歲。從大到小，依次叫召娣、喚娣、續娣、來娣和有

娣。其間，還兩個女嬰沒成活。眼見得秦主席的愛人（這是萬金油的叫法。村裏都叫她秦家屋裏的，或召娣媽。這裏農村婦女都是這樣，她自己的姓名沒什麼人叫，不是不知道，就是知道了也想不起來。村裏人叫法，知青叫不慣。叫愛人也不妥，農村不興這麼叫。還是東東靈便，叫她秦大嫂。）肚子又挺起來了，看起來不生個兒子誓不甘休。萬金油看在眼裏很著急，唸唸叨叨，老天爺做做好事，保佑他家生個兒子！東東也是連聲說，就是就是，保佑保佑！烏嘴好笑得很，沒見過老娘們懷娃娃，大姑娘這麼著急上火！兩個知青女生，鬧了個大紅臉。風秀球說，聽講他家那兩個女嬰生下來是活的，後頭弄死的，就是想生兒子。東東說，莫亂說。我才不信！秦大嫂那麼和善，笑嘻嘻的，見人就笑。她阿彌陀佛一樣的人，才不會把自己的親骨肉弄死。萬金油雪花膏也不肯信。風秀球似信不信的，這種事農村裏說不清楚。青果說，人家是貧協主席，革命覺悟高，肯定不會弄死自己的血娃娃。烏嘴說，貧協主席還不是想生兒子。兩頭鰍說，好了好了，人家生兒子不生兒子，用得著你們鹹吃蘿蔔淡操心。

　　一個村子家家戶戶幾乎都姓秦，秦主席土生土長。不過，聽說秦主席家先人是流放來的。先人流放，一大家子都跟了來。本來這裏一片荒蕪，他們來了，披荊斬棘，荊室蓬戶，漸漸有了人煙。斗轉星移，終於，狗吠村巷，雞鳴高樹。青果一聽說，就來了興趣，流放來的怕是當過官。兩頭鰍說，早五百年前的事了。青果說，怎麼當官的家裏出了貧協主席？烏嘴很不以為然，你以為貧下中農就祖宗十八代都是貧下中農？兩頭鰍說，秦主席出身三代貧農。青果搖搖頭，人家說起老祖宗，很有點引以為榮的意思。烏嘴說，你算了吧，我看祖宗十八代都是貧下中農也不見得有幾光榮。萬金油趕快叫他們收場，別人家陳芝麻爛穀子的事，你們翻出來說個沒完，留點力氣打穀子。秦主席是全隊貧下中農選出來的，大隊公社都說不錯，你們莫張嘴就亂議論。再說，秦主席聽到了也不好。烏嘴說，聽到就聽到，他一棰子砸不出個屁來。烏嘴說是說，只是耍弄嘴巴，並沒有再怎麼樣。大家後來也沒有再翻這種陳芝麻是非了，秦主席的先人幹自己什麼事。

　　貧下中農協會秦主席就住在隔壁，青果以為恐怕天天有得聽憶苦思甜。一天過一天，沒有的事。青果心想秦主席言不出語不進的，等著生產隊裏開大會吧，貧下中農們少不了你一言，我一語，訴苦把冤伸（在班上，新社會長大的同學們都搶著發言控訴萬惡的舊社會）。結果，生產隊開會是開會，不是憶苦思甜，都是生產勞動上的事，還有就是青果認為是柴米油鹽的瑣碎事。況且，會上大多數時間，都是胡會計說這說那。老將軍也沒有個什麼話，青果覺得他就是咳嗽了幾聲（青果覺得很奇怪，他這樣怎麼偏偏當隊長），然後就散會了。開會討論的地點，也是在胡會計家，他家房屋大，比秦主席家氣派。青果倒是聽到過兩三個上了年歲的老婆婆訴苦，都是他東問西問，問出來的。最為驚駭的是，貧下中農老婆婆訴苦不訴舊社會的苦，盡說辦食堂餓死人。青果心想，隊裏的階級鬥爭有點複雜，搞了幾年文化大革命，這裏農村怎麼還這麼落後？當然，他不敢把這種想法掏出來問別人。經過文化大革命的洗禮，他覺得自己成熟多了。

　　青果在村子裏轉了幾天，又有了新發現。他說，隊裏有的貧下中農當過土匪。烏嘴說，怎麼，你搞訪貧問苦就發現了這個新大陸？青果說，你別諷刺人，我哪裡是訪貧問苦，和幾個社員閒聊，他們隨口說的。烏嘴說，我早就聽說了，那天田埂上歇息我旁邊就坐了一個。他說他扛過槍，我說你當過八路，他說不是。我說，當過志願軍，他也說不是。看我直瞪眼，他不說話了，有點不好意思。別的社員哈哈笑，他當的是山大王，小毛賊。接著，他們告訴我，剛解放那幾天，鄉里一個大戶聽了反動宣傳說共產黨共產共妻就拉了一夥農民上山當土匪。他那幾條漢陽造，就村子後頭那幾座小山頭，幾個種地的長工二流子，什麼土匪，三天就投降了。一個解放軍排長帶著十來二十個民兵三追兩追，槍沒有放。青果問，那土匪就沒事了？烏嘴撇撇嘴巴，那個大戶追究了一陣子，從輕發落了。其餘的小毛賊，脅從不問。青果仍然心存疑惑，未必當過土匪就算了？就算以前他們僥倖滑脫了，報紙上早就在喊清理階級隊伍呢。躲得過初一，躲藏得過十五？菜幫子說他，你別在隊上亂嚷嚷，莫惹事生非，小心又惹火燒

身！青果也覺得自己多管閒事，對對對，我們都是經過文化大革命洗禮的，我們是來接受再教育的。烏嘴冷笑，洗禮？真是謝天謝地！多來幾次，你好徹底脫胎換骨！青果說，你怎麼老是和我過不去？菜幫子勸說，你們都不要鬥公雞一樣，都長點教訓。烏嘴仍不嘴軟，什麼教訓不教訓，太上老君的八卦爐，我早就煉成銅頭鐵臂了。菜幫子笑笑，好好，你銅頭鐵臂，孫悟空還不是跳不出如來佛的手板心。隨你！我只是覺得上山下鄉擺在面前，好多地裏田裏，柴米油鹽的事呢。大家覺得還是菜幫子說得實誠，什麼事比得上當農民混飽肚子要緊。土匪不土匪，早沒影的事。

　　打了穀子犁地，幾天下來，螺絲刀也有他的感歎。他說，都一千多年了，沒想到現在還是牛走前來我走後。烏嘴笑他，要不你學學電影《劉三姐》裏面的那個秀才，牛走後來我走前。青果說，你不要亂笑他，他是說都二十世紀了，牛還是農村的主要生產力。烏嘴說，知道，我又不瞎。三十畝地一頭牛，老婆孩子熱炕頭，農村就這個盼頭。現在還不是一個樣，有牛就不錯了。菜幫子說，別說三十畝地，隊裏人均不到三分地。青果說，從來都說發展生產關係就如何如何，發展了這麼年，生產力還是老樣子。兩頭鰍說，就是，牛啊，鋤頭啊，我全身的骨頭架子都要折騰散了。菜幫子笑瞇瞇地說，就看螺絲刀的了。螺絲刀說，我煩，別看我。青果說，別煩了，你的螺絲刀精神呢？

　　螺絲刀從小喜歡搗鼓，手巧。小時候，手指頭三下兩下，小紙片不是成了飛機就是成了火箭。從小學到中學，他一直喜歡擺弄各種航模和無線電玩意兒（礦石收音機之類）。下了課，他就繞線圈，或是找這個那個半導體元件。苗老師很為感歎，你一個學生，手裏拿筆桿子還不如拿螺絲刀時間多。也好，熱愛科學！同學們都要好好學習這種螺絲刀精神！同學們聽了，就叫他螺絲刀。母叫雞說，螺絲刀，有本事，你搗鼓一顆衛星放嘛。花腸子趕快說，對對對，種稻子放衛星稻，種棉花放衛星棉，養豬放衛星豬，你螺絲刀放一顆衛星螺絲給我們開開眼。母叫雞又笑又叫，那保證比衛星豬還要大得多！

其實，螺絲刀問過老將軍，為什麼隊裏沒有小拖拉機小收割機？老將軍咳嗽說，你看看全公社哪個隊有？螺絲刀說，隊上自己弄嘛。老將軍咳嗽更大聲了，拿什麼弄？螺絲刀本來想說，自己動手，自力更生。他還想說，隊裏守著一條河，背後山上又有大股大股的水沖下來，為什麼不建個小水電？有了電，家家戶戶也不用點煤油燈。見老將軍咳得好凶，不知道是不是不滿意初來乍到就說三道四，況且自己也沒有個具體想法，螺絲刀只好不說了，自己煩悶。

烏嘴說牙膏皮，你東轉西轉找什麼？告訴你，全村上下下男男女女，老老少少沒有哪個刷牙哦，你什麼都找不到的。牙膏皮淡淡一笑，你扯什麼淡。菜幫子說，人家是找老把式學扶犁杖。青果說，要得，向貧下中農學習。這才是真正接受再教育。牙膏皮笑笑，戴什麼高帽子，學點農活，好掙工分。菜幫子說，就是。生產隊山上有窯子，燒磚燒瓦燒石灰，還燒瓦盆瓦缸。不學，肯定在隊裏混不下去。青果說，對了，隊裏還有幾家人打魚。要說打魚，都說誰也不如他們幾家人。明明河水清是清，渾是渾，什麼都看不到。偏偏他們就下網下簍下魚卡，保證有魚。牙膏皮，我們不是才去看過他們。哪天我和你一起去專門找他們學打魚，免得烏嘴拿你哇喇哇喇開心。

牙膏皮打小就知道用廢牙膏皮能換叮叮糖（走村串巷的挑著擔子，邊走邊使鐵物件叮叮響地敲，用擔子裏的糖換些牙膏皮之類廢舊玩意兒。這種糖，小孩子們叫叮叮糖），還能賣錢。因此，他養成了一個習慣，喜歡揀牙膏皮。就是在學校裏，他也常常在學生寢室裏裏外外轉悠，就是想揀牙膏皮。如果還有點點牙膏沒有用完，他就會再三叮嚀用完後把牙膏皮留給他，千萬不要扔了。他也不管同學什麼眼神，是不是耐煩。因此，花腸子就不客氣地送他牙膏皮這個雅號，反正他也毫不在意。

牙膏皮眯起眼睛，似乎看見那幾家的人在薄暮中忙碌。他們劃著小船，在水面上來來往往，放下有魚餌的網啊簍子啊魚卡子啊。波光閃閃的，夜色四起，靜寂中偶爾響起劃水聲，說話聲，輕輕的一劃而過。他和青果坐在一條小船裏，看他們看入神了。青果說，太有詩意了，漁舟唱晚

煙生浦（他隨口把一位古人的詩句改了兩三個字）。牙膏皮覺得詩意不詩意倒在其次，他想的是謀生不容易。打魚的人只想魚多點，交給隊上多評點工分（隊裏規定，打來的魚都得交給集體）。他從小就知道謀生艱難，今後在農村日出而作，戴星而出，都要靠兩隻手。從今往後，還有很多農活都要學呢。他也不把青果說的「學打魚」放在心上，這位充滿詩意的知哥不過是心血來潮說說罷了，當不得真的。他長嘘了一口氣說，當農民不容易！

　　烏嘴說萬金油東東她們，怎麼女生也放得下學生架子，整天和婆婆媽媽混在一起，都打成一片了。看看女同胞們，一個個好像很快活。

　　萬金油說下鄉就下鄉，聞風而動，一如她一貫做事作風。到底她爸爸是老紅軍，一聽說毛主席號召知識青年到農村去，堅決執行，還說要把子女們都送到最艱苦的地方去。他雖然靠邊站了，卻每天唸唸叨叨，學校不像學校，學生不像學生。孩子們大了老待在家裏，不是辦法，就該送到鄉下去，滾一身泥巴。我自己就是農村長大的放牛娃娃，不是十幾歲出來革命，到現在還不就是個農民。我自己還想到農村去呢，孩子們先去，那天，我告老歸田，一起當農民。萬金油媽媽有她的擔心，尤其不放心女孩子到農村落戶。萬金油有爸爸「撐」，自己又拿定主意插隊，趁媽媽不在家就把戶口遷下鄉了。在學校報名時，叫自由組合下鄉知青小組，她出面約這個約那個，很快就把東東雪花膏召集在一個組，螺絲刀、牙膏皮、菜幫子、星期天都是自己找上門的，她都答應了。她又專門找了烏嘴和青果。烏嘴並不志願下鄉，但是，他家情況又不可能留他在家。他說，我是死心塌地想四處流串的，你收容我做什麼？萬金油好說歹說，才把他說服了一起下鄉。青果到是爽快，一叫就來。幸好，雪花膏並不嫌棄烏嘴，和青果也早就在東東家相處沒事了。萬金油還當心過，怕雪花膏為過去班會的事記恨烏嘴青果。風秀球和兩頭鰍找不到要他們的小組，萬金油也答應下了這兩個同學。下鄉前一些辦手續聯繫生產隊的事，也都是萬金油張羅的。下了鄉，萬金油就成了他們這個知青小組的組長。

　　東東是個拿得起放得下的，再大的事擱身上，臉上笑是笑，不死皺眉頭。她爸爸解放前是地下黨員，被人貼大字報說是被捕叛變過。她爸爸堅決否認，就是沒人相信。捕風捉影的事，造反派批鬥來批鬥去。她爸爸不堪凌辱，和她媽媽雙雙自殺。為這事，東東多次上訪，一直沒有結論。這麼大的事，愁得死人。可她不，她甚至不和誰說起這件事，風平浪靜的。下鄉了，東東仍然隔三差五地跑上訪。有時也回城裏去看方方，她堅決不讓方方插隊。不過，出工她照樣輕輕鬆鬆出工，收工了唱歌看小說，還有就是裏裏外外說說笑笑。所以，小組裏大家叫萬金油大樂天，叫東東小樂天。

　　萬金油是個無事忙，這有個好處，人緣好，自己也快活。東東從來就是臉上天天陽光燦爛，照亮了自己，也照亮了別人。有了萬金油和東東，他們知青屋前，常常哄得村裏大姑娘小娃娃成群結隊跑來顛去。萬金油東東就和姑娘、娃娃們嘻嘻哈哈，還教唱歌。雪花膏風秀球也身不由己，跟著樂一陣。大姑娘小媳婦也有來說針線的（鞋樣子鞋底鞋墊之類的，她們看個不夠，也說個不夠），也有來說悄悄話的。還有大嫂大娘來教她們養雞養豬，種辣椒種蔥蒜（生產隊給知青在屋後劃了一小塊自留地）。

　　青果看得眼熱，也湊熱鬧說，女的不是柴米油鹽，就是婆婆媽媽。你們幾個女生偏偏腦袋不裝事，你們是什麼林子裏的傻鳥，一天笑到晚？東東甜滋滋一笑，你才傻！柴米油鹽又不是愁得來的，婆婆媽媽未必只有掉眼淚的事？青果趕快改口說，對對對，還是你們女生有信心！麵包會有的，牛奶會有的（這是電影《列寧在十月》裏的一句話，安慰受饑餓困擾的人）。萬金油打趣他，我看你倒是有點婆婆媽媽的，囉囉嗦嗦，感情脆弱。青果鬧了個大紅臉，嘴巴仍不服輸，好好好，此間樂，不思蜀。

　　「樂不思蜀」的成語，苗老師講解過的，比喻快樂得不想家。風秀球一聽青果說得輕描淡寫的，就叫苦連天，我是天天想回家，哪個想在這裏一輩子？！

　　風秀球本來就不情願下鄉插隊，憋著一肚子的火又不能留城，實在留不下了臨時才央求到萬金油小組來。她出工也是三天打魚兩天曬網的，動一動就往城裏跑，就想遷回城去。和大媽大嬸一起做農活，看婦女坐在田邊地頭奶孩子，風秀球做出一副恐怖樣，直叫嚷，好可怕，好可怕！她對萬金油東東雪花膏說，姐們未必二天就是這個樣子，蓬頭垢面，敞胸露懷？萬金油說，帶娃娃嘛，農村婦女不講究。你講究點不就行了。東東笑嘻嘻的，帶娃娃哪裡講究得那麼多。要不，二天你乾脆別要娃娃。風秀球叫嚷得更加尖聲尖氣，我連婚都不結，還要娃娃？！看看（她指著滿地亂爬的毛孩子們），未必二天生個孩子，也是花臉巴，滿地抓土坷垃往嘴裏塞？雪花膏說，還說呢，看那個，一泡尿撒了幾塊土坷垃，還用手抓來好玩。滿手泥啊尿啊，還抹鼻子。她們當媽的，都不管，看在眼裏還笑嘻嘻的。風秀球跺腳叫，別說了，別說了，齷齪死人啦！風秀球看到村裏的姑娘們女孩子，也常常是一臉驚愕。她說，她們一個個真是名副其實的黃毛丫頭。頭髮枯黃，皮膚粗糙，又不洗臉又不刷牙。本來有兩個模樣胚子不錯的，又不收拾，蓬頭垢面的，真叫人看了心酸。

　　風秀球家裏小名秀秀，是班上的冷美人，不愛笑。但是，她對人時不時又親熱得很，令男同學們常常想入非非。花腸子特別討厭她這一點，叫她「瘋繡球」（他時不時給她扔個紙條，在紙條上寫的是「風秀」，隱晦一些。這種紙條，鍋鏟二馬虎都撿到過，看了好笑，沒有交苗老師。）。恨她瘋得很，把自己拋來拋去，一下這個，一下那個。班上早就聽花腸子吹過，康哥哥秀秀妹妹從小手牽手。風秀球繃著臉隨他吹。當然，要不時也把繡球拋給他。花腸子認為，這個繡球本來就該是他的，偏偏就不老老實實，不知道要瘋什麼，著了魔一樣。他常常很生氣，女大十八變，越變越捉摸不定。花腸子和風秀花的關係，應了一句老話——不是冤家不聚頭。說起來，兩人倒是從小就坐一條板凳，還有點青梅竹馬。他們從小住在一個機關大院，父親都是不大不小的領導，倆家比較熟悉。上幼稚園時，路上兩人常常手牽手。那時，秀秀媽媽總對說花腸子說，康家哥哥你是男子漢，要保護秀秀妹妹。康家哥哥人小鬼大，處處充男子漢。秀秀妹

妹比康家哥哥只小兩個月，也是個小大人。哥哥要保護妹妹，妹妹卻要看情況，需要他的時候就黏得很，哥哥哥哥的叫得甜。不需要他的時候就翻臉不認人，另尋保護傘。康家哥哥動不動就被撇開，氣鼓鼓的，很不甘心。他常常斥問秀秀妹妹，陰一句陽一句的。秀秀妹妹又總是不買帳。因此，哥哥妹妹總拌嘴。拌來拌去，從小拌到大。

反正，風秀球就是瘋。不過，瘋來瘋去，風秀球說，班上最看不起的男生就是紅毛，又土又惡又欺侮人。這是有由來的。風秀球是班上的生活委員，同學們也不知道生活是什麼，生活不就是個吃喝拉撒，有什麼要一個委員管。苗老師當真就叫她管班上同學吃飯睡覺，沒想到一件沒名堂的事還很棘手。不住校的同學吃飯睡覺的事，苗老師說她可以不管。住校的同學吃飯睡覺，該她管。她倒是小戲當大戲唱，夾風夾火。其實，就是叫同學按時好好吃飯，按時熄燈就寢。偏偏有同學一吃飯就鬧學生食堂，排隊吵吵嚷嚷，清湯寡水，從進校吃到畢業。又嫌炊事員手腳慢，太摳門，飯菜給舀得少。熄燈鈴響了，還有同學翻學校圍牆上街去買東西吃。最討厭的是，總有同學躲在廁所裏不去就寢。又都是幾個男生，叫死也不出來，又不好進去叫。有回她火了，一邊大聲叫喊我進來了，一邊使勁跺腳往裏衝，嚇得幾個男生提著褲子往外跑。況且，她又不在學校住，不方便管，實在是勉為其難。她費心費力管了好一陣子，末了好多事還是不了了之。苗老師也不過問，還在班上說了聲算了。班上集體看電影，她覺得她管好。可是，花枕頭說，這是文娛活動，歸她文娛體育委員管。她只好不管。反正就是給同學們發個電影票，沒什麼意思，又得罪人。總是有這個那個同學嫌座位不好，鬧著要調換，又沒法調換，搞得發票的要換票的都氣呼呼的。

因此，風秀球這個小班頭在班上管些雜七雜八的事而外，主要管班上衛生活動。管來管去，班上每個同學的個人衛生她也盯上了。這個人衛生，她不知為什麼特別注意穿著。班上特別講艱苦樸素，人人都會說順口溜：新三年，舊三年，縫縫補補又三年。同學們都以穿打補丁衣服為榮，這是革命的光榮傳統。有張像片上，毛主席在延安窯洞門前講課還是講話，穿的褲子上就打了兩塊大補丁。真偉大！同學們穿著樸素，風秀球不

敢說三道四。可是，她偏偏雞蛋裏挑骨頭，不是說這個不衫不履，就是怪那個蓬頭垢面。最可惡的就是紅毛，穿得又土就罷了，破衣爛衫故意不補，好久好久不理頭髮，亂得像雞窩，反而耀武揚威，自吹「革命形象很光輝」。風秀球又嫌棄又氣憤，規勸了他好多次。紅毛態度惡劣，反過來大喊大叫，什麼生活委員，收拾打扮，搽脂抹粉，妖精，地主婆，反革命！本來嘛，風秀球就是比較注重衣著容貌的整潔。衣領破了，她會拆下來翻一面。她不穿補丁衣服，間常把媽媽的舊衣服改來穿。她的舊衣服改小了給妹妹穿，不浪費。她的頭髮，長髮變短髮，短髮變長髮，有時紮辮子，有時又不紮。劉海看是很隨意，卻是經心梳理過的。她還間常搽雪花膏百雀靈，外號叫雪花膏的反倒不搽這些脂呀粉呀。繡球雖風，卻到底是繡球，衣著是衣著，模樣是模樣。其實，她的衣服也還是平常衣服，模樣也很端正，並不妖精。像不像地主婆，反革命，有的說不像，有的說搞不清楚。因為，同學們對地主婆、反革命的樣子吃不准。不過，女生們明裏暗裏都有點羨慕她，有幾個甚至於學她。男生們比較曖昧，大多口頭上都說看不慣。沒想到紅毛敢公開痛罵她，風秀球倒是很硬氣，挨了罵並不哭哭啼啼。當然，她也不善罷甘休，告了苗老師。苗老師從來不批評紅毛的，為這個破天荒說了紅毛兩句。就只兩句，要注意衛生，要搞好班幹部團結。紅毛「衛生」了兩天，依然故我。還說我夠衛生了，見天洗臉刷牙，農村人哪裡這副臭德行。兩人的團結也注意了，再也沒有大吵大鬧了。只是兩個小班頭相互視而不見，一個總是做出免開尊口的樣子，一個一看就是耿耿於懷。

　　風秀球本來也不大搭理烏嘴青果，一陣一陣又笑臉相迎。她要出紅十字會壁報，不是找烏嘴，就是找青果。烏嘴青果都字寫得好，也會畫畫。烏嘴青果慢慢地明白了，只要風秀球對他們笑，一準又是紅十會要出壁報了。為這事，花腸子說了她：烏嘴一個反腦瓜，青果一個酸果子，人家又不見得願意搭理你，你倒樂意左一次右一次去獻笑臉？風秀球一點也不覺得自己難堪，是我去找人家出壁報，我還不該給人家一點笑臉？未必哭喪著臉去求人？花腸子繼續擠兌，紅毛逞勞動本事好，又喜歡幫女生，你不

和他笑？風秀球嘻得夠受的，尖叫起來，我勞動又不是驕氣包，我要哪個幫？我和他笑，我瘋了？不過，鬧紅衛兵那陣，風秀球就是瘋了，笑嘻嘻地跟了紅毛好些天。跟得很緊，「就像緊跟毛主席的革命路線」（花腸子語）。跟一跟的，後來又不跟了。

其實，風秀球不嚷嚷，大家都知道她的心思。

不想一輩子在農村，她這話卻把小組每個人說得心上心下的。修地球，戳牛屁股，土裏滾，泥裏爬，他們幾個知青誰也沒有認真思考過到底幹到哪一天。一陣風，他們就下鄉插隊了。這其中好多事，他們都沒有思想準備。

好在，老將軍秦主席還有廣大的貧下中農並不把「再教育」當作他們的重大責任，嘴上不說，也沒有一星半點行動。不過，一下子添了十一口人丁，添了這麼多張能吃的嘴，本來就人均地少得很，生產隊上上下下都感到褲腰帶又勒緊了一截。知青們也聽到過這方面的抱怨，好在也只是這個那個社員隨口一說。抱怨歸抱怨，貧下中農是能夠忍受委曲苦痛的，都麻木了。他們最能認命。

青果本來就不把下鄉插隊當回事，況且和大家都一樣，一時也想不出到底在農村幹多久。

心裏悶的時候，他就進城跑跑書店。一天，他又往城裏跑，東東叫他代她順便去看看方方。方方留城，四處做零工。那天他在家，正打算到城郊公社找他的同學，串串門。把青果也拖了同去。

方方同學也是插隊知青，投親靠友到了城郊公社，離家近點。方方找到他，老鷹叼斧頭，雲裏霧裏砍，也就是知青那點沒出息的事。青果也沒插嘴，方方看他不自在，只好匆匆告辭。方方那個同學也沒留吃晚飯，只是送到村口。

村口有棵樹，青果看了一眼，順口說，樹好大，不知道是什麼樹。方方同學說，聽說是什麼黃樹，以前有什麼黃氣，名氣大，好多人來求啊

拜啊，迷信得很。後來不靈驗了，老鴰多。再後來，老鴰也趕跑了。哎，老鴰就是你們班上紅毛鬼子小時候趕跑的，他就是這個隊的人。說到這裏，他仔細看了看那棵樹，又說，你們看，紅毛他奶奶就在樹背後，她每天都要在樹底下等紅毛鬼子。青果不知道為什麼忽然有點好奇，走，去看看。

一個農村老婆婆，白髮稀疏蓬亂，癡癡迷迷的。方方的同學大聲對她說，這是你孫子的同班同學。老婆婆兩隻枯瘦如柴的細手一把就抓住了青果的一隻手腕，口中唸唸有詞，你是珠珠啊，珠珠啊，你是好孩子啊，從小你是好孩子啊……青果嚇了一跳，話也說不出來，好不容易才掙脫手，趕快離開。

走了好一截，青果回了一下頭，老樹下紅毛奶奶如一片風中的枯葉。

路上，青果悶悶的，方方說，聽說紅毛鬼子狂得很。抓他的時候，他暴跳如雷，大罵抓他的人是劉少奇的走狗！我聽說要判他死刑，起碼是無期徒刑。青果歎了口氣，早就聽說了。可憐他奶奶了！方方又說，你們班的尿桶也被抓了。青果有氣無力地說，我知道。老芭蕉呆虎頭都死在他的槍口下，還有小蘿蔔頭，革命烈士的獨苗苗，也是他和人打死的！方方說，打的、死的，都是一個班的。瘋了瘋了！青果說，你說誰瘋了。方方說，當然是紅毛鬼子尿桶他們囉！青果怔怔地說，瘋的人還多。

青果和烏嘴說起看到紅毛奶奶。烏嘴說，家家都有老人。青果說，是啊，抓的抓了，死的死了，剩下老人活受罪。呆虎頭他老爸都萎了，原來那麼威風凜凜的。老芭蕉二馬虎爸媽都是哭的哭得要死，病的病得要死。小蘿蔔頭有個遠房叔叔都到學校哭著找人。人到是找到了，就在老槐樹下邊，只有一堆白骨。聽說，老槐樹也枯死了，砍掉了。他忽然停下來，默不作聲。片刻，他又說，要大打起來的時候，我去找老芭蕉，他直趕我走。他還擔心你也是個什麼都不顧的。烏嘴望著空中說，他們幾個也不知道埋在哪裡？青果搖搖頭，聽說呆虎頭他媽媽把他的骨灰盒就放在枕頭

邊，要一直放下去，白天黑夜，誰動一動都不行。他媽媽抱到骨灰盒時，
一下子頭髮全白了。

東東萬金油雪花膏專門去看過向陽花，青果跟著去了。

向陽花家在農村，按政策理所當然做了回鄉知青。其實，她被炸傷後
早就回家了。

走了幾十里路，路上大家都擔心向陽花傷太重，不知道能不能行走。

見了面，同學們都很高興，向陽花也是。她的傷在腰部，臥床大半
年。她爸媽心痛著急，四處尋醫問藥。醫生就是鄉下的老中醫，藥也不過
是中草藥。她自己也是要強，能下床就堅決不躺倒。謝天謝地，雖說還不
能完全康復，天天腰痛，生活自理完全沒有問題，並且能做點輕微的農
活。說到這裏，向陽花連聲說，我太高興了，高興死了！她還走了幾步
給同學們看，行走是能行走，就是步子不太俐落。她一雙手，還撐著腰
不放。

來看她的同學都沒有問她被炸時的情形，怕引起她不愉快。向陽花
自己卻說了個不住嘴。她說，還以為學校平安無事，沒想到躲鬼躲到了城
隍廟。本來走都走了，自己還送上門去。當天晚上轟隆一聲，炸上天了，
自己還不知道怎麼回事。青果很難過地說，都是為了我們幾個。向陽花擺
手說，是我太相信紅毛了，他那天老是說學校沒事。萬金油說，不是我說
你，你平常就偏信他。向陽花說，紅毛在班上挺孤立的，特別是男生總看
不起他。我自己是農村的，覺得他一個農村娃娃不容易。明明知道他好多
毛病，我還是總不想把他想得太壞。我還好，花枕頭才冤枉。東東說，是
啊，沒想到花枕頭鬼迷心竅的，拿給他哄得命都送了。向陽花說，花枕頭
就是天真，突然認為紅毛革命得不得了。到後來，她其實也是沒辦法。後
來她總是和我說，她想不通怎麼搞了好一陣文化大革命，同學一個個越來
越不像個人了，好怕好怕。她不想和這些人在一起，更不想待在學校裏，
走了幾次又撞鬼似的沒有走脫。後來這次，也是她陪我才轉回去的。向陽

花停了片刻又說，她死了，紅毛非要把她埋在學校禮堂門前，起了好大一個墳。萬金油說，聽說墳早就給平了，屍骨叫她家里弄回去了，她爸爸媽媽又大大地傷心了一回。一直不聲不響的雪花膏說，那麼活蹦亂跳的一個人，怎麼說沒有就沒有了呢？我們真是萬幸。東東說，所以我們要好好的，該幹什麼幹什麼，該笑就笑。萬金油對向陽花說，你想開點，把身體搞好。

回來路上，幾個同學都為向陽花發愁。她身體落下了殘疾，看起來她爸爸媽媽身子骨都不硬朗，風燭殘年的樣子。農村裏全靠四手四腳在土坷垃裏刨吃的，歪歪扭扭路都走不穩，難怪她兩個老人愁眉苦臉的。

快到公社時，母叫雞迎面走來。他和幾個同學打招呼，萬金油東東答應了一聲。青果不太想理他，偏偏母叫雞叫他，把他拉到一邊。他只好對女生們說，你們先走吧。

母叫雞插隊下鄉後一直不得消停，不是武鬥人員學習班叫去參加「學習」，就是公檢法的叫去問這問那。他這點事，青果都聽說了。

什麼事？青果有點不耐煩。母叫雞也不在乎，神神秘秘說，你聽說沒有，二中有人跑緬甸去了？青果問，外國緬甸？母叫雞露出一點點得意，就是東南亞那個緬甸，好多紅衛兵跑過去參加緬甸共產黨打游擊。青果沉默不語，母叫雞盯著他，你去不去？青果問，你想去啊？母叫雞吞吞吐吐的，媽的，老是找我問東問西，我又沒有打過人，更沒有打死哪個，我算什麼武鬥狂人？老子走人，人家緬共歡迎紅衛兵得很。青果有點不相信，是不是？母叫雞很肯定，那當然！去吧，一起去！青果聞所未聞，我想一想。母叫雞煽動說，你不是常常說起古巴的格瓦拉？參加緬共打游擊，世界革命哦。青果說，我一下子想不好，算了。

回到生產隊，青果悄悄和烏嘴說了母叫雞叫一起去緬甸。烏嘴說，哪個聽他胡說八道，他那個德行還緬共打游擊，世界革命，不叫人笑掉大牙。他就會出洋相，出國際洋相。青果也覺得好笑，不當回事。

　　沒想到母叫雞後來真的走了，不知道是不是真的去了緬甸。知青們也沒大關注他不辭而別，只有青果心裏有疑惑，鬧世界革命了？後來，和大家一樣，他漸漸忘了母叫雞。

　　看過向陽花回到生產隊那天晚上，青果從床頭取了本書，裏面夾了一張相片。相片裏有老芭蕉、呆虎頭、二馬虎、小蘿蔔頭，都頭戴軍帽，身穿著軍裝，左臂套著紅衛兵袖套，每個人都手捧一本《毛澤東選集》。老芭蕉一臉忠誠老實，呆虎頭虎氣生生，二馬虎咧嘴大笑，小蘿蔔頭很緊張的，雙眼瞪得大大的。相片上題了一行字，風華正茂。

　　青果湊在小馬燈下，仔仔細細看著相片。好一陣，他把相片翻到背面，掏出鋼筆題了一首詩（開頭第一句，想了好久，沉吟不定，幾年後才補上）：

> 十年浩劫如煙雲，最難回首泣驚魂。
> 懵懂已墜黑五類，九死方悟紅衛兵。
> 青春等閒鑄巨歉，熱血莫名燼舊痕。
> 四卷雄文燔然在，不見當年誦書人。

　　第二天下午收了工，青果拿了本書去河邊。書是涅克拉索夫的《誰在俄羅斯能過好日子》，沒讀幾頁，天就暗下來了。

　　青果望著河水出神，忽然聽到東東叫他。

　　不知道女生們幾時來的，正在河邊弄一隻船。青果跑過去，問她們：

　　「看打魚啊？人家打魚的還沒有來，怎麼亂動他們的船？」

　　「和他們早就說好了，他們有多的船。我們就在岸邊劃一劃，不做什麼。」萬金油說。

　　東東說：「你沒事，也來玩吧。」

　　青果趕快脫了鞋，卷起褲腳下水，一起把小船推出淺水。上了船，青果用篙撐著船，東東使槳隨意劃著。萬金油雪花膏坐在船裏，隨手撥弄河

水。風秀球坐在她們兩個對面，想什麼事。小船在蘆葦叢中轉轉悠悠，晚風吹拂著，帶著河水的氣息。青果忽然興致勃勃，要把船劃到河對面去。東東說，好哇。萬金油雪花膏都說，行不行啊？風秀球有點點怕，莫劃翻了！青果說，莫怕，放放心心，一點都不會有事。水流得好慢，河又不深，船好劃。說著，他三篙兩篙就把船撐到了河中間。青果放下長篙，操起另一隻槳，和東東使勁劃，很快就到了對面淺水區。這時，對岸傳來了一陣竹笛聲，悠悠揚揚的。東東說：

「我知道了，對岸住了個麻風病人。看到沒有？那個破廟裏，就他一個人。肯定是他在吹笛子。」

知青們都聽說過，隊裏有個麻風病患者，為了隔離，被送到河對岸了。口糧都是隊裏給，隔些時日，由他家裏的人送給他。家裏人來，都是把送的東西放在岸邊就不管了。等來人划船走了，他自己來取東西，面都不見。知青們聽了這人這事，也沒有誰在意。

沒想到，耳朵邊傳來了這麼個人在吹笛子。一船人都靜靜地聽。

青果用長篙插穩了，船泊在淺淺的河水中。他用力大聲沖對岸嚷：

「吹得真好！」

夜色中，笛聲住了，一個平心靜氣的聲音響起：「稀客啊，難得啊！」

「你一個人嗎？」

「是啊，一個人很好。」

「都好啊？」

「都很好。」

「你一個人不怕啊？」

「沒有什麼可怕的啊。」

「你不想到出來看看啊？」

「外面著難的事也多啊。我也不上山，不下河。柴呢就在山腳撿，水呢就在河邊舀。有片瓦有堵牆遮雨擋風，比起好多人，我還是在這裏好。」

「你以後怎麼辦啊？」

「心裏安安靜靜，一天一天就很好。」

青果突然覺得自己很蠢，盡問些傻話，就不開腔了。一問一答打住了，片刻，竹笛又響起來了。也不知道是什麼山野曲子，青果忽然想起唐代韋應物的兩句詩，「聊將橫吹笛，一寫山水音。」他想，古人詩裏的意境大概就是眼前這個情景吧。

這時候，月華如洩，河水輕輕流響，緩緩逝去。

船慢慢往回劃，青果邊劃邊說：

「沒想到，這個人像個哲學家。」

「別這樣說，你一個人住在這裏試試看。」東東說，停了一下槳。

「什麼事都是說起來輕鬆。」萬金油說。

「我才不幹！憑什麼一個人，鬼都不沾邊？」風秀球叫嚷，憤憤地。

雪花膏歎了口氣，沒說什麼。

「你回來了。」雪花膏招呼青果。

「怎麼又只有你一個人？」青果隨口問。他又出去了大半個月，不在生產隊。

「個個都跑了，當然只有我一個人。都成家常便飯了。」雪花膏幽幽地說。

「一個人清靜。」

「太清靜了！三棟房子間間屋都是空的，除了我。常常一個人，晚上好怕。」

「都走了。想個辦法，你也走嘛。」

「我有什麼辦法，背著知青這個蝸牛殼幾年了，我這輩子是走不出鄉下了。」

生產隊勞動，日復一日的。無非是日出同勞作，日落各回家。

　　他們幾個知青和社員們始終沒有打成一片，社員們總當他們是城裏學生娃娃，不是莊稼人。就是他們相互之間同在一個小組，也各有各的活法。

　　當初下鄉，每個知青小組的人員是自願組合的。說是自願組合，其實都是一時湊合的，自然相互間也有合不來的。因此，一個小組裏，知青們各行其是。出工和社員們一樣，集體勞動，各記各的工分。吃飯五花八門，有一個人單開夥的，也有三兩個人合夥的。他們這個小組，都是同班同學。這在他們公社是沒有的，其他各個隊小組的知青都不是一個班的（還有不同年級的，甚至於還有其他學校的）。他們小組吃大鍋飯，集體出工，輪流每天留一個人在家做飯。每個人出工，掙的工分都歸整個小組。對此，別的隊知青們有的很是羨慕。不然，單自一個人也好，三兩個人也好，又要出工又要做飯，忙不過來。不過，個人工分歸小組，聽說了的都表示驚訝。

　　大鍋飯，工分歸小組是青果興頭上提出來的。烏嘴不太情願，不過也沒有堅持自己的意見。他只是說，公社食堂都辦垮了，大鍋飯吃不長的。兩頭鰍不想自己煮飯吃，拼命說大鍋飯好，集體主義就是一千個好。其他男生女生都不想單獨開夥，都同意青果說的。萬金油對小組集體制很滿意，還說要保持下去，永遠保持。

　　再有良好願望，還是會遇上好景不常。

　　吃飯總是大問題，知青當然也不例外。剛下鄉時，知青口糧由國家供應了一段時間。還好，那時飯還是夠吃。吃菜就傷心了，不是清水煮，就是辣鍋菜。辣鍋菜，就是把鍋燒辣（所謂「辣」就是夠一定溫度）了，把菜倒進去炒，和清水煮一個樣，一滴油也沒有。供應的食油，三天兩頓就油瓶子空空如也。知青們那個年紀（尤其是那個年代）都有點在乎吃，他們沒見過山珍海味，也不敢想頓頓大魚大肉，只盼著天天肚兒圓。不過，上頓清水煮，下頓辣鍋菜，知青們都是很吃不消。

　　菜幫子吃什麼都好吃，吃什麼都津津有味。還是在班上的時候，幾個同學嘴巴打牙祭，爭論什麼東西最也好吃。菜幫子說，小的時候家裏人常常在河邊啊池塘邊啊水井邊啊撿菜幫子，撿回來洗一洗，做好了照樣好吃。兩頭鰍有點不相信，人家丟掉的，真的好吃？菜幫子很是有味，好吃得很！花腸子笑他，難怪皇帝還說叫花子菜好吃。你的菜幫子更好吃啊！不過，人家的叫花子菜有個好名字，「珍珠翡翠湯」。你的好名字，就叫菜幫子好了，最好你自己留著用。菜幫子這個好名字，就在班上叫開了。

　　不過，漸漸地，菜幫子也喊澇腸寡肚，嘴巴淡得吐清口水。還說，油吃得太快了。

　　風秀球心細，一天叫嚷起來，難怪滿滿一瓶子清油，一天兩天就沒有了。兩頭鰍炒油炒飯吃，一倒就是大半瓶。好幾次了，儘是背著人。兩頭鰍一聽就吼，哪個偷吃，賴到我頭上！你看到了？風秀球偏偏不相讓，我就是看到了！兩頭鰍口吐白沫，你自己經常偷懶不出工，就靠一小組人掙工分養著你！風秀球啐了一口，你出了幾天工，你自己懶得要死，你才要別人養！

　　兩頭鰍沖上去就是一耳光。風秀球大哭大鬧。

　　菜幫子星期天趕快拖開兩頭鰍，東東雪花膏圍著風秀球，給她說好話。萬金油又是安慰哭的，又是批評打人的。青果和螺絲刀都一邊呆呆的。烏嘴說，飯不好好吃，鬧就鬧得飽啊？分灶各吃各的算了。萬金油一聽就不高興，你還嫌不亂，還要說瞎話！

　　勉強又維持了一段時間。

　　原來，小組七個男的擠在兩間屋子裏（每間一樣大，都是十來平米，床鋪挨床鋪），四個女的擠一間屋子（也是只能擺得下四張床，剩餘空間勉強過人）。另外一間做廚房，只打了一個灶。按上邊要求，生產隊在旁邊又起了兩棟土屋（知青下來時，生產隊一時沒來及準備足夠的住處。況且，老將軍一開始總是意無意地說，城裏學生娃娃住不長），因此多了八間屋子，知青們一人一間屋。這樣好了，有了條件，各過各的。

如是，他們小組的大鍋飯，集體制，終於沒有保持下去。

這時，萬金油已經參軍走了。

當初，萬金油媽媽就是不情願大女兒下鄉。正趕上部隊來帶兵的是萬金油爸爸過去的警衛員，萬金油媽媽也不和老伴說，自己就和帶兵的說妥了，把萬金油送到部隊去。那天，她謊稱家裏有事把萬金油叫回家，自己卻親自到鄉下跑了一趟。三下兩下，她就辦好了遷出戶口的手續。表格裏該萬金油簽字的，她叫東東代簽的（她一央求，東東就代筆了）。萬金油媽媽自己就是女兵出身，很是雷厲風行。這點，萬金油很像她。這一次，不但萬金油參軍了，她的弟弟妹妹都一同當兵了。萬金油爸爸知道了，也晚了，生米煮成熟飯了。發了發脾氣，就算了。子女們當兵，扛槍為人民，幹革命，也是很好的事。

走前，萬金油為東東做了件事。她帶東東見了她爸爸，把東東爸爸媽媽的事和他說了，鄭重其事地托她爸爸幫幫東東。老紅軍就是不一樣，雖說賦閒，就是好打抱不平。他影響力大，各種關係也在。他仔仔細細瞭解了情況，打了幾個電話，事情就有了轉機。他居然還找到了東東爸爸解放前的老上級，這個老革命就能直接證明東東爸爸的清白無辜。雖然，他們一時還不能幫助給東東爸爸平反，卻通過各種關係把東東安排進了鋼鐵公司工作（參加工作的正式手續是大招工時補辦的）。

萬金油和東東一走，他們小組也就沒有了生氣一樣。
剩下的人，八仙過海，各奔各的日子。

平地一聲雷，公社有了推薦上大學的名額。
工農兵上大學，管大學，用毛澤東思想改造大學，又革命，又風光。許多知青都往公社跑，探聽虛實，到底誰能上大學。當然，暗地裏也夢想

著自己能跳龍門，攤上上大學的好事。有的知青明知是白跑，還是一趟又一趟的。他們小組，最積極的是風秀球。

　　吃了早飯，天天準時無誤，風秀球一番梳洗，身上收拾得整整齊齊，一個人趕快往公社跑。兩頭鰍嘲諷她，大模大樣的，以為自己是去公社上班哩。

　　跑了兩趟，她回到小組也不和誰說什麼，也沒有誰問她什麼。兩頭鰍幸災樂禍的，也不撒泡尿照照自己，癩蛤蟆想吃天鵝肉。公社要選拔有實踐經驗的優秀農村青年上大學，她能優秀？一個知青，三天打魚兩天曬網的，一點都不好好勞動，接受再教育都不合格。再說啦，生產隊貧下中農又沒有推薦她。風秀球反擊他，你好好勞動啦？兩頭鰍挺神氣的，我勞動好不好不用你操心，反正我又不癡心妄想往公社跑。

　　風秀球一點也不怕打擊，仍然天天「上班」。

　　不過，她跑公社多了一個生產隊記分員做伴。

　　這個老將軍的么兒子，沒讀幾天書，卻對知青們很感冒。知青們第一天到生產隊來，只有他等在屋前瞧稀罕。等了一頓飯的時間呢，真是難為他有這個好興致。按說，他記個工分還算是合格，雖說，阿拉伯數字寫得歪三倒四的。風秀球卻常常為自己工分的事，和他爭長論短。他本來毛裹毛糙的一個愣頭青，嘴上沒遮擋，和風秀球說個話倒有些笨口拙舌。東東還在生產隊時就對風秀球說過，老將軍的寶貝兒子看上了你嘍。風秀球說，他做夢，我才不稀罕！老將軍的兒子還不是個現世寶，二十好幾了也沒成個家，農村姑娘都看不上他！我是不會找個鄉下的，五大三粗，頭腦簡單。

　　這下看來，風秀球還是有點稀罕上了這個「現世寶」。她本來是要去找老將軍的，半路上遇到他的寶貝么兒。於是，她改變了主意，和他說上了。記分員自然是喜從天降，她說一句是一句。他費了好大勁才說清楚，不用找他爹，直接找他舅舅。他舅舅在公社當大官（公社書記）。

兩人到了公社，當大官的舅舅聽了來意，一開始並沒有答應什麼。他把外甥叫到一邊說，上大學你自己去。傻小子大叫，我才不去，讀那幾天小學我憋氣了好久，我才不去受罪。叫她去！大官舅舅眼珠子轉了轉，對又叫又跳的傻小子囑咐了幾句。然後，他叫來風秀球說，好好接受再教育，要和貧下中農親如一家，上大學的事，公社研究吧。

風秀球很聽教導，果然和記分員親如一家。兩人又跑了幾趟公社，有時見到了大官舅舅，有時沒見到。見到了，還是那句話，公社研究。並叫外甥千萬把「該抓緊的事辦了」，不要一趟趟來瞎胡鬧。

風秀球心裏一直沒著落，只好加倍和記分員親如一家。

公社上大學的名單出榜了，裏頭有風秀球的芳名。真是老天不負苦心人！

這次上大學，也有花腸子。

花腸子沒跑公社。但是，他那運動初期被批判的爸爸此時被結合到區革委了，重新當了頭頭。花腸子趕快向他爸爸認真檢討，認識錯誤，深挖思想根源，態度端正，涕淚俱下。他爸爸很受感動，也不追究兒子的錯誤罪行，並認為兒子在革命道路上有了巨大進步。花腸子提出來要上大學，他爸爸認為這是革命要求，符合「反修防修」，培養又紅又專的革命接班人的目的，堅決支持。檔明令廢除了修正主義的招生考試制度，規定實行「群眾推薦，領導批准」。有區革委會頭頭批准，公社上大學的名單裏自然該有花腸子的大名。

當然，上大學還有貧下中農優秀青年。只不過都是初中生沒畢業的，還有一個小學文化的（只有花腸子和風球秀兩人是高中文化，知青）。有一條可以肯定，個個根紅苗正。

　　花腸子當然聽說了風秀球和記分員「上班」的事，很為不屑地說，繡球往茅坑裏扔，瘋了！還不如跟我，有她後悔的！

　　下鄉後，花腸子經常來找風秀球。可是，風秀球鐵了心不理睬他。她還說過，你爹和我爹一個樣，盡挨批鬥。我跟你，背雙重家庭負擔，我吃錯藥啦？花腸子失望之餘，只好和同一個小組的拖拉機好上了。

　　平平淡淡的拖拉機經受不住花腸子的甜言蜜語，稀裏糊塗就與他結了不解之緣。女孩子就是這樣，容易受寵若驚，不辨東西。就像花枕頭跟了紅毛一樣，鬼迷心竅的。拖拉機的爸爸是拖垃圾的，花腸子叫她東方紅。母叫雞挑他的字眼，說他把「東方紅」比喻成垃圾，污辱革命歌曲「東方紅」，污辱偉大的革命領袖毛主席。他嚇得要命，聲明自己的意思是讚美「東方紅」牌拖拉機。從此，他再也不敢叫拖拉機「東方紅」了。反而一個勁地稱讚拖拉機的爸爸光榮，和時傳祥那個掏糞工人一樣光榮。

　　風秀球和花腸子上大學，記分員和拖拉機最高興。

　　只是，後來記分員很失悔沒有把「該抓緊的事辦了」（別人不相信，他發誓賭咒說「只是親了兩次」）。風秀球上大學，一去不回頭。很久很久來過一封信，說是要回生產隊「看望廣大的貧下中農，感謝給予巨大的再教育」。記分員望眼欲穿，就是不見她的人影。還是老將軍果斷，給兒子找了個媳婦，記分員才斷了念想。

　　拖拉機更是痛哭流涕，她半年後生了一個女兒，當爸爸的花腸子卻一而再，再而三地叫她等著辦結婚登記。等到畢業了，他卻變卦了，不肯和她結婚。他還說，不知道孩子是誰的。

　　不過，風秀球和花腸子上大學走的那天，公社敲鑼打鼓的，很光彩。

　　接下來兩年，公社來了好幾撥招工的，知青們又沸騰起來了。

　　這回，兩頭鰍也積極行動起來。他還說自己蠢，不該提醒風秀球去找門路。要是自己去了，早就上大學了。

　　兩頭鰍上回嘴巴說風秀球「上班」，這次他自己也是一個樣。他也照樣天天去公社「上班」。不過，他也不是一個人去。秦主席的大女兒招娣和他一路。不知道為什麼，他就不大模大樣，有點躲躲閃閃的。

　　招娣已經有了弟弟。秦主席家的一口氣生了七個女兒（兩個夭折）之後，終於天從人願，生了個兒子。不但是秦主席全家歡天喜地，就是隔壁知青們都鬆了一口氣，萬金油東東（那時，她倆還在生產隊）更是高聲歡呼。這個寄託了全部希望的男娃娃叫長寶，生下不久卻生過一場大病，幾乎奪去性命。知青們都去獻血，雪花膏的血型合適，抽了五百CC血。雪花膏義務獻血，給了一斤白糖補身體。拿回小組，兩頭鰍幾個男生也不管，衝開水喝分享了。後來，雪花膏評上了公社學習毛澤東思想積極分子。兩頭鰍說，抽一點血，換個積極分子當，還是划得來。雪花膏也懶得分辨。萬金油批評了兩頭鰍，當積極分子是看各方面表現出色，你不要想當然的，張嘴亂說。

　　秦主席當然很感激雪花膏，卻沒說什麼，只是一如繼往地憨笑。獻血的事過後，他一家人和知青們的關係更和諧了。再就是招娣愛往知青屋跑。幾個女生和這農村姑娘也合得來，嘻嘻哈哈的。漸漸地，招娣也愛梳洗了，也刷牙了。她還把家裏的油渣拿給知青吃。這種食物是過年殺豬煎油剩下的渣滓，是他家的寶貝。大家都不大好意思吃，只有兩頭鰍覥腆受用，吃得一點都不剩。東東笑他，別人獻血，你吃油渣。

　　兩頭鰍去公社「上班」，叫上招娣，自然有用意。因為，他聽說過招娣的叔叔是公社武裝部長，也算是個大官。特別是重要的是，公社最大的大官公社書記和秦主席是本家。要是沒有大官點頭，「上班」不是瞎胡鬧嗎？好在，招娣一說就肯「知恩必報」（這是兩頭鰍對她進行教育的話語，說知青如何如何關心幫助她家）。

　　他當然要躲避一點。不然，小組其他知青（尤其是雪花膏）也找招娣幫忙，自己的好事就難辦了。

　　到了公社，她叔叔還誤以為兩頭鰍是招娣的男朋友，招娣也含糊其詞地認下了。

結果，兩頭鰍如願以償，被招進鐵路局當了工人。

　　青果很看不起兩頭鰍鬼鬼祟祟，煞費苦心。在小組裏說起，大家都有同感。

　　豬拱嘴約了水龍頭小喜子來串門，其實是來說招工的事。豬拱嘴說，媽的，兩頭鰍都走得了。我們不要太傻冒了！「鋼總」小分頭是市革委副主任，我們去找他，保準進鋼鐵公司當工人。青果在老芭蕉那裏見過小分頭，一個梳分頭的材料工，三十出頭。同學們隨工人師傅也叫他小分頭，是「鋼總」頭頭。豬拱嘴見青果默不作聲，就說，你也可以算是「多壯志」的。再說，你和老芭蕉呆虎頭那麼好。一提他們，小分頭肯定幫你。青果說，算了，我誰也不找，就在鄉下。大家都說他傻，勸了幾句。個人的事要緊，沒再多說了。

　　大家去找了小分頭，果然副主任肯關照。螺絲刀菜幫子牙膏皮小喜子都當上了鋼鐵工人。水龍頭辦了病殘留城沒有下鄉，也一樣招工進了鋼鐵公司。

　　青果壓根就不想去找小分頭，自然沒有這等好事找上門來。星期天無心在鄉下，卻也無心找人，不知道是不是不好意思開口求人，還是無心工作（他說，工作不工作，隨他去）。豬拱嘴最不幸，他去找了小分頭，人家副主任滿口答應，說好辦，放心。他自己也覺得肯定好辦，就放放心心等好事。直到當工人的都去報到上班了，他一直沒有接到通知。豬拱嘴趕快去找小分頭，這次副主任很冷淡，說名額滿了，招工結束了。後來，豬拱嘴問了小喜子，才知道事情壞就壞在自己沒送禮。他說，你也不提醒提醒？小喜子說，我也是後頭聽水龍頭說了才補送的，差點誤事了。螺絲刀也一樣。不過，他幫小分頭修了收音機，還送了一台他自己裝的電晶體（其實是小分頭要的）。小分頭很看得起他，直誇螺絲刀人才難得。再說，送禮這種事哪個好意思到處說。豬拱嘴氣得打了自己一個耳巴，哪有空手求人的？我還說小分頭一點官架子都沒有，笑容滿面，開口就說好

辦、放心！狗屁！小喜子苦臉說，送了禮也不同，禮多工種就好，少一點就不好。水龍頭說他送了好幾次大禮，他的事難辦得多。豬拱嘴不想聽這個，算了算了，那是你們蠢！送都送了，就多送點嘛！

豬拱嘴只好另找機會，還說，實在不行就辦病退回城。

星期天無精打采的，天天往城裏跑。青果問他怎麼不在生產隊出工，他總說沒空。問他回城裏幹什麼，他又說不上有什麼事。其實，他就是無所事事，心裏又發毛。

師範學校辦「紅師班」，學員學習幾個月後分配到農村當小學教師。公社以「可以教育好子女」的名義推薦了雪花膏，但是她沒有去成。一是有知青匿名告公社包庇地主子女，二是外調時她爸爸所在單位不同意。

雪花膏歎息道：「原來在班上時，鍋鑷她們都說我肯定是北大清華的命。現在，上中專師資班都不夠格。」

「聽說，鍋鑷回老家下鄉被推薦上了北大。」青果頗為感歎地說。

「上不上大學，並不重要。其實，我只是想上了大學就能有個工作，一輩子有個職業。」

「工作還不是上班下班，就那麼回事。」青果說。他原來朦朦朧朧想過將來上大學，最好是學醫或是學建築。自從一心學馬列著作，他就再也沒有了這些想法。工作啊職業啊，他想都沒想過了。

「哪裡呢，我覺得有工作就好。有工作就有工資，自己生活就靠得住了。」雪花膏堅持自己的想法，這上面她是清醒的。

「農村有工分啊。管他的，工作也好，生活也好，我是不放在心上的。我倒是很敬仰職業革命家，革命就是職業。」青果堅持說。他心想，女的就是女的，說來說去就是工資啊生活啊，油鹽醬醋。這幾天，他在看《西行漫記》，裏面有毛主席的回憶錄，真帶勁。毛主席學生時代一心革命，不把瑣碎生活放在心上。

「我知道你。不過，我覺得不管怎樣革命，都要生活。革命也要吃飯。」雪花膏認真說。

「你們女生就是不一樣。說到革命，你說生活、吃飯。聽向陽花說，花枕頭死前老是說革命要像個人。不知道花枕頭是什麼意思，扯得沒有邊。我很欣賞萬金油，她總是說人要有革命信念。不過，她說的革命啊信念啊，按烏嘴的話都是空空洞洞的大道理。紅毛鬼子總說他最革命，他那個革命，我是不信的。」

「我也不知道你說的革命是什麼？總要有個目標，是不是？難道為革命而革命？」

「算了，不扯這些。我們班還是很有幾個沒走成的，老老實實修地球吧。」青果換了個話題，他覺得和女生沒法說革命。

「當然啦，紮根農村唄。那天我碰到那個誰，我一下叫不出名字。你們男生叫人家牛屎巴的，一臉蒼老，弓腰駝背的，和老農民一個樣。」

「那當然！他早就娶了個本隊女的，和貧下中農結合了，生了三個兒子。頭胎就是雙胞胎，還要生。三個花臉巴，光著小屁股在地上亂爬。問他怎麼養大孩子，他不點都不在乎，說擊碗南瓜在矮桌上，隨他們抓，吃不吃管他的。」

「太可怕了！」

「這有什麼！二小姐都嫁了農民。那毛頭小子老實巴交的，是她生產隊的。她也有娃娃了。」

「早就聽說了。她也真是的，在公社開會，當眾袒胸露懷奶娃娃。我們知青女的個個都不好意思。」

青果笑起來：「有人還專門偷看過。還說沒看見她胸脯上有什麼傷疤，不知道是不是掛過毛主席像章。」

「本來就是瞎扯的。她就是這個抬不起頭來，賭氣嫁給貧下中農，免得再找她的麻煩。」

「這是何苦呢？她原來天不怕，地不怕的！」

烏嘴全家被勒令遷到原籍（北京）農村去了。他媽媽帶著弟妹們，一家子病的病，弱的弱，沒有勞動力，口糧都掙不夠。烏嘴只得跑幾百公里去家裏幫忙，一去半年一載，難得回生產隊。

　　知青們走的走，留下的七零八落，一片恐慌。

　　青果和雪花膏一時無處可走，只得土裏滾，泥裏爬。

　　兩個同學處久了，漸漸地不分彼此。正所謂同病相憐，己饑己溺。上山打柴之類的重活，青果去。拆洗被褥之類的漿洗活，雪花膏也把青果的做了。後來，兩人圖方便，做飯吃飯也湊在一起了。收了工，一個去擔水（要去村口小溪取飲用水，來回小半里路），一個燒火做飯。

　　其實，青果為班會批鬥的事總覺得對不起雪花膏，下了鄉常常幫她分擔點體力活。生產隊挑窯柴時，幫雪花膏挑一截山路。她做飯時，幫忙挑擔水。雪花膏身子骨弱，體力勞動吃力。但是，她要強。生產隊婦女幹的活，她一樣不拉下。插秧最磨婦女，從早到晚泡在水田裏，直不起腰，往泥水裏插秧子手指頭插得稀爛。她雖然趕不上隊裏的插秧能手，卻能一直咬牙堅持，完成任務，插的秧子像模像樣。這種泡冷水的活，她女孩子的事身體不適也不躲避，一聲不吭。對青果的幫助，她很坦然。也不免投桃報李，幫青果洗點衣服，問寒問暖。

　　萬金油東東在生產隊的時候，有點注意過青果和雪花膏的關係。一次，雪花膏偶爾唱「田野小河邊上，紅莓花兒開。有一位少年真使我心愛。」東東笑著打趣她是不是對青果有點意思，她很乾脆地說沒有的事。

　　三幾年下來，兩人同吃同勞動，問長問短，知疼著熱。但是，兩人都不敢放縱情感。一是雙方都背著家庭出身的沉重十字架，二是他們也不知道什麼時候點燈不用油，耕田不用牛。臉朝黃土背朝天，心裏都惶惶然。兩個老知青，自覺與風花雪月無關。

　　青果在生產隊悶久了，間常回個家，或者外出打個零工找點零花錢。好在他有他的書，看也看不完，管它春夏與秋冬。雪花膏更是一心不問世上事，一年到頭就在生產隊死掙工分。

　　「你現在怎麼還看這個？」雪花膏問。她進了青果屋子，面前一張小矮桌，青果伏上面，湊在小馬燈下看一本《列寧選集》。

　　青果笑笑：「你忘記了，你還當過公社學習毛主席著作積極分子呢？」

　　「那個算什麼。我是說，你還真地想在鄉下一輩啊？就是在鄉下，你也不能唯讀這個，什麼都不管啊。」

　　「搞慣了。在東東家的時候，外頭文鬥武鬥鬧好凶，你還不是總是做題。」

　　「好久都不做題了。只有你還死抱著不放。」

　　「就這麼回子事。」青果也說不清楚自己。

　　「怎麼鑽研起來的？」雪花膏順口問。

　　青果自覺自願學習馬列著作，不但令老師和同學們感到非常意外，他自己也是萬萬沒想到的。

　　吃奶的孩子，吃喝就是命。青果這個人，讀書就是他的命。他好讀書，課本卻不怎麼愛讀。他愛讀的是課外書。他讀的課外書又多又雜，無論什麼書都興致勃勃，一逮到就悶著頭往裏鑽。不知道為什麼，他最早突然間迷上了軍事，沒頭沒腦地搜尋了許多戰爭題材的小說和古今中外軍事家傳記來看。男孩兒喜歡打仗，舞槍弄棒，衝啊殺啊，似乎不足為奇。可笑的是他一著迷，竟然花了三塊錢買了本磚頭厚的《內彈道學》。三塊錢是好大的一筆錢，夠半個月寄宿學校的伙食費，學校一年的學費也不過一兩塊。那三塊錢，是他一個暑期去遙遠工地看望父親的路費飯錢裏摳出來的。為此，他買車票的錢不夠，只好中途下車，走了整整一天路。吃飯的錢也花在那本書上了，只好餓著肚子走啊走，好在有帶給父親的一包水果糖，忍不住吃了兩粒充饑，路邊的溪水倒是喝了不少，嘴裏直冒酸水，打嗝都帶酸味。然而，那磚頭一點也不好啃。他雄心勃勃地很想刻苦鑽研，卻一點也讀不下去，只好再三地歎氣，最終束之高閣。不過，這塊笨重的磚頭，他一直不扔，為他壓底箱。這種盲目的讀書熱情，他後來自嘲是「心火熱」，內心的莫名狂熱衝動異常，不能自己。其實，他忍饑吃苦買一本高深的軍工學術巨著的起因很簡單。他看了一本《拿破崙傳》，這位

軍事天才學生時候是學炮兵的。青果不懂《內彈道學》，卻還要學兵法，還十分想買本《孫子兵法》。當地書店一直沒買到，他只好硬著頭皮給父親寫信。父親常年出差不在家，不是外單位借調，就是支援外地建設。他從來沒看見過父親讀書，父親只有幾本機械製圖和京劇唱本之類的書。父親從不過問兒子讀書呀玩呀什麼的，但是很痛愛兒子。只要有機會，父親就把兒子帶去外地工地，或讓兒子去看他。父親喜愛京劇，在家的時候，有京劇團來演出，肯定要帶兒子到很遠的戲院去看。父親從不打罵子女，對兒子一句重話也沒有過。父親從沒給過兒子零用錢，也沒有為兒子買過書。買書的錢都是問媽媽要，其他也沒有什麼地方要花零用錢。每次開口要錢買書都很怵，這次要遠在一兩千裏外的父親買書，實在沒辦法。信一寄出，青果就心裏打鼓，不知道父親會不會替他買書。望眼欲穿，居然收到父親一個包裹，一看就肯定是書。青果喜從天降，迫不及待地打開，竟然是三本書！一本《馬恩列斯論共產主義》，一本《馬恩列斯論中國》，還有一本是《馬恩列斯論思想工作方法》。書裏夾著父親的一頁信，他告訴兒子托買的書沒有，望好好學習寄來的書。青果有點不大相信買不到《孫子兵法》，恐怕是父親不願意他學兵法。父親破天荒為兒子買書，以後也再沒有過，這是絕無僅有的一次。青果當時並不知道父親對兒子好讀書好買書是極為尊重的，更不知道父親為什麼語重心長地囑咐兒子認真學習馬列著作。管他呢，就看這個。三本，一本一本看，有書看就行。青果不管是抓到什麼書都要看上一氣，何況是他從末接觸過的嶄新天地。

書，嶄新嶄新，才印刷出版，書香撲鼻而來，裝幀莊重，樸實無華。封面上革命導師的並排側面頭像又光輝又親切，青果注視了很久很久。一翻開書，他就滿心崇拜，著迷。從此，青果學習馬列著作，投入了極大的熱情和努力。馬列著作一打開，再也合不上了，青果的人生大門也打開了。他認為這是一座輝煌的大門，打開來，就是煥然一新，光輝燦爛的天地。

按說，時代背景和大環境非常有利於學習馬列著作。可是，青果學習馬列著作就是不順，道路坎坷，荊棘密佈，步履維艱，幾度生死。這是後話。一開始，青果的學習困難是自身原因，主要是讀不順暢，不能進入到

自由王國。雖然是第一次讀馬列經典原作，他也能讀個囫圇吞棗。但是，學習馬列，不僅僅是不能一蹴而就，更不是一知半解就可以了事的。

他原先讀書太雜太亂了，彷彿是一匹幼狼撲入羊群，東一口，西一口；又像是一隻淘氣的猴子跳進了玉米地，這裏掰一把，那裏掰一把。讀了不少書，他腦子裏卻亂糟糟的，又多是小說詩歌，還有些雜七雜八的東西。除了在課本、報紙讀過的片斷文章，他根本沒有系統學習過馬列著作。腦子裏一點點馬列主義革命道理，都是老師、廣播給的東西。他自然是似懂非懂，還浮淺得很。什麼是辯證唯物主義，什麼是歷史唯物主義，什麼是政治經濟學，什麼是科學社會主義？雖然政治課教過，但那是填鴨式灌輸的東西，上課又不太專心，考試打急抓，背背書就應付了事。面對這一座座偉大科學聖殿，他實在是太渺小了。誰是黑格爾，誰是費爾巴哈，誰是亞當‧斯密，誰是李嘉圖，誰是聖西門，誰是傅立葉，誰是歐文？他也不是才一一正式打照面，政治課也簡簡單單介紹過。但和思想家們作推心置腹地交談，他還遠遠不夠資格。至於中國革命為什麼和巴黎公社、十月革命一脈相承，他一個中學生是解不開扣兒的，正如烏嘴笑他，絞盡腦汁，也弄不明白。還有建設社會主義，實現共產主義，也如烏嘴所說，在中學生小腦袋裏只不過是一些口號，天天喊，卻並不知道所以然。學習馬列，他還沒有思想立場準備，更缺乏自身的實際體驗。父親寄給他那三本書，又都是用革命導師的語錄編輯成的馬列主義讀本，體系完整龐大，內容更是非常新鮮豐富。剛接觸時，簇新的馬列辭彙在一頁頁篇章中如一團團火苗不停地閃爍，他頭腦裏伸出了雙手使勁抓撓，火苗卻一跳一跳地跳開了，跳得到處都是火光。他的求知欲被激發得一躥老高，恨不能馬上就捉住這眼前跳躍不住的火光精靈。

讀馬列，把他完完全全地吸引住了，他的整個靈魂一下子給抽走了。三本馬列，他不知道苦讀了多少遍。上學帶去放在課桌抽屜裏，回家放在枕頭邊，有空不由自主地就拿出來讀。下課了，同學們轉身往教室外跑，他坐著不動趕緊摸出書來。呆虎頭二馬虎都說，你把下課當上課啦。回家

吃飯，他邊看邊吃，往往忘了往嘴裏刨飯。媽媽說，你把讀書當飯吃啦。在路上，他常常手不釋卷，讀得全神貫注。走著，讀著，一頭撞上行人樹木，或者失足踩空，也是常有的事。

雖然讀書自得其樂，但是，其中的苦惱也不勝其多。青果捫心自問，讀馬列不是讀給別人看的。可就是有人看不順眼。花腸子說，裝模作樣，假積極。紅毛鬼子說，團員都不是，還看黨員看的書。還有這個那個同學跟著他們倆起哄。其他同學也大多不明白青果為什麼專心讀大本大本的馬列，不是視而不見，就是視以為怪。烏嘴也問，你怎麼專門讀這種書？青果挺生氣的，我讀什麼書是我自己的事！其實，就他讀馬列而言，開初這些閒言碎語不順心，比起以後為此他遇到的痛苦，就太算不了什麼。

讀不懂也時時苦惱。同學們中間不好交談，和烏嘴探討，往往聽到的是唱反調，要就是那句：「你不說我還明白，你越說我越不明白。」萬金油有些關心他讀馬列。她是團幹部，也很革命。她的革命就是忙班上學校的事，忙也忙不過來，自己的事更是忙不上。她關心這個，關心那個，就是不太關心自己。她總是領著同學們讀報讀雷鋒日記，也讀過毛主席的《為人民服務》，自己沒有專門學馬列著作。看見青果讀馬列，她不覺得有什麼可怪特別，倒是很讚許。她本來就看慣了他好埋頭讀書，更主要的是，她認為毛澤東時代的青年就是應該努力學習馬列主義、毛澤東思想。青果只是覺得和她不好作讀書交談，倆位同學間本來就沒有什麼過多交往，她又是班幹部，又是女同學，隔了一層。

反反覆覆，猶猶豫豫之後，他只得求教於苗老師。其實，是苗老師漸漸地注意上了青果讀書有了內容性質的根本變化。他是政治教師、班主任，學生讀馬列著作是很大的進步。他自然而然喜在臉上，笑在心裏。他青果對的態度也不知不覺地有了轉變。

在青果看來，苗老師畢竟是老師，與這位班主任老師相處內心甚至有點惶恐。苗老師每次給他的期末評語都有「要嚴格要求自己」的詞句，很有責備的意味。他為此頗感不快，也不大服氣，有點耿耿於懷。他認為自己各方面都還可以，至少不比紅毛鬼子、花腸子他們差。他學習成績好，

在班上也是數得著的，就是比雪花膏也差不了多少。他自認為讀書很輕鬆，差就差在不專心。雪花膏讀書也很輕鬆，可她是個讀書種子，一心讀書，好學不倦。可是，苗老師偏偏冷落青果。他總是給他看重的學生偏飯吃，表揚呀評優秀呀常常都是萬金油、雪花膏、老芭蕉、風秀球、向陽花幾個。這也罷了，這些同學是不錯。氣人的是，好果子也總有紅毛鬼子、花腸子的份。這倆同學早就是團員了，都是苗老師給豎的梯子，扶了一大把。

沒想到向苗老師請教學習馬列著作，他居然對青果很熱情，甚至是很客氣。他又是關心，又是鼓勵，又是表揚，對青果也多了和顏悅色。由於讀馬列著作，師生之間的接觸密切起來了。這真是彼一時，此一時，青果也能變成香餑餑。有幾回，他甚至於由苗老師帶去了他的教師單人宿舍去讀馬列著作。苗老師總是以「我們共同學習」這句話開頭，談認識，談見解，談體會。老師當然是響噹噹，鐵錘砸鐵砧。不過，他多次要求學生，學馬列要多讀毛主席的書。另外，在解答問題時，他總是有點顧左右而言他，繞圈子，又小心又謹慎，生怕說錯了什麼。要不，他就是要求學生多多開動腦筋，反覆認真思考，還說青果「理解力強」、「敏而好學」。如此這般，青果覺得很不好意思，沒有明白的東西，不好多問，只好自己去獨立思考，苦思冥想。不過，讓青果很開眼界，苗老師藏有一小木箱馬列著作，都是一套一套的大部頭。苗老師也陸續把這些經典著作很慷慨地借給學生看，令青果眼前一片海上日出景象。青果分明看見自己如一葉小舟迎風而長，搖身變成了萬丈巨輪，迎著壯麗日出乘風破浪，海天相連，紅彤彤的。

讀馬列著作，青果信心十足。可是，在班上他卻怎麼也打不起精神。

他很想上進，卻總是磕磕碰碰。入團的事，更是他的一塊心病。

星期天，青果攜同學足踏青山，擊水中流，認准了自己是在追隨偉大領袖的身影，一步踏著一個光輝腳印，真是意氣風發、神采飛揚。沒想到班會遲到，苗老師生氣了。更沒想到烏嘴有班會上狂言不羈，行為出圈，搞得整個班上都陰了天。

令青果最為垂頭喪氣的是，他入團的事又吹了。頭前，萬金油叫他寫了份入團申請書，還說苗老師過問及此事。他趕快恭恭敬敬寫了交上去，

滿天歡喜地等待。到頭來，又是一場空。他也不知道自己寫了幾多申請書了，回回交，回回落空。

那天，萬金油通知他去苗老師辦公室。一路上，他忐忑不安。不知道苗老師要找他談什麼？聽口氣好像是有關入團的事，可萬金油不像是有喜事要告訴他。問她，也問不出半點實情。只是叫他思想不要波動，繼續努力。

青果想來想去，苗老師找自己不會是談學馬列吧。這兩天老師的臉又沉下來了，自己班會遲到捅漏子，撞到槍口上了。他反覆問自己，苗老師會不會像關心讀馬列著作一樣，關心自己入團。問來問去問自己，他心裏七上八下。青果一向認為自己不被苗老師看重。近一段時間，因為學習馬列著作，師生比較接近。苗老師對這個學生，不再是視而不見，反而有點刮目相看。師生相見，老師笑容可掬，學生無拘無束，真是其樂融融，毫無隔閡。青果又覺得苗老師很關心很愛護每一個學生。學馬列著作能博得老師的歡心，這是青果禮沒有意料到的。

烏嘴也沒能入團，卻也不在乎。青果知道他心裏肯定不痛快，想安慰他，又找不到合適的話說。烏嘴總是搖搖頭說，算了，你把你自己的事對付好吧。你的事也難說。

果然，讓他說中了，青果禍事突然憑空而降。

青果的父親也出了問題。他父親的問題也成了他路上的絆腳石。

青果去見苗老師，一路上心裏犯嘀咕，不斷地問自己是好事還是壞事。好？……壞？……好？……壞？他把自己問暈了。

怎樣進的苗老師的門，苗老師見面開先說的什麼，青果都記不得了。恍惚之中，苗老師說，你父親在近階段社會主義教育運動中被查出有隱瞞自己歷史，偽造階級成份等嚴重問題，單位正在外調繼續審查。希望你與父親劃清階級界限，努力改造思想，改造世界觀。末了，苗老師加重語氣說，好好堅持學習毛主席著作。

　　苗老師話不多，態度很嚴肅。青果聽了，頭腦一片空白，一個筋斗從雲端摔下來。他滿以為是自己入團的好事有了好消息，還忍不住沾沾自喜。沒想到卻是當頭一記重擊，滿心歡喜頓時化成滿天愁雲。

　　莫非苗老師解手背面，到底還是看不慣不合拍的學生。苗老師曾經在班上批評過學生「不合拍」，意思是指一些學生和整個班集體步調不一致，不服從安排，不聽老師的，看不起進步同學，思想改造忽冷忽熱。苗老師並沒有指出不合拍的學生是誰，青果卻老是認為自己被批評在內。

　　其實，苗老師並不如青果所想像的那樣，對他有成見。他喜歡政治進步，紀律性強的學生。青果在這方面的確不突出，自然不能引起他的注意。這段時候，青果進步大，積極學習毛主席著作，班集體活動也很熱心，上課專心多了，不再犯偷看小說、畫畫這些毛病了。所以，苗老師把他推薦給了班級團支部。這次，團支部不能批准他作為入團積極分子，苗老師也是很遺憾的。畢竟政審不過關是不行的，班主任有心也幫不上忙。

　　青果做夢也萬萬沒有想到，爸爸被運動清查出了問題。眼看做兒子的好事從天而降，正要入團了，竟然會因此頓時全成了泡影。

　　青果從小以爸爸為榮。爸爸常常有句話掛在口頭，「我有技術，不怕走投無路。沒有飯吃，我就當工人。」這句話，他說起來既自豪又輕淡平和，既好強又心安理得，有份量又顯得十分輕鬆。

　　爸爸一直在部屬重點企業工作。青果不太清楚爸爸的具體職務，他好像是生產技術科的，卻常常騎著「專車」——科裡的自行車（二馬虎說呆虎頭爸爸有專車，一輛軍用吉普，威風凜凜的。青果就說他爸爸也有專車，就是這輛舊自行車）——跑車間，跑工地。建國十多年來，他被單位委以重任，參加了國家冶金戰線的許多重點項目的建設，獲得過不計其數的獎狀、獎旗。普普通通、平平凡凡的家，獎狀錦旗掛滿了牆壁，琳琅滿目，光彩熠熠，真是蓬蓽增輝。這些看似平常的獎勵證書的背後，有著爸爸多少平凡而光榮的故事。它們是爸爸的榮耀，也是兒子的驕傲。

　　爸爸當初到這裏投身建設，城外一片荒郊野地。他家棲身的職工宿舍區，曾經是一塊亂葬墳場。如今，十裏鋼城，高爐林立，鐵道縱橫，高大的廠房一座連一座。數以萬計的職工日夜辛勤工作，一派熱火朝天，**轟轟烈烈**的景象。青果最著迷黃昏過後，火車拉著裝滿廢鋼渣水的巨大罐車呼嘯奔馳，氣勢磅礡。傾倒廢鋼渣水時，紅形形的火光直沖天穹，和赤紅的晚霞燃燒成一片。入夜，抬眼望去，座座高爐巍然屹立，身影又高又大。它們在半邊紅透的天空襯托下，顯得更加威嚴，更加神奇，好像肩扛沉沉夜色的鋼鐵巨人。鋼城是不眠的，勞動者們，還有汽車、火車同白天一樣奔忙。鋼城多麼火紅，這一片紅形形的熱土上，就有爸爸的身影。青果很愛這座城市，很愛這座新興的鋼都，很愛爸爸。他寫下了熱情的詩句，傾洩自己的深情摯愛：

> 飄霧如乳橫橘林，日輪橙黃更透紅。
> 浮橋開航竹筏過，高爐出世玉鈎沉。
> 鐵水鐵花天豔豔，煉城煉人焰騰騰。
> 父輩姓名最平凡，巍巍鋼都雙手擎。

　　爸爸在工人隊伍裏幾十年，很自豪，倒不是政治覺悟高。相反的，他很有些不識時務。解放初，他堂兄邀約他去讀革命大學。他覺得家裏吃飯問題是個大事，就沒有跟隨著去。堂兄說，你怕讀革大沒飯吃？爸爸就說了他生平最大的那句豪言壯語：「我去當工人，不怕沒飯吃。」這話，後來成了他的口頭禪。

　　但是，這下看來，爸爸真是沒有政治頭腦。當工人固然好，讀革命大學更好。讀了革命大學可以響噹噹地當革命幹部。當然，最好是當紅軍，像萬金油的父親一樣。紅毛的父親是貧農，可是當了公社的大隊長，也是革命幹部。還有，花腸子、老芭蕉的父親都是革命幹部。這些同學一個個早就入團了。

　　青果的祖父為人勤苦，精明，開了個小雜貨店，維持一家溫飽。不料，祖父一病不起，拖了幾年去世。家裏一貧如洗，爸爸這時在讀中學，只得輟學，投奔了他的一位表叔。他這個表叔開了一家機器製造廠，爸爸就在廠裏做事，和生產技術打交道。爸爸是個較真的人，知道生產技術來不得虛假含糊，就拜了許多老技工為師，虛心請教。不幾年，爸爸鉗工而外，車、銑、鍛都很在行。他表叔也看中了爸爸有技術，廠裏這方面的事常常交由爸爸處理。有時老闆表叔臨時不能到廠，也交代爸爸爸爸處理一點生產問題。解放前夕，他表叔病故。工廠生產經營困難，解放了，送給了政府。爸爸離開原廠，考入重工業部的下屬企業，工作直到現在。定成份時，爸爸認為祖父是「小商人」，自己是「工人」，並經政府有關方面審查認定。

　　爸爸的這段經歷，在他的簡歷和自傳（隔不了幾年就寫一份）中早就成了白紙黑字，已反反覆覆多次向單位交代清楚。爸爸寫的這些文字東西，後來叫做交代材料，青果早就碰巧看到過，不大在意。他很不解，就這麼點事，用得著這樣翻來覆去地寫來折騰。爸爸不大和兒子說自己，偶爾說起也只是三言兩語，一帶而過。這也許是因為過去的歲月很平淡，爸爸覺得沒有什麼可說的。也或許是現在太忙碌，又長年累月不在家，他沒時間和兒子絮叨。再說，父子之間作一本正經、長篇大論地交談，家家都很少見。

　　總之，平地起風波，突然間冒出爸爸隱瞞歷史，偽造階級成份這樣天大的事，青果天旋地轉，腦子幾乎一片空白。殘留在他頭腦裏的是，家裏滿牆滿壁的爸爸所獲的獎狀、獎旗，上面的字一個個燙了金，金光閃閃。

　　現在，爸爸在千里之外支援國家一處重點礦山建設，他是在那裏被社教運動清查出有問題的。青果不能馬上當面向爸爸問清到底是怎麼回事，只好問媽媽。媽媽很傷心，默認爸爸出了「歷史問題」，卻再也不肯多說。不知道她是不願意說呢，還是也一樣八面不著底。

　　見青果百爪撓心的樣子，媽媽說，媽媽的家庭出身是城市貧民，我是個窮苦人。是啊，媽媽的的成份很光榮，很革命。為什麼入團政審不看

這個？青果很委屈，死鑽牛角尖，鑽又鑽不通，天天長籲短歎。失意就惆悵，乃至百端交集，失魂落魄，是他這類青少年學生的通病。

青果做夢也沒想到爸爸會出這樣塌天的事，這下子自己也是公雞下蛋——沒指望了。這才是中了苗老師說的那句俗語，今年望著來年好，來年褲子改成襖。

「你學馬列著作有這麼些故事，頭回聽你說。」雪花膏說，有點意外。她沒想到是他爸爸讓他學馬列著作的，他爸爸竟然有歷史問題，又說不清楚。

「四清工作團那個團長政治水平高，政治嗅覺就是靈。人人都要上交自己的材料，他看了我爸爸的自傳，認為我爸爸常常代資本家老闆處理事情，就是代理資本家。這樣，『四清』清來清去，就清到了我爸爸頭上，定成代理資方，不戴資本家的帽子。還降了他兩級工資。」青果把他爸爸在「四清」中的遭遇說了，這是他後來瞭解的。

「真是想不到。」雪花膏不知道說什麼好。

「我爸爸就是想不通，表叔從來就沒有叫代理他。他董事長不在，廠裏也有廠長，會計師，輪不到我爸爸管事。表叔說過幾次要聘我爸爸做工程師，也沒有兌現。明明幹的是工人活，拿的是工薪，又沒有另外的代理收入，就是工人。解放後，我爸爸參加工作，當過總工長，在生產技術科上班，也是按高級技工拿工資。真不講事實，還說我爸爸是混進工人隊伍的。我爸爸天天挨批鬥，回到家說得最傷心的就是，工人也不准我當。」青果很是氣憤。

「原來定成份不是定了工人嗎？」

「說是我爸爸欺騙騙來的。我爸爸不服氣，就自己讀《毛選》找答案。他說是翻遍了《毛選》，也找不出原因來。為什麼代理資就是資本家？就是是資本家，那也有官僚資本家，民族資產家，不能一概而論。為什麼文化大革命卻偏要統統打倒？有一次，他問造反派為什麼定了『不戴帽子』還要挨批鬥？造反派叫他跪下，立即給他戴了高帽子，胸前吊一塊

大牌子，工作服背上還縫一塊白布，都寫著『資本家』三個大字。批鬥得更厲害。你看，我爸爸學《毛選》的故事怎麼樣？」

「我家學《毛選》也有故事。有段時間，我爸爸叫我們全家一起讀《毛選》，時間定在每天晚飯後。都是由我朗讀《毛選》文章，然後大大小小，人人鬥私批修。有一次，我爸爸正在發言深挖思想根源。我弟弟聽到門外有人偷聽，就沖過去猛地把門打開。門外的人，跌進來，差點跌倒。這個人仗著是造反派，一點也不心虛，惡恨恨地開口就罵我們全家不老實。我媽媽怕事，反而向他道歉。他卻罵我媽媽是地主婆。我弟弟說，我媽媽出身貧農。你猜他怎麼不講理？他罵我們全家一窩子都是地主分子，妄想變天。其實，就我爺爺是地主。我爺爺解放前幾年就死了，我沒有見過他。他一死，地被他幾個弟弟弄去變賣了，錢他們自己分了。我爸爸在外讀書，回來只得到幾間老屋。他解放前一年大學畢業，一時沒有找到工作，就把老屋賣了貼補家用，租房子住。他一個同學是地下黨員，叫我爸爸一起做些了迎接解放的事。解放後，我爸爸才參加工作。他自己的成份是學生，又不是地主。就這樣一個家，學《毛選》還有人偷聽，罵我們妄想變天。其實，造反派一直在監視我們家。我也懶得回去，隨他們去。不瞞你說，我下鄉沒有帶《毛選》，丟在家裏了。我們家的讀《毛選》，早就散了，不搞了。反正也沒有人信。」雪花膏說了好大一篇，她很難得這麼敞開心情。說完，她覺得很舒暢。

青果對雪花膏講了五彩鼠。他本來不想對任何人說的，不知為什麼，情不自禁就說了。只不過，他含含糊糊的，沒有說清夢是不是彩色的，更沒有說什麼溺「左」溺「紅」。

「難怪聽花腸子笑你彩色夢什麼的，原來你夢裏的老鼠五彩繽紛。」雪花膏淡然地說。

「你做過彩色夢嗎？」他以為雪花膏會回答說沒有。

雪花膏卻說：「想做是想做，誰知道夢是不是由得自己。」

學習馬列主義毛澤東思想，就是要幹革命。青果又幹了一樁革命，他給毛主席寫了一封信。

信裏寫了他的一些看法，共三頁信紙。

他寫道，他看報刊上有「無產階級全面專政」的提法，並形成理論。他覺得這種理論不見於革命導師的經典著作，也沒有看見毛主席有這方面的專門著述。

接著他寫了，社會上越來越沒有雷鋒精神。走後門成風，公交車也不給老弱病殘讓座。一次，他給孕婦讓出來的座位，反倒被一個兇惡青年搶坐了。

他還寫了，農村太貧困，生產力太低，在農村限制資產階級法權不是解決問題的根本出路。

信寫好了，放了好久。

青果把信給雪花膏看了，她只是說不要寄好。

青果不聽，專門跑到城裏郵電局寄出去了。不過，他想信怕是白寄了，毛主席日理萬機，肯定沒時間處理微不足道的小事。

不知不覺，時間過了好幾個月。

信寄出去，如泥牛入海。青果自己也搞忘了。

一天進城，青果碰到豬拱嘴。他告訴青果，烏嘴死定了。聽說他被押解回來了，關在監所裏。他跑到北京去了，在天安門廣場和那些人鬧事，罵毛主席是秦始皇。他畫了一個裸體女人，寫了江青的名字。

青果聽了，也不知道事情是真是假，很為烏嘴著急。經過文化大革命，烏嘴依然故我，亂說亂動。說到武鬥，他說，還說「文攻武衛」是江青叫得兇。她為什麼又叫又跳，還不是她背後她上頭有老頭子。說到「九‧一三」，他說，林彪還不是老頭子慣的，還弄個黨章來安排做自己的接班人。說到批林批孔批周公，他說，批這批那，還不是老頭子欣賞秦始皇。說到批鄧、反擊右傾翻案風，他說，老頭子就是怕別人算文化大革命的賬。想到烏嘴這些話，青果只得感歎他自找蝨子爬，難免禍事多。

就是這天，公社來人到生產隊找老將軍秦主席。來人問青果的情況，並說他寫信給毛主席，上面把信轉到公社處理。公社有人看了信，說他污衊無產階級專政理論，污衊社會，污衊農村大好形勢。還說先把他抓起來。老將軍說，沒有這麼嚴重吧，抓他做什麼？他回來，我批評教育他。秦主席說這個學生娃娃安心農村，接受教育。來人說，公社書記也說能不抓就不抓，有人想抓。老將軍說，書記說得對。我們生產隊的事，不要麻煩公社。秦主席說，就是。老將軍一直沒有咳嗽，話說完了才咳起來。秦主席一反常態，不是一言不發。

晚上，老將軍秦主席到知青屋來找青果。只有雪花膏在，他們就在屋子外面蹲著。雪花膏叫進屋坐也不進去。她拖了條長凳出來，他們就坐著抽葉子煙，不說話。雪花膏坐在屋裏，埋頭看小說，其實也沒有看進去。等到好晚，青果才摸黑回來。他還奇怪他們怎麼來了，下鄉幾年了，從來沒有的事。

進了青果屋裏，老將軍咳嗽了好一陣，問了青果一句是不是寫信給毛主席了，青果說是。他就說，你先找個地方避一避，暫時不要回生產隊。青果很是摸不著頭腦，傻傻地問，為什麼？老將軍邊咳邊說，叫你走就走！秦主席吭了吭聲，三言兩句地說了公社來人清查寫信的事。

青果只得離開生產隊。

老將軍秦主席走了後，雪花膏到青果屋問他出了什麼事。他把事情說了，雪花膏很焦急，也叫他暫且避開幾天。她還說等公社沒事了，再通知他回來。

本來他想連夜走的，末了他還是壯著膽子睡覺。什麼大不了的？！

早上臨走前，他叫她幫把自己的東西收起來。

他看了一眼屋裏，也沒有什麼東西要收起來。家徒四壁，只有書。他釘了一個桌子（一塊長長的木板，下面四條方木做腿）上面好大一排書：《馬克思恩格斯選集》、《列寧選集》、《史達林選集》、《毛澤東選

集》，馬列著作單行本（其中當然有《馬恩列斯論共產主義》、《馬恩列斯論中國》、《馬恩列斯論思想工作方法》），霍查、金日成、胡志明等人的著作，還有好多黨史、共運史。看著這些書，青果耳邊響起了烏嘴的話，你的案頭書，束之高閣吧。

　　青果不敢從公社門前過。他走山路，竹林子斷斷續續的縈繞山徑，忽而枝木稀疏，忽而蒼藤叢生，忽而溪水橫穿，忽而亂石環合。不管有路無路，他只是一股勁向山頂跑。好在路熟，以前來過多次，很快跑到山頂。

　　山頂一片晴空，上午的陽光有些耀眼，閃爍著金色而迷茫的光芒。清風吹拂，彷彿是四面而來，當胸會合。衣襟輕輕一張一翕，熱氣消散。山頂平緩，幾棵大大小小的松樹或聚或散，叢叢綠草才欲沒腳，清香陣陣。青果找了一處綠岩坐，雙手撐住身子，兩腿伸直。

　　縱目四望，一個景色接一個景色。幾座山峰相向而立，默默無語，只任蒼翠碧綠暗暗相通。忽然，山勢平坦開闊，「千頃如一席」。接下去，只見彎彎曲曲的河流如長帶輕拖，比白綢緞還亮，光彩熠熠。再看，卻是一片煙靄，隱隱城郭如細浪輕漾。

　　登高望遠真美。

　　青果幾乎忘記了自己是在逃亡中。

2008 年 3 月 25 日完稿

語言文學類　PG0569

「時間之魅」三部曲

作　　　者/黃　勇
主　　　編/蔡登山
責任編輯/孫偉迪
圖文排版/陳宛鈴
封面設計/王嵩賀

發 行 人/宋政坤
法律顧問/毛國樑　律師
印製出版/秀威資訊科技股份有限公司
　　　　　114台北市內湖區瑞光路76巷65號1樓
　　　　　電話：+886-2-2796-3638　傳真：+886-2-2796-1377
　　　　　http://www.showwe.com.tw
劃撥帳號/19563868　戶名：秀威資訊科技股份有限公司
　　　　　讀者服務信箱：service@showwe.com.tw
展售門市/國家書店（松江門市）
　　　　　104台北市中山區松江路209號1樓
　　　　　電話：+886-2-2518-0207　傳真：+886-2-2518-0778
網路訂購/秀威網路書店：http://www.bodbooks.com.tw
　　　　　國家網路書店：http://www.govbooks.com.tw
圖書經銷/紅螞蟻圖書有限公司
　　　　　114台北市內湖區舊宗路二段121巷28、32號4樓
　　　　　電話：+886-2-2795-3656　傳真：+886-2-2795-4100

2011年7月BOD一版
定價：330元
版權所有　翻印必究
本書如有缺頁、破損或裝訂錯誤，請寄回更換

國家圖書館出版品預行編目

「時間之魅」三部曲 / 黃勇著. -- 一版. -- 臺北
市 : 秀威資訊科技, 2011.07
面 ; 公分. -- (語言文學類 ; PG0569)
BOD版
ISBN 978-986-221-752-8(平裝)

857.7   100008082

讀者回函卡

感謝您購買本書，為提升服務品質，請填妥以下資料，將讀者回函卡直接寄
回或傳真本公司，收到您的寶貴意見後，我們會收藏記錄及檢討，謝謝！
如您需要了解本公司最新出版書目、購書優惠或企劃活動，歡迎您上網查詢
或下載相關資料：http:// www.showwe.com.tw

您購買的書名：＿＿＿＿＿＿＿＿＿＿＿＿＿＿＿＿＿＿＿＿＿＿＿

出生日期：＿＿＿＿＿年＿＿＿＿＿月＿＿＿＿＿日

學歷：□高中 (含) 以下 □大專 □研究所 (含) 以上

職業：□製造業 □金融業 □資訊業 □軍警 □傳播業 □自由業
　　　□服務業 □公務員 □教職 □學生 □家管 □其它＿＿＿

購書地點：□網路書店 □實體書店 □書展 □郵購 □贈閱 □其他

您從何得知本書的消息？

　□網路書店 □實體書店 □網路搜尋 □電子報 □書訊 □雜誌
　□傳播媒體 □親友推薦 □網站推薦 □部落格 □其他＿＿＿＿＿

您對本書的評價：（請填代號 1.非常滿意 2.滿意 3.尚可 4.再改進）

　封面設計＿＿ 版面編排＿＿ 內容＿＿ 文／譯筆＿＿ 價格＿＿

讀完書後您覺得：

　□很有收穫 □有收穫 □收穫不多 □沒收穫

對我們的建議：＿＿＿＿＿＿＿＿＿＿＿＿＿＿＿＿＿＿＿＿＿＿

11466
台北市內湖區瑞光路 76 巷 65 號 1 樓

秀威資訊科技股份有限公司　　　收

BOD 數位出版事業部

⋯⋯⋯⋯⋯⋯⋯⋯⋯⋯⋯⋯⋯⋯⋯⋯⋯⋯⋯⋯⋯

（請沿線對折寄回，謝謝！）

姓　　名：＿＿＿＿＿＿＿＿＿　年齡：＿＿＿＿　性別：□女　□男

郵遞區號：□□□□□

地　　址：＿＿＿＿＿＿＿＿＿＿＿＿＿＿＿＿＿＿＿＿＿

聯絡電話：(日)＿＿＿＿＿＿＿＿＿＿　(夜)＿＿＿＿＿＿＿＿＿＿

E - m a i l：＿＿＿＿＿＿＿＿＿＿＿＿＿＿＿＿＿＿＿＿＿